JN001560

新潮日本古典集成

竹馬狂吟集　新撰犬筑波集

木村三四吾　井口　壽　校注

新潮社版

目次

凡例……三
竹馬狂吟集……九
新撰犬筑波集……一一七
解説……二三九
付録
諸本校異一覧……三二三
初句索引……三九七
図録……四〇八

凡例

本書は室町時代の人びとの明るく楽しい心と、それまでの伝統的貴族的な文学から新しく庶民的な自由な境地のものへと移っていく姿とを感じていただこうという意図のもとに、『竹馬狂吟集《ちくばきようぎんしゆう》』と『誹《はい》諧連歌抄《かいれんがしよう》』（『新撰犬筑波集《いぬつくば》』とも言われています）の注釈説明を試みたものです。

〔定本について〕

『竹馬狂吟集』は現存唯一の伝本である天理図書館蔵竹屋光忠筆本を、『誹諧連歌抄』はその編者である宗鑑《そうかん》の自筆本のうちで最も整ったものとして、同じく天理図書館綿屋文庫蔵大永奥書本を採りました。（両本とも『天理図書館善本叢書』第二期第二十二巻に複製所収）

〔本文について〕

読みやすくするため、仮名は変体仮名を現行のものに、仮名づかいは原則として歴史的仮名づかいに改め、また、『竹馬狂吟集』の序文には句読点をつけ、詞書には読点（長文の場合は句点も）をつけました。

適宜漢字を宛てましたが、必要な場合にはそれに振り仮名をつけました。

明らかに誤字脱字と思われるものは、その旨を注して改めました。

〔注解について〕

各句に一連の番号をつけ、頭注との関連をわかりやすくすると共に、検索の便を考えました。また序文・詞書中の語句にも必要に応じて番号をつけ、頭注で説明しました。

四季・恋の句には句中のそれにあたる語を下欄にぬき出しました。

現代語訳はセピア刷とし、できるだけ作者の気分が味わえるような表現につとめました。

句の説明では、句が作られる上での技巧や句作り、句のねらい、或いはどこが面白いのか、どの点で俳諧なのかがわかるようにつとめました。

語句の意味は、当時の使い方がわかるよう、できるだけ当時の作品や辞書を引用するようにつとめました。また図解による方がわかりやすいと思われるものは、その語に＊印と番号をつけ、図解を巻末にまとめて示しました。

〔解説について〕

まず誹諧連歌の成立に至る過程のおおよそを述べ、次に誹諧連歌自体の中での変化成長と衰退に触れました。また宗鑑の略伝を述べて編者の面から、誹諧とはどのようなものであったかを考えてみました。それぞれに本文理解の手掛りになれば幸甚です。

〔付録について〕

諸本校異一覧・初句索引・図録を添えました。校異一覧は、誹諧連歌には定本というものはなく、口から口へと伝えられ或いは書き写される間に句形が異なってくる場合が多いので、現在知られている代表的な諸本によって句毎にそれらの姿を集め、特に関心のある読者の参考としました。なお、両集ともに収録されている句（類句）が検索できるようになっています。図録の番号は前述のように頭注の＊印の語につけた番号です。

本書の執筆にあたっては、有田静昭・後小路薫・村田穆・山本唯一の諸氏から常に懇切な御指導・御援助をいただき、いわば共同研究の結果とも言えるものです。また伊地知鐵男・尾形仂・金子金治郎・木藤才蔵・栗山理一・鈴木棠三・福井久蔵・吉川一郎の諸氏を始め多くの方々の著書・論文の学恩を蒙っております。紙幅の都合でいちいち明示できなかったことをお詫び致しますと共に深く御礼申し上げます。

竹馬狂吟集　新撰犬筑波集

竹馬狂吟集

一筑波《つくば》《連歌を》の山のこの餅《もち》かの餅、食《く》《誰も彼もが》はぬ人も侍《はべ》《嗜むご時世だから》らぬ折なれば、二神も坐《か》《神や仏も連歌をなさるとやら》ぶり、仏も捨てたまはぬとやらん。三此中《この》にして、難《なに》波津《はづ》《(葦・足) 足腰も立たぬほどに老い衰え》のあしこしも立たぬほどに衰へ、四和歌の浦波立ち居に《立ち居につけて大きな屁をおとしているだけの不躾な者だが》はあしべの音高きのみなれども、五唐《もろこし》にはよこしまなからんばかりといひ、日本《やまと》には心の種《たね》とやらんかけるなれば、六清《せい》狂《きやう》佯《やう》狂《きやう》のたぐひとして、七詩狂酒狂《しきやうしゆきやう》のおもむきを題とし、八竹馬狂吟集《ちくばきやうぎんしふ》と名づけ侍り。九凡《およそ》、東八《とうはち》《関東八州に》にたづぬるたよりもなく、ひろく西九《せいきう》《西国九州に》にもとむるにもあらず、一〇人の語れる口を移《人が話しているのを写しとり》し、己《おの》が聞耳《ききみみ》《偶々自分の耳に入ったものだけである》に入るがばかり也。ことさら一一井の底の蛙の入《世間狭いかはづ坊主の》道、住みぬる《底も浅く》水の浅々《あさあさ》と、一二林の下の梅法師《うめぼふし》匂《にほ》ひなく、瘦々《やせやせ》

一 神代の昔、日本武尊《やまとたけるのみこと》と火焼翁《ひたきの》とが筑波を過ぎ甲斐の酒折宮《さかおりのみや》で片歌で問答したのが連歌の始めとされた(解説二三三頁)。そこから連歌を筑波の道という。「筑波嶺のこのもかのもに影はあれど君がみ影にます影はなし」(『古今集』)をふまえ「このもかのも」の語呂から「餅」を導く。二「筑」を「搗く」の掛詞とし、「餅」「食ふ」「坐ぶる」(かじる)「捨つ」と縁語で仕立てた。「神」と「坐ぶる」は頭韻をふむ。「捨てぬ」には仏の摂取不捨をきかす。三 以下自分のことを言う。『古今集』序の「難波津の歌はみかどのおほむ始めなり」から歌語「難波津」、その難波津から「葦」を出し、「足腰」と続ける。四「和歌の浦に潮満ち来れば潟を無み葦辺をさしてたづ鳴き渡る」(『万葉集』)により「和歌の浦波」「浦波立つ」「立ち居(足腰に対して)」と続け、「葦辺」を「屁」に掛ける。神仏私のことから、しかし元来詩歌というものは、と文脈を転じている。五 中国では『論語』に「子曰詩三百一言以弊之曰思無邪《よこしま》」(当時抄物で邪をヨコシマと読んでいる)とあり、日本でも『古今集』序に「やまと歌は人の心を種としてよろづの言の葉とぞなれりける」と記されているから、全うな人なら由緒正しい詩歌を作るのですが。六 詐って狂人風を装っている者、いわゆる風狂者。中国文芸の重要な要素の一つ。ここは、私は連歌にして連歌ではない俳諧連歌を作る一人として、の意。七 和歌連歌の雅正さに反し、卑俗な俳諧連歌の作品を集め、その世界を主題として。上文の「狂」を「経」に通わ

としたるばかりのみならん。しかはあれども、一三梨《なし》をもとめ栗をひろふ人を道引《みちび》かむをしらず、心をとる、心をなぐさむるたよりばかりぞかし。これもまた一四里犬《さといぬ》の音こゑさながらみな得解脱《とくげだつ》の便《たより》、一五山田の鹿の鹿火《かひ》は実相《じつさう》のたぐひ、尊《たふと》く思ふこころばかり也。もし用ふる人あらば、上戸《じやうご》の肴《さかな》とやなり侍らん。

ときに一六明応《みやうおう》の八とせ二月の十日あまりしるすことしかなり。

連歌をする人を導びこうというのではなく　ただ当座の御機嫌をとりむすび　興をやる手がかりだけの集です

もし本集を読む人があるならば　酒飲みの肴のように座興を進める仲立ちとなるだろう

時は　明応八年

以上の如くです

し、『詩経』『書経』をもじる。八「筑波」をもじると共に初心未熟者の意を含め、「狂吟」は清狂の者の連歌の意を託す。九「凡」は発語。この期の抄物に多く見える。「東八」は「西九」と対句形式。資料探索の限りを尽したわけではないことをいう。一〇本集にとり入れた作品は書物からではなく伝承によったという意。一一「井の内の蛙大海の広きことを覚らざるに似たり」(『宝物集』)による。原本「入通」を文意により「入道」に改む。一二梅林の話を聞いただけで唾が出て渇きが治った故事(『世説新語』)をふまえ、「梅」から「梅法師」を出し、「入道」に「法師」、「浅々」に「瘦瘦」を対して何の風情もない句集であろうと卑下する。一三有心連歌をよむ人を「柿の下衆」というのに対し、無心連歌をよむ人を「栗の下衆」といった。「梨」は栗の縁で対句にすると共に「無し」をふまえる。一四一休宗純の『自戒集』にも「煩悩ハ家ノ狗《いぬ》、打トモサラスト云本文アリ」とあり、去りがたい煩悩を犬に喩《たと》えるのは当時の通念で、それに『往生要集』の「煩悩即菩提」を結びつけて、この集も、里犬の声がそのまま解脱を得る手段となるように。一五「秋の野に妻無き鹿の年を経てなぞ我が恋のかひよとぞなく」(『古今集』)や「聞クヤイカニツマコフ鹿ノ声マデモ皆与実相不相違背ト」(『沙石集』)をふまえ、山田の鹿の鳴声も実相(真実の姿の現れ)の類であるように、こんな俳諧でも真実を示す一端と尊く思うので、あえてこの集を撰びました。一六一四九九年。

竹馬狂吟集巻第一

春部　発句

1 北野どの御すきのものや梅《むめ》の花　　梅

2 かめにさす柳のさけやつくりばな　　柳

3 花のころおこすな松のふぐり風　　花

1　北野天神のお好きなものは梅の花なんでしょうね。

「北野どの」は北野天神、即ち菅原道真。天神縁起説話などを通じ、天神と梅は縁が深いので「好き」といったが、同時に連歌の神として「数寄」の意を寓している。「どの」は当時女性に対する称呼の一つ。それで「北のどの」で奥方の意が生じる。道真の「こち吹かば匂ひおこせよ梅の花主《あるじ》なしとて春を忘るな」(『拾遺集』)は有名。表の意に対し、裏に北の方(奥様)は懐妊されて酸《す》いものを好まれるよ、を含めたのが当句の見どころ。好き―酸き―梅(漬け)の言葉遊び。

2　瓶《かめ》に仕込んだ糀《こうじ》の米がうまく仕上がって、瓶に挿した柳のつくり花のように、見事な佳《うま》い酒ができ上がりましたよ。

「柳の酒」は室町時代京都西洞院仏光寺の柳屋で醸造された銘酒で、「柳」は酒の代名詞にもなった。「瓶」「さす」「つくる」「花(糀の花)」は酒の縁語。「つくり花」は正月の飾りもので、餅花ともいう。藁《わら》や柳などの木の枝に餅をちぎってとり付ける。単純な見立ての言葉遊びに過ぎぬが品のよい句作りの祝儀句。

3　松風は風流なものだが、桜の花盛りの時だけは吹くなよ、ふぐり風で花が散ると大変だ。

風よ吹くなということを「松ふぐり」(松笠)の言葉の縁で松風をふぐり風(疝気《せんき》。睾丸の病気)に言い重ねた句作り。疝気になることを「おこる」という。花に人間の病を組合せた面白味。「おこすな」で切れる形。

4 よしやふれむぎだしよくば花の雨　　花

4 まあそれはそれでよいよ。だから降るものなら降ってくれ。麦の穂出しにさえ好都合であれば、よしそれが花を散らす雨であっても我慢しよう。『玉海集』に「よしやふれ麦ハあしくと花の雨　細川幽斉」と出ている。これは『狂吟集』とは趣向が逆の句作り。「むぎだし」は麦の穂ばらみ、麦の穂が出る意。「よしやふれ」で切れる形。普通嫌われる「花に雨」をよい意味に言いなしかえた趣向の面白さ。

5 折る人の手にくらひつけ犬ざくら　　犬桜

5 犬桜よ。犬という名があるからには、よし桜にしても犬なんだ、折り取るその人の手にくらいつけ。犬桜の「犬」から手にくらいつけといった面白味。「犬桜」は桜の一種、花が小さく美しくないので、犬の語が付けられた。『犬筑波集』では、「すねにかみつけ」となっている写本が多い。すねの方が手より実際的だからか。

6 手をにぎるこぶしの花のさかりかな　　辛夷

6 その名に因《ちな》んで拳《こぶし》をにぎって、辛夷《こぶし》の花が今まことに見事なさかりですよ。「手」「握る」「こぶし」が縁語で、「拳」と「辛夷」の掛詞「こぶしの花のさかり」という実事を「手をにぎるこぶし」と虚の形でまとめた面白さ。また、「手に汗を握る」の連想から感嘆の心をも含める。辛夷を拳に見立てる手法は近世初期の俳諧作品に大変多い。辛夷はモクレン科の落葉高木。三、四月頃枝先に白い匂いの高い花をつける。蕾の形が拳に似る。

竹馬狂吟集巻第二

夏部

7 口たたく水鶏《くひな》にならへほととぎす　時鳥

8 鳴きたらで口やうごけるほととぎす　時鳥

9 夕がほの花はふくべの手《た》向《むけ》かな　夕顔

7 むだ口をたたいて鳴きたてている水鶏にならって、ほととぎすよ、もっと鳴け。
「水鶏のたたく」は歌語。水鶏の声が戸を叩《たた》く音に似ているので「口たたく」との掛詞とし、歌語雅言を俳諧的俗語にかえた。「口たたく」は、べらべら下品に喋《しゃべ》ること。和歌の世界では、その一声を惜しんで鳴かぬというその一声をさえ待ち侘びるものとされている時鳥《ほととぎす》に、お上品にとりすまさないで水鶏にならってもっとよく鳴けといった発想の面白味。

8 時鳥の声はなかなか聞かれぬというが、実は鳴かないのではなく、鳴いて鳴いてまだ鳴き足らないものの、あまり鳴きすぎてもう声がかれているのだろうぜ、今ではただあのように口だけを動かしているのは。
蜀の望帝の悲しみの魂が時鳥に化したという伝説（『寰《かん》宇記《うき》』）により、悲愁に鳴きかれて声が出ぬ意とした。「口やうごける」を実事とみて、これをわざと曲解した趣向の面白さ。

9 瓢簞《ひょうたん》（ふくべ）にさしてある夕顔の花は、夕顔の実が切り取られ瓢簞にされるのに対する手向けの花だね。
夕顔の花の実が瓢簞になるところから、夕顔とふくべを取合せ、自らを以て自らを手向けるという矛盾による趣向の面白さである。

10 なでしこをかたにのせたる岩ほかな　撫子

10 なでしこの花を、まるで男親がいとし子を肩にのせたように、その上で咲かせている岩よ。

「なでしこ」を植物の撫子《なでしこ》とかわいい子供の意に掛ける発想は古くからあるが、岩根と撫子を取り合せ、岩根に咲いたその撫子を、頑丈な男親がいたいけな子供を肩にのせたイメージに見たてた趣向が作者の手柄であり、俳諧になる。「肩にのせる」は肩車にのせる。撫子は八、九月頃淡紅色の花弁で、その先が細かく切れ込んだ花をつける。「岩ほ」は巌。岩の大きなもの。

竹馬狂吟集巻第三

秋部

11 一《ひと》しほはうるしぬるでのもみぢかな　紅葉

11 一染め朱漆をぬったような、いちだんと美しいぬるでの紅葉であるよ。

「うるしぬるで」は「うるしを塗る」と「うるし」と同類の植物「白膠木《ぬるで》」とを掛け、「うるし」と「ぬるで」と木の名を併立させる。「一しほ」は本来染物を一度染液に浸すことであるが、この意と副詞としての「ひときわ」とか「いちだん」との意とに掛け合せる。「ぬるで」はウルシ科の落葉小高木で葉を染料に用いる。「うるし」「ぬるで」はともに秋の紅葉が他に勝ってことに美しい。

12 油物すべる落葉のもみぢかな　紅葉

12 油物がすべり落ちるように紅葉の葉がはらはら散り落ちていくよ。

「油物」は油で揚げたりいためたりした食べ物。「Aburamono 揚げ物」(『日葡辞書』)。「油」と「すべる」が縁語。すべり落ちる意と落葉とを重ね合せただけの洒落《しゃれ》だが、滑稽味は淡い。

13 すずむしの震ひごゑなるよさむかな　夜寒

13 鈴虫の鈴ふるような美声も、同じふるはふるでも寒さですっかり震えごえになってしまったこの頃の夜寒だよ。

鈴虫は和歌や物語の世界では多く夜鳴く秋の虫として扱われ、本来寒さの概念はなかったのを、この夜から「夜寒」の語を引き出し、寒さに震え声で鳴いているとしたのが手柄。「鈴」「ふる」が縁語。「振る」と「震ひ」の掛詞。「震ひごゑ」は震え声。

14 ふぢばかまころのまゐりのでたちかな　藤袴

14 秋の七草の藤袴の袴をつけた姿は、その頃の子供たちの宮参りの姿であるよ。

「藤袴」は秋の七草の一つ。「ころ」は子供、「ろ」は接尾語。「児ろ」と「頃」とを掛ける。「でたち」はいでたち、服装。草の名を衣服に言い立てた句作り。

15 かつ散るも風に負けたるもみぢかな　紅葉

15 昔からかつ散るというから、勝ったのかと思っていたが、まるで逆で、次々と散っていくのは風に負けて吹き散らされていく紅葉だよ。

「且つ」を「勝」の掛詞とし、負けるに対応させて風のために紅葉が次々とふき散らされるさまを述べた。「かつ散る」は歌語。「下紅葉かつ散る山の夕時雨《ゆふしぐれ》ぬれてやひとり鹿の鳴くらん　藤原家隆」(『新古今集』)。

竹馬狂吟集巻第四

冬部

16 かへるなよ我がびんぼふの神《かみ》無《な》月《づき》　　神無月

17 西《せい》浄《じやう》へゆかむとすればかみなづき　　神無月

16　もう二度と私の家へ帰ってきてくれるな。神無月というのでせっかく出雲《いずも》の国に出かけた我が家の貧乏神よ。

貧乏神の「神」と「神無月」を掛ける。「神無月」は旧暦十月の異称。藤原清輔の『奥義抄』に「天の下のもろ〳〵の神出雲国にゆきてこの国に神なきゆゑにかみなし月といふをあやまれり」とある。

17　便所へ行こうとしたが、折柄神無月なので、ないのは神だけかと思っていたら紙もない。困ったことだ。

「西浄」は便所。仏家で便所を西浄とか東司《とうす》とかいったところから、一般的に武家などでもいうようになった。神無月の神を紙に言い掛けた言葉の洒落《しやれ》。当時拭浄に紙を使用するのは上流社会に限られた風俗で、それと「西浄」という特殊な言葉遣いとが調和している。作られた場が知れるというものである。

18 しも風にふるひ落すや松ふぐり　霜風

19 見えすくや帷《かたびら》雪《ゆき》のまつふぐり　帷雪

20 越《こし》路《ぢ》より霰《あられ》やゆきのさきばしり　霰

18 霜のおりる寒い風のために松は振い落すよ、その松ふぐりを。

「しも風」は霜風（霜のおりるような寒い夜風）と下風を掛ける。「下風」は睾丸の病気、疝気《せんき》ともいう。「松ふぐり」は松ぼっくり、松笠。その姿を松の睾丸に見立てた言葉。松ふぐりに睾丸を掛けるのは常套の言葉遊び。松ふぐりを振い落すのは実事であるが、下風を病むという場合、「ふるひ」が落ちる、即ち「治る」の意ともなり、表裏二つの意味を持った句。

19 みえみえじゃないかえ。帷雪のうっすらとふり積んだ松の木の松笠は。それは薄帷を着た男の睾丸そっくりだ。

「帷」は薄いひとえの着物。「かたびらゆき」は淡雪、ぼたん雪またはそれが薄く積った雪。実は裏の意味としてまつふぐりから睾丸を連想させ、それが薄い帷を通して見えすいているという尾籠な話のおかしさ。

20 越後の方から霰が雪の前駆《さきがけ》としてやって来た。さて間もなく次は雪だ。

霰が走るように落ちる意、また、踏歌（新年宮中の行事）の名の「霰走り」の語を踏まえ、冬はまず霰が降りそめてそれからだんだん寒く雪となることを言った。「越路」は『天正本節用集』に「越路（コシヂ）又作㆑塞」とあって、国境の意もあるが、ここでは越の国、北陸地方とすべきで、雪深い寒い国として知られていた。『俊頼髄脳』に「あやしくもひざよりしものさゆるかな／こしのわたりに雪やふるらむ」がある。

竹馬狂吟集巻第五

春部

21 げす女房もまゆをひらけり

22 さかやなるかどの柳の桶《をけ》とりて　柳

23 花を折りをりうそをこそ吹け

24 軒《のき》端《ば》なるはちのずはいに梅さきて　梅

21・22 下賤な女までも一人前に悦《えつ》に入っているよ。——桶は桶でもいつもの水桶でなく、今日は酒屋の門先きの柳樽から正月の祝酒を飲んで。

「女房」は中世では一般の婦人を指すが、ここでは下《げ》司《す》女房で下働きの女中衆をいっている。「まゆをひらく」は心配事がなくなって悦びが顔に表れること。『源氏物語』夕顔に「おのれひとりゑみの眉開けたる」とある。「かどの柳」は門先きの柳に酒屋の柳の桶の意をもたせる。「柳」は室町時代京都西洞院仏光寺にあった造り酒屋の屋号及びそこで造った酒の銘。美味で有名なため酒の別名ともなる。「柳の桶」は酒を入れる柄付の平たい樽。柳樽（＊1）。げす女房に桶、眉に柳が対応。柳の花が咲く意の「柳の眉が開く」という成語と女の喜悦する意の「柳の（女の）眉を開く」とを掛ける。『長恨歌』に「芙蓉如レ面柳如レ眉」とあって、「柳眉」で美人の形容ともなる。

23・24 花を折りつつ鼻歌を口ずさんでいるよ。——軒端の蜂の巣のある若枝に梅が咲いてね。

実は鼻歌でなくて蜂を吹き払っているのさ。

「うそを吹く」は、蜂を追い払うために口をすぼめて息を強く吐くこと、口笛を吹くこと、歌などを低い声で吟じること等の意がある。前句は歌を口ずさみつつ花を折る風流な人とし、付句では前句の花（桜）を梅と見定め、前句の「うそを吹く」の意味を転じて、梅を見ながらも、その枝に巣くっている蜂を恐れてふうふう吹き払っている姿に変えた。桜であるべき「花」

を梅に見たてかえたのは「梅のずはい」の縁による。「軒端の梅」は歌語。「蜂の巣」と「ずはい」が掛詞。「ずはい」は、すわえ。木の幹や枝から伸びた若い小枝。うそを吹くに蜂、花に梅が対応。

25・26　稚児や喝食にとって春の夕暮はどんなものだろう。――山寺（叡山）では仏の後光・猿猴《えんこう》の後《しり》（尻）えのあたりが、霞んでくるだろうが、まあそんなものだね。

稚児・喝食は共に寺院で使われた少年で、僧の男色の対象となる場合があった。前句はいわば詮ない句作り。山寺―坂本―猿―円光（後光）―尻―稚児という図式で、「ゑんから」は仏菩薩の後光と猿猴を掛け、稚児・喝食と尻、猿の尻と男色の尻とをかねる。「かすむ」は掠む、尻えを盗むの意を持つ。夕暮―夕日―赤―猿の尻、夕暮―お床入り―尻の言葉の関連も考えられる。能因の「山寺の春の夕暮来て見れば……」（『新古今集』）によって、春の夕暮に山寺が対応。

27・28　雲が走るというが、足のない雲が走るのは不思議なことだ。――それなら霞は何をふまえて立つのであろうか。

「雲が走る」という成語に対して、「霞立つ」の成語で言い立てた。足に「ふまへる」、雲に霞を対応させた。「雲脚」（雲のゆきかい）の語を下敷にしているか。この前句は五七五で、長句を前句にする例は少ないが、「あやしきに」といった謎々的な言い方をしているので、前句として作られたものと思われる。

25　稚児《ちご》喝食《かつしき》の春の夕ぐれ

26　山でらやゑんからしりへかすむらん　かすむ

27　足なくて雲の走るはあやしきに

28　何をふまへてかすみたつらん　かすみ

29・30　大日堂はまさに春の夕暮である。――その大日堂の花を見ようと、まず金剛草履を買いに行って。

「大日堂」は大日如来を祭ってある堂で、京都清水の三年坂付近にあった。初めは富小路中御門にあって、尊体寺といったという。「こんがうかい」は金剛草履を買う意と、大日如来の智徳の面を表した金剛界とを掛ける。金剛草履は藺《い》・藁《わら》等で作った丈夫な草履で、旅路や外出用のもの。略して金剛ともいう。大日堂に金剛界、春の夕暮に花見が対応。

31・32　ああ、とんでもない。花を散らさないで。――よし手折ったとしても、その梅の枝に花がついていてこそ、風流な男といわれるのですよ。

前句の無頓着な、或いは酔った男の動作に対し、例えば謡曲『雲林院』の「おことは枝ながら手折れば風よりもなほ憂き人よ」などを面影とし、あたら花を散らさないで、の意を含めるか。「され男」は洒落男。『犬筑波集』諸本では「持たせたる」と敬語又は使役にする。原本「よそ」を『犬筑波集』諸本により「こそ」に改める。

33・34　病気の子が夜泣きをするのだろうか。――添寝して看病していると、子供はちりけの病のために嵐に花の散るように、こと切れそうな様子で夜泣きする。

病にちりけ、夜に寝るが対応。「散りけ」に小児の病気「ちりけ」を掛ける。「ちりけ」は頭に血の逆上す

29　大《だい》日《にち》堂《だう》の春のゆふぐれ

30　花見んとこんがうかいにまづ行きて　花見

31　あらうつつなや花をちらすな

32　手《た》折りゆく梅《むめ》が枝《え》こそにされ男　梅

33　病《やまひ》ある子や夜《よ》なきするらん

34　寝て聞けばあらしにはなのちりけにて　　花

35　花ざかり御めんあれかし松の風

36　さくらになせやあめのうきぐも　　桜

37　なにとてかたて湯のからくなかるらん

38　むめ水とてもすくもあらばや　　梅

る小児の病気、疳《かん》。「ちりけ」「ちりげ」、清濁には必ずしもこだわらない。『犬筑波集』では「風吹けばみやまの花もちりけにて」となっているが、この方が表現としては確かである。

35・36　松風は風流なものだが、花盛りの頃はかんべんしてほしいものだ。——同じことならむしろ空の浮雲をも桜の花に変えてほしいものよ。

花に桜、風に雲が対応。「御めんあれかし」という会話調に、「なせや」という同じく会話調で応じた。『犬筑波集』一本には「畳字連歌発句」と詞書して前句のみが出ている。畳字連歌とは、各句の中に漢語を読み入れたもの。この場合は「御免」が当る。花を雲に見立てることは昔からの通念である。花に風、風に雲の言葉の掛け合せ。

37・38　蓼湯《たでゆ》は辛いのにどうして同じ言葉のたて湯は辛くないのであろうか。——うめ水だからといっても酸《す》っぱいものかね。まあそんなところだ。

「立て湯」と「蓼湯」とを掛け、わざと矛盾したこととして問いかける謎句。「たて湯」は湯を立てる、湯を湧かす。「Yuuo tatçuru（湯を立つる）湯をたぎらせる」（『日葡辞書』）。「たて（立て）」と「たで（蓼）」の清濁の相違にはこだわらぬ大まかな趣向立てである。それに対し「うめる」に「梅」の意を掛けて、同じく矛盾した内容で応じる。「何とてか」は謎立て常用の言葉。俳諧連歌付合の一つの型。湯に水、辛いに酸《す》い、蓼に梅を対応させる。

39・40　放ち髪の姿のままでは今夜はどうも寝られない。これは一体どうしたことだ。——寝つかれないのは放ち髪のせいではなくて、実は風が吹き出して夜の枕もとに花が散るのが気になってのことなんだよ。

「はなちがしら」(＊2)は放ち頭、髪のもとどりを解いた頭。当時は放ち頭で寝るのが通例。前句の「はなち」を強いて「花散り」と読みとり、付句で「花落ち」と類似音で繰り返した。寝るに枕を対応させる。前句の「はなちがしら」から花散る意を感じとって付句で風が吹きおこってとした。

41・42　歌を詠じながら花を見るのだ。——その梅の香が自分の袖をひこうとして引きとめる心やさしさに、披講《ひこう》じゃないが歌を詠みあげるのだ。

「袖をひかう」は「袖をひく」と「歌の披講」(歌合などで歌をよみあげること)とを掛ける。歌に披講、花に梅が対応。前句の風流な人の様子に対して同じく風雅な情景を付けた。趣向立ての淡泊な句作りだが、披講という漢語が入っているのが俳諧としての手柄か。

43・44　鳥の羽毛をむしりとったら、裸になってしまった。——だのにその鳥はなぜ衣をば「着な

39　はなちがしらのうちも寝られず

40　風おこるよるの枕に花落ちて　花

41　歌をよみつつ花を見るなり

42　梅《むめ》が香《か》の袖をひかうのやさしくて　梅

い、着ない」というのであろうか。ほんに「きじ」鳥というのは妙な名前だ。着ればいいのに。
前句の鳥に対し、付句では「着じ」と「雉《きじ》」とを掛詞として対応させる。衣と着る、裸と衣は縁語。雉は当時食物として最上のため、前句の「鳥をむしる」に対した。「など……」は「なぞなぞ」付けの一つの型を含んだ付合である。

45・46 山のあたまを張るように春風が吹いている。――そんな春風なので、手を握った姿のこぶしの花もまたきっと張り散らされることだろう。
前句は単なる叙景ではなく、「山のあたま」という表現の中に頭張るの趣向がこめられている。春風の春を「張る」（殴る）とし、付句では辛夷《こぶし》を握りこぶしの意として、握りこぶしで山の頭を張るといった趣向が俳諧である。「張る」と「辛夷」は後の貞門《ていもん》俳諧でも常用された発想法となっている。あたまをはるに手を握るこぶし、春風ぞ吹くに花や散るがそれぞれ対応する。「こぶし」は六頭注参照。「手をにぎるこぶし」は「張る」に結合すべきを「散る」に結びついているから、単なる言葉の上の付合とみるべきであろう。

47・48 花を散らすという夕暮時の鐘の音を聞くだけでも春の夕はしず心なく心苦しいのに。――花に風は禁物、ましてや風気があって風邪でも引けば苦しさはいっそうだから、風のけはいが無いようにと花にいう夕暮時である。

43 鳥をむしればはだかにぞなる

44 衣をばなどきじきじと申すらむ　　雉

45 山のあたまを春風ぞふく

46 手をにぎるこぶしの花や散りぬらん　　辛夷の花

47 入《いり》逢《あひ》のかねきく春はくるしきに

入逢に夕暮、春に花、「くるし」に「風け」(風邪気)が対応。「山寺の春の夕暮きてみれば入相の鐘に花ぞ散りける　能因」(『新古今集』)の歌にすがった句作り。花に風ということから、風を風邪けがないようにと俗化している。「いふ」と「夕」が掛詞。

49・50　老の末は急坂を下るように落ちこんでいくものだ。――つまり桜の花が散ると、その白い花びらが外法《げほう》の神（福禄寿）の頭に降り積って白髪の山、忽ち年をとってみえるというようにね。

老に白髪、下り坂に山を対応させ、「外法のくだり坂」という諺にすがって付けた。この諺は、妖術《ようじゅつ》が一度失敗すると駄目になることから、一度失敗すると急速に崩壊する譬え。外法は本来仏教以外の教法をいい、また天狗を祖とする妖術師を指すこともあるが、この場合は当時流行の七福神中でも高齢の、長頭で禿頭いわゆる外法頭の福禄寿を指す（＊3）。外法さまともいう。桜の花を白いとみるのによった句作りで、外法さまを白髪頭と言い立てることの面白さをもねらったか。

51・52　熟して今にも落ちそうにたわわに実はなった。――といえばてっきり熟柿のことと思われるだろうが、そうではなくて、開ききった紅梅の木の花のことだよ。

原本「おとる」はととちの字形類似による誤り。前句では当然熟柿のことが連想されるが、その予想を裏切

48　風《かざ》けなかれとはなにゆふぐれ　　花

49　老《おい》の末こそくだりざかなれ

50　はなちれば外《げ》法《ほふ》の神もしらが山　　花

51　おちるばかりに実《み》はなりにけり

52　高木なる熟《じゅく》柿《し》ににたる梅の花　　梅の花

って梅の花に言いかえ、どんでん返しをした面白さ。ただし熟柿と種明かしをしたのは手法としては単純。「なる」は、状態になるとも、実が生《な》るとも考えられるが、ここは前者とみる。「高木」にはさほどの意味はなく、付句中での句作り。おちるに花、実に熟柿が対応。花が落ちるというのは漢語の落花からきていて、同様の例は七七・七六にもみられる。

53・54　鞍をしばる四方手《しおで》は紫色の革でしつらえるものですが。——木をしばるのに松にはやはり紫の藤の花ふさをかけるようなものでして。

「しほで」は鞍の前輪後輪の左右四カ所についている紐（＊4）。前句の四方手にしばる、紫に藤の房を対応させ、藤が松にまつわりついているさまを木をしばると見立て、藤の花房がたれているのを「藤の房をかけて」といった。馬具から植物に転じた面白味。「松にかかれる藤波の」という成語による句作り。馬具の四方手には紫革、松には藤紫と、いわゆる対句付けの句法で、前句と付句の間に意味のつながりはない。

55・56　可愛い子をまるで肩車にのせたような恰好で撫子をその上に咲かせている岩よ。——ちりけもとからちりけの灸《やいと》よりもなお暑い日が照りつけている。

前句は、撫子の花を可愛い子供にとりなし、親が子を肩にのせたと見立てた趣向。「ちりけ」は灸点の名でもあるので「暑き」と縁語。撫子に夏の日が対応。撫

53　鞍《くら》のしほでやむらさきの革

54　木をしばる松には藤のふさかけて　　藤

竹馬狂吟集巻第六

夏部

55　なでしこをかたにのせたる岩ほかな

子の赤い花を肩にすえた灸に見立てた句作り。「ちりけ」は襟首の下、両肩の中央の部分。ぼんのくぼ。灸はちりけにすえたのが一番熱いとされている。それよりもなお暑い夏の日というので句になる。発句の形では既に一〇にみえるが、それに対する脇付けである。

57・58　親子そろって賀茂神社に参ったことだ。——その祭日の酉《とり》の日の縁によって、頼母子も取りの日にめぐりあいますようにとお祈りしに。

親子と頼母子、賀茂と酉の日が対応。「頼母子」は民間の互助的金融組織。構成員に親と子がある。子が出しあう最初の掛金を親が取り、二回目から抽選により子が一人ずつ取る。「とりの日」は賀茂神社祭礼の日（四月の中の酉の日。現在は五月十五日）と頼母子を「取る」の掛詞。「あふ」は『犬筑波』一本に「遇」の字があててある。「まつりして」はお祈りする、願をかける。

59・60　思う存分くらわれてしまった。——それは夜通し破れ蚊屋に寝たので蚊に刺されたのだ。

前句の「くらはれ」は可能にも受身にも敬語的にもいろいろの解釈が可能であるが、付句ではそれを受身にとりなす。蚊屋の外ではなく、中で蚊に食われたという軽妙な趣向立ての面白さ。「食ふ」を「くらふ」という例は「海道にて茶屋をしてくらふ奴がぬるいあついを知らぬか」（狂言『禰宜山伏』）がある。「蚊帳」は蚊屋のこと。狂言『人馬』に「身共は蚊がきらひぢや程に夏は蚊帳をも吊《つ》つてくれさしめ」とある。付句

56　ちりけよりなほあつき夏の日　　夏の日

57　親子ながらぞ賀茂《かも》へまゐれる

58　頼《たの》母《も》子《し》をとりの日にあふまつりして　　葵祭

59　おもふほどこそくらはれにけれ

60　よもすがら破れ蚊帳《かちやう》のうちに寝て　　蚊帳

が長句で「て」留めの場合、いわゆる二句一章の形で、付句から前句に意味が返っていくのが普通である。

61・62 時々人にだまされるのはつらいことだ。――いや、ぬかれるといってもだまされるのでなく、自分の家の竹の根が隣の家の庭にのびて、その竹の子を抜かれるのが、文句も言えずつらいとこなんだ。「ぬかる」は、騙される意とか抜かれるなどの意があるが、それを「抜かれる」ととりなし、隣家に垣越しに伸びていった地下茎から生える竹の子だから、抜き取られるのを文句がいえぬと残念がっている面白味。類句に「親に知られぬ子をぞ設くる／わが庭に隣の竹の根をさして」（『莵玖波《つくば》集』）「内裏に近き宿の竹の子／腹立ちや君に幾度《いくた》びぬかるらん」（『犬筑波集』真如本）がある。後に落語の材料にもなっている。

63・64 瓜までも冷やしている猿沢の池。――奈良酒を飲んで酔をさましにこの池で足を冷やして涼んでいる日に。前句「をも」で、冷やすものは瓜だけでなく人も、と解される。瓜に奈良酒、猿沢の池に青丹よし、冷やすに涼むが対応。奈良酒は南都諸白《もろはく》ともいい、奈良できの酒は名酒とされる。瓜は奈良漬の実になることから酒の縁語となる。猿沢池は奈良市三条通南側五重塔近くにある池。帝の寵愛の衰えたのを悲しんで釆女《うねめ》が身を投げた故事で有名。「青丹よし」は奈良の枕詞だが、単に「奈良」だけでなく、奈良酒といった下司のものにつないだのが手柄である。

61 折をり人にぬかるるは憂《う》し

62 竹の子のとなりのにはに根をさして　竹の子

63 瓜《うり》をも冷やす猿沢の池

64 あをによし奈良《なら》酒《ざけ》のみてすずむ日に　涼む

65・66　水けの多い水なすびさえ日やけするのだぜ。——じゃ、鴨という名を持つかもうり（冬瓜《とうがん》）は当然羽がある筈なのにどうしてないのだね。とすれば、水なすびが日やけするのもあたりまえでしょう。「水なすび」は水けの多い茄子《なす》。「ひやけ」は日照りのため草木等の枯れること。水があるのに日焼けするとはこれいかに、との問いに対し、「……に何とて……らむ」と答える頓智問答の一つの型。典型的な謎かけ句である。茄子にかもうりを対し、「鴨」を掛けた。冬瓜は秋季であるが、その花として夏季としたか。

67・68　勧進聖は食事をしようとしない。——それもそのはず、腰にさしているひさごに入れてもらった汁が熱すぎて。

前句は『犬筑波』系諸本に「えくはず」とあり、その方が意味がはっきりする。勧進聖と腰にさすひさご、とき（斎）に汁が対応。「勧進聖」（＊5）は寺社・橋などの建立資金を得るため全国に寄付を集めに歩く僧。高野聖。勧進帳などを持った正式のものもあるが、そういう姿をした乞食坊主も多かった。高野笠という大きな編笠を被り、日用品等を入れる大きな笈《おい》を背負い、腰に柄杓《ひしやく》をさす。その柄杓で寄進の物を受取る。「ひさご」は瓢箪《ひようたん》の実を二つに割って乾し、それに柄をつけたもので、柄杓に同じ。

69・70　黒いものがなんと三つならんでいる。これなあに。——それは真ん中に子供がいてその左右には親鳥がいるのだよ。

65　水なすびさへひやけするなり

66　かもうりに何とて羽のなかるらん　　かもうり（の花）

67　勧《くわん》進《じん》ひじりときはくらはず

68　腰にさすひさごの汁のあつくして　　ひさご（の花）

69　くろきものこそ三《みつ》ならびけれ

黒い物に烏、三つに中左右が対応。前句の謎を付句で巧みに解いたもの。似た構想の句に「白き物こそ三《みつ》ならびけれ／布さらす卯の花がきに鷺《さぎ》のゐて」（『犬筑波集』平出本）がある。

71・72　それは西八条にあった寺での昔話よ。——蓮の葉に登ってござるのが外でもない、その寺の池の雨蛙ならぬ池の尼だっていうのはね。（蓮葉に池の雨蛙が登ったのだが、善根を施した池の尼だって同じように蓮葉の上に成仏なさった）

西八条に池の尼（池の禅尼）、寺に蓮葉が対応。『平治物語』や『義経記』にある池の尼の故事を踏まえて付けた。「西八条」は京都市大宮の西、八条の北で平清盛の邸宅のあった所。「池のあまがへる」は「池の尼」と「雨蛙」を掛ける。池の尼は六波羅の池殿に住み、平治の乱後清盛に源頼朝の命乞いをした。蓮葉に上るのは仏になることであり、右の如き善根を施して尼が仏になったの意をも含める。

73・74　曾我兄弟は仏様になりなさったよ。——だって蓮葉の上にかはづの子どもが並んでいるではないか。

曾我兄弟にかはづの子、仏に蓮葉が対応。前句の謎に対して、「蛙」と姓の「河津」とを掛けて、仏は蓮台の上にいられることから、「かはづ」の子が蓮葉の上にならんでいることで仏になったとした。曾我兄弟は河津祐泰の長子祐成（十郎）次男時致（五郎）で、二人して父の仇討ちをした話は『曾我物語』で有名。

70　なかに子が左みぎりはおやがらす

71　西《にし》八条の寺のいにしへ

72　蓮葉《はちすば》にのぼるや池のあまがへる　蛙

73　曾我兄弟は仏にぞなる

74　蓮葉《はちすば》にかはづの子どもならびゐて　蛙

75 秋にあはんといふもをかしや

76 みな人の植ゑをく小田のほしげにて　田植

77 女も具足《ぐそく》きるとこそ聞け

78 姫《ひめ》百合《ゆり》のともくさずりに花落ちて　姫百合

75・76 秋に逢おうというのもおかしなことだよ。――世間一統みなの人が植えておいた田が干からびてしまって大の凶作だというのに。

前句を、七夕さん気取りで秋に逢おうというのが滑稽だの意とし、その秋に逢うを出来秋の稔《みの》りの時に逢うと転じて付けた。前句の秋に逢うに星で応じ、それに「干し」を掛け、田がひからびていて秋の稔りはないとした。「毛」に稲の意があり「乾毛」を掛けたと思われる。

77・78 女だって男が着るはずの鎧《よろい》を着ると聞きましたよ。――姫百合が互いにすれあって、つまり草すりあって、その花が落ちたというのですからね。

「具足」は物具《もののぐ》、鎧のこと。前句は、板額《はんがく》や巴《ともえ》御前のような女丈夫、佐藤継信・忠信の妻などを連想させる句作り。それを草花のことに転じた。女に姫百合、具足にくさずりを対応。人を草花に見立てた句法である。鎧の胴の下に垂れて大腿部を覆う「草摺」（＊6）は姫百合の縁で、草が互いにすれあって、の意に掛けた。

79・80 虫食い歯が次々と抜け落ちてしまった。――いや、歯じゃなくて木の葉のことなんで、秋が来ると、朽木の柳の葉色も悪くなって。

竹馬狂吟集巻第七

秋部

79 虫くらひばぞかつ落ちにける

80 秋くればくち木の柳いろわろく　秋

81 計《けい》会《くわい》すれば秋ぞ猶《なほ》うき

82 露霜のふるに袖さへ質《しち》にして　露霜

「虫くらひば」は虫食い歯の俗語的表現。「かつ」は次々と。歯が落ちるとは抜け落ちること。韓愈の詩の題に「落歯」というのがある。「くち木の柳」は朽木の柳の葉のことで、朽木の「くち」を「口」として前句の「歯」に掛け、「いろわろく」には葉の色と歯の色とが掛けられている。前句の歯のことを葉にとりなして、虫葉に秋、「かつ落つ」を「かつ散る」の成語の縁にすがって朽木の柳に対応させた。柳の葉は「かつ散る」で「かつ落つ」ではないのだが、そうした慣用の無視も俳諧の自由さというべきであろう。

81・82　貧乏をすると秋はいっそうつらいことだ。——露霜がおりるというのに、小袖までもお金のかたに出してしまったので。

「計会」は困窮とか貧乏のこと。一時にものが重なる意もある。「秋ぞうき」は和歌の世界によく用いられる表現。それに計会の語を入れたのが俳諧。「露霜」は露が氷りかけて霜のようになったもの。『日葡辞書』に「露がふる」とある。「降る」を「振る」に掛けて袖の縁語とし、露霜は降るが小袖の袖さえ振れない、という句作り。「袖」は小袖のことで袖口をせまくした長着。肌着として用いる。狂言『悪太郎』に「アア、殊の外寒う成つたが、小袖は何としたか」とある。「質」は金を借りるための抵当。この場合、質屋に入れるという意味ではない。計会に質、秋に露霜が対応。二句一章的な作法で趣向立ての淡い句作り。

83 秋風たたば震ひもやせん

84 夜《よる》の月日まぜのおこりおとさばや　月

85 すいすい風の荻《をぎ》に吹くこゑ

86 鳴く虫もむかばやぬけてよわるらん　虫

83・84　秋風が吹くようになれば寒さに震えもしよう。――その震えは寒さではなくて、震え病なんだが、夜昼かけて長の月日に日交ぜに起るおこりの病を治したいものよ。

前句の「震ひ」をマラリヤ熱の「おこり」の震えに見立てた。「おこり」の病状は一定の間隔をおいて発生するところから「日まぜ」といった。おこりの治るのを「おちる」という。秋風に夜の月、震ひにおこりが対応。付句は夜と日の対立。おの繰り返しの技巧。なお、「夜の」は月の枕詞的措辞。「月日」は長の月日であると共に、日を呼び出す辞。それで長の月日、夜昼かけて一日交替で起ったとなる。

85・86　荻に吹き渡る風の音がスウスウと聞える。――秋の深まるにつれて、鳴く虫も、前歯がぬけたのでスウスウと空気が洩れて鳴く音も弱っていくのだろう。まるで荻に風が吹いているような音だ。古典的素材である荻の上風をスイスイと表現するところが俳諧。付句では荻に虫を対応させ、虫を擬人化した面白味。「むかば」は向う歯のこと。上あごの前歯。「よわる」は命が衰えると、声が弱ってよく鳴けないの両意を掛けている。原本「萩」を『犬筑波集』諸本により「荻」に改める。

87・88　つぶれるものもあり、つぶれないものもあり。――秋風に吹きつけられて、梢の熟柿がまた落ちたが。
前句「……もあり、……もあり」は前句付け的発想による慣用構成。「つぶれる」という言葉から種々のことが考えられる中で熟柿を思いたち、一つ落ちたのはつぶれ、また一つ落ちたのはつぶれなくてと、「また」の言葉によって前句の二つの場合を確実に処理した句作り。「熟柿」と「つぶれる」は関連語句。

89・90　多分、子を抱いて土に寝ているのでしょう。――子供があまりぐっすり寝こんでいるためでしょうか、わが妻はその子を起しかねている。いや、そうではなくて、子を抱いて添い寝している芋、その芋の根（寝）が土中に深いので、親芋も子芋を掘り起しかねているのだ。
親芋と子芋との言葉の遊び。前句を芋のことに転じ、「ねや」のねを寝と根、「おこす」を起すと掘り起す、芋に妹つまり妻を掛ける。

91・92　畏れ多くもったいないことながらも、入れさせていただきましょう。――わが足を手洗に入れて洗おうとすると、手洗の水に月の姿が映っている。それを足で乱すのはもったいないことながら。

87　つぶるるもありつぶれぬもあり

88　秋風に木ずゑ《こ》の熟柿《じゅくし》また落ちて　　秋風

89　子をいだきてや土にふすらん

90　ねやふかきおこしかねたる家の芋　　芋

91　おそれながらも入れてこそ見れ

前句は当然猥雑な句意に読みとられることを計算した句作り。従って、下衆《げす》と上臈《じょうろう》の恋として卑猥《ひわい》なことが連想されるのを意識して、それを見事に肩すかしをくわせる。そのはぐらかしの技術が俳諧の手柄というものである。仏教では水月といって水は清浄なもので、それに映る月が法《のり》に当るとして尊ばれている。また、わが国では月の出に先だって三尊仏の来迎が見られるという信仰がある。

93・94　昔からかつ散るというから、勝ったのかと思っていたが、まるで逆で、次々と散っていくのは風に負けて吹き散らされていく紅葉だよ。――花ざかりの桜こそ風に散るもの、なのにどうして紅葉まで風に負けて散るのか、花盛りの桜の真似をし、それと争ってまで散ることはないではないか。

前句は一五に同じ。「すまふぐさ」は、すまひぐさ、おひ芝（雄日芝）の異名だが、ここではその実意はなく、ただ草の名にかけて勝負を言ったばかりである。散るに花盛り、負けるに相撲が対応。「かつ散るも」の「も」から、桜花も風に散ることをいい出した。

95・96　奥山に舟を漕ぐ音が聞えるよ。――四方の樹々の実が十分うみ熟して海渡るといった有様になったのでしょうか。

山に木の実、舟こぐにうみが対応。「うみ」は「海」と「熟《う》み」を掛ける。この付合は『俊頼髄脳』に「躬恒と貫之がぐして物へまかりけるに、奥山にそま人の木ひく音のふねこぐに似たりければ聞きてしけるとぞ」

92　我が足や手洗《たらひ》の水の月のかげ　　月

93　かつ散るも風にまけたる紅葉《もみぢ》かな

94　花ざかりとはなどすまふぐさ　　すまひぐさ

95　奥山に舟こぐ音の聞こゆなり

96　四方《よも》の木《こ》の実やうみわたるらん　　木の実

とあって躬恒が言い掛け、貫之が答えたことになっている。『菟玖波集』では付句「なれるこのみや」とある。原本「子」を『犬筑波集』吉田本により「実」に改める。

97・98 多分神主殿は弓を持っていらっしゃるのだろう。――その弓に射かけられて吉田から追われ、「鹿《しし》が谷」ぞいに鹿が逃げて行くのを見ると。「吉田」は京都市左京区にある吉田山。吉田神社があり、その神主吉田家は神道の本家。「鹿の谷」は吉田山の東、東山との間の谷。神主に吉田、弓に鹿が対応。「鹿」と「鹿の谷」とが掛詞になっている。吉田から鹿の谷へ地続きという実事が一句の趣向である。

99・100 明け方の空を横に一筋たな引いている雲は槍に似ているよ。――だからこそ月がその雲の中に隠れて、天が暗くなったのだ。天九郎《てんくらう》槍というではないか。「月入る」を「突き入る」に掛ける。雲に月、槍に天九郎が対応し、「天暗う」を言い掛ける。天九郎は延文（一三五六～六一）の頃、近江国犬上郡甘露にいた有名な槍師天九郎俊長。その作った槍を天九郎槍という。前句は「槍一筋」の語呂を踏まえている。

97 神主どのや弓をもつらん

98 吉田《よしだ》よりおはれてにぐる鹿《しし》の谷　鹿

99 暁の雲一すぢは槍《やり》に似て

100 月入りてこそ天《てん》くらうなれ　月

101 いつつあるものひとつ見えけり

102 月にさすその指ばかりあらはれて　　月

103 ちりけより猶《なほ》あつき日のかげ

104 山かぜや秋のしるしをおろすらん　　秋

101・102 もともと五つあるものが一つに見えた。——五本のうちの月をさし示す一本の指だけが月の光に現れて。仏教でいう「指を見て月を見ず」（指月）の句を背景とする。仏の教えを月に、経典を指に譬え、手段のみに心を奪われ目的を忘れることをいう。当時の禅画の画題にもみえる。前句の謎を解くところが俳諧。算用合せの型である。

103・104 ちりけもとから、やはりまだ暑い日光がさし込んでくる。——しかし秋になったのだから、そのしるしに髪を剃《そ》りおろすように嵐が吹いて山の木の葉を散らし、丸坊主にすることでしょう。「ちりけ」は五六参照。前句を秋のこととし、「秋のしるし」を出し、「ちりけ」を散り毛、そして散り葉として、山風が秋の山の木の葉を散らすと付けた。「しるしをおろす」は剃髪《ていはつ》することから山の木の葉を散らすの意となる。この一〇三・一〇四は五五の発句に対する脇・第三の付合である。前句の「猶」は脇句としては「更に一層」の意を、第三の前句としては「まだ」と意味を変えている。

欠・105 （欠）——真っくらの空には月も出そうもなくて。

「しとやみ」はまっくらなこと。

106・107　聖霊たちも、秋の来たことを知るであろう。――折からお盆のこととて、みそはぎで水を注ぐのに向いあっていて。

「聖霊」は死者の霊。秋のお盆にお祭りする。「みそはぎ」は盆に仏前に供える草。聖霊花ともいう。「手向」は神仏に供え物をして死者の冥福を祈ること。聖霊にみそはぎ、秋に露が対応。付合に働きなく、俳意の弱い付合である。

108・109　紅葉の枝を折ってふり上げ、肩にかついだことだ。――立田川を渡れば折柄の月夜、さて護身の棒をついて行かねばなるまいが、それには紅葉の枝を折ってふりかたげて行けばよい。

紅葉に立田、ふりかたぐに棒が対応。狂言『若市』に「手棒を振上かゝり給へば」、『棒縛』に「此間きやつが棒を稽古致しまする。中にも夜の棒と申て、きやつが秘蔵の棒がござるに依て、是を御所望被成て」等と棒が護身用として用いられている。「立田川」は奈良県北西部生駒山地の東側を南に流れて斑鳩《いかるが》で大和川に注ぐ。紅葉の名所。なお、前句を風雅風流な紅葉盗人のこととし、付句を月の夜、月に浮かれて紅葉をかざして立田川を渡ると、警護の者が棒をつき出した、とも解される。

105　しとやみの空には月の出《い》でやらで　月

106　聖霊《しやうりやう》どもやあきを知るらん

107　みそはぎの露の手向《たむけ》にむかひゐて　露・みそはぎ

108　紅葉を折りてふりかたげけり

109　立《たつ》田《た》川わたれば棒を月の夜《よ》に　月

110・111　地獄の図子《ずし》の遊女たちが歌をうたう声々が聞えてくる。――地獄の歌というからには、それは聖霊たちが盂蘭盆《うらぼん》の夕暮に宴会をして歌っているのであろう。

地獄に聖霊、歌をうたうに酒盛りが対応。「ぢごく」とは地獄図子《じごくのずし》で、「北野西方寺の西、御小人町北へ上る所」（『京羽二重』）とある。千本釈迦堂のあたりか。『七十一番職人歌合』三十番に、「左たち君」に対し、「右づし君」を番《つが》い（＊7）、「三づ川うばとやつひになりなまし地獄がづしに残るふる君」の歌がある。「ぼん」は盂蘭盆会で七月十五日に行われる仏事。この日死者の霊が現世に戻ってくると信じられている。死者の霊を生きた人間なみに扱った面白さ。原本「斗」を句意により「歌」に改める。

112・113　黒いはずのひげが赤いので、恰好が悪くておかしいことよ。――いやいや、これはそのひげとはちがって、七月の聖霊祭りに下手な人が作った墓灯籠のひげのことだよ。

「ひげ」は『宇治拾遺物語』一「中納言師時法師の玉くき検知の事」に「衣の前を掻き上げて見すれば誠にまめやかのはなくてひげばかりあり」とあるひげなどに見立てるのが俳諧の前句ぶりであろう。それとおぼめかしてさらりとかわしたおかしさ。「はかどうろ」は、お盆の時に墓につるす紙製の灯籠。下手な者が作ったのでおかしな恰好になっている。この場合の「ひ

110　ぢごくの歌をうたふこゑごゑ

111　聖霊やさかもりすらん盆《ぼん》のくれ　　ぼん

112　ひげはあかくてなりのをかしさ

113　七月《ふみづき》にへたのはりたるはかどうろ　　七月

げ」とは、その盆灯籠の四方にたれさがっている赤い飾りのことであろうか。＊8参照。

114・欠　行く秋は深くなり、深草山には時雨が降るようになった。

付句欠。「ふか草山」に「深し」を掛ける。深草山は京都市伏見区深草にある山。稲荷山の南。歌枕。「夏くれば深草山の郭公《ほととぎす》鳴く声しげくなりまさるなり」（『拾遺集』）。

115・116　ひろうして冬の夜の月を見ないことだ。——夕時雨もやんで晴間になったことだし、大きな高野笠をぬいであの月を見ろよ。

前句は意味のはっきりしない難句。それを広いととって、冬の夜の月を見ないのは、大きな笠を着ているからだと、高野聖のことにした。「時雨の晴れ間に月が出た、そんな縁の広い笠を着ていては月が見えないから脱げよ」と言い掛けた。前句を高野聖で解いたのが俳諧。高野聖は高野笠という大きな笠を常に着ている（＊5）。冬に時雨が対応。

竹馬狂吟集巻第八

冬部

114　行くあきのふか草山に打《うち》時雨《しぐれ》

（欠）

115　ひろうしてみぬ冬の夜《よ》の月

116　夕《ゆふ》時雨《しぐれ》はれまにぬげや高《かう》野《や》笠《がさ》

時雨

117 ふるき若《わか》衆《しゅ》に秋風ぞ吹く

118 霜まよふ鬢《びん》もこのごろうらがれて　　霜・枯れる

119 一寸二寸にかがむ冬の夜

120 番《ばん》匠《じやう》のかねのごとくに身はひえて　　ひえる

117・118 年をとり容色も衰えた若衆には、そぞろ淋しい秋風が吹き、恋心もさめている。——すっかり白くなった鬢《びん》の風情さえも、このごろはみすぼらしくなって。
「若衆」は男色の相手をする美少年。「ふるき」は年をとったの意。大若衆を指す。衆道では十二～十五歳が初花、十五～十八歳が見どころ、十八～二十歳が老の坂といわれる。「古き……秋風ぞ吹く」は和歌的構成。『千五百番歌合』に「玉鉾《たまぼこ》の道の芝草うちなびき古き都に秋風ぞ吹く　後鳥羽院」とある。古と若を対比。付句も和歌仕立ての句。その中で鬢を出し俳諧とする。「霜まよふ」は霜が乱れ降ること。すっかり白くなったこと。「霜まよふ空にしほれし雁がねの帰るつばさに春雨ぞ降る　定家」（『新古今集』）。「うら枯る」は末が衰える。共に歌語。「鬢に霜おく」は成語。「古き若衆」に「霜まよふ鬢」、秋風にうら枯れるが対応。

119・120 一寸二寸と折れかがまる冬の夜。——大工の持つ曲尺《かねじゃく》のように身が冷えたので。
前句は、冬の夜に一寸二寸とかがむのは何？　という謎句。それは番匠の持っているかねざしのように、身が冷えかがんだからだよ、と解いた。「番匠」は大和や飛驒《ひだ》から交替で京に上り、木工寮に属した大工。一般の大工にもいう。「かね」は大工の持つ鉄製の物指しで直角に曲る。＊9参照。「一寸二寸にかがむ」に番匠のかね、冬に冷えるが対応。

121・122　うちとけた二人の仲でこそ、手紙《ふみ》は書かれるものですよ。——だから、まあしばらくお待ち。硯の水にはうっすらと朝の氷がはっていますよ。とけない硯の水で書きようもありますまい。氷がとけてからお書きなさい。
前句の男女の仲の「うちとける」を氷にとりなして、恋の前句を付句で硯の水に転じた面白さ。「待てしばし」と口頭語を用いたのが俳諧。「うちとけて」に朝氷を対し、後朝《きぬぎぬ》の感を漂わす。書くに硯が対応。朝氷は朝薄く張る氷で、歌語。

123・124　寒いので、猿はわれとわが身をもんでもだえ苦しむことであろう。——木から垂れているつららの先は錐に似ているが、つららと同じように木からぶら下がっている猿も寒いので、わが身を錐のようにもんでいることだ。
前句の「もむ」を錐をもむに見立てた。「寒き」に「たるひ」、「猿」に「木にさがる」、「もむ」に「錐」が対応。「寒きに猿の」は『犬筑波集』ではすべて「寒さに猿は」とあり、付句は『犬筑波集』大永本（本書一五三）では「いはほよりたるひのさきを錐にして」となっているが、この方が合理的な表現である。

125・126　寒い夜こそ人は柿本人麿になるというものだ。——寝る家もない貧乏人が柿の木の下で紙ぶすまをかぶって寝ると、寒いので自然に身体が丸くかがむからね。

121　うちとけてこそ物はかかるれ

122　待てしばし硯《すずり》の水のあさごほり　　朝氷

123　寒きに猿の身をやもむらん

124　木にさがるたるひのさきは錐《きり》に似て　　たるひ

125　寒き夜《よる》こそ人《ひと》丸《まる》になれ

前句の「人丸」で歌人の柿本人麿を暗示しておいて、付句でそれを人麿でなくして、単に人は丸くなるの意に転じ、しかも氏姓としての柿本を樹木に取りなした面白さ。夜にふすま、人丸に柿の下が対応。「柿本」と「柿の下」とを掛ける。「かみふすま」は紙衾、紙でつくった粗末な夜具。貧乏な状態を表す。かの繰り返しの技巧。

127・128　師走《しわす》になると何かと苦労なことが多いので、額のしわが寄り合うのをご覧なさいよ。――そのしわの寄り合うのはそうではなくて、実は婆さんと爺さんとが年忘れのお祝いで顔を寄せ合っているのですよ。

前句は、額の「しわ」に「師走」を掛け、寄り合うから寄り合いの場を連想したのだが、こうした曲節のある句作りは前句ぶりでなく、むしろ付句的である。或いは付句であったのかもしれない。師走で借金の返済など苦労が多く額にしわが寄るという前句を、老人同士が額を寄せ合うさまに転じた。

129・130　貧乏すると年の瀬もなかなか越されないことだ。――人から借りたものを、年の瀬だというので、返せ返せと大晦日に責められるが、それを返す甲斐性もないことだしね。

「計会」は六一参照。やや尋常すぎて屈折がとぼしく、付け心も薄く、作意の淡い作で、俳諧の付合というよりむしろ二句一章的な狂歌のような句作りである。

126　かみふすまかぶりぞねたるかきの本　　かみふすま

127　ひたひのしわす寄りあふを見よ

128　行く年をうばと祖父《おほぢ》やわするらん　　行く年

129　計《けい》会《くわい》すれば年もこされず

130　人のもの大晦日《おほつごもり》にせめられて　　大晦日

131 なままめにても鬼をうたばや

132 やどかかり福はうちへといひかねて　　福は内（追儺）

133 鬼といふ字ぞ灰に書きたる

134 せつぶんの豆煎《い》るなべの底ぬけて　　節分

131・132 なんなら生《なま》豆ででも鬼を打ってみようかしら。――居候の身として、鬼は外とはいえても福は内にいるとはいえた義理でないことだ。（外の鬼に対しては身につまされるので、少しでも痛くないように堅い煎り豆でなく軟かい生豆で打とうか）追儺《ついな》（節分）には鬼を煎り豆で打つ。それを生豆として謎句とした前句に対し、付句で、それは居候がわが身につまされたためと解いた。「やどかかり」は、宿の世話になっている人。居候。「鬼をうつ」に「福はうち」が対応。鬼打ちのはやし言葉「鬼は外、福は内」にすがった句作り。

133・134 鬼という字が灰に書いてあったのだ。――節分に使う豆を煎っていると、鍋の底がぬけてしまったが、それは鍋の下の灰に鬼という字が書いてあったので、その鬼を豆が打とうとしてぬけたのだった。字面《じづら》の意味はわかるが一句としてのことがらの意味にはあいまいさの残る、いわば難句としての前句を付句で明らかにする。節分に煎り豆で鬼を打つ行事を踏まえて、豆を擬人化し、鍋の底がぬける原因を、豆を煎る鍋の下の炭火の灰に鬼という字が書いてあったため、その鬼字に豆がうちかかろうとしたからだとする。付句で前句の意味を明らかにすると共に、付句自体の面白味を出した。鬼に節分、灰に煎るが対応。

竹馬狂吟集巻第九

恋部

135 馬《むま》の上にて稚《ち》児《ご》と契《ちぎ》れり

136 山寺の将《しやう》棋《ぎ》の盤《ばん》をかり枕　　枕

137 とめ所なき人の恋しさ

138 玉づさにあなかしこをも書かずして　　玉づさ

135・136 馬の上で稚児と契ったことになる。――それは山寺の将棋の盤を仮り枕にし、その上に並べてある駒の上で契りを交わしたのだからね。そんなことができるのかという、前句に対する疑問を付句で解いた。「馬」は『日葡辞書』に「Uma 将棋のこま」とある。馬と将棋は付合（『毛吹草《けふきぐさ》』）。「稚児」は主として寺院で勉強の傍ら雑用を勤める少年で、男色の対象となった。「山寺」は比叡山延暦寺等をいう。馬に将棋、稚児に山寺、契りに枕が対応。別解として前句を武将と稚児の戦場の景とし、付句はそれを寺僧に取りなしたとも考えられる。

137・138 とめどもなくあの人が恋しい。――恋文の最後に、終りを示す言葉の「あなかしこ」を書かなかったために。つまり契りを交わしていないので。「あなかしこ」は、恐れ多く存じますの意で、手紙の文末に用いられるきまり文句。「玉づさ」は手紙の意でここでは恋文を指す。但し、裏の意は玉、穴の語で玉門を暗示し、未だ契りを結ばぬ、となる。止め所とあなかしこ、恋しさに玉づさが対応。

139 およばぬ恋をするぞをかしき

140 われよりも大《おほ》若《わか》俗《ぞく》のあとに寝て　大若俗

141 あなおそろしや夜《よる》の盗人《ぬすびと》

142 若《わか》俗《ぞく》に昼寝のものをまづ見せて　若俗

139・140 身分不相応でとても成就できそうにない相手に及ばぬ恋をしているなんて、おかしいことだ。——及ばぬといったって、身分ではなく背丈のことさ。自分よりも背の高い大若衆のうしろに寝たが、背丈がちがいすぎて、うまくいかないってこともあるんだよ。

前句の身分のちがう人との恋を、付句で背の高い人との男色関係に転じた。「大若俗」は大若衆に同じ。普通若衆は十八、九歳までといわれているが、それより年齢の高いのを「大若俗」という。従ってこの場合、年かさであるため背が高くなっている大男の若衆を指す。稚児は主として僧の世界で、若衆は俗界一般の場合での男色の対象をいう。「あとに寝る」は、男色であるため兄者が若衆の背に乗りかかることになる。鶏《けい》姦《かん》。

141・142 ああ恐ろしや恐ろしや、夜の盗人というものは。——若衆に昼寝の時に自分の「根のもの」をあらかじめ見せなどしておいて。夜になるとそいつは穴盗人なんだから。

前句「あなおそろし」の「あな」を若衆の尻の穴と見立て、昼寝の「ね」に「根」(男根)を掛け、盗人を若衆の穴を犯す者として、「盗人の昼寝にもあてがある」といった諺によって付けた。前句の意は、まず見せておくのは夜の魂胆があるからで、ほんにまあおそろしいことだとなる。

143・144　世間に流される噂の種というものは、もともとその人自身がつくり出すものだ。――こともあろうに仏に仕える尼が川のほとりで転び合い、子を産んだが、その噂が川の水の流れのように世に拡まったことをみると。

「流れての名」を浮名を流すといった恋の気味として付けた。「しいだす」は噂の種を作り出すこと。ことさらに比丘尼（＊10）としたのは、絶対に世間に秘密にすべき恋というわけである。流れてに河ばた、人に比丘尼が対応。「河ばたに」は「恋する」にかかるとも「生みて」にかかるとも考えられるが、前者をとる。

145・146　垣の穴から向うを覗《のぞ》き込んで見つめたんだ。――垣の向う側を覗いたところ、女の隠し所が見えたので、思いがそそられ、どうすることもできぬままに一人自分のものを夜通し握って寝たよ。

「垣のあなた」から「あな（穴）」を仲立ちにして、穴を覗くを女陰を覗くと見立てての付合。これといった言葉付けでなくて、意味の上で付けるいわゆる心付けの気味が多い。付句から前句に戻る解もありえよう。

147・148　出家しようと、今こそ覚悟したぞ。――顔が不細工で、子供も生めないような最低の女房にぼろくそに叱られて。こんなことでは出家どころじゃなく、あんな女房なんか離縁しようと肚《はら》を決めた。

前句一句としては出家遁世の句。その句解をひっくりかえして、夫婦の間柄を去る、即ち離縁すると下世話なことに見立てかえたのが付句の手柄。付句「て止

143　流れての名は人ぞしいだす

144　河ばたに恋する比《び》丘《く》尼《に》子を生みて　恋

145　垣のあなたをのぞきてぞ見る

146　我ひとりにぎりて寝たる夜もすがら　ひとりね

147　世を去らんとは今ぞあんずる

め」で前句に意味が戻る形。「世」には、この世の意の他に、男女の交情、夫婦生活等の意がある。「みめ」は顔かたち。中国『大戴礼』に「婦有《リ》ニ七去一。不レ順《ハ》ニ父母一去《ル》。無《キハ》レ子去《ル》……」とある。

149・150　口を吸いつづけて、さて離そうとしても、どうしても離れることができない。――というのはね、根太に悩む膏薬売りの男と契りを交わしたものだから、女は男が貼っている商売用の吸出し膏薬のようにくっついてしまってね。「根太」はおできの一種で、太ももや臀部《でんぶ》などにできて赤くはれ、中心が化膿して激しく痛む。疔《ちよう》や瘍《よう》の類。膏薬は吸い出し膏薬、患部に貼って膿毒を吸い出す。松脂などが交ぜてあり、粘着力の強い煉り膏薬。「口を吸ふ」は接吻するという当時の言葉。こうした性質を材料にした笑話は狂言『膏薬ねり』など多く行われた。膏薬売りは＊11参照。

151・152　しわがれ声で一向似つかわしくもない細り調子の唄を歌ったぜ。――傾城宿だからその唄声はみな細り調子と思うのは早合点というもの、しおから声の犬だってほそ声の猫だっているんだからね。「しほから声」はしわがれ声、「ほそ歌ひ」は哀調のあるほそぼそとした節で歌うこと。廓歌の哀調。前句は、「しほから声」と「ほそ歌ひ」という、本来合わないものをもって句作りした難句。付句は、「しほから声」に犬、「細歌ひ」に傾城を対応させ、傾城に猫の縁語で句作りをした。「傾城宿」は遊女をおいている家。

148　みめわろく子生まぬ妻にしかられて　　妻

149　口を吸ひつつ離れやられず

150　ねぶと持つからうやく売りに契りして　　契り

151　しほから声でほそうたひけり

152　傾《けい》城《せい》の宿《やど》には猫も犬もあり　　傾城

153・154　容貌の悪いのを隠しおらしさよ。――容貌の悪いのを隠そうとして、昼は隠れていて夜しか働かないので、その小女房が掛けようとする岩橋は、なかなか出来上がらない。（思う人との間に橋がかかりにくい、情が通じにくい）役《えん》の行者に葛城山《かずらきやま》と金峰山《きんぶせん》の間に岩橋を掛けるように命ぜられた一言主《ひとことぬし》の神は、自分の醜い容貌を恥じて夜しか仕事をしなかった。そのため岩橋が完成しなかったという説話を前句に見てとって付けた。この説話から、男女の契りのとげられないことを「岩橋の掛りかねる」という。自分の醜貌を恥じて、なかなか思いの遂げられない小女房、それがしおらしいという付心。「小女房」は少女。「みめのわろきを隠す」に「いははしのかかりかねたる」、やさしさに小女房が対応。

155・156　恋しいことよ、契りたいことよ。さてどうしたらよかろうか。――したいといっても変に勘ぐらないで下さい。わが亡きいとしい人のため忌日の仏事を営みたいと思うのに銭がない、いったいどうしてしたらよかろうか、ということなんですよ。男女交合をいう卑俗語「する」を、付句で営む、勤行する意にとりなし、どのような方法でするかとし、卑《ひ》猥《わい》なことを真面目な仏事のことにしたのが俳諧。当然卑猥にわたる前句を付句であらぬ体《てい》に取りなす句法は頗る多く、この逆は少ない。従って付句は恋ではない。この場合も雑部に分類されるはずだが、「つま」の語によって恋の句としたか。恋しにつま、したやに

153　みめのわろきを隠すやさしさ

154　いははしのかかりかねたる小女房《こにょうばう》　　小女房

155　恋しやしたやさていかにせん

156　我がつまの忌日《きじつ》の仏事《ぶつじ》ぜにはなし　　妻

仏事、如何にせんに銭無しが対応。

157・158　歌の勉強も詩の勉強もいや。殊に面倒なのは花の枝などに付けて送られてくる相手からの恋文。――こんな泣きごとを稚児や喝食が仲間同士で恋の夜話にしているよ。

前句を会話ととる。稚児喝食は三五注参照。手紙はそのときどきの花の枝などにつけて送るのが習慣である。

159・160　ちょろちょろしたよろい毛もやがてふさふさした振り分け髪になる兆《きざし》でして。――いってみれば男の子にしたって恋病にとりつかれると、指似(小児の男根)が大きくふくらんでくるようなものだね。

「よろひ毛」は鎧の札《さね》の糸を指すことから、さねの毛、つまり女性の陰毛の意。「振り分け髪」は童幼男女の結髪の一つ。この句は一七一の付句で一六四へと続く。『伊勢物語』二十三段の、井のもとで遊んでいた幼い男女がやがて成長し、男の求婚の歌に答えて女が「くらべこし振り分け髪も肩すぎぬ君ならずして誰かあぐべき」と歌った故事を背景とする。「おへもの」は、毛が生えてくる意であるが、付句では男根の怒張する意に取りなし、従って、ここでは男の子をさす。「よろひ毛」に「おへもの」が対応。

161・162　膏薬売りだって恋はするものだ。――そんな時は、恋文を普通なら紙で包むのに、きっと商売用の薬を包む竹の皮で包むことだろう。

膏薬売り(*11)に竹の皮(通常膏薬は竹の皮に包ん

157　歌も詩もいやなる物は花の枝

158　稚《ち》児《ご》喝《かつ》食《しき》の恋のよがたり

恋のよがたり

159　よろひ毛は振り分け髪のはじめにて

160　恋の病《やまひ》ぞおへものとなる

恋の病

161　かうやく売りも恋をこそすれ

162 玉づさを竹の皮にや包むらん　　玉づさ

163 恋の病《やまひ》ぞおへものとなる

164 思ひ草へその下より根をさして　　思ひ草

165 なに事も知らぬ若衆のそばに寝て

166 うしろを前になすよしもがな　　前

だ)、恋に玉づさが対応。「玉づさ」は、便りを運ぶ使者が持つ梓《あずさ》の杖から、手紙そのものをいう。

163・164 ひとたび恋の病にとりつかれると、それはまるで生《お》えもののように大きくふくらんでいくものだね。――つまりそれが思い草になって、臍《へそ》の下に根をおろし、次第に根を張り大きく育ち、ふくれ上がってしまうものですからね。

「恋の病」を男女の契りとして、男根が臍の下から伸び出ると応じた。「根」は「おへもの」に応じてその芯を意味する。意味としては付句から前句へ戻る。「思ひ草」はナンバンギセル（植物名）とも言われているが、ここでは物思いの種の意。「根をさす」は縁語で、根を張る、伸ばすの意。前句一六三は一六〇として一五九の付句であったが、ここでは一六四の前句となっている。つまり、この先にある一七一を含めて一七二(一五九)・一六〇(一六三)・一六四と、恋四句一連の付合。一五九の付句では少年の恋だったのを、ここでは大人に見立てかえることで転化をはかっている。

165・166 まだそんなことは何もわからぬような幼い若衆のそばに寝て。――そんな者にうしろを前として、つまりお尻を上向きにさせて男色のわざをしてみたいものだが、相手は幼い若衆、なすすべもないことだ。

日常一般的なこととして仕立てた前句に対し、若衆の語から恋の意を汲み取って男色の句を付けた。「なすよしもがな」は『伊勢物語』三十二段の「古《いにしへ》のしづの

竹馬狂吟集巻第十

雑部

167 かけつかへしつ広沢の池

168 袖ひぢてわらはべどもの水なぶり

169 茶をも飲まじと世をぞ捨てぬる

小田巻繰りかへし昔を今になすよしもがな」から来て、この頃では一つの成句として用いられている。若衆にうしろ（尻のこと）が対応。前句が長句なのは、付合の一般形式としてはやや通常ではなく、二句一章の狂歌的な感触の方が強い。或いは元来、前句と付句が逆だったのかも知れない。雑部二〇一参照。

167・168 追っ駆けていったり戻ったりして広沢の池で戦っているよ。——それは、実は武士の合戦ではなく、袖を水だらけにして子供たちが水合戦をして遊んでいるのだよ。

前句に何故広沢の池が出ているのか不明。或いは「広い」を合戦の場に当て、かけると池の水といった句作り上での言葉の縁か。もう一つ前に句があってそれとの関係か。「かけつかへしつ」は軍記物語の戦いの場面の慣用句。付句は前句に子供の姿を見立てて趣向をたて、戦いの駆けるを水をかけるに取りなす。「水なぶり」は、水遊びのこと。句の仕立て、句作りにおいて、「袖ひぢて」の雅言に対し「なぶる」という俗語で応じ、その不調和に面白味を出す。本来付句で前句の広沢の池を逃がさず受けとるべきであるが、その点がなく、付肌の粗い句法といえる。

169・170 いろいろ事情があって一旦浮世を捨てましたからには、隠者にふさわしいあの茶さえも飲みませんよ。——そういう浮世を捨てた山住みの私には、手取り釜を持ってもどうなりましょう。いや、女と手を取りあって暮すようなことは一切しませんよ。

把手《とつて》のついた釜「手取」を、手を取りあってとして二人住みに通わす。茶に手取、世を捨つに山住みが対応。

171・172 まだこんなお年なのに、早くも井戸端で契っていなさるよ。——女の子に陰毛の生えるのは振り分け髪の前兆、つまり年頃になる始めなんだよ。だからこの頃から契りなさるのも無理ないことだ。前句は『伊勢物語』二十三段「……井のもとに出でて遊びけるを……をとこはこの女をこそ得めと思ふ、女はこのをとこをと思ひつつ……本意のごとくあひにけり」による。付句はそれを身体の性徴現象に転じる。句作りは、女が振り分け髪なのをみれば、きっとあの毛も生えている筈だから、というのが正しい言い方だが、その逆をいっている。原本「ふりさけ」は一五九により「振り分け」に改める。一七一・一七二(一五九)・一六〇(一六三)・一六四と恋四句。

173・174 連歌師は、飢えるというようなことは元来ないはずのものですぜ。——それは、どこへ行っても必ず穀(五句)があるでしょうから。「かつうる」は、本来「かつゆる」で、飢えること。『運歩色葉集』に「飢 カツユル」とある。「……はなきものを」は上の言葉を受けて、これは何かと問う謎句の一つの型。「を」は詠嘆の助詞。付句は「五句」に「穀」「御句」(或いは別解として「御供」とも考えられる)を掛ける。穀を「ごく」というのは穀潰し・穀粒のゴクの類。『饅頭屋本節用集』に「穀ゴク」とある。前句は句作りとして何故連歌師(＊12)と飢え

170 山住みに手《て》取《どり》持ちてもなにかせん

171 いまからだにも契る井のもと

172 よろひ毛は振り分け髪のはじめにて

173 連《れん》歌《が》師《し》のかつうることはなきものを

174 いづくへゆくと五句《ごく》はありなん

と関係あるのか不明。或いは当時の所謂職業連歌師の世渡りのさまを諷刺したか。

175・176　空に何か降ってきたなと思って見上げると、それはどうも時雨のようである。——というのは、屋根ふきが、ぶるぶる震えているこんにゃく頭に笠をかぶっているので、そうとわかりました。付句は、構文上、屋根ふきのこんにゃく頭が笠をかぶっているので、とも解し得るが意味は同じ。「こんにゃく頭」は頭皮がふにゃふにゃで皺《しわ》がより震える頭。空に屋根、時雨に笠、降るを「なゐふる」（地震）などの「ふる」の同音から震えるとして蒟蒻《こんにやく》に対応。原本「こんにやく須かさ」の「須」は「頭」の誤写とみる。時雨が降るかと見上げると、それは屋根ふきが笠を被った頭をふっているのでしたよ、とも解される。

177・178　弘法大師が入定したのはいつのころだったっけ。——去年借りたと思っていた借金の証文は、早や借りてから二年になってしまった。それで思い出したのだが、弘法大師が入定されたのは承和（証は）二年ということになるではないか。「大師」とのみいえば弘法大師を指す。「入定」は本来心を統一させて無我の境地禅定に入ることだが、聖者の死をもいう。弘法大師は承和二年（八三五）三月没。高野山では、空海は死んだのではなく弥勒《みろく》菩薩《ぼさつ》の出現まで禅定に入っているのだと信じられていた。入定を入帳、入金帳ととって、借金の証文で応じた。大師入定に承和二年が対応。

175　空に降るかとみゆるしぐれ

176　屋根ふきがこんにやく頭かさをきて

177　大《だい》師《し》入《にふ》定《ぢやう》いつのころぞや

178　こぞかりし承和《じようわ》二年にはや成りて

179・180　法師ともあろうものが槍を握って駆けだしたよ。――それはね、稚児が放った引目の音ならぬ放屁《おなら》の音に驚いて、法師は抜身のわが槍を握ったままで逃げ出したのだ。

「槍」を男根ととり、それを握ったまま逃げ出したと見立て、槍に引目、法師に稚児を対応させる。「引目」（＊13）の矢は、矢尻に穴があいており、射た時ボーとかブウとか大きな音がするので放屁の音を比喩《ひゆ》する。法師が稚児を犯そうと自分の槍を突き入れようとした途端、稚児が大きな放屁をしたためとおかしくとりなす。引目の音は前句槍の縁での句作りで、表面的な句作りでは両句とも雑、裏の意味では両句とも恋。

181・182　ふと気がつくと今日も早や暮れ方だ。時のたつのは早いものだと驚いて。――児《こ》の手柏《てがしわ》のふたおもてではないが、これではわが老い先の長くないのに手を打ってあわてふためくことだ。

「このてかしは」は植物であるが、中古には既に不明となり、諸説あって未詳。「奈良山の児手柏のふたおもにかにもかくにも佞人《こびひと》の徒《とも》」（『万葉集』）の例がある。ふたおもてから「ふためく」と言い下した。前句のおどろくに対して手を打って（柏手《かしわで》）の意をこめて児の手柏といったか。あまり付心の華やかな句ではなく、前句が長句形でもあるところから、この一連、或いは三句付けなどの一つかも知れない。

183・184　腹の立つ時、腹立ちまぎれに物をうち割ることだ。――山寺の和尚さんに叱られたのを根

179　槍《やり》をにぎりて法師かけけり

180　稚《ち》児《ご》の射る引目の音におどろきて

181　けふの日もはや暮がたにおどろきて

182　このてかしはのふためきぞする

183　腹のたつとき物ぞうち割る

に持った小新発意のしたことですよ。発心して新しく仏門に入った者を「新発意」という。ここは小僧のこと。前句で女性を予測させておいて付句であらぬ者にとりなすおかしさ。物を壊しがちな小坊主といった当時の通念を下に敷いている。新発意→新鉢→鉢を割るとする駄洒落か。付けもののはっきりしない付合である。

185・186 高い所からまっさかさまに落ちると思うとハアハア息がはずむことだろう。——僧正遍昭が馬に乗りはじめの未熟な時、嵯峨野で馬上から女郎《おみなえ》花《し》を折りそこね、もう少しで落馬しようとした時は。遍昭の「名にめでて折れるばかりぞ女郎花我おちにきと人に語るな」(『古今集』)を踏まえる。同集序文の注に「さが野にて馬より落ちてよめる」とあることから、古来遍昭落馬説が信じられていた。「高く落つ」は、たかころびの類で、もんどりうって落ちること。

187・188 古い竹かごは、その目もつぶれかかって、見た目にも危ないことだ。——それはまるで傍にあるつぶれかかった閻魔堂の格子の目のようだ。前句の「かご」を鳥かごとみて、鳥屋のあった千本(京都市上京区)、それから千本の引接寺《いんじようじ》の閻魔堂を出し、そのつぶれかかった格子戸の目ということで応じた。実事を踏まえての句作りの面白さ。『三十二番職人歌合』三番右、鳥さしの歌に「春は又ところもはなの千本にみせをくたなの鳥の色いろ」とある。

184 山寺の坊《ばう》主《ず》にすぬる小《こ》新《しん》発《ぼ》意《ち》

185 高く落つれば息はづむらん

186 僧《そう》正《じやう》の馬《むま》乗りたての嵯《さ》峨《が》の原

187 ふるきかごこそ目もあぶなけれ

188 かたはらにつぶれかかれる閻《えん》魔《ま》堂《だう》

189・190 ふらりふらりと瓔珞がぶら下がっているよ。——草木国土悉皆成仏といわれているので、いつもブラブラぶら下がっているすりこ木だって木という名がついているから成仏すると聞いているのに、同じようにぶら下がっていて、しかも仏に縁のあるこの瓔珞の方は何故成仏しないのだろうか。
「瓔珞」は宝石や貴金属を編んで頭や首、胸等にかける装身具。寺院内の天蓋など天井から垂れ下がっている装飾物もいう。「すりこ木」はすり鉢で味噌などをすりつぶす木の棒で、台所などの柱にひっかけてぶら下げてある。付句は仏教でいう草木国土悉皆成仏を踏まえ、意味の上で前句に戻る。同じくぶら下がるものを並べ、雑物の摺子木がその名の故に成仏するのに対し、仏縁ある瓔珞がかえって不成仏と、その順逆を言い立てることの面白さをねらったものである。

191・192 平家の物の具がキラキラ光っているよ。——いやいやそうではない。光っているのは平家の大将平清盛入道の坊主頭が剃《そ》りたてだからだ。前句の「物」は物の具で、鎧《よろい》や冑《かぶと》など。「つぶり」は頭。平家に大将の入道（平清盛）、「きらめく」に「つぶりそりたて」が対応。いかめしい鎧冑のキラメキを坊主頭に転じた面白さ。

193・194 武蔵の国を指して飛んで行ったことだ。——その名も武蔵坊弁慶が、己れの名にふさわし

189 ふらりふらりとさがる瓔珞《やうらく》

190 すりこ木も草も仏と聞くものを

191 平家の物ぞきらめきにけり

192 大将の入道つぶりそりたてて

く武蔵の国を指して飛んでいったのだが、その弁慶の頭を刺して取りついた蜂も、そのまま武蔵の国に飛んでいったことになるよ。

前句の句作りにおいて「むさしを指し」と語呂遊びをしている。武蔵に弁慶、指すを刺すととって蜂で対応。前句の目ざす意を刺すに転じた面白さ。

195・196　一度は志をたてたが、その末は結局ふらりふらりとぶら下がったもののようでしっかりせず駄目だった。――この浮き世をいとって出家しようという初志が貫徹できず、煩悩去りがたく馬のまらのようにふらりふらりとしていることだ。

「あらまし」は予定・計画。「まら」は魔羅で仏道修行の障害になるもの。俗に陰茎の意に用いられる。いきり立った馬の陰茎は長くのび、ぶらりとする。この場合は女色への煩悩の意を掛ける。「ふらりとさがる」に「馬のまら」が、「あらましの末」に「うき世をばいとふ」が対応。出家遁世に馬のまらを続けた面白さ。

197・198　命がけで魚を食ったことになる。――この魚は、六角町の魚屋に強盗に押し入って盗った魚だからね。

「がんどう」は強盗の唐音。「六角町」は京都市中京区六角通。ここに六角堂頂法寺があり、朝市などもたち、人よりのする所。「早くこそ六角町の売り魚のなれぬ先よりかはりこそすれ」(『七十一番職人歌合』)。「強盗を打つ」が成語、「打ちすます」はまんまとやりすます。命がけで強盗に入って盗んできた魚だから、

193　武蔵《むさし》をさして飛んでこそ行《ゆ》け

194　弁《べん》慶《けい》が頭《あたま》に蜂の取りつきて

195　ふらりとさがるあらましの末

196　うき世をばいとひもはてず馬のまら

197　いのちにかへて魚《うを》をこそ食《く》へ

その魚を食うのは命がけだということ。「六角町に」は、六角町で、の意。前句のたいそうな言い方を「強盗を打つ」で応じたもの。

199・200 威勢のいいはずのものなのに、心細そうに鬨《とき》の声をあげているよ。――「とき」は「とき」でも、鶏が毛をむしられてうつぼにされる夢を見て、夢うつつに助けてくれぇと心細い声でときの声をあげて鳴いたのだ。

常識の順逆を以て前句に仕立てる謎かけ句。戦場での鬨の声を鶏の鳴き声にとりなすことでこれを解く。「うつぼ」は矢を入れる細長い筒。鶏とか雉子の羽毛や猿の皮を張る。『守武千句』跋や『二根集』に作者を兼載《けんさい》とする。

201・202 何とかして前と後ろとを逆にとりかえたいものだよ。――小中間は逃げながらあわてて腹当を着たが、いっそのことあわてついでに、敵に後ろから槍で突かれぬよう、前を後ろにしてさかさまに着たらよかったのに。

「小中間」は徒歩で戦う身分の低い兵卒。「腹当」は前の方の胸腹だけを防御する鎧《よろい》の一つで中間などが着用する。前句は一六六「うしろを前になすよしもがな」に類似しているが、前とうしろとの前句における設定が逆になっている。同想の句ではあるが、別の句と考えられる。

203・204 食べもしない飯粒が髭《ひげ》についているんだ。とんだぬれぎぬだよ。――いやいや、すし桶の

198 強《がん》盗《だう》を六《ろっ》角《かく》町《まち》に打ちすまし

199 こころぼそくもとき作る声

200 鶏《にはとり》がうつぼになると夢に見て

201 前をうしろになすよしもがな

202 逃げさまに腹《はら》当《あて》着たる小《こ》中《ちう》間《げん》

ふたを開けてみるとそれは鯰《なまず》のすしだったのでね。だから食べもしない飯が髭についているのはあたりまえだ。

「くわぬ飯が髭につく」という諺がある。自分が犯人でもないのに疑いを受ける意。付句は、蓋を開けるという諺的な成語（事の実情や結果などを見るの意）を踏まえた句作りで、前句の諺に対し同じく諺めいた成語で付けた。前句の人間のことを鯰にとりなした面白さ。鯰髭は成語。また、鯰はすしの材料として珍重される。それが鯰ずし。

205・206 黄金の刀を鶏が尻から卵を産み出すように生み出すのは若衆だよ。——相手の念者が帰っていく後ろ姿の鐺《こじり》を見ると真黄だ。なるほどね。（若衆の尻に念者の太刀を突きさしたところ雲古がついて真黄になった。鐺も真黄なのだから、若衆は黄金作りの太刀の産み手ということになる）

男色の交わりで、つまり黄金刀を念者の男根、それが真黄になるというような前句に対し、普通の刀を黄金刀にするのは若衆だと表面的にはさらりと逃げた付句。黄金に黄、刀にこじり、若俗に尻が対応。「こじり」は刀の鞘《さや》の末端の部分の称。若衆の小尻のはずだが、ここでは念者のものの先にしている。こうした言葉のくい違いにはさほどこだわらない。「帰るさ」は後ろ姿、「こじり」は後ろからでないと見えぬために「帰るさ」といった。

203 食《く》はぬ飯《いひ》こそひげに付きたれ

204 すし桶《をけ》をあけてみたればなまづにて

205 こがねかたなを産むは若俗《わかぞく》

206 帰るさのこじりを見れば黄《き》にて

207　つくばひて竹の子物や出しぬらん

208　いんぎんならばかはをぬげかし

209　つひにかひをば食《く》はぬ悲しさ

210　朝《あさ》倉《くら》を鬼と言ひしは名のみにて

211　垣のきはにてしつとこそ言ふ

207・208　鄭重《ていちょう》につくばって竹の子が何かさし出したようだ。——竹の子よ、そんなに鄭重にするならいっそのこと着ている皮を脱げよ。

「つくばふ」は、這いつくばうこと。「物」は対象を漠然と指していう言葉。「いんぎん」は鄭重なこと。皮を脱げといったのは、尊貴の前では片肌を脱いでうずくまるのが礼法。竹の子には皮がつきもの、食べるときには皮をはぐといったことがらによる句作り。まだ小さな竹の子をうずくまった礼者と見立て、礼法を尽すなら、その皮を脱げばよかろうと言った。「つくばふ」に「いんぎん」、「竹の子」に「かは」が対応。

209・210　これまで長い間ついぞ粥《かい》が食えなかったこの身のつらさよ。——朝倉を鬼といったのは名前倒れだったよ。とうとう甲斐を食い亡ぼし得なかったから。

「つひに」は下に打消を伴って「未だ……しない」の意。「かひ」は粥。『天正本節用集』にカイとある。「朝倉」は朝倉敏景。戦国の武将。鬼朝倉と言われた。越前統一を志し、越後の守護代甲斐氏と度々戦った。鬼朝倉は朝倉の鬼山椒《ざんしょう》の意を含める。

211・212　垣のきわで「しっ、静かにしなさい」と制する。——隣の猫がいま小鼠を取ろうとしている。だから静かにしなさいと言うのだ。

前句は相手に気づかれずに何人かで垣の中でのみそかごとを覗き見していることを連想させる。つまり、例の卑猥なことを思わせぶりに前句を仕立て、それを猫

212 小ねずみをとなりの猫やつかむらん

213 庭のまがきを通るがんじき

214 遣《や》り水につくる山かたぬらけかし

215 翁《おきな》面《おもて》に牛ぞ出《い》で来る

216 庭中のちりやたらりと踏まるるらん

のことにとりなし、恋の句をただごとの雑句に転じた面白さ。「垣のきは」から「となり」を導き出す。垣は＊14参照。原本「とまり」とあるが、字形の類似からの誤写として「となり」と訂正した。

213・214　庭の籬《まがき》のあたりをがんじきの修行僧が通る。――かんじきをはいて通っているのなら遣《や》り水で庭の築山をぬめらかせるがよい。

「願食《がんじき》」は願を起して修行する僧。「寒食」とよめば貧乏人のこととなる。「がんじき」を履物の「かんじき」にとりなして付けた。「かんじき」は雪や泥の中に足がめりこみ滑らぬよう靴や藁《わら》靴の下につける輪。「遣り水」は植木等に与える水。また庭に引き入れて流れるようにした水。「つくる山かた」は山の形に盛り土したもの。築山。「ぬらける」はぬらぬらさせる。庭の籬に遣り水、かんじきにぬらけるが対応。

215・216　翁の面をつけた人と一緒に牛が出て来たぞ。――翁と牛が出たのだから、謡曲の笛の音のちりやたらりとばかりに、庭中の塵は牛に踏まれるだろう。

「翁面」は当時既に一つの成語として用いられている。「翁面の白髭の」（『七十一番職人歌合』）。田遊びの芸能には翁と牛が現れるのがある。「ちりやたらり」は笛の音を現す語。謡曲『翁』に「ちりやたらりたらりら」とあり、これをもとに「ちり」に「塵」を掛けた。「牛」と「踏む」は「舞へ舞へ蝸牛《かたつぶり》舞はぬものならば…牛の子に…踏み破らせてん」（『梁塵秘抄』）とある。

217 足《あし》軽《がる》とこんにやく売りといさかひて

218 槍《やり》の先《さき》にぞさしみせらるる

219 大《だい》黒《こく》はただ大《だい》日《にち》のしん

220 灌《くわん》頂《ぢやう》を打《うち》出《で》の小づち手に持ちて

217・218 足軽とこんにゃく売りとがけんかして。――こんにゃく売りは、持ちもののこんにゃくが刺身にされるように、足軽の持ちものである槍の先で串刺しにされ刺身にされてしまった。足軽と槍、こんにゃくとさしみが対応。「さしみ」は、身を刺すの意を掛ける。「足軽」（＊15）は徒歩で戦う身軽な兵士で、多くは槍を持って先陣をつとめる。応仁の乱頃より雇われ、精悍《せいかん》であったが他面放火略奪等の狼藉《らうぜき》もよくやった。こんにゃくの食べ方に刺身にする料理法がある。こんにゃくの刺身と人の刺身との取り合せの面白さ。「こんにやく売り」は振り売（行商）であろう。原本「あしかり」を『犬筑波集』諸本により「足軽」に改める。

219・220 七福神のうちの大黒は、何と言ったって、大日如来の親であるよ。――何故なら、灌頂の儀式の折に水をうちだす打出の小槌を大黒は手に持って、大日如来を打ち出し、生みだすのですからね。「大黒」は大黒天のこと。打出の小槌（打ち振れば何でも思うままに出せる宝の小槌）を持つ。＊3参照。「大日」は大日如来。真言密教の教主。「灌頂」は真言密教の儀式の一つで、受戒または秘法の伝授を受けて阿闍梨の位を得るとき頭に水を注ぐ。頭に水を打つから打出の小槌とつづく。灌頂を打つと打出の小槌を打つとの単なる語呂合せによる趣向。

221・222 夜這いをしかける番匠。――ところが一方の岩橋は石だから、鉋《かんな》をかけられたことがないように、寺の稚児岩橋はまだ大工から男色をしかけられた経験もない。それなのに。「ちぎりをかく」は「秤をかく」で「番匠」(＊9)の縁語。それを「契りをかく」(夜這いをする)に掛ける。ちぎりに岩橋、かくるに鉋が対応。「岩橋」は石を並べた橋。一言主の故事(一五四参照)により夜の契りから作った稚児名。また、「寺のかんな」は僧の男根を指す。当時の鉋は槍鉋(＊16)で、形が男根に似ている。

223・224 費用を各自が持ちよった寄合の会に。――割勘をするようなけちくさい両吟連歌では、その付合もきっとありきたりの平凡なものだ。「料足」は費用、金銭。それを付句で両疎句(ここではつづかぬ句の意)の意にとりなし、それを足し合せたような下手な寄合としたとも考えられる。「うちひらめ」は、室町時代、小形の銭を大形の銭に見せるため、槌で打って打ち平めた劣悪な銭。ここから、連歌で、劣悪な句、平凡な句を指す。「寄り合ひ」は、前句では会の意であるのを付句で連歌用語の寄合＝付合の意とした。前句に対する付けぶりの意。「うちひらめたり」も連歌用語。二人としたのは、二人で百韻をよむ両吟連歌の意を示す。

225・226 あまり秋の夜が長いので座禅をした。――竹串は、田楽《でんがく》豆腐の白い壁に向い合って。

221 夜《よる》のちぎりをかくる番《ばん》匠《じやう》

222 岩《いは》橋《はし》は寺のかんなのあと知らで

223 料《れう》足《そく》をたし合はせたる寄り合ひに

224 ふたりの連《れん》歌《が》うちひらめたり

225 夜《よ》のながければ座《ざ》禅《ぜん》をぞする

夜に竹（竹の節と節との間を「よ」という）、長いに串、座禅に壁（達磨《だるま》大師が壁に向って九年座禅をした故事による）が対応。「竹串の豆腐」は田楽豆腐。「かべ」は女房言葉で豆腐（＊17）のことをいうので、豆腐の縁語となる。付心は、竹串の竹の節《よ》間が長い（夜が長い）ので、竹串が豆腐の壁に向って座禅をするの意。擬人化の面白さをねらった。人を主人公とすると普通のこととなって俳諧味が乏しくなる。

227・228　出家のそばに女が寝ているとは、何としたことだ。――それはそうなんだが、小町は遍昭と添寝の枕はしても自分の歌枕（歌の手控え）は隠したんだよ。何しろ相手はライバルの歌人なのだから。出家に遍昭（平安初期の歌人。俗名良岑《よしみね》宗貞）、寝るに枕、女房に小町が対応。「歌枕」は歌の手控え。後には歌に詠みこまれる名所、枕詞、歌語等を含んだものの意となる。『後撰集』『大和《やまと》物語』にある「岩の上に旅寝をすればいと寒し苔の衣を我にかさなむ　小野小町／かへし　世を背く苔の衣はただ一重貸さねば疎しいざ二人寝む　遍昭」の贈答歌による趣向立て。

229・230　天神さんが太宰府へ流されて行きなさる道は、浜ぎわであったよ。――船旅なので船頭は夕風の吹く頃になると舟泊りを重ねる。「さいふ」に「太宰府」と「割符《さいふ》」（中世、為替《かわせ》を組む時に用いた手形）を掛け、「うらづけ」に浦に着ける意と為替の裏書の意とを掛けて対応。浜際に舟で対応。前句が菅原道真のことであるのを付句では船頭の

226　竹《たけ》串《ぐし》の豆《とう》腐《ふ》のかべに向ひ居て

227　出家のそばに寝たる女房

228　遍《へん》昭《ぜう》にかくす小《こ》町《まち》が歌《うた》枕《まくら》

229　行くやさいふの道は浜ぎは

230　夕風にうらづけしたる舟のぬし

ことにかえた。太宰府は当時ダサイフ（『伊京本節用集』等）と清音。

231・232　有難いお経は種々あるが、最後には衆生《しゅじょう》を済度し極楽浄土へ大般若経は渡すことだ。――博打《ばくち》に負けて六百貫の借金を負わせられ、その返済を迫られた僧は、こともあろうに大般若経六百巻をその借金のかたに渡したことだ。
『大般若経』は真理を知る悟りの智慧を説いた経典類を集大成した、一切経中最も大部なもので六百巻ある。大般若経に六百貫が対応。当時最もよく読誦転読されていた。聖なるものを卑俗化するという俳諧の常套手法である。前句では大般若経が主語だったが、付句では目的語に扱っている。こうした点には無頓着なのもこの時代の付け方である。

233・234　小鳥を捕えるさいとり竿に似た長い柄の槍だよ。――それもそのはず、雀が鳴いている軒端は高さが二間程もあるのだから、それに立てかけてあるさいとり竿と長い柄の槍とは、丁度二間ほどの長さでよく似たものだね。
さいとり竿に雀、長槍に二間が対応。但し、雀に特別の意味はない。「さいとり竿」は鳥を捕えるためにその先にとりもちをぬった竿。「間」は建物の外面の柱と柱の間。後には長さの単位となり室町時代は七尺ぐらい（約二メートル余）をいう。普通槍の長さは二メートルぐらいで、長槍はそれ以上のもの。

231　つひには渡す大《だい》般《はん》若《にや》経《きやう》

232　負《お》ほせたる六百貫を責められて

233　さいとり竿《ざを》に似たる長《なが》槍《やり》

234　すずめ鳴く軒端は二《に》間《けん》わたりにて

235・236　出家とも見えないし、俗人の男とも思えない。——月代を剃ったあとから鬢《びん》の毛が生え出たので。

前句は例えば僧俗正反の二つを併べて「……もなし……もなし」と句作りする謎句の一定型。付句はその謎解きの形式をとる。「月代」は普通額際の髪を半月形に短く切り上げたものをいうが、ここでは額際から頭頂にかけて剃り落し、さらに鬢（額の左右脇のあたりの髪）の側や髷《まげ》の下まで広く剃り下げ、クルクル坊主にしたのを指すと思われる。「あと」は月代を剃った跡の意。

237・238　身体はおろか手さえも握りしめたことのない若衆がそのまま年をとってしまって。——そんな若衆だから、いまだにそのまま伊達《だて》に打ち掛けてかぶっている烏帽子もよく見れば古くなっている。

「しめぬ」は、握りしめない意。「打ち掛け烏帽子」は折り烏帽子（＊18）のかぶり方の一つ。頭に押し入れて、後の針だけでとめておく。伊達なかぶり方。本来烏帽子は紐で結ぶものだが、そんな野暮《やぼ》なつけ方をせず、ずっと打ち掛けと洒落てきたのだが、その烏帽子までも今は古くなってしまったのである。「しめる」に「烏帽子」が対応しているとしても曲のない付合で、狂歌的である。

239・240　非番の時には論語を読むのだ。——碁を打っている孔子の弟子は、その隙々にはさすがに孔子の弟子だけあっていろいろと論語を読むことだ。

235　出家ともなし男ともなし

236　月代《さかやき》のあとよりびんの生《お》ひ出でて

237　手をだにもしめぬ若俗《わかぞく》年老いて

238　打ち掛け烏帽子《えぼし》見れば古《ふ》りけり

239　番《ばん》のひまには論語《ろんご》をぞ読む

番を盤と見立てて碁をうち出し、論語に孔子の弟子を付ける。「論語」は中国経書の一。孔子の言行や弟子・諸侯等との対話を記したもので、孔子の没後弟子によって編集されたとされる。「うつ」は碁・双六《すごろく》などをする。また博打をする意にも用いられる。「かずかずに」の「に」は前句の「読む」に続くことによって二句一章的な句作りで、いろいろと論語を読む意にも、碁の打ち手の数々を読みとる意にも考えられる。

241・242　百文《もん》ちょうど、余分のものなしに帰りました。——嫁はくくり袴を百文の質に入れたので。

原本「もたたで」は「もも（持）たで」の誤写か。あるいは「よめをた（立）つ」は余分のものを含める意か。前句の百に大十が対応。「大十」は八十、九十と数えてちょうど百のこと。「百びた」→「百ひだ」→「くくり袴」と導き出した。「くくりはかま」は裾口に紐を通して脛《すね》なかばまではく袴。前句の「余目」を嫁に転じて、嫁の才覚とした。この句の解、なお他に考えられるかもしれない。後考を待つ。

243・244　朝夕に子供が大声を上げて泣くのを聞くことだ。——いやそれは私の家の子供ではなく、物も食わせない痩せたガリガリの犬なんですよ。

当時正規の食事は朝夕二度であったので「朝夕」の語をもって人間一日の食事とした。「ほゆる」は、ほえる。「幼児、少年が泣く。卑語」（『日葡辞書』）。「せかれ」は痩せ枯れた意。倅の意にも通わす。前句の人を犬に取りなした趣向。

240　うてる碁《ご》の孔子の弟子のかずかずに

241　百びたをよめをもたたで還りけり

242　くくりはかまは大十がしち

243　朝《あした》夕《ゆふべ》にほゆるをぞ聞く

244　我がかどにものも食はせぬせかれ犬

245・246　世間の諺の高野六十那智八十とは、若い人が少ないために、老年になった者でも男色の相手にするといった意味のようですね。――いやそうじゃありませんよ。それは那智権現と弘法大師にさしあげるお賽銭《さいせん》のことなんですよ。

前句は年とった者で男色の相手を勤める者があるという諺であるが、もと紙一帖の枚数が高野紙は六十枚、那智紙は八十枚の定めであったことから転じたともいう。「初穂」は神社へ奉納する金銭米穀などをいう。高野から高野山弘法大師、那智から熊野那智大権現を出す。原本「からの六十」の「の」は「や」の誤りとして正す。

247・248　坊さん連中もこの頃ではまたひどく堕落してしまったものだ。――落ちるといったって、それはこの庵の前の竹の縁側を踏みはずして下にどすんと落ちたのだ。

前句では僧が如何にも女色に迷って堕落したように思わせて、付句でさらりとかわした面白さ。僧に庵、たいそうの意である「よに」に竹の節の間の意の「よ」を掛け、竹が対応、「踏みかぶる」は踏みはずして穴などに落ちこむことで、前句の「落ち」に対応。「竹指」は竹細工をいう。ここでは竹縁と見る。

249・250　ひらりとかわして坂を逃げる奈良稚児。――般若寺の文殊四郎が太刀を抜いて追い廻わすものだから。いや実は本尊の文殊師利じゃないが、稚

245
高《かう》野《や》六十那《な》智《ち》は八十

246
権《ごん》現《げん》と大師の前の初穂ぜに

247
僧もいまはたよにも落ちけり

248
この庵《あん》の前の竹《たけ》指《ざし》踏みかぶり

児の尻をめがけ、坊主が己が抜身で追い廻わしているのさ。
ひらりに太刀抜く、坂に般若寺、児に文殊四郎・文殊師利（尻）が対応。表面はきれい事で裏は男色の場とした面白さ。奈良般若寺の前の坂が奈良坂。「奈良児」は奈良法師と同様慣用語。「文殊四郎」は有名な刀匠。般若寺の本尊文殊から文殊四郎を、その文殊四郎から太刀を引き出した。言葉続きの上からだけの句作りで、般若寺と文殊四郎とに本質的なかかわりはない。意味ではなく言葉への興味が句作りの中心となっている。

251・252 一、二の三と山王さんのお座敷でお産をしたよ。――伝教大師の嫁が山王に里帰りして子を産んだとすると、山王は天台の姑になるが、山王は権現で男（稚児）であるから、姑が男だなんておかしいよ。
前句は「一稚児二山王」の諺を踏まえて一、二、三の語戯。「山王にとく」は産の紐解くの意を兼ねる。「山王」は大津坂本にある日吉神社。祭神は山王権現。叡山の守護神として伝教大師の建立。これを稚児と想定し、伝教大師に嫁を持たせ、姑が男になるとしたおかしさ。

253・254 極楽往生を願い、南無阿弥陀仏とお名号をとなえて、かの池に落ちこんだ。――というのは、せっかく一度は極楽往生して蓮の葉の上に乗れたのに、あろうことか、その高さに目が舞ってまたまた

249 ひらりと坂を逃ぐる奈良児《ちご》

250 般《はん》若《にゃ》寺の文《もん》殊《じゅ》四郎が太刀ぬきて

251 一二のざしき山《さん》王《わう》にとく

252 天台の御しうとめこそ御《お》児《ちご》なれ

253 なむあみだ仏と落つるかの池

お名号をとなえて二度めの落ちこみということだ。南無阿弥陀仏と蓮葉、落つるにのぼるが対応。ありえないことをいったおかしみ。前句では俗世から極楽への時のこと、付句では極楽浄土の世界でのこと。＊19参照。

255・256　なんとかしておこりの病を治そう。——ただ一念にするとは一時《ひととき》も休まず念仏すべきであるのに、日まぜにするのは何故だろう。それは病気が一日交替でおこるおこりなので、それにあわせるからだ。

「一念」は一心に。「おこり」は隔日または時を定めておこるマラリア性の熱病。おこりを治すのを「おとす」という。「名号」は仏菩薩の名、特に阿弥陀仏の四字または南無阿弥陀仏の六字をいう。原文「ただ一念」は「ただ一念に」、「となふ声」は「となふる声」の脱字か。

257・258　八幡の原で加持祈禱《かじきとう》をしている人がいる。——いやそれは加持でなく、刀の鍛冶《かじ》で、所から打たれた太刀も見事で、立派な大将が持つにふさわしいものであるよ。

前句の加持を鍛冶に見立てる。八幡に男山、鍛冶に打太刀が対応。八幡には男山八幡宮があり、武の神と仰がれている。「加持」は呪文《じゅもん》を唱えお祈りをして仏の力により病気や災難を除こうとすること。「打太刀」は実戦用に立派に打たれた見事な太刀の意。「よき」は、上の「打太刀」と下の「大将」の両方に掛る。

254
蓮葉《はちすば》の上にのぼれば目の舞ひて

255
ただ一念おこり落さん

256
名《みやう》号《がう》をとなふ声は日まぜにて

257
八《や》幡《はた》のはらにかぢをする人

258
打《うち》太《だ》刀《ち》もよき大将の男《をとこ》山《やま》

259 かみしもまでも酒を飲みけり

260 水鳥のかものかはらけとりどりに

261 優《う》婆《ば》塞《そく》優《う》婆《ば》夷《い》経場にぞある

262 法《のり》を聞く二つの耳のびくびくに

259・260 身分の貴い上の者から下賤の下々《しもじも》の者まで皆酒を飲んだことだ。――賀茂の川原の水鳥の鴨の毛もとりどりであるように、かみしもの社のある賀茂神社のかわらけをそれぞれにとって。「かみしも」から賀茂神社（上賀茂、下賀茂がある）、賀茂神社から賀茂川原を出し、川原に酒杯の「かはらけ」を掛け、「かはらけ」の「け」に鴨の毛を連想させる。「とりどり」に酒杯をとるの意と種々の意を掛け、水鳥の「とり」の繰り返しの技巧とする。当時、賀茂川原は洛中第一の遊楽場所だった。

261・262 優婆塞と優婆夷が説法聴聞の場にいるよ。――お説経を聞くため、二つの耳を比丘や比丘尼は聞き耳を立ててびくびくにと動かしている。優婆塞（在家のまま仏門に帰依した男性）優婆夷（同じく女性）に比丘（僧）比丘尼（＊10）、経場に法を聞くが対応。「二つの耳」は、比丘と比丘尼が互いに自分の両方の耳を、の意。「びくびくに」は、比丘比丘尼と耳をびくびくさせることを掛ける。

263・264 塚のあたりに穴が見えている。――その「つか」は墓場のではなく、刀の柄《つか》、穴も墓穴でなく笛の穴なんで、つまり横笛を腰の刀にさし添えているから、刀のつかのあたりに笛の穴が見えているのだ。

「つか」と「穴」の語が連続すると、「つか」は塚の意と考えられる。それを同音の柄《つか》に見立てかえて、そこから刀を出し、穴に対し笛を対応させた。前句をそのままに受け取って付句でそれを別の事がらにとりなした面白さ。

265・266 源氏と平家は互いに敵であるのに、その白と赤との旗を仲よく立て並べてあるのはおかしいではないか。――それは源平の合戦のあった壇の浦で、亡くなった敵味方の武士たちの水施餓鬼を行うために祭壇に立てた旗なのだよ。

源平に壇の浦、旗に施餓鬼が対応。施餓鬼を修する祭壇に五如来（大日・阿閦《あしゅく》・無量寿・宝生・不空成就の各如来）の名を記した五色（青黄赤白黒）の幡を立てる習わしがある。「壇」から「壇の浦」を出す。

267・268 祇園祭にもだんじり舞を舞うことだ。――こうした場所に、祇園会だけあって鉾《ほこ》をさし立ててあるよ。

「だんじり」は祭礼の時、ひいたりかついだりして廻る飾車（山車《だし》）で、その上で太鼓を打ちなどして囃《はや》したり舞ったりする。「祇園会の山ハめきめき舁出《かきいだ》し／

263 つかのあたりに穴ぞ見えたる

264 横《よこ》笛《ぶえ》を腰《こし》の刀にさし添へて

265 立て並べたる源平の旗

266 亡きあとに施《せ》餓《が》鬼《き》おこなふ壇《だん》の浦《うら》

267 祇《ぎ》園《をん》の会《ゑ》にもだんじりぞ舞ふ

だんじり舞ハ上手さうなり」（『正章千句』）。「かかりける」は幸若舞曲の常套語で前句の舞の縁語。「かくありける」と「かかり」（場所）を掛ける。「ほこ」は鉾をかたどり装飾を施したもの。祇園会で、それを立てた山車で舞を舞ったことを指す。幸若舞曲の口調でつけたか。

269・270　巫女は小鼓《こつづみ》を打っては口寄せして神がかりし無理を通すことだ。――こつづみはこつづみでも、それは皮で縫った火打袋なので、その口を寄せて揃えるためにへりを切らしたのだ。
「へりを切る」は次の句にもあるが、何か特殊な意味があると思われる。近世には「横を切る」との言い方があり、横車をおす、無理を通す意か。この特殊な意を付句で普通の意にとりなした。「革で縫ふ」と革を出したのは、小鼓は革で張ってあり、火打袋も皮製が多く、その口を絞るのに革紐を使うため。巫女に口よせ、小鼓に火打袋が対応。「口よせ」は、巫女がもののけを自分に乗り移らせて、その言うことを告げること。「口寄せ」に袋の口を寄せ絞ることを掛ける。

271・272　叡山《えいざん》の若僧はとかく無理を通すことだ。――いや、そうではなく、背丈の小さい小僧が手に余るような大長刀を振ったものだから、思うようにならず、誤って古畳のへりを切ってしまったのだ。
前句の「へりを切る」の特殊な意を普通の意に転じ用いた付句。「山」は叡山。「長刀を振る」を古畳の「古る」に掛ける。

268　かかりける所にほこをさしたてて

269　へりを切らせる巫女《みこ》の小つづみ

270　革《かは》で縫《ぬ》ふ火打ぶくろの口よせて

271　へりを切らせる山の新発意《しんぼち》

272　手にあまる大長刀《なぎなた》をふるだたみ

273 座《ざ》敷《しき》のうちに食ふは饅《まん》頭《ぢゆう》

274 平家にや多田のゆくへを語るらん

275 長《ちやう》者《じや》のむすめ仏にぞなる

276 だんびりと池に蛙《かへる》の飛び入りて

273・274 客殿の中で食っているのは饅頭です。――その饅頭を食っているのは平家の琵琶《びわ》ひきなのでしょうか、そうだとすればいまにきっと多田の満仲《まんじゆう》のくだりを語るでしょう。
「座敷」は正殿、客殿のこと。「饅頭」は中国系の高級菓子、点心。それを同音から平安中期の武将多田満仲と見立て、平家から平家琵琶、それから琵琶法師と連想させ、『平家物語』源氏揃に多田満仲が源氏の祖として出ているところからの句作り。何かのお客事のあとで余興として平曲を聞く場面と思われる。言葉の洒落。原本「ゆく末」を『犬筑波集』真如本により「ゆくへ」に改める。

275・276 長者の娘はきっと仏になることだよ。――長者といえばその娘の父だった壇毘利《だんびり》長者ではないが、だんびりと蓮の池に飛び込めば蛙さえ極楽往生するのだから。
「だんびり」は「どんぶり」の類似音で用いた壇毘利長者のこと。当時流布の説法説話に「だんびり長者」なるものがあった。前生に三人の聖人に施しをしたため、国王に過ぎた楽を得たと伝えられる。

277 おそろしきにてつかぬ物かげ

278 絵にかける鬼の持ちたる臼《うす》と杵《きね》

279 鬼ぞ三びき走り出でたる

280 おそろしやあらおそろしやおそろしや

281 上《うへ》は濡れたり中は水なり

277・278 無気味なので寄りつけない物かげだ。――つくといっても、それは絵に書いた地獄の鬼の持っている臼と杵で、おそろしいからといって絵だから実際に人を搗《つ》くことはないよ。おそろしきに鬼、つくに臼と杵が対応。前句の「つかぬ」を、寄りつけない意から搗かぬ意に転じた。「かげ」に清音・濁音にこだわらず「書け」を連想して絵に書くとつづけた。地獄の獄卒としての鬼が、亡者を臼と杵でつくといった当時のおそろしい地獄絵により、また「絵に書いた餅」の諺を下に踏まえた句作り。

279・280 鬼が三匹走り出たことよ。――おそろしや、ああおそろしやおそろしや、これで三匹出たことになる。慣用句の「おそろしや……」をそのまま付句に流用したのが面白味。「おそろしや」一回分に鬼一匹ずつを計算して都合三匹とした、空とぼけのおかしさ。鬼は匹で数える。

281・282 上は濡れていて中は水。これは何か。――うるし塗りの鞘巻の刀を抜いてその銘を見ると、それは波の平だ。上はうるしでぬれており、中身は波の平だから水だよ。

式である。

「鞘巻」は腰刀の一種。つばのない短刀に葛《くず》や藤の蔓などを巻きつけたのでこの名がある。中世は巻きつけた形の刻み目を鞘につけうるしを塗る。「波の平」は薩摩国谷山村波の平にいた刀工。「濡れたり」を「塗れたり」に見立てて鞘巻に、水に波が対応。「上は……下は……」といった句作りは、前句の一つの形式である。

283・284　表裏の無いよい行いをすることだ。——乞食めに袷《あわせ》からぬいた中身の古綿だけを与えたのだから、それには裏の生地も表の生地もついていないよ。つまり表裏の無い功徳をしたということになる。「乞食」はここでは仏者でなく浮浪者のこと。「め」は賤称の接尾語。一般に当時の綿は現在の所謂《いわゆる》木綿わたでなく、絹のわた、まわたのこと。

285・286　槍に竿を添えて持っていることだ。——舟に乗る漁夫が腹一杯酒を飲んで釣りをしているのだから。

槍に飲み、竿に釣りが対応。酒の飲み方に「槍のみ」というのがあるのか、また、天の原という銘酒があったか。

282　鞘《さや》巻きの名を抜き見れば波《なみ》の平《ひら》

283　うらおもてなき功《く》徳《どく》をぞする

284　乞《こ》食《じき》めに古《ふる》綿《わた》ばかり抜きくれて

285　槍《やり》にぞさをを添へて持ちたる

286　舟に乗るあまのはら飲み釣りたれて

287 王も位《くらゐ》をすべるとぞ聞く

288 縁《えん》までも油みがきの院の御所

289 じゅ六をうつ燈台のもと

290 けふの日もはや入りがねの奈良の寺

287・288 王様だって位をすべり降りられることがあると聞いている。――いや、それは位をすべり降りられるというのではなく、御殿内はもちろん縁側までも油磨きをしてある院の御所だったから、足を滑らされただけのことだよ。

王に院の御所、すべるに油みがきが対応。「油みがき」は木材などに艶《つや》を出すため油をつけて磨くこと。また、中世では油でみがいた板で張った縁をもいう。「院」は天皇の位を退かれた上皇、法皇、女院の尊称。兼載は「すべる」に対して「院」を出したのは下手だとしている（『兼載雑談』）。原本「しむまても」を『犬筑波集』平出本により「縁までも」に改める。

289・290 十六武蔵という博打《ばくち》を燈《とも》し台の下で打っている。――所は奈良の寺東大寺、博打に負けて持ち金もすっかりはたいてしまって、今日も日が暮れてその寺の入相《いりあひ》の鐘が鳴り出した。

十六を入六《じゆう》として入相暮六つの鐘で、燈台を東大寺として奈良の寺で応じる。博打に勝った金を「入り金《がね》」といい、それを入相の鐘に掛け、奈良→無ら→無いと続けた。入相の鐘を「入り鐘」というのは造語だが、付句では「入り金」という普通の語として用いられている。十六武蔵（＊20）は十六六指とも書く遊戯の一種。親石（黒石）を中央に、周辺に十六の子石（白石）を置き、親石が子石の間に割りこむと左右の子石が取られ、子石が親石をかこんで動けなくすると親石の負けとなる。

291・292　但馬の国から沢山の荷物を馬にとりつけて都へ上ることだ。――荷物を受取り後九日目までに金を払うという証文を取りつけ、それを持って。「とつて付けて」を証文を取りつけるととり、「さいふ」（割符）に対応、但馬路に九日が対応。但馬の国府の山石神社祭礼が九月九日であるのと関係があるか。出先機関が但馬で物資を購入する際、都到着後九日以内に代金を支払うという証書を発行したのであろう。「うらづけ」は三〇参照。前句・付句ともなお不明の点があり、後考を待つ。

293・294　夜中に何かヒチヒチと音がする、何の音だろう。――それは魚の子が筧《かけい》の水を伝って来て、水が少なくなったのではねている音なのだよ。竹の節と節との間を「よ」ということから、夜中→節《よ》中→竹の中→筧ととった言葉遊び。前句の「ひちひち」は夜中の男女秘事の音を想像させるが、付句では魚の子の水にはねる音と変えてしまった面白味。筧の中に魚がいるというような不合理には一向無関心な句作りで、かえってそれが当時の俳諧の一つのいき方となっている。猥雑を思わせる前句を別のものにとりなす常套句法。

295・296　年寄りの田草取りがあったということさ。――さてその年寄りがいうのには、一の谷を指し、あそこに行くまでには鵯《ひよどり》という難所があって、そこを越えていくと一の谷の陣屋に行けると翁が教えたということを聞いていますよ、と。

291　とつて付けてそのぼる但馬路《たぢまぢ》

292　九日にうらづけしたるさいふとも

293　夜中にものぞひちひちといふ

294　魚《うを》の子のかけひの水を伝ひ来て

295　おきなひへとりありとこそ聞け

前句では「翁」が稗取りの連体修飾語になっているのを付句で主語に見立てた。『平家物語』巻九の、弁慶が一人の翁を連れて来て鵯越えの道を話させた故事に基づく付句。「ひへとり」は稗取りで、田の雑草を取ること。それを鵯越えに見立てた。翁稗取りなら清音であるのを、わざと鵯《ひよどり》と濁音に訓みかえる。そうした無理な強弁がかえって笑いの根源となる。

297・298　大日如来がおられて、その上大黒天までもおられる。――それでは大日如来は自分の仏事である灌頂の儀式の水打ちには、大黒天の持ちものの小形の木槌を使って、それで打たれることであろう。「大日（如来）」は密教の教主。菩薩が仏になる儀式の時水を頭頂に注ぐのを「灌頂」という。「大黒（天）」は七福神の一人（＊3）。福徳財宝を与え、打出の小槌を持つ。「打つ」（槌の縁語）は灌頂の水を打つこと。

299・300　おそろしいお姿の不動明王の前を、こっそりと隠れて行く。――盗人が夜分に倶利迦羅の峠を越えて行く時は、その峠の名にちなんだ、悪人を退治する不動明王を祭るお堂があるので。「不動」は不動明王。恐ろしい顔で右に降魔の剣を左に縛縄を持ち背に火焔を負って一切の悪魔煩悩を取りひしぐ。「倶梨迦羅の山」は富山県小矢部市と石川県津幡町の境にある山。倶利迦羅不動尊を祭るお堂がある。源義仲と平維盛との古戦場としても有名。不動から倶利迦羅山を出し、盗人を出した。原本「くりはら」を『犬筑波集』真如本により「倶梨迦羅」に改める。

296　一《いち》の谷あれは難所の山越えて

297　大《だい》日《にち》のあり大《だい》黒《こく》もあり

298　灌《くわん》頂《ぢやう》をさいづちにてや打ちぬらん

299　不動の前を忍びてぞ行《ゆ》く

300　盗人の夜《よる》倶《く》梨《り》迦《か》羅《ら》の山越えて

301・302 上京で鬨の声を上げたことだ。——というのは、大工が家を建てたお祝の斎《とき》を作ったのだが、その家のある場所が武者と名のつく上京の武者小路だったので、「とき」はときでも戦の勝鬨ではなくて、お祝の御馳走を作ったことになるじゃないか。

前句は事実であろうが、それを付句で茶化した。上京に武者の小路、鬨に武者、つくるに家をたてるの意を見立てて番匠（＊9）に対応させる。「武者の小路」は今出川通りと一条通りとの間、烏丸通りより西の通りの名。

303・304 そもそも自在鉤《かぎ》につるされて自在に身動きもならず、ただぶらりとばかりぶら下がっているのが、鑵子の身の上なんだぜ。——ところで鑵子みたいな大きんだまを持った人が、その重さのためわが身を自由に動かしかねているところは、まるで鑵子そっくりだ。

「鑵子」は青銅又は真鍮《しんちゅう》で作った湯沸かし、茶がま。普通は天井から自在鉤（自由に上げ下げできるようにした鉤）でいろりやかまどの上につるされている（＊21）。

305・306 尻の傷なんだから、勿論尻の両たぶらに一つずつ計二つあるはずだよ。——こちらが退却

301 上《かみ》京《ぎやう》にこそ鬨《とき》つくりけれ

302 番《ばん》匠《じやう》は武者の小路に家たてて

303 ふらりとするぞ鑵《くわん》子《す》成りけり

304 大ふぐり身をば自在にもちかねて

305 尻なる傷は両にこそあれ

306 引けば引く今《け》日《ふ》のいくさはぢにみえて

307 風呂のうちにてをばや呼ぶらん

308 我が親の姉が小路の湯に入りて

309 吹くも吹かれずするもすられず

すればむこうも退却するという今日の戦で、後ろから突かれて両方の兵の尻に血がついているのを見れば、どっちも痔持《じ》ち、いや、合引きの勝負なしの持《じ》だ。一人の尻の二つの傷を、両軍の兵士の尻の傷と見立て、退却の時の傷として付句を仕立てた。尻の血から痔を連想し、さらに勝負無しの意の「持」へとつづけた。尻たぶらは尻の左右のふくらみのこと。

307・308　風呂の中から湯女《ゆな》を呼ぶなら話はわかるが、ここではおばさんを呼ぶでしょうよ。――自分の親の姉さんといった名にちなむ「姉小路風呂」に入ったらね。名前からすれば伯母の湯に当るわけだ。風呂は当時は蒸し風呂で湯とは異なるが、同じものとして用いている。伯母に我が親の姉、風呂に湯が対応。「姉が小路風呂」としたのが趣向。「姉が小路」は三条通りより一筋北の東西の通り、木屋町から神泉苑《しんせんえん》町までをいう。前句の「をば」は主語とも目的語ともとれるが、付句では目的語ととって「我が親」と句作りした。従ってその主語は甥《おい》とか姪《めい》ということになるだろうか。

309・310　吹くこともできず、することもできない。とすれば、いってみれば体の垢みたいなものかね。――いやそれは垢じゃなくて割れ笛のことなんだよ。つまり吹いても鳴らない。そうかといって、ささらにもならないわけだ。

吹くに笛、するにささらが対応。「ささら」（＊22）は摺りささらとびんざさらがあるが、「割れ笛」とあるから前者であろう。田楽などで使われた楽器。三〇センチ程の竹を細かく割って束ね、きざみのある細い棒と摺り合せる。「吹く」は垢をかき取ること。「成りもせで」の「成り」に「鳴る」を掛ける。『犬筑波集』一本に「有時《あるとき》宗祇宗長牡丹花三人風呂へ入りけるにたちすぎければ」と詞書があって、この句が出ている。原本「われふて」の「て」を『犬筑波集』諸本により「え」に改める。

311・312 暗い夜なので小便所はどこかと尋ねているのだろう。——で、そこだと教えてあげるからすぐその場でしなさい。だがたとえ小便のことだって、そこと教えたのだから教えた人を早速に師としてあがめなさいよ。
小便のことを「しと」というが、これを「師と」に見立て、卑俗なものに尊ぶべき師を掛けた面白さ。「小便所」は日常語でなく教師言葉。漢文風の言い方。師につながる語感にすがっての句作り。

313・314 何事も犯した罪の報いからはのがれることはできないことだ。——その罪というのはね、よし馬にせよ鹿にせよ、何にしても罠《わな》をしかけて殺生をするということさ。それがそのままわが身に報《かえ》ってきて、その罠に自分の足がかかり、抜くことができない。天罰てきめん、馬鹿なことだ。
「足を抜く」は、うまく事から逃れること。一般的なことから殺生の報いという具体例に転じ、自分の仕掛けたものに自分がかかる面白さ。付句から前句に戻る

310 割れ笛のさらばささらに成りもせで

311 暗き夜に小便所《せうべんじよ》をやたづぬらん

312 そこと教へばやがてしとせよ

313 罪の報いは足も抜かれず

314 とりどりに馬鹿《うましし》わなをさし掛けて

付け方。「とりどりに」はそれぞれにの意。

315・316 盲人というものは熱い湯を好むものだよ。――それは、かゆかさをかく覚一《かくいち》の一方《いちかた》流の昔からそうなので、今に始まったことではない。

「かゆかさをかく」という言葉から覚一を引出し、覚一から彼を祖とする一方流を言い下した。覚一を瘡《かさ》持ちにした面白さ。「かゆかさ」は傷やでき物等が治りかける時のかゆい瘡ぶた。「一方」は平家琵琶の一流派。鎌倉末期の如一《にょいち》検校《けんぎょう》の弟子明石覚一を祖とする。前句では熱いお茶とか風呂とかいろいろの意に解されるのを、湯と限定して付句を趣向した。熱い風呂に入ると体がかゆくなる。殊にかさ持ちには一層かゆさが身に沁《し》みるが反面快く、そうしたことをもとにした句作り。「かさかきの熱湯好き」の成語によるか。

317・318 袋が二つ空にふらふらしているよ。――袋持ちの大黒さんと布袋さんが、共に鳶《とび》につかまれて空に舞い上がったものだから。

二つの袋ということから自然に睾丸ともとれるような前句の仕立てを、七福神（＊3）といった上品さで処理した。「とびにつかまれる」は成語。七福神信仰は室町頃から盛んになり親しまれた。「大黒（天）」は、もとインドの神。中国では食厨の神、日本ではこの頃から打出の小槌を持ち米俵の上にいて福徳を与えるものとされた。「布袋」は元来は中国の僧。いずれも大きな袋を持つ。七福神はこの他、恵比須、弁財天、毘沙門天、寿老人、福禄寿を併せての称。

315 目くらはあつゆ好む成りけり

316 かゆかさをかく一方《いちかた》のむかしより

317 袋ぞふたつ空にふらめく

318 大《だい》黒《こく》も布《ほ》袋《てい》もとびにつかまれて

319 きつねばかりや火をともすらん

320 けだ物の四足《しそく》もたぬはなきものを

321 入道つぶり思ひこそやれ

322 月代《さかやき》の細きにだにも風しみて

323 あなの中より草ぞ生《お》ひたる

319・320 狐火《きつねび》とかいうが、しかし狐だけが火をともすというわけのものではありますまい。――けだもので四足《しそく》を持たぬものはないとすれば、つまりみな紙燭《しそく》を持っているので、それぞれに火をともすことができるはずだから。

「狐火」（＊23）は狐がともすと信じられた暗夜山野に出現する怪火。「狐至百歳……能撃尾出火」（『本草綱目』）。付句は獣を四足ということから「紙燭」（紙や布を細く巻き蠟を塗った小形の照明具）を掛けた面白味。前句「や」を詠嘆とみて、狐だけが……できるよ、とすると、付句は、いや、そうではない……となる。

321・322 全部髪を剃り落した入道頭が思いやられる。――ただちょっと細く剃った月代でさえも寒風がしみて寒いのに、ましてや。

いかようとも意味のとれる前句を寒さのことで解決した。「思ひこそやれ」はよくある前句の一形態。「細き」は細鬢《ほそびん》の語から導かれた語。殆んど俳諧としてとりたてる趣向もなく、おとなしい付句。

323・324 穴の中から草が生えているよ。――その穴というのは、武士が野に射捨てたこわれた引目の矢尻の穴というわけだ。

前句は、まずその表現通りに読み、さらに小野小町の髑髏《どくろ》の目の穴から薄《すすき》が生えていたという伝説（謡曲『通小町《かよいこまち》』）に基づいて深読みすることが求められている。これは当時よく知られたことなので、当然そのように受けとられる句を、わざとはぐらかして、付句では引目のこわれた穴として武骨なことに転じた趣向。「引目」は矢尻の一種で、木をくりぬいて中空とし、九つまたは七つの穴をあけ、射ると鳴り響くようにしたもの（＊13）。前句の穴に引目、草に野が対応。

325・326　おや、ありがた涙が浮んでみえる。――いや、ずいきの涙だといっても、それは川に流れているむきたてのずいき芋の頭のことなんだぜ。

「随喜の涙」は喜びのあまりに流す涙。「随喜」を芋茎の「ずいき」に掛けて「むきたて」と応ずる。「ずいきの涙」はむきたての芋茎の渋い辛さにあたって出るのを、芋頭にすりかえる。不合理を問題にしていない。「涙が浮ぶ」と「芋がしらが水に浮び流れる」が対応。前句の真面目な有難さを茶化した面白味。「ずいき」は皮をむいて食べるが、その芋は川の流れに桶を浸し、その上にまたがり棒を入れてかきまわして皮をむくので「水に流るる」という趣向を立てたか。

327・328　つっと入ると、そのお堂の中の仏は阿弥陀さんだがね。――だから、同じくつっと相手のふところに入って取り組むという相撲にしたって、その取り方は、そのお堂の阿弥陀さんの四十八願と同じように四十八手あるんだね。

「つっと」は勢いよくすばやい様をいう。「四十八」に阿弥陀の四十八願と相撲の取り方の四十八手を掛ける。四十八願は、阿弥陀如来が法蔵比丘《びく》と称した修行時代に、一切の衆生を救うために立てた四十八の誓願。『無量寿経』に述べられている。

324　もののふの野に射捨てたるわれ引目

325　ずいきの涙浮びてぞ見ゆ

326　むきたてて水にながるる芋がしら

327　つつと入る堂の仏は阿弥陀にて

328　相撲《すまひ》のとつて四十八あり

329・330 小さいけれども年寄くさくかがんでいるとは、不思議なことだ。――いや、腰のかがむのは年のせいだけじゃないのだよ。だって海老《えび》の子は、生れおちる時から親に似て、小さくても腰がかがんでいるのだ。不思議でもなんでもないよ。

普通は年をとってかがむのに、小さいけれどもかがんでいる、これは何だろうという謎解きを迫る前句に対し、海老のこととして解いた。腰がかがむものを海老と連想するのは常套。それを「生まるるより」と言い立てたのが手柄。

331・332 どれほどへのこは悲しいことであろうか。――舟いくさで、舟の艫《とも》にいたその親が討たれてしまったので。

「へのこ」は睾丸又は陰茎をいう。その「こ」から、それを舟の舳先《へさき》にいる「子」と見立て、舟の艫を出し、「へ」に「とも」、子に親、悲しに討たるで対応して、前句をあらぬものに取りなした。言葉遊びの趣向。

329 小さけれどもかがみこそすれ

330 えびの子は生まるるよりも親に似て

331 いかにへのこの悲しかるらん

332 舟いくさともにて親の討《う》たるるに

333・334　女陰のふちは一面に濡れているよ。——とんでもない、そうじゃなくて、言っていることは、荒磯に舟と舟とを漕ぎ寄せたため、お互いの舟の舳《へ》先《さき》と舳先、つまりへとへのはたが濡れあったということなんだよ。

「へへ」は『日葡辞書』に「Fefe 女性の陰部」とある。濁って「べべ」ともいう。それを舟の前部の称である舳先にとりなした。「へへ」とさえいえば当然卑猥な内容で、ましてや濡れわたるとは言の極まる前句と感じるのを、一転、舟のこととして肩すかしをくわせた面白さ。

335・336　雲の腹にだって膏薬をつけるとは、妙なことをするものだ。——しかし、それはそうなんで、月星は連歌では光りものともいうけれど、実は晴れた時に出るのだから晴れものの類だ。即ち空にかかった腫《は》れものの類なのだから、そんな腫れものが出ている雲の腹に膏薬をつけることも当然あるだろう。

前句雲の腹→青雲→大空→青空と感じ、空に縁のある月・星を出し、それを連歌で光りものということから晴れた空に出る「晴れもの」と見立て、空にかかった月星は空にできた「腫れもの」といい立てて、突飛な空想をして、難句である前句を解いた。原本「くものはし」を『犬筑波集』諸本により「雲の腹」に改める。

337・338　枕の上に馬の足音が聞えてきたのは何故だろう。——それは宇治橋の下で今夜船泊りをしたからだよ。

333　へへのはたこそ濡れわたりけれ

334　荒いそに舟と舟とを漕ぎ寄せて

335　雲の腹にも付くるかうやく

336　月星はみなはれもののたぐひにて

337　まくらの上の駒《こま》の足音

前句は謎句。付句は橋の下で舟泊りをしたから枕の上で駒の足音が聞えるという謎解き。駒の足音から旅人の行き交う宇治橋を出し、枕に対して泊りで応じた。

339・340　おや、屋島の合戦での勝利のお祈りをしていますよ。――屋島での軍の祈禱なら平家だろうから、その護摩壇の煙も赤いはずだし、従ってそのあたりの壇の浦で焼いている塩の煙も多分まっ赤な色をしているでしょうよ。
屋島の合戦から平家の赤旗を連想して塩焼く煙が赤いとし、屋島に、同じく源平の戦のあった壇の浦を対し、それに護摩壇を掛けて祈禱の語に対した。いわば理屈落ちの付け方。

341・342　高い山を下りてさて出かけることだ。――新発意が高野山から下りて、こんどは比叡山延暦寺へと修行にゆくのであろうか。
前句の「まかりてゆく」という一語を二語に読みかえ、高き山を高野山に見立ててこれに延暦寺を対し、まかるに対し「まゐる」とした。原本「しんほう」を句意により「しんほち（新発意）」に改める。

338　宇治橋の下に今夜は泊り舟

339　八《や》島《しま》の軍《いくさ》の祈《き》禱《たう》をぞする

340　焼く塩のけぶりやあかし壇の浦

341　高き山をばまかりてぞゆく

342　新《しん》発《ぼ》意《ち》が延《えん》暦《りやく》寺《じ》へやまゐるらん

343・344　連歌師と連歌を知らぬ人とが、たまたま一緒に旅をすることになって。――連歌師だから当然発句を詠むだろうし、それには脇句を付けるのが普通だが、相手は連歌を知らぬ者ゆえ、発句はあっても脇の句が付けられないことだ。『七十一番職人歌合』に「連歌師」の語があり、この頃職業人として考えられていたことがわかる（＊12）。発句は連歌の最初の句、脇の句は二番目の句をいう。俳諧性が認められないような句である。

345・346　おそれおおくも神を足に巻くということがあるものか、罰が当るぞ。――なにさ、上賀茂《かみがも》の社だったら罰が当るかもしれないが、こっちは下《しも》賀茂の社といっている所だから大丈夫さ。『金葉集』に「和泉式部《いづみしきぶ》が賀茂に詣りけるに藁うづに足をくはれて紙を巻きたりけるをみて」神主忠頼が言い掛けたことになっている。これに対して「紙」に「神」を掛け、それを同音の「上」と見立てて「下」をもって付けた。賀茂神社には上の社と下の社とがある。前句は詞書がないと解釈できぬ難句であるが、書物としての『金葉集』から抄出したというより、周知の話の一つとして伝わっていたものであろう。

343　連《れん》歌《が》師《し》と連歌せぬ人行きつれて

344　発《ほつ》句《く》はあれど脇の句はなし

345　ちはやふる神をば足にまくものか

346　これをぞ下《しも》のやしろとはいふ

347・348　寒いのにその上一層寒い風を入れるとは、おかしなことだ。――賤《いや》しい男が暖をとるために、くべる木がないままに家のあたりの柵《さく》を抜き取って燃やしてしまったので、風を遮《さえぎ》るものがなくなってしまって。

当時賤の家の垣（＊14）は杭《くい》を立て横木を渡した、いわば柵であるので「抜く」といった。ことの矛盾をついたおかしさを趣向にする。

349・350　奈良という所もそこの寺も焼亡に逢い、みるかげもなくおちぶれてしまいましてね。――寺には筒井筒が残るだけですっかりおちぶれているが、この井の許で背比べした業平《なりひら》の昔が恋しいことだ。

「奈良と寺」から『伊勢物語』にある筒井筒だと伝えられる井戸のある業平寺を連想し、「あふりはつ」に対し昔恋しの語で応じた。「あふりはつ」はすっかりおちぶれること。治承四年（一一八〇）平清盛の命令で重衡が南都を攻め、東大寺等を焼いた。業平寺は奈良にある在原業平の邸宅跡と伝えられる不退寺か。「筒井筒」は丸井戸の井げた。このもとで主人公が幼な馴染の女の子と背比べをし、やがて夫婦になった話が『伊勢物語』にある。

351・352　人だとみたいのだが、それにしては人でもない。一体なんでしょうね。――薄い紙に書かれた〝人〟という字を裏からすかし見ると。

347　寒きに風を猶《なほ》ぞ入れぬる

348　賤《しづ》の男《を》があたりの垣を抜き焼きて

349　奈良と寺とぞあふりはてたる

350　在《あり》原《はら》のむかし恋しや筒《つつ》井《ゐ》筒《づつ》

351　人かとすれば人にてもなし

前句「……とすれば……にてもなし」は謎句の一つの型となっている。

353・354　今日はことに薬師講の結講の日なので、ふだんよりも一段と立派にして。――ふだんのご馳走なら五菜ですますはずを、薬師講らしく薬師の十二神将にちなんで特別上等の料理を十二通りもさしあげて。

前句の「結構したる」を薬師講に毎日立派な料理をしたが、今日はその結講日なので特別に上等な御料理を と、「結講」「結構」の類似音で相通した句作り。薬師の縁で、その守護神である十二神将を出し、「神将」に「進上」を掛けた。「薬師講」は百の講座を設けて、百人の僧に薬師経を講じさせる儀式。「五菜」は五味（甘鹹苦辛酸）に配した五種類のおかず。文字の違い、発音の少々の違いなどには無関係で、むしろ駄洒落に近い言葉の扱い方である。前句「コウ」の音の繰り返し。

355・356　浮世を離れ、質素でお金をかけないはずの隠れ家にまでもお金をつぎ込んだことだ。――いや、同じ「かくれが」といってもこれは隠架《かくれが》のことなので、新しく立派な釜の蓋をあつらえた上に、それを置く隠架まで立派なのをこしらえたことなのだよ。

「隠れ家」を茶道で用いる釜（鑵子。＊21）の蓋置きとして応じ、蓋だけでなくそれを置く隠架までも、と前句の「さへ」を生かす。当時の茶道具に贅を尽す風潮を下敷きにしているが、諷刺といったものではない。

352　薄《うす》紙《がみ》に入といふ字を裏に見て

353　今《け》日《ふ》ことに結《けつ》構《こう》したる薬《やく》師《し》講《かう》

354　五《ご》菜《さい》を十二神《しん》将《しやう》にして

355　隠《かく》れ家《が》にさへ銭《ぜに》を入れけり

356　新しく鑵《くわん》子《す》のふたをあつらへて

357・358 夜もふけました。お腰のあたりのお持ち物(巾着《きんちゃく》など)に、ご用心なさいませ。——もののけ等を払うため殿中警護の宿直の武士が鳴弦する引目の弓の音は、なんとも気持がよい。といいたいのだが、実は殿居の女房が腰をねらわれて、「ああ、いい気持」と叫んでいる、それ! いわぬことか。
前句の腰の物という意を人間の腰ととり、女の腰のあたりが狙われることに転じた。「殿居」は宮中警護のための宿直。夜天皇の寝所に奉仕する女性をもいう。「ひきめ」は警護の武士の持つ引目の弓、鳴弦して悪鬼を払う。その引目に、大和絵で女性の顔の画法としての引目鉤鼻《かぎばな》を掛け、御殿にいる女房の意として用いた。

359・360 古来山吹に口無し、物言わずで目立たぬと言われるが、さていま初めて知ったことだ。

——いや、「しりぬる」とは、知ったのではなく、尻に塗ったことなんだよ。というのは、漆の肥桶に腰かけ、ついあやまって尻に大便をつけた。それを見てその色が本当の山吹色だと初めてそれと知った。

「知りぬる」を「尻塗る」と見立てる。『満佐須計装束抄』に便器を「こしの箱」といい、「其のていうるはしき冠の筥《はこ》の大きさにて四角なり。蒔絵あり」とある。つまり漆塗りなのである。前句、或いは「七重八重花は咲けども山吹のみの一つだになきぞかなしき　兼明親王」の歌話による句作りか。別の解があるかも知れないのを、尻にべったりついたもので山吹の花が

357 夜もふけぬ腰《こし》のあたりは御用心

358 殿《との》居《ゐ》のひきめあつここちよし

359 いまぞ知りぬる山《やま》吹《ぶき》の花

360 あやまつて漆《うるし》の桶《をけ》に腰かけて

どんなものか初めてよくわかったとした。

361・362　あの座禅の僧達の様子は、鼠を追っているのだよ。――というのは、僧堂で猫頭巾をかぶって並んでいるのだからね。

「僧堂」は座禅等の修行をするお堂。「かづく」はかぶる。「猫頭巾」（＊24）は僧兵の袈裟《けさ》頭巾の変形と思われ、目だけ出してかぶる頭巾。猫が鼠を追うということから、前句の不審を合理化したもので、しかつめらしい座禅風景への諷刺ともとれるが、むしろ単なる見立ての言葉遊びと読みとるべきであろう。

363・364　いつまで恋しさに胸をこがすことだろう。――こいはこいでも、はし鷹の首につり火鉢がかけてあるのだから、いつまで木居《こい》にいて鷹は胸をこがすことだろう。

「いつまで」は俗語。「こひ」は、「恋」「小火」さらに「木居」（鷹の止り木）を掛ける。鷹の首に火鉢を掛けることの実事については不詳。無理なことをいうこと自体が俳諧といえる。「釣り火鉢」未詳。提げ手付き火鉢の類か。

365・366　われもわれたものだが、つきもついたものだよ。――牛の子はあんなに小さい子どもでありながら、足の爪の先が二つに割れているところから、頭のてっぺんの角で突きも突くところまで、さすがに親に似てそっくりだ。

361　座《ざ》禅《ぜん》の人のねずみをぞ追ふ

362　僧堂にかづきつれたる猫《ねこ》頭《づ》巾《きん》

363　いつまで恋に胸を焦《こ》がさん

364　はしたかの首に掛けたる釣り火鉢

365　割れも割れたり付きも付いたり

「……たり、……たり」の前句形式による難句付け。「割れる」と「付く」とは反対の縁語。その「付く」を「突く」と見立てかえた趣向である。いろいろな解ができる中で、例えば陶器が粉々に割れたのをくっつけたとするのはあまり尋常すぎるので、わざと発想をかえて、最も奇抜なものを選んで句にしたところが作者の手柄である。原本「こしのこ」「つめさて」を句意により「牛の子」「爪まで」に改める。

367・368 お前さん、おかしいぜ。着られるはずでないものを着ている。どうせ自分のものではないだろう。誰に借りたのだ。——なあに、この小袖はいかにも自分のものではないが、借りたのではなく、ある人がくれたものだよ。

前句「きつらん」は、「着る」とも「来る」ともとれる。「来る」とすれば、借りてやって来たのだろうとなる。付句は「着る」ととって付けた。「小袖」は絹の綿入れの着物。「くれはとり」は「くれはたおり」の約で呉服。くれるというべきを着物の縁で「くれはとり」といい流した。借るとくれるの単なる言葉遊び。真如蔵本『犬筑波集』では「兼載《けんさい》いつよりも衣装なと引つくろひ給ふ時ある人」とあって兼載の付句。『新旧狂歌誹諧聞書』には「宗祇連歌のざしきへ綾の小袖を着てゆきければ」として宗長・宗祇の句とある。

369・370 いびきの音が大きく聞えるぞ。——隣の部屋には燈心売りが泊っているのだろう。

366 牛の子の足の爪まで親に似て

367 あやしや誰《たれ》に借りてきつらん

368 この小《こ》袖《そで》人のかたよりくれはとり

369 いびきの音ぞ高く聞ゆる

370 となりにはとうじみ売りや泊るらん

前句の寝息のいびきを「藺引《い》き」ととりなして付けた。燈心は油に浸して火をともすもので、藺の芯を引き出して作る。『七十一番職人歌合』に「月に寝ぬ燈じみ売りの身の業をたれ聞きしらぬいびきとかいふ」とある（＊25）。原本「なかく」を『犬筑波集』諸本により「高く」に改める。

371・372　握って細くして、ぐっとさし入れた。——葉茶壺の口が小さく細いところへ、大きな茶袋から茶を入れようとしたのでね。

「葉茶壺」は葉茶を入れる壺。抹茶壺（茶入）に対していう。最もあからさまな猥雑の場面を想像させる前句を一転肩すかしをくわせた面白さ。いわゆる大笑いの句作りである。茶壺を女のそれということから、大ぶくろを男のものとみて、更に裏の裏を返して実事を匂わせたものとすれば、よほど手のこんだ作法ともいえよう。原本「はちやつほ口の」を『犬筑波集』諸本により「葉茶壺の口の」に改める。

373・374　神威明らかな三島大社の御師《おし》たちが、我々を守ってくれるであろう。——わが輝く日本の暦をしっかりと見ていると。

「三島」は三島大社。室町以降、三島神社の発行する仮名の暦を三島暦（＊26）といって広く一般に流布利用された。「明らけき」に照る日、三島に暦、「まぼる」に「見ゆ」が対応。前句の「三島のもの」を付句で暦に、「まぼる」（守る）を見つめるの意にとりなして付けた。

371　握り細めてぐつと入れけり

372　葉《は》茶《ちや》壺《つぼ》の口の細きに大ぶくろ

373　明《あき》らけき三島《みしま》のものやまぼるらん

374　照る日のもとの暦《こよみ》をぞ見ゆ

375・376　八瀬の里にも弓の神事がある。――弓を射んとして片肌を脱いでいる人を見れば、八瀬大原というだけに、その腹は痩せて骨ばかりが見えることだ。

八瀬の里に「痩せ」の意を感じて「骨ばかり」で応じ、八瀬に大原があるので御腹を、「弓のこと」から「肌脱げる人」を出した。腹が骨ばかりとは理に合わないが、そうしたことにこだわらないのが当時の俳諧のおおどかさで、単に前句の八瀬の地名に、その近くにある地名大原を対せしめたばかりである。八瀬の「八《や》」を矢とみての句作り。「肌脱げる」は弓を射る姿。

377・378　鴨川を、袴を脱いで細い鶴のような脛を見せて渡っていることだ。――借りて来た狩袴が濡れるのを惜しいと思って。

「鶴脛」は成語。鶴脛の姿で鴨（賀茂）川を渡るという前句自体一つの俳諧がある。狩袴も成語。前句は「鴨・鶴」の鳥類による句作り。付句では同じく「雁・鴛鴦《おし》」で応じ、「雁」に「狩」を、「鴛鴦」に「惜し」を掛けた。いわば鳥尽しの句法である。『金葉集』に、宇治へ行く途中鴨川が日頃の雨で増水しているので、男が袴を手に捧げて渡るのを見てとして前句は頼綱、付句は信綱の作として出ている。

379・380　提鞘を腰から外し、箸と楊枝をふところからとり出した。さてどういうことだろう。――それはね、時宗のお坊さんと一緒におときの御馳走を頂戴し、茶の子をいただいた時のことさ。

375　八瀬《やせ》の里にも弓のことあり

376　肌《はだ》脱げる人の御はらは骨ばかり

377　鴨川を鶴《つる》脛《はぎ》にてぞ渡りけり

378　かりばかまをばをしと思ひて

379　提《さげ》鞘《ざや》と箸《はし》と楊枝《やうじ》を取りいだし

「提鞘」（＊27）は僧などの持つ小刀で、長い鞘袋の先端が余って垂れ下がっている。「時衆」は時宗の僧。多く諸辺を廻国し、風俗として腰に提鞘などをさす。時宗は浄土教の一派で一遍上人が始め、武士や庶民に広く信仰された。「とき」は斎食、僧侶の食事。「茶の子」は茶を飲む時に添える菓子や果物。点心。「楊枝」は『石山本願寺日記』に「点心（食事）六時過也。茶子七種、楊子なし」とある如く、今日のつま楊枝の外に食物を刺すためにも用いたこともある。箸と楊枝は客の各自がふところに用意しているものである。提鞘に時衆、箸に斎、楊枝に茶の子が対応。

381・382　一つある物が三つに見えたよ。これは何でしょう。――綿の無い小袖に掛けた襟布の折目がすり切れて二枚にわかれたのだから、もともと一枚の着物だったのが、襟布と小袖と合わせて三つになったのだよ。

前句は謎句。小袖にかけた襟布のほころびで解いた。原本「また」を句意により「わた」に改める。

383・384　我《が》をたて通してさぞ楽しいことだろう。――弟子や檀那を多く持った法花宗は、情を張るだけでなく、到来物も多くて、さぞ豊かなことだろう。

前句の「楽し」を金持の意にとりなして付けた。「檀那」は施主で、信者・信徒。「法花宗」は日蓮宗の別称で、当時は喧嘩法花ともいわれるほど論争を好み、強情を張るとされていた。「情を張り」に法花宗、「たのし」に「弟子檀那多く持ちたる」が対応。

380　時《じ》衆《しゆう》と斎《とき》と茶の子食ひけり

381　一《ひとつ》あるもの三《みつ》に見えけり

382　わたもなき小袖《こそで》のえりのほころびて

383　情《じやう》を張りてや楽しかるらん

384　弟子檀《だん》那《な》多く持ちたる法《ほつ》花《け》宗《しゆう》

385　阿《あ》弥《み》陀《だ》は波の底にこそあれ

386　南《な》無《む》といふ声のうちより身を投げて

387　泣きつ笑ひつするは夕暮

388　みめわろき嫁を追ひ出す闇の中

385・386　阿弥陀は西方浄土にいらっしゃるということになっているのだが、そうではなくて実は波の底にいらっしゃるのだ。――というのは、南無という声と共に波の上に身投げをしたから、そのあとにつづくはずの阿弥陀という言葉は波の底だ。従ってそのおすがりする阿弥陀さんは波の下ということになるじゃないか。

当時は南無・阿弥陀と唱えるのが日常であったので、前句の「阿弥陀」を身投げの言葉として謎句を解いた。なお、前句は本田善光が難波の堀江の川の底に阿弥陀如来が沈んでいたのを拾い上げ、背負って信濃国へ下り、みのちの郡（水内郡）に安置したという善光寺由来を踏まえているとも考えられる。但し、裏では阿弥陀仏を身投げ人の仏さん（死体）に見替えているところが作者の味噌である。

387・388　がやがや泣き声や笑い声がするのは夕暮れ時のことだ。――それは夕闇の中で容姿の醜い嫁を追い出しているのだよ。夫は夫婦別れのつらさで泣いているかと思うとまた醜い嫁が離別できるので笑ったりしているのだ。

泣くと笑うといった反対概念を一句にまとめあげる一つの型。「闇の中」は前句の「夕暮」のあしらい。泣くのは嫁、笑うのは夫という解も成り立つ。両解が可能とすれば、所謂《いわゆる》動く付けで、前句のさばきへの確かさを欠いたものといえようが、作としては夫一人のこととする前解の方が勝れている。

389 山と都を渡る夕立

390 さしかざす鉾《ほこ》をならぶる祇《ぎ》園《をん》の会《ゑ》

391 竹やりにても刺すや釣《つ》り舟《ぶね》

392 海《かい》賊《ぞく》の脛《すね》を突けかし魚《うを》の針

393 千《ち》鳥《どり》足《あし》にも走る白波

389・390 夕立が比叡山《ひえいざん》と都とにかけて降り渡ることだ。——高くかかげた鉾を並べてある祇園祭だから、それは夕立ではなくて、夕方に立ちいでて山車《だし》と一緒に鉾が都大路を渡っているのだ。「山」は比叡山。「鉾」は山鉾で鉾を立てて飾った山車。「祇園の会」は京都祇園社（八坂神社）の祭。陰暦六月七日から十四日まで、現在は七月十七日に山鉾が巡行する。前句の山を祇園祭の山車《やま》に見立てた句作り。夕立から太刀を感じ、それに鉾で対した。都に祇園会が対応。「夕立」を夕方の出立ちに、「さす」を雨傘をさすにとりなす。「さしかざす鉾」に「かさ鉾」（大きなかさの上に鉾、なぎなた、造花などを取りつけたもの）を踏まえ、「ゆふだち」に「太刀」の意をとって鉾に対したように思われる。

391・392 竹槍ででも魚を刺したりするのか、釣り針で釣るのが建前の釣り舟なのに。——そんなことができるのなら、槍でなくて釣り針で海賊の脛を突いてみろよ。
大きな竹槍に小さな魚という、道具が大きすぎてとてもできそうもない話に対し、それなら逆に小さな曲った釣針で大きく強い海賊の足を突いてみろと、小さすぎてできそうもないことをもって対した面白さ。

393・394 まるで千鳥足のように乱れがちに不揃いの白波が走ってきてうち寄せている。——折からその汀《みぎわ》の石畳には雪が降り積んでいるので、千鳥足ですべるじゃないよ、その名の通り用心して石を叩いて歩け。鶺鴒《いしたたき》よ。

「千鳥足」は、千鳥の歩き方に似て足を左右に踏みちがえて、よたよた、ちょろちょろと歩くこと。「石たたき」は石叩《いしたたき》―石積み―石畳で、鶺鴒の異名に掛ける。千鳥に石たたき、走るに滑る、白波に雪の汀が対応。成語「石橋を叩いて渡る」を通して、石をたたいて用心して歩くの意を出す。波の寄せるのを千鳥足と言い立て、千鳥足に走るから滑るを出し、雪の積った石畳の上の鶺鴒ということで句作りする。

395・396　下げ緒の紋様には獅子の丸をつける。――それもそのはず、この刀は文殊四郎の打ったものだからね。文殊菩薩は獅子に乗っているのだから、当然だ。

「獅子の丸」（＊28）は獅子の姿を円形に図案化した紋の模様。「下げ緒」は刀の鞘の栗形（＊29）に通して下げる紐。刀を上帯に結いつけるのに用いる。「文殊四郎」は奈良の刀鍛冶の名（三五〇参照）。文殊菩薩を文殊師利ということから、四郎のシを掛けて、前句の獅子に対した。「つくり」は本来飾り意匠として作ったものの意であるが、ここではその打ち刀とみる。

397・398　一たび寝たかと思うと、恋のなやみにもう起き上がろうともしないのだ。――それは、猪が時鳥の一声ならぬたった一本のか細い矢にあたって弱っているからなのであろうか。

「夏の夜のふすかとすれば時鳥なく一声にあくるしののめ」（『古今集』）の歌を踏まえ、前句恋の意を猪の

394　すべるなよ雪のみぎはの石たたき

395　獅子《しし》の丸をぞ下《さ》げ緒《を》にはする

396　この刀《かたな》文《もん》殊《じゅ》四《し》郎《らう》がつくりにて

397　伏すかとすれば起きもあがらず

398　ゐのししや細矢ひとつに弱るらん

ことに転じた。「ふす猪《ゐ》の床」という成語により、猪を導き出す。

399・400　一言のあいさつもなくいきなり抱きついた。――抱きついたのは人ではなくて、不意に転んだ中じきりにあった中柱なんだよ。勘ちがいしなさるな。

「中柱」（＊30）は側柱《がわはしら》に対して室内にある柱のこと。特に茶室内の境に張り出して立てた屈曲した柱をいう。人間のややみだらがましい世界を柱に転じた面白さ。原本「ころぶのさかひ」は「ころぶさかひ」の誤りとする。

401・402　こともあろうに仏様の前で博打《ばくち》をして、賽《さい》の入った筒を振ったりすることだ。――いや、それは博打の賽の筒ではなくて、お燈明の油が皆無くなったのだろうかと、油筒を振って油のある無しを確かめているのだろう。

「筒」は、前句では博打で賽を入れて振り出す道具。付句でそれを油筒にとりなす。「みやかし」は、犬筑波系諸本の殆んどが「みあかし」となっていて、お燈明のこと。「みなに成る」は、すっかり無くなること。「筒を振る」は燈明皿に油を補い入れるために振るとも考えられるが、それでは付句が俳諧として生きてこない。

399　ことわりもなく抱《だ》き付きにけり

400　思はずも転《ころ》ぶさかひの中《なか》柱《ばしら》

401　仏の前に筒《つつ》をこそ振れ

402　みやかしの油やみなに成りぬらん

403 あながちなりと人や笑はん

404 生まるるもまた生まるるも女《をなご》にて

405 矢もなき弓はいかがおそれん

406 能《の》登《と》殿はしころを質におきつ舟

407 ころめごぜこそ舟にのりけれ

403・404 あんまりなことだと人は嘲り笑うだろうか。——生れる子もまた生れる子も女の子で。「あながちなり」は強引なことや異常なほどきわだっている意であるが、何があながちなのか明瞭でないのを、原義を強いて穴勝ち、即ち穴が多い意にとりなし、穴を以て女性をいうのが常套の趣向であるところから、女子ばかりで世継の男一人さえもない、の意で付けた。但し両句をあわせ読む時、前句の「あながち」を「あながちお気の毒なことで」と相通じて解すべきであろう。「女」の読み方は犬筑波系諸本の殆んどが「おなご」とあり、前句の日常語的な感じに応じて、この場合も日常語的におなごと読むべきであろう。原本「生るるも」は「生るるも」の誤りとする。

405・406 矢も無い弓はどうして恐ろしかろうか、恐ろしくないことだ。——さすが強弓で有名な能登殿も、しころを質に置いたのでは、舟戦に沖の舟にいたって矢の無い弓も同然、恐ろしくないよ。矢のない弓、錏《しころ》（＊6）の無い甲《かぶと》、どちらも中途半端で恐ろしくないとした。「能登殿」は能登守平教経。「王城一のつよ弓精兵にて」（『平家物語』）とある。これと屋島の戦で景清と国俊が格闘し、国俊の甲の錏がちぎれた所謂《いわゆる》錏引きの話柄との混同が背後にあると思われ、従って付心が必ずしもしっくりしない。原本「天」を句意により「矢」と改める。

407・408 あんな小娘さんが舟に乗っていなさるのは一体どうしたことだ。——それはめでたく嫁入りする娘御さんで、その実家は川向うにあるのでね。

「ころめごせ」は小女郎御前《こめろごぜ》の誤写か。「ごぜ」は女性につける敬語。

409・410 いつも裸のやせひからびた羅漢の骨は見え見えだよ。——作らせた五節の舞扇を舞を舞うとき使い破ったものだから、骨ばかりとなってまるで羅漢のようだ。

「羅漢」（＊31）は仏教で最高の悟りに達した聖者。当時盛んにつくられた絵画・彫刻とも、上半身胸もあらわで痩身、ためにあばら骨も見え見えである。「扇をおる」とは紙扇をこしらえる意で、五節舞の扇は原則として檜扇《ひおうぎ》でこれは折らない。こうした矛盾は作意上意に介しなかったようだ。五節舞は大嘗会《だいじょうえ》及び新嘗会に行われる五節少女《おとめ》の舞。前句の実事を虚で応ずるのが俳諧。五節扇は一句の中での句作りのあしらい。

411・412 羽黒山ではほら貝を吹くのが普通だが、そうではなくて山伏が口笛を吹きましたぜ。——いや、それは口笛を吹いているのではなく、山伏が蜂の巣を取り落し破《わ》ったので、巣の中から蜂が飛び出したため、刺されまいとフウフウ吹いているのだよ。

「うそ」は三頭注参照。「羽黒山」は山形県にある山伏の根拠地で、山伏をいうための言葉。山伏にうそを吹かせたのは、山伏がほら貝を吹くことによる趣向。共に息を含み頬をふくらませる。いかめしい山伏の蜂に刺されまいとする滑稽。羽黒山の開基は崇峻天皇の子の蜂子皇子なので、蜂の子が巣を出ると句作りした。

408 嫁《よめ》入《い》りの里は河より向ひにて

409 羅《ら》漢《かん》の骨は見えもこそすれ

410 をらせたる五《ご》節《せち》扇を持ち破り

411 羽《は》黒《ぐろ》山《さん》にてうそをこそ吹け

412 蜂《はち》の子のわる巣《す》の中を出《で》羽《は》の国

413・414　北野神社のお詣りに槍を持って行ったよ。――北野松原は木が茂りあって天も暗くて光も通さない。それもそのはず、持っている槍が天九郎俊長の銘《めい》ある槍なのだから、天が暗いのも当然だ。「北野」と「松原」は『北野縁起』に、近江国比良宮禰宜《ねぎ》神《みわ》良種に「さても右近の馬場こそ興宴の地なれ。われかのほとりにうつるべし。そのほとりに松を植うべし」と託宣があって、一夜のうちに松が数千本生えたという伝説に基づく。「北野」は京都洛西北野の天満宮。当時、天神信仰の中心の一つで、松原あたりは庶民遊興の場所であった。「てんくらう」は一〇〇頭注参照。

415・416　ぶつぶつつぶやく言葉は、あちらからもこちらからも聞えてくる。――いやそれはつぶやき言ではなくて、数珠の糸をいろりの端で激しくもみ切ったため、数珠の沢山の粒がいろりの中に飛び散って、あちらでもこちらでも、つぶが焼けているのだ。「つぶやき」を粒を焼くととりなした。「事」は言の宛字。「あそここここ」は成語。「念珠」は仏を念じながらまさぐる玉。数珠（珠数）。数珠は「する」「くる」というのが普通であるが、激しく祈りたてる時は「珠数さらさらと押しもんで」（謡曲『安宅』）という。その時、珠を通している緒糸が切れてばらばらになるのである。

417・418　里々を走り歩いたけれども、そこの女達とつびなんてそんなみだらなことはしなかった。

413
北野まゐりにやりをこそ持て

414
松《まつ》原《ばら》はてんくらうして影もなし

415
つぶやき事はあそこここにも

416
念《ね》珠《ず》の緒《を》をいろりのはたにもみきりて

417 さとざとに走り歩《あり》けどつびもせず

418 堅《かた》木《き》のあしだ歯こそ強けれ

419 番《ばん》匠《じやう》の遁《とん》世《せい》したるさまを見よ

420 さいづちがしらてうの月《さか》代《やき》

421 仲《なか》人《うど》もあり稲妻もあり

——いや、そんなことを言ったのではない。堅木のあしだの歯が強かったので、つび（ちび）なかったと言っているのだよ。

「堅木」は樫や栗などの堅い木。「つび」は女陰。また、ちびり減ること。『犬筑波集』では前句付句が逆、短句・長句の順で俳諧の通常の形に改められている。が、原本の場合では、猥句をどんでん返す例の俳諧の一典型となる。「つび」は女陰、「つびする」は女と交わる意。それを「ちびる」の意にとりなした。

419・420 番匠が出家遁世した姿を見てみろよ。——さすが番匠だけあって、その坊主頭は才槌形に手斧の形の月代のあとがみえるよ。

「番匠」は元来は番上の工匠の意で、大和・飛驒などから交替で都に上り宮廷の営繕に従事した人であるが、ここでは下級の大工職人（＊9）。「さいづちがしら」は木槌の形に似て額と後頭部が突き出た頭。「てうの」は手斧で、斧で削った木を更に平らにするため用いる鍬《くわ》形《がた》の刃物。「月代」は三六参照。これが手斧の形に似ているとする。見立てと駄洒落。

421・422 仲人もおり、またその言葉に縁のある稲妻もおることはおりますがね。——しかし仲人は宵の口といわれるように用をすませば早速帰っていきますし、稲妻といっても花嫁でなく、宵の間にピカッと姿を見せては帰っていく夕立なんです。だからこの二つは人と雷の違いはあるものの、同じように宵の間にちらりと姿をみせてはすぐ帰っていくものですよ。

422 宵《よひ》の間にちらりとしてや帰るらん

423 しやうじを破るこじりもぞ有る

424 若《わか》俗《ぞく》の紙一枚も持たずして

425 王のつまりを□るこそやれ

426 宝剣を抜かんとすればさび付きて

「仲人」は中に立って橋渡しをする人、特に結婚の媒介人。『貞丈雑記』に「婚礼は夜する物なり」とあり、夜に行われるのがならわしであった。「仲人は宵の口」とは、長居は新婚夫婦にとっては迷惑だから、仲人は用がすめば早々に帰るがよいとのこと。「稲妻」は夕立の時の稲妻をいう。

423・424 ふと行きあたって障子を破る鐺《こじり》もあるものだ。――拭い紙一枚も持たない若俗は、障子を破って自分の小尻をふく。

男の特に大きな陽物を障子破りということが民話にはよくある。それを刀の鞘の末端の鐺に譬えた。前句は念者のそれを陰にふくめる。それに対し、尻の語からお相手の若衆を出し、一事のあと始末する紙も持たないで障子を破ってらちをあけると付けた。「若俗」は若衆で男色の女役。紙障子は『江談抄』に「先考以二明障子一立二四面一」、『井蛙抄《せいあしょう》』に「あかり障子をあけて入らむと」等あり、当時既にあったと考えられる。原本「しやうをやふる」を句意により「しやうじをやぶる」に改める。

425・426 （前句不明）――王は追いつめられて逃げ場がなくなり、宝剣をぬいて戦おうとしてもさびついてぬけない。

前句は「王」を将棋の王将、「つまり」を将棋の勝負の決着がつくの「つむ」の意とすれば、将棋のことと も解釈される。付句ではそれを王が襲われた場面とした。『犬筑波集』梢山本には「王のつまりを思ひこそやれ」とある。即ち□は「思」、「る」は「ひ」の誤写となる。

427・428 戦に大切な甲冑を売って、合戦での食糧にかえる。頓珍漢なあべこべごとだね。——現世のことではなく、地獄では修羅道よりも餓鬼道の責め(攻め)の方が悲しいことだよ。

「具足」は甲冑等の武具をいう室町・戦国時代の言葉。「修羅」は地獄の六道の一つ修羅道で、そこでは常に闘争を事とする。「餓鬼」も六道の一つの餓鬼道。常に飢渇に苦しみ、たまに食物を得ても食おうとするとそれが火焔となる世界。前句の合戦の世界を人間が死後前世の業因によって行く六道の世界でうけた。餓鬼は*32参照。

429・430 孕《はら》み女の安産祈禱として、その孕みの名の如く大般若波羅蜜多《だいはんにやはらみつた》経を読むことだ。——それには六百巻の中、他の巻でなく第三の巻の紐を解いて読むがよい。産の紐を解くというではないか。

「大般若経」は三二参照。「はらみ女」は妊娠した女。「産の紐解く」は妊婦の腹に巻く岩田帯を解くことで、出産の意。「かな」は切字。発句の形をとる。付句の「ひもを解く」は繙くの意ではなく、当時大般若経などの一切経の経文は折本仕立で、外帙《ちつ》を組紐で巻いて綴じてあることによる。『犬筑波集』末吉本で付句に「多経巻第三」とあるのは波羅蜜の後に続く多経の字を出したので『狂吟集』より趣向が勝っている。

427 具《ぐ》足《そく》をうりて兵《ひやう》糧《らう》にする

428 修《しゅ》羅《ら》よりも餓《が》鬼《き》のせめこそ悲しけれ

429 大《だい》般《はん》若《にゃ》はらみ女の祈《き》禱《たう》かな

430 巻《くわん》第三のひもをこそ解《と》け

431 ところどころにひこそいでぬれ

432 さび刀しのぎ平に研《と》ぎなして

433 波にながるる御《お》時《じ》衆《しゅう》の袖《そで》

434 あまころも質に興《おき》つの舟見えて

435 じやうど口こそありありといふ

431・432 所々にひがでてきたよ。――とすればそれは、さびた刀をしのぎも平になるまでに研ぎすぎた為に今までさびていてわからなかった（目立たなかった）傷が所々に現れたことなのだ。前句の「ひ」は、火・碑・非・批・ひ割れなどいろいろにとられるなかで、刀の傷の「ひ」と定めて句作りをした。「しのぎ」は刀の刃と峰との境に稜を立てて高くなった所。激しく打ち合うのを「しのぎを削る」という。

433・434 時宗のお坊さんの衣の袖が波に流れているよ。妙ですな。――いや、あれは女狂いの果て、相手の尼の衣まで質に入れて身を持ち崩し、あげくの果ての入水。袖は波に流れて人は水の下。舟だけが沖の彼方に見えるのです。「時衆」は時宗の僧。広く遊行《ゆぎょう》し専心称名念仏を説いたが、妻帯し風紀も乱れていた俗聖《ひじり》。「御」は親しんで付けたか。「興つ」は宛字。地名の興津との関係は考えられない。「質に置く」と「沖」の掛詞。流るに質、時衆に尼、袖に衣が対応。時衆の袖と尼衣とは異なる物だが、そんな細かい点にはこだわらない、おおどかな付け方である。

435・436 むしろ浄土のお宗旨でこそ、あり（がたや）あり（がたや）とよく口ぐせに言うことだ。――いや外でもない。浄土で阿弥陀さんたちが蹴《け》鞠《まり》の場にたち出られたからこそ、ありありと掛け声を出していなさるのだ。

「じやうど口」は浄土宗流儀での口ぐせの意。前句の「あり」は有難やの意。それを付句で蹴鞠の掛け声の「ありいありや」の「あり」とした。「まりのかかり」は蹴鞠の場。北東・南東・北西・南西の四隅にそれぞれ桜・柳・松・楓を植える（＊33）。

437・438　叡山《えいざん》のお大師さまが川に流れるとは、どうしたことか。——それは、行く水に字を書いたって流れて跡もないのだから、同じ音《おん》の慈覚《じかく》さまも流れて跡もなくなられたのだ。

『伊勢物語』や『古今集』にある「行く水に数かくよりもはかなきは思はぬ人を思ふなりけり」を踏まえた付句。「山」は叡山。そこの大師には伝教大師（最澄）と慈覚大師（円仁）とがあるが、一般には慈覚の方が馴染み深い。

439・440　稲荷詣りにほおかぶりして行くことよ。——狐というものはうまく化けおおせて自分の姿をかくすものだ。お詣りの善男善女だと思ったら、あのほおかぶり姿はさては狐なんだな。

前句のほおかぶり姿を狐の化けた姿ととって付けた。「稲荷まゐり」は旧暦二月初午の日に詣るのをいう。「ほほかぶり」は、古くは頭から頬にかけて衣服などをかぶった。いなりに狐、ほおかぶりに姿かくすが対応。稲荷と狐の関係は、古くから狐が稲荷明神の使いと信じられていた。

436　仏たち鞠《まり》のかかりにたち出でて

437　山の大師ぞ川にながるる

438　行《ゆ》く水にじかくは跡もなかりけり

439　稲荷《いなり》まゐりにほほかぶりして

440　化《ば》けてこそ狐《きつね》すがたは隠しけれ

441・442　誰が植えたのだろう、あの二本の松の木は。——わが国日本の天皇さまはあの二本の松のように千年もいらして下さい。千年にもわたって存命でいらっしゃって下さい。
「二本」を日本としてわが国、松に千代が対応。君、松、千年は「君が千とせのためしには子《ね》の日の松をまづぞひく」（幸若舞曲）など関連が多い。「松は千年」の諺があり、従って一千代《いちちよ》で一本の松、二千代で二本松即ち日本松との駄洒落《だじゃれ》軽口。

443・444　めでたくもあり、またあぶなくもある。——それは、聟入りの夕方に丸太をかけ渡した一本橋を渡らねばならない時のことだよ。
前句は反対めいた語を並べた謎句。一つの型としてよく用いられる。聟として嫁の家に入るのはめでたいことだが、足許がうす暗くなり始めた夕方に一本橋を渡るのはあぶないことだと解いた。普通聟入りの時刻は七つ時から暮六つ、夕刻の四時から六時。『守武千句』跋に兼載《けんさい》の句とある。

445・446　君のお情けが、情《じょう》がこもって長い長いものとなる。——恋文に、久しぶりにさし上げるなどと書きとめてあるところをみると。

441　たれか植ゑけん二本松の木

442　わが国の君は千代ませ千代にませ

443　めでたくもありあやふくもあり

444　聟《むこ》入《い》りの夕《ゆふべ》に渡るひとつ橋

清濁にこだわらぬ俳諧の行き方から、「なかなか」を「ながなが」と解すると、久しぶりの手紙ゆえ長い文章という意になる。従ってその手紙の長さだけお情けも長くなると、人の情けを長さで表現したおかしみ。一方、「なかなか」を清音のままとすると「かえって」の意になり、「久びさ候」が久しく交情の絶えている意となり、前解の遊びに対して、だからかえって、と理屈っぽい解となる。

447・448 桜戸であるからには錠をさしたりなんかしませんよ。古歌にも明けて待つとありますものね。——煎り海老の赤いという、その名の明石の浦で鯛を釣って、その桜鯛を持って帰られるのですものね。

意味が付句から前句に返る形。桜に鯛（桜鯛）、錠に海老（海老錠）が対応。桜鯛は桜の咲く頃瀬戸内海でとれる一番美しく美味な旬《しゅん》の鯛。播州明石は鯛の名所（明石鯛）。「桜戸」は桜の木で作った戸。「足引の山桜戸をあけ置て」（『万葉集』）等と、あけると関連してよく詠まれている。「煎り海老」は小海老を塩茹《ゆで》にして干した物。「海老で鯛釣る」の語句を踏まえた句作り。原本「しやうさゝはや」を句意により「錠をささばや」に改める。

449・450 富士山と浅間山とはよく似た兄弟だよ。——それもその筈、浮島が原という、同じ原（腹）から海が見えた（産み出した）のだからね。

445 なかなかとなる君が御情《おなさけ》

446 玉章《たまづさ》に久《ひさ》びさ候《そろ》と書きとめて

447 桜戸ならば錠《ぢやう》をささばや

448 煎《い》り海老《えび》の明石《あかし》の浦に鯛《たひ》つりて

449 富士と浅間《あさま》と似たるおとどひ

富士と浅間は、連歌では付合になり、謡曲『富士太鼓』にも「富士浅間いづれも面白き名なり」と並び言われているので「おとどひ」(兄弟)といった。浮島原は富士の南麓の低湿地で、富士の付合。浅間山も野原と付合であるところから「原」を「腹」に掛け、「海」に「産み」を掛けて前句の「おとどひ」の説明とした。「ひとつはら」は成語。同腹の意。

451・452 出家ばやりの昨今、鳥までも出家するとは本当のことと思われる。――鳥籠の中に作りたてた餌笥《えげ》、いや会解《えげ》(お寺)があるところからみると。

「遁世」は俗世を離れることから出家して僧になること。「ゑげ」に餌の箱の意の餌笥とお寺の意の会解とを掛ける。会解は説法の場に集まって教えを受ける僧やその場所をいう語。『文明本節用集』に「会下ヱゲ寺也。或作会解」とある。原本「ゑき有て」を『犬筑波集』諸本により「ゑげ有りて」に改める。

450 浮《うき》島《しま》がひとつはらより海みえて

451 鳥も遁《とん》世《せい》するところそみれ

452 籠《こ》の中につくりたてたるゑげ有りて

竹[一]門之御本にてうつしをくところ也後見之
嘲一笑〱

永[二]禄五季初春下四日　一[三]露

神無月中旬　藤[四]原光忠書之

一　洛北曼殊院。永禄五年（一五六二）当時の門跡《もんぜき》は第二七世覚恕准三宮。同院の長帳目録（江戸中期頃）連歌の条に「一　竹馬集　一巻」とある。

二　一五六二年。

三　不明。

四　本文に添えられた琴山の極札によれば「竹屋殿光忠竹馬狂吟集全部一冊」とあり、竹屋光忠は藤氏、前中納言、享保十年（一七二五）没、六十四歳（『公卿補任』）。光忠は永禄五年一露なるものが写したものをテキストとして書いたことになる。

新撰犬筑波集

誹諧連歌抄

春

1 霞《かすみ》の衣《ころも》すそはぬれけり

2 佐《さ》保《ほ》姫の春立ちながら尿《しと》をして

春立つ

3 あなうれしやな餅《もち》祝ふころ

4 梅が香《か》のまづ鼻へ入《い》る春立ちて

梅が香
春立つ

1・2　霞の衣の裾がぬれてしまったよ。——立春として春の女神の佐保姫が立小便をされたので。
前句は言葉の上では意味が通るが現実には意味の通らぬ句。裾がぬれたのを「霞の衣」とすることによって難句にした。こうした難しい言い掛けを解くのが付句で、霞の衣に佐保姫、裾がぬれるに立小便を対応させ、女神の立小便という意外さで前句を説明して卑俗な滑稽味を出す。「霞の衣・佐保姫・春立つ」は歌語。佐保姫は虚、女の立小便は実、虚実混淆の面白さ。「春立ちながら」に立春の意を掛けて巻頭句とした。『宗長手記』ではこの前句に宗長が「苗代を追ひたてられて帰る雁」と付けているが、その尋常平凡さに比すれば、この宗鑑の作の上手さがわかろう。「尿」は当時の通用語。女性の立小便は当時一般庶民の習俗だったが、後には良家の子女もするようになった。

3・4　ああ嬉しいなあ。お正月のおめでたい餅が喰える頃というものは。——梅の香がまず鼻に入るという立春がやって来て（さて、次に）。
「餅祝ふ」を正月の歯固めの餅とし、「餅祝ふころ」を立春として「梅」を付けた。「あな」（感動詞）を穴として鼻を対応させた面白味。「祝ふ」はたべる意。口に入る前にまず鼻へ入るとした。近世の『増山の井』では「雑煮いはふ」と、たべる意に用いている。付句は「梅」「春立つ」と季語が二つだが、連歌でもこうした例は数多くあり、まして俳諧連歌では一句の中での季語の数には必ずしも拘泥《こうでい》しなかった。

5 うそを吹きふき花をこそ折れ

6 軒《のき》端《ば》なる蜂のずはひに梅咲きて　梅

7 あらうつつなや花を散らすな

8 持たせたる梅が枝《え》こそにしやれ男　梅

5・6　鼻歌を口ずさみながら花を折っているよ。——軒端にある蜂の巣近くの梅の若枝に花が咲いたので。

「うそをふく」は口をすぼめて強く息を吐くこと。火を吹いたり口笛をふく時などの仕草。うそぶく。蜂などに刺されないために行う風習のあることから、付句に蜂を、花に梅を対し、蜂の巣の「す」と「ずはひ」の「ず」とを掛詞にし（清濁の相異には拘泥しなかった）、前句の風流な仕草を一転蜂を恐れる滑稽な姿とした。「ずはひ」は「すはひ」ともいい、小枝、特に梅の若枝。付句は「軒端の梅」なる歌語による句作り。付句の「蜂」は前句の縁で「す」の掛詞的役割をするのみ。この期の所謂詞付け俳諧での常套手法である。

7・8　ああ、あられもない。花を散らさないで。——かついでお持ちになった梅の枝、それだからこそ風流な男といわれるのですよ。だのに、せっかくのその花を散らしてどうするのですか。それだったらただ梅の枝を持っただけのことになりますよ。

前句の無頓着な或いは酔っぱらった男の動作に対して例えば謡曲『雲林院』などの面影で付けた。「うつつな」は「うつつなし」の語幹。「持たせたる」の「せ」は使役とも尊敬ともとれるが、むしろ後者とすべきであろう。「しゃれ男」はふざけた男、みえ飾りのお洒落な男、風流な男。

9・10　碁盤の上に春がやってきたというものだ。——鶯の巣籠りという碁の手ができたから。

前句は謎句。それを付句で「鶴の巣籠り」という囲碁の用語を鶯にかえて春に対し、碁盤の上にその手がでてきたから、と謎解きをした。鶴の巣籠りは後には鶯の巣籠りともいい、追落しの手筋の一つ。「作り物」は囲碁の用語。「色々にたくみ出せる作り物／上手どうしのうてる乱れ碁」(『伊勢誹諧聞書集』)等の例がある。『宗長手記』にはこの付句を宗鑑の作とし、同じ前句に「朝がすみすみ〳〵までは立いらで」と付けて「愚句付まさり侍らんかし」と宗長が自讃しているが、宗鑑の方が俳諧としてはすぐれている。

11・12 還俗した男とよそ目には見るであろう。――この梅ぼうしの梅はもともと途中で接木《つぎき》をしたもの、だからまた元に戻るのは当然だ。根っからの実生《みしよう》ものではないからね。

前句の「法師」を梅ぼうしのこととし、この梅は接木になった梅だからそれももっともだと、前句の意味を予想外のものに転じた面白味。「法師がへり」は僧侶がまた俗人に戻ること。「さねおひ」は株分け、さし木などによらないで種子から生れたもの。梅法師、梅干、梅の核《さね》といった言葉によっての趣向・句作り。

＊ 一三〜一七は発句に始まる一続きの俳諧連歌の一部。

一 天然痘《てんねんとう》。高熱と同時に膿疱《のうほう》ができ、それが後にあばたとして残る恐ろしい流行病。二 病気平癒のために催した俳諧連歌。三 連歌や俳諧で句を書く懐紙の一枚。特に始めの懐紙(初折)をさす。一三は発句、一四が脇句、一五が第三。四句目以降は特に名称はない。

9 碁《ご》盤《ばん》の上に春は来にけり

10 うぐひすの巣《す》籠《ごも》りといふ作り物　鶯

11 法師がへりと人や見るらん

12 この梅はさねおひにてはなき物を　梅

一疱瘡《とうさう》の二祈禱《きたう》に三一折《ひとをり》とありしに

13 梅やいつ疱《とう》がさ疼《ひら》く宿の春　春

14 消ゆればなほる雪のむら竹　雪解

15 うぐひすはおのが座敷に音《ね》を鳴きて　鶯

16 たが遅《ち》参《さん》をか猶《なほ》よぶこどり　呼子鳥

17 見わたせば山中殿もゐられけり　（雑）

18 しうとのための若菜なりけり

13・14　春になった。わが家の梅の花傘はいつ開くのだろうか。そうすればこの瘡《かさ》の花も間もなく開く（治る）ことだろう。――雪が消えれば雪にたわめられていた竹むらの竹もしゃんともとにかえるでしょう。そのように間もなくカサの病も治りますよ。「青柳を片糸によりて鶯の縫ふてふ笠は梅の花笠」（『古今集』）から梅に笠、それから傘を連想し同音の「疱がさ」を続けた。「疼く」は宗鑑自筆でヒラクと付訓してあり、傘と開くは縁語。付句の「なほる」は「直る」を「治る」に掛け、祈禱の意味をこめた。

14・15　雪消と共にたわんでいた竹もしゃんとした。――鶯は自分の座敷にすわって美しく鳴いています。

竹に鶯を付け、「なほる」（座る）に「座敷」を付ける。

15・16　鶯は自分の座敷で盛んに鳴いて。――その座敷への遅参の客の誰を呼んでいるのか、その上になお呼子鳥までが鳴いている。

前句を春の花見の宴か何かの会合とし、鶯に呼子鳥を対応させた。「呼子鳥」は時鳥《ほととぎす》の一種ともいわれ、春季。鳴き声が人を呼ぶのに似ていることからの名。「猶」は「呼子鳥」と「鳴きて」の両方に掛る。

16・17　誰の遅参をなおも呼んでいるのか、呼子鳥は。――見わたすと山中殿も既に来ておられるのに。

「呼ぶ」を呼子鳥と言い下して、山中を対応。「遠近《をちこち》のたつきもしらぬ山中におぼつかなくも呼ぶこ鳥かな」

(『古今集』)による。「猶呼ぶ」に対し、「山中殿も」ともの語で受けて全部揃っている情景を示す。

18・19　舅のためにつみとった若菜なんです。——沢水に嫁が脛《はぎ》もあらわにつかって、その嫁菜を洗っている。

舅に嫁、若菜に嫁がはぎ(嫁菜)の付合。「嫁がはぎ」と「嫁が脛」とを掛詞とし、嫁が裾をまくりあげて脛をあらわにみせている様子を匂わせた面白味。『土佐日記』の「わが薄《すすき》に、手切る切る摘んだる菜を親やまぼるらん姑やくふらむ」「すしあはびをぞ心にもあらぬはぎにあげてみせける」等が思いあわされる。

20・21　春の野遊びでは、のどかにいろいろな話が交わされていることだろう。——若菜を摘んでいる人はいったい何者なのか。

春の野に若菜摘むを対応させ、万法の話を禅宗でいう公案《こうあん》ととり、その問答体の口調で応じた。「春」と「かすむ」が縁語で、のどかな語らいをたとえた。「万法」は仏教語であらゆる事物、一切の存在の意。

22・23　雪をかぶって先がさげ鞘のように曲がっている竹の姿が雪間に見える頃になった。——それは春の野を野焼で所々焦がしたような色あいだ。

雪間に春の野を対し、さげざやの色を春の野焼の焦げた色に見立てた面白味。「雪間」は消え残る雪の意で、付句の春の野を誘う形。「さげざや」(＊27)は見せ鞘、短い腰刀に長い鞘袋をかけたもので袋の先が折れ下がっている。鞘の損傷を防ぎ、装飾もかねる。

19　沢水につかりて洗ふよめがはぎ　　嫁菜

20　春の野に万法《まんぽふ》の話《わ》やかすむらん

21　若《わか》菜《な》摘《つ》む者これなに人ぞ　　若菜

22　雪まになりぬさげざやの竹

23　春の野やところどころを焦《こ》がすらむ　　春の野

24 大さかづきのはやる春の野

25 なくひばり雲に五度入り十度入り　雲雀

正月《むつき》のはじめつかた、さるうとく一の出家の買ひ置き二などいふわざして米いかめしく三持たる人の庵にて、

四さかづきをとりて

26 鶯も鳴く音《ね》をあげよ米の春

と申したりければ亭主

24・25　春の野の宴には大盃がはやることだ。――空ではひばりが鳴きながら地上の大盃そっくりに雲の中に五度入ったり、十度入ったりしているよ。春にひばり、大盃に五度入り・十度入りが対応。「五度入り十度入り」は盃の大きさを示す。直径約一五センチ（四寸三分）の盃を三度入り（度は酒の量＝斗か。狂言『地蔵舞』に「三斗入で十四盃、縁日にまかせて廿四はいのうだれば」とある）といい、これより二まわり大きいものを五度入り、次が七度入り、次が十度入りとなる。前句の地上の様子に対して付句で空の様子を付けた。

一 有徳。金持ち。二 値上がりを予想して品物を買いだめておくこと。三 甚だしい。この場合は多くの意。四 お祝いの盃。

26・27　あなたの家に米が沢山あるこの春、鶯も値上げを祝って初音を上げて鳴けよ。――去年は不作だったから、この梅の咲く頃にはきっと米の値は上がりますよ。発句の「音をあげよ」に「値をあげよ」を掛ける。付句「不熟」と「梅」が縁語。前句の鶯に梅、春に去年を対応させて、客の祝儀の発句に対して亭主の挨拶の句とした。穎原・真如本には前句の詞書の末尾が「米いかめしく持たる人の庵にて鶯の鳴き侍れば庵主」と

なって、付句には詞書がない。これだと前句が主人、付句が客人の作となり、本書とは逆になる。

28・29　あっと思わず声を上げてあとじさりすることであろう。——その名も「あ」のつく朝霞が春の強い嵐に吹きあてられて。

前句は誰が何故そうしたのかわからないながら人間のことと思われるのに対し、付句では一転して霞を擬人化して説明した面白さ。前句の「あつ」と言ったというのを、付句で朝霞・嵐・あてられて、とあ音を三度繰り返すことで受けた言葉遊びの趣向。「しさる」は「後《しり》さる」で、ひきさがる、退く、あとじさりするの意。「あてられて」の「あつ」は、ぶっつける、ぶちあてる、攻撃するの意で、この場合は吹きつけられての意となる。

30・31　眺められた美しい花は散ってしまったよ。——うち霞んでいる里のあたりは、かつて花を眺め楽しんだ旧主の屋敷のある所だ。

前句の花に対しかすむで応じ、前句の花を女性として、かつて愛された女性は今は亡くなってしまったとの意にとりなして、その女性を愛した殿も今は亡く、屋敷ばかりが春霞の中にかすんでいることだとした。花を惜しむ情を人事や風景に転じた。『伊勢物語』の「月やあらぬ春や昔の春ならぬわが身一つはもとの身にして」の物語の世界がしのばれる。俳意にやや乏しい。

27　去年《こぞ》の不熟《ふじゆく》を梅にほふ頃　梅

28　あつと言ひてやたちしさるらん

29　朝霞春の嵐にあてられて　霞

30　眺められつる花は散りけり

31　うちかすむ里は故殿《こどの》の屋敷にて　霞む

32 弓おし張りて射るとこそみれ

33 ゆがうだる槍《やり》の柄《え》かすむ楯《たて》のうら　　霞む

34 里のおとなの花を見る頃

35 我ほどの物はあらじとかすませて　　霞む

32・33　弓をいっぱい引きしぼって射ると見たよ。——ゆがんだ槍の柄を楯のうらで直す姿は。

前句の弓に槍を、射るに楯を、「おし張る」を「春」の掛詞としてそれに「かすむ」をもって応じたが、言葉扱いに多少無理がある。前句の勇壮な姿を一転して修繕している姿と見た面白味。「ゆがうだる」は「ゆがみたる」の音便。「かすむ」は、ゆがみをなおす。

34・35　その地の長老様が花見をされる頃よ。——口には言わないが、我ほどの者はあるまいと、それとなく見せびらかせて。

里のおとなに「我ほどの物はあらじ」を、花に「かすます」を付けて、長老の尊大ぶりを揶揄したのであろうが、俳意の薄い句作りといえよう。「おとな」は宿老の意で、中世末期郷村の代表者。その地の権威者。「かすます」は『枕草子』の「うとくおぼいたることなどうちかすめ恨みなどするに」の例のように、それとなく匂わすこと。原本、前句・付句が逆になっているのを一、二の印で訂正。

36・37　春の曙というものは万事びらりしゃらりとしたものだ。——北の国へと列をなして帰る雁の様子は、品《しな》をつくっていて、まるで旧院様《よう》で書いた文字のようだ。

前句の「びらりしゃらり」の語になまめかしい気味を感じとってそれを尊円流の艶冶《えんや》な文字と見立て、春に帰る雁で応じて、春、北に帰る雁の列の姿が旧院流の書の遊糸連綿、流麗円転の文字面、文字続きのようだとした。「びらりしやらり」は『日葡辞書』に「Birari xarari 着物を見せびらかそうとする人などのように、あちこちと歩き廻るさま、あるいはやたらに身体をゆすり動かすさま」、『饅頭屋本節用集』に「東来西来ビラリシヤラリ」とある。「旧院やう」は青蓮院門主尊円法親王の始めた書道の流派で旧院流ともいい、室町時代以降近世にかけて栄えた。

38・39 霞の間から、ちょっと気どったかっこうで月の光が洩れて。——折からいらんという字形で雁が帰っていく。

はねる音は平安時代は漢字の韻尾と撥音便に限られていたのが、中世に一つの音韻となり、新しい感じがあったところから、「はねた」と言えば、一段と趣向をこらした、の意に用いられるようにもなった。「らん」は語尾がはねる字であるところから、前句の「はぬる」に応じた。霞には帰る雁が対応。「らん」という字体と飛ぶ雁の姿との類似による句作り。「ん」を訓点でカリガネ点といわれる「レ」の字形とみて雁を出した。前句の風景に対して、詩の慣用句「月下帰雁」を下敷にして帰雁のさまをつけた。五七五の長句が前句、七七の短句が付句になるのは珍しい（六四注参照）。

一（詞書）ある所へ沢山連れ立って朝食をいただきに出かけましたところが、意外に料理の出されるのが遅かったので待っていましたら、主人が出て某殿から雁を下さるとのことでありましたので、それを待っていましたのでこのように遅くなりましたと申して、お

36 びらりしやらりの春の曙《あけぼの》

37 帰る雁《かり》旧院《きうゐん》やうの文字に似て　帰る雁

38 霞《かすみ》より一はねはぬる月漏《も》りて

39 らんといふ字に帰る雁《かり》がね　帰る雁がね

一ある所へあまたぐして朝飯《めし》にまかりたりけるに、以外《もつてのほか》したて遅かり

けるに待をりたりければ、亭主出《い》でてなにがし殿より雁をたぶべきよし有ければしたて待つとてかくこそ遅けれと申して、茶をばなに阿弥の寮にてなど申していづる路《みち》へ件《くだん》の雁をもて来たりければ、客人

40 おこせけりいざここよりも帰る雁

一と申したりければ亭主

41 今朝《けさ》のしたてはあまりかすめり　霞む

42 こや継信《つぎのぶ》が母の尼ごぜ

茶を某阿弥の寮でさし上げましょうなど申して、そこに出かけた途中に話の雁を持ってきましたので、客人。「阿弥」は中世僧体の人の名の下につける号。浄土系特に時宗で用いられた。阿弥陀仏とか単に阿ともつける。茶道・能・立花等の芸能の人につけることが多い。「寮」は茶室・茶寮。原本「したまつとて」を文意により「したてまつとて」に改める。

40 待っていた雁を届けてきたぞ。さあ、我々もここより帰る雁と洒落て、その雁のご馳走を戴きに引き返しましょう。

「おこす」はこちらに送ってくる、よこす。

一 と、俳諧の発句で申しかけると、亭主がこれに脇句の形で応じて。

41 しかし折角ですが、今朝の献立はまことにお粗末なものでございます。

「したて」は物を整えること、食物を調理すること。「かすむ」はめだたないこと、冴えないこと。「かへる雁」の縁語として用いられている。

42・43 これはきっと継信の母の尼君だよ。――小桜の花の帽子を被《かぶ》っているあの人は。

継信に小桜、尼に花の帽子が対応。佐藤継信が小桜を好んでいたので、その出征中、嫁が小桜縅《おどし》の鎧《よろい》を着て身替りとして母を慰めた話（『平家物語』）から、鎧でなく小桜の花模様の帽子を被っているのだから、これは嫁ではなく母の尼君だよ、とした。「継信」は義経の忠臣。「小桜」は小さな桜の花の散らし紋様で、小

桜縅として鎧の縅に多く用いられた。「花の帽子」（＊10）は縹《はなだ》帽子。幅の広い絹で頭から被り額を隠し、肩から胸まで蔽《おお》うもの。尼僧が多く用いる。幸若舞『八島』の継信・忠信兄弟の最期を弁慶から母が聞く所を踏まえた付句。

44・45　本当のところ、心の中の風流さは、さあどうだろうか。――筆作りが行きすぎにくそうにながめている樺桜、その筆作りは見たところ風流そうに見えるけれど。

前句の疑問の気持を筆作りを持ち出して説明した面白味。「いさ」は、さあどうだろうか、そうではあるまいの意。「筆結ひ」（＊34）は筆を作る人。「かばざくら」は筆の軸に用いられる。いかにも花に見とれているようだが、実際はそうではなく、筆の材料として樹を眺めているのだろうと推測した。紀貫之の「人はいさ心も知らず古里は花ぞ昔の香に匂ひける」（『古今集』）の「いさ」と「花」を踏まえた心付けに近い手法。

46・47　この春演じられた元服曾我は、ことのほか見事な出来ばえであった。――そのため烏帽子桜もわびしそうに咲いているよ。

春に桜、元服に烏帽子、「あはれ」に「わびし」が対応。謡曲『元服曾我』は曾我十郎祐成が親の敵討ちのため出家していた弟箱王を元服させる筋で、その中に「烏帽子桜の花を見ん」という句がある。元服の時に烏帽子を着ける。前句の「あはれ」を見事の意とし、付句では逆に、淋しい、気の毒と取りなして付けた。

43　小桜の花の帽子をうちかづき　小桜・花

44　心のうちのやさしさはいさ

45　筆ゆひの過ぎがてにみるかばざくら　樺桜

46　この春の元服曾我《そが》はあはれにて

47　えぼしざくらぞわび咲きに咲く　烏帽子桜

48・49　大薙刀《なぎなた》にそよそよと春風が吹いている。——弁慶は今日の合戦では、風に花ならぬ大薙刀に火花をさぞ散らすことであろう。
大長刀と弁慶、「春風吹く」と「花を散らす」が縁語。大長刀に春風が吹きつけたので、そのため花ならぬ火花が散ったと付けた。高館《たかだち》衣川《ころもがわ》の合戦を俤《おもかげ》としたか。

50・51　なるほどもっともだと人はみるであろう。——下手な者が書いた花という字を、夕ま暮れのうすあかりに見あやまって。
前句の「もつとも」という言葉を漢字の「尤」という字に見立て、それが花の字の草書と似ているところから、下手が書いた字と転じた面白さ。前句の「見る」を思うの意でなく文字通りの見るとし、「いふ字」と「ゆふまぐれ」の同音の繰り返しの洒落。「まぐれ」にまぎれあやまる意を言い掛ける。

52・53　大切にしている花の枝を折ってしまったぞ。——そこで、呼びつけてその罰に自分の秘蔵

48　大《おほ》長《なぎ》刀《なた》に春風ぞ吹く

49　弁慶や今日は火花を散らすらん　(火)花

50　もつともとこそ人は見るらめ

51　へたの書く花といふ字の夕まぐれ　花

52 秘《ひ》蔵《さう》の花の枝をこそ折れ

53 呼び寄せてつぶり春風わが息子　春風

54 はなちがしらのうちも寝られず

55 風わたるよるの枕に花散りて　花散る

一 比《び》丘《く》尼《に》連歌《れんが》の発句に

の息子の頭をはりとばす。

秘蔵に息子、花に春風が対応。「秘蔵」は「ひさう」と清音に読む。大切にする意。春風は単に前句の花の付合語としてのみ使われており、この場合それ自身としては意味を持たず、その語呂から「張る」（殴る）の掛詞とした。この言葉遊びは後の貞門俳諧でも多く使われた。『狂吟集』四五と同じ手法。「秘蔵子」なる言葉による句作り。

54・55　解き放した髪が気になって、寝るに寝られない。――寝つかれないのは、放ち髪のせいではなく、実は風が吹き出して夜の枕もとに花の散るのが気になってのことなんだよ。

「はなちがしら」は放ち髪のこと（＊2）。髪のもとどりを解いて寝につくこと。当時は放ち髪で寝るのが通例。それなのに何故なのかと前句を解して、「はなち」を強いて「花散り」と読みとり、それは放ち髪のせいではなくて、と付けた。放ちがしらに風わたる、寝るに枕が対応。他本すべて「風おこる」となっている。その場合、前句を放ち髪で病臥しているとみて、風を風邪、花を鼻汁の掛詞として、表面は花の散るを惜しむ意の如く見せながら実は鼻汁が流れての意に転じている。

一「比丘尼」は出家して具足戒を受けた女子（＊10）。尼。「比丘尼連歌」は比丘尼の言葉を使った連歌か。或いは宗鑑自筆末吉本に「御比丘尼のくちすさみに」とあり、比丘尼の作った連歌の意であるか。

56・57 散る花をとめてみたいものでございますよ。
それは結構なこと、そうなさりませ。――でも、そんな無理なことをするのは、けしからんことではございませんか。また来る春もありましょうに。
前句は発句、付句は脇で、二人の対話の形式による句作り。「みばや、なさしませ」は尼・女房言葉であろうか。付句は、「けしからず」に丁寧語の接頭語「お」は熟さない使い方なのに、強いて比丘尼語らしく言い立てた造語のおかしさ。

58・59 桜の花のもとで寝ている十穀聖《ひじり》。――春の夜の夢の中で浮橋の勧進《かんじん》をしながら。
十穀に橋勧進、桜に春、寝るに夢が対応。藤原定家の「春の夜の夢の浮橋とだえして嶺《みね》にわかるる横雲の空」（『新古今集』）などの趣を踏まえた句作り。「十穀」は十穀聖。穀物を食せず、木の実・草の根を食して精進する聖。弘法大師は十穀を断って入定《にゅうじょう》を遂げたと信じられているので高野聖にこれが多い。全国に勧進をして廻って道や橋を作った。十穀（国）峠、勧進橋等その名が残る。またそうしたことを言い立てにした乞食坊主であることも多かった。「寝たる」から夢を出し、それを夢の浮橋と言い下した。「勧め」は勧進のこと。社寺その他の建設のため寄付をすすめ集めること。

60・61 これこそほんとうのえんの優婆塞だ。――えんはえんでも、茶園に出て名産の宇治茶を摘んでおられる八の宮は。
「えん」を茶園にとりなし、優婆塞から『源氏物語』

56 散る花をとめてみばやななさしませ

57 おけしからずや又も来ん春　春

58 桜がもとに寝たる十穀《じっこく》

59 春の夜《よ》の夢のうき橋の勧めして　春の夜

60 これやまことのえんの優婆塞《うばそく》

61 たち出でて茶を摘《つ》み給ふ八の宮　　茶を摘む

62 是《これ》も役《えん》の行者《ぎやうじや》なるらん

63 裸にて摘《つ》む人見ゆる茶木原《ちやのきはら》　　茶摘み

64 春の野にいんぎん講《かう》の始まりて

65 まづつくづくし袴《はかま》をぞ着る　　つくづくし

宇治十帖に出てくる八の宮（在俗のまま厚く仏道に入った生活をしていたので優婆塞の宮と言われた）を出し、それに茶摘みをさせたおかしみ。「役《えん》の優婆塞」は役の小角《おづぬ》、役の行者。奈良時代の山岳宗教の呪術者。修験道（山伏）の祖。吉野金峰山大峰を開いたと伝えられる。「優婆塞」は男性の在俗仏教信者の意。役を園と見立て変えて茶に、優婆塞に八の宮が対応。

62・63　この人も多分役の行者なんだろう。――裸で茶を摘む人がみえる。茶の木原で。

「役の行者」の像（＊35）は裸形痩身で一本歯の高下駄をはき、杖を携え、常に召し使う前鬼・後鬼を従える。「茶木原」は茶の木を植えた広い茶畑、茶園。役を茶園とみて茶木原で、行者を裸で受ける。六〇・六一の同工異曲の句体。

64・65　春の野ではいんぎん講がはじまって。――まず、つくしが礼儀正しく袴を着たよ。ようやく早春になったことだ。

春の野につくづくし、いんぎん講に袴を着る、始まるにまずが対応。「いんぎん（慇懃）講」はことさら礼儀を正しくする酒宴。「無礼講」の対。「いんぎん」は丁重な態度、交情のこまやかなこと等をいう。袴は、つくしの茎をおおう皮。前句の人間のことをつくしにとりなした面白味。五七五の長句が前句、七七の短句が付句だが、この場合前句が「て」留めのことが多く、前句から付句へ意味がすんなり流れるのが普通。和歌の上の句、下の句的な句作りとなることが多い。

66・67 春の野みちを客人たちが帰って。――そこで早速つくしは袴をぬいだ。
この句は二様に解される。①客人が帰ったので亭主は袴をぬいでくつろいだ。②客人がわが家に帰り、わが家で袴をぬいでくつろいだ。いずれにしても、春の野につくづくし、客人に袴を対応させ、人間の世界のことを春の野草のことに転じた面白味。前の六四・六五と同類の句。つくしと袴の取り合せは古俳諧での一つの型である。

68・69 お前も父を見ならって、もっと劫をつみ勉強しなさい。――よくある鶯の卵の中ではなく

66 春の野を客人どものたち帰り

67 はやつくづくし袴《はかま》をぞぬぐ　つくづくし

て、お前はましてや甲のあるすっぽんの卵の中にまじって生れたほととぎすなんだから、劫をつむのが当り前ではないか。

謡曲『歌占《うたうら》』の「鶯の卵《かひこ》の中のほととぎすしやが父に似てしやが父に似ず」を逆に踏まえて、鶯どころか甲のあるすっぽんの中に産みつけられたと意外性を強調。それだから父親を見ならってもっと「こふ」（劫・功）を入れて勉強しろとした。ほととぎすは鶯の巣の中に自分の卵を生んでおいて鶯に孵化させる習性がある。前句の「こふ」は、年功を積む、勉強をする等の意で、「稽古のこふ入て位上らでは似合ふべからず」（世阿弥『風姿花伝』）の類。それを付句では「甲」として亀で応じる。「しやが」は、いささか相手を卑しめていう言葉。「だう亀」はすっぽんの別名。

70・71 夏の夜の空を、狐にばかされて。——山ほととぎすが夜空と思い誤って穴の中で鳴く声が聞える。

夏にほととぎす、狐に穴が対応。狐がばかすのは夜。前句はまとまった意味のない所謂詮ない句作り。付句と連続してその意味を持つ。従って前句としてはやや欠陥のある句作りで、更に山ほととぎすが穴に鳴くことへの趣向だてなく、いわゆる疎句といえる。これも前句が「て」留めの長句で、二句一章の狂歌的な構成といえる。前句と付句が逆になっている伝本もあり、その方が付句的である。

誹諧連歌抄

夏

68 しやが父《ちち》に似てこふも入れかし

69 だう亀《がめ》の貝《かひ》子《こ》の中のほととぎす　時鳥

70 夏の夜の空を狐《きつね》にばかされて

71 山ほととぎす穴に鳴く声　時鳥

72 豊島《てしま》過ぐれど雨はふらずや

73 水ふぐり玉さか山のほととぎす

時鳥

74 親子ながらぞ加茂《かも》へ詣《まう》づる

75 頼《たの》母《も》子《し》を酉《とり》の日にあふ祭りして

酉の日祭
（賀茂祭）

72・73 雨の用意に豊島筵《むしろ》を持って豊島を通るけれど、いっこうに雨は降らないことよ。せっかく用意してきたのだから何とか降ってくれるとよいが。――玉さか山のほととぎすは、その睾丸が水ふぐりの病にかかっているのか、いっこうに鳴かない。雨でも降ってくれたら、そのほととぎすも鳴きだすだろうが。

雨と時鳥は付合の言葉。前句の雨の降らぬ意から鳴かぬ時鳥《ほととぎす》を材料にして、鳴かぬ理由を雨でなく水ふぐりとする趣向。「豊島」は摂津豊島郡。筵の産地で、狭く短いがよく旅行の雨具に用いられた。「や」は句調をととのえる語ともとれるが、願望の気持を持ったものと解した。「水ふぐり」は睾丸に水の溜る病気。ここでは「玉さか山」の「玉」に掛る枕詞。「玉さか山」は豊島郡にある山で、玉（魂）から、時鳥を中国の蜀の望帝の魂が化して時鳥になったという伝説によって「蜀魂」と書くことと関連してよく歌によまれる歌枕。豊島に玉さか山、雨に水ふぐりが対応。

74・75 親子そろって賀茂神社にお参りした。――頼母子の日が酉（取り）の日になりますようにとお祈りして。

親子と頼母子（頼母子講の構成員に親と子がある）、賀茂に酉の日（四月第二の酉の日が賀茂神社の祭礼日。現在は五月十五日）が対応。頼母子を「取る」に「酉」を掛ける。「頼母子」は互助的金融組織。子が出しあう最初の掛金を講親が取り、二回目からくじ引きで子が一人ずつ取る。

76・77　京の五条あたりに立っている尼さん。――夕顔の花の帽子をうちかぶって。

『源氏物語』夕顔の巻により、五条に夕顔、尼ごぜに花の帽子が対応。当時五条あたりには遊女立君《たちぎみ》といった類の女性が多かった。「宵のまハえりあまさるる立君の五条わたりの月ひとりみる」（『七十一番職人歌合』立君、＊7）。前句の尼さんを遊女立君とした面白味。「花の帽子」は巻頭注及び＊10参照。

78・79　源氏の君になみなみとさし上げる濁り酒。――夕顔の宿の亭主がまかりでて。

源氏の君と夕顔の宿、濁り酒と亭主が対応。『源氏物語』夕顔の巻に「揚名之介なる人の家になん侍りける。男はゐ中にまかりてなむ」とあり、揚名之介→田舎人→濁り酒とつづく。古典の優雅な世界を濁り酒と亭主の言葉で田舎者の雰囲気を出し卑俗化した。「濁り酒」は下等な白く濁った酒。

80・81　勧進聖は食事もようしない。――それもそのはず、腰にさしている柄杓《ひしゃく》に入れてもらった汁がまだ煮えないので。

76　五条あたりに立てる尼ごぜ

77　夕《ゆふ》顔《がほ》の花の帽子を引きかづき　　夕顔

78　源氏の君にもるにごり酒

79　夕顔の宿の亭主の出であひて　　夕顔

80　勧《くわん》進《じん》聖《ひじり》ときもえ食はず

勧進聖と腰にさす柄杓、斎《とき》に汁が対応。「勧進聖」（＊5）は寺社・橋等の建設資金を集めに全国を廻る僧。大きな高野笠を着、日用品等を入れる笈《おい》を背負い、腰に柄杓をさす。その柄杓で寄進の物を受け取る（五八の「十穀」参照）。「とき」は僧家の午前の食事。「ひしやく」はひさごの転じたもの。ひさごは瓢簞《ひようたん》の実を二つに割って乾したものに柄をつけ容器に用いる。

82・83　「かなり」とは孔子のいった言葉なんだが、なるほど、さすがその言葉通り、夕方のこれは本当に蚊だ。——それもそのはず、そこは孔子の弟子の顔回《がんかい》の瓢簞がいくつもなり下がっているむさくるしい宿だから。

「かな」が切字で発句と脇。「蚊なり」は「可也」を掛け、『論語』の孔子の言「朝に道を聞かば夕に死すとも可也」を踏まえる。孔子と顔回が対応。『論語』雍也篇「賢なる哉回也。一簞の食、一瓢の飲、陋巷に在つて人其の憂に堪へず」により貧家の様につける。瓢簞のなる夕顔は通常棚作りをするので「なりつるる」といった。なりつるは実、回の瓢簞は虚。蚊が夏の季語。

84・85　蚊遣をたかない日にはかまどでは湯が煮えないで、その代り蚊の声がまるで湯が煮えているようにすることだ。どっちにしても煮えるものは煮える。——ともかく夏の煮えるような暑さをさますのは夕風だ。

「こじくる」は、煮え立っている中に水をさしたりし

81　腰にさすひしやくの汁はまだ煮えで　　ひさご

82　蚊《か》なりとは孔子の詞《ことば》夕《ゆふべ》かな

83　回《くわい》が瓢《へう》簞《たん》なりつるる宿　　瓢簞

84　たかぬ日に蚊の声煮ゆるかまど哉《かな》

といふ発句に

85　暑さこじくる夏の夕かぜ　　暑さ

て物がよく煮えきらないこと(『日葡辞書』)。薪でたいたのではなく蚊の声で煮え立った湯だから、水でなく夕風で冷やすことができるはずだ、の意。「哉」が切字で発句と脇。

86・87 伊香保の沼の水を飲むことだ。――夏の日は、かきつばたではないが、行く行く汗をかくものだから。

水を飲むに汗をかくが対応。汗を「かく」と「かきつばた」とを掛ける。「伊香保の沼」は群馬県榛名湖の古称といわれ、かきつばたの寄合。前句の「伊香保」は付句に対しては句意としては働かず、付句の「かきつばた」との言葉の縁だけでつながる。所謂言葉付けの体である。

88・89 とんでもない所に火をともしたものだ。――どうして螢の尻は光るのであろうか。

燈火が意外な所についているのは何かといった謎かけの前句に対し、答えとして螢でまとめた面白さ。或いは前句に非難の気味があるとすると、付句ではそれを言い返す気持で、そんならどうしたわけで螢の尻は光るのでしょう、この点を一つお答え下さい、といった頓智問答ともとれる。あらぬ所に尻、火をともすに螢の光を対応させた。

86 伊《い》香《か》保《ほ》の沼の水をこそ飲め

87 夏の日はゆくゆく汗をかきつばた　夏の日

88 あらぬ所に火をともしけり

89 いかにして螢《ほたる》の尻は光るらん　螢

90・91　もったいなくも銭をつぶてにしてうち投げた。――銭を出して買ったけれど堅くて食われず投げ捨てたこのずわい桃。まるで銭を投げ捨てるのと同じようなものだ。
前句の、もったいなくも銭そのものを礫《つぶて》がわりに投げたということを浪費ととりなして、その具体例をあげた。『日葡辞書』の「金を礫に打つ」に「軽率にそして目的もなく浪費する」とある。「つぶて」は『伊京集』に「礫ツブテ小石レキ」とある。「ずはひ桃」は李桃・椿桃等とも書き、秋に成熟する。夏季ではまだ固く、従って食べられず、礫に応じるか、或いは桃を追手に投げた『古事記』の黄泉枚坂《よもつひらさか》の神話を踏まえるか。銭と買うが対応。

92・93　瓜をも冷やしている猿沢の池よ。――奈良酒を飲んで酔をさましに猿沢の池で足を冷やして涼んでいる日に。
瓜に奈良酒、冷やすに涼む、猿沢の池に青丹よしが対応。「奈良酒」は南都諸白《もろはく》ともいい、奈良できの酒は名酒とされる。「瓜」は奈良漬の実になることから酒の縁語。「猿沢の池」は奈良市三条通南側にある池。帝の寵愛の衰えたのを悲しんで采女《うねめ》が身を投げた故事で有名。「青丹よし」は奈良の枕詞だが、単に奈良だけでなく、奈良酒といった雅語ならぬ下司のものにつないだのが手柄。前句「をも」で、冷やすのは瓜だけでなく人も、と解される。

90　あつたら銭《ぜに》をつぶてにぞ打つ

91　買ひつれど食《く》はれぬことよずはひ桃《もも》　　桃の実

92　瓜《うり》をもひやす猿沢の池

93　青丹《あをに》よし奈良《なら》酒《ざけ》飲みて涼む日に　　涼む

94　地蔵がしらの飯《いひ》を食はばや

94・95　お地蔵さんの頭のかっこうのような、高く盛ったご飯をたべようよ。――さあさあ十分に召しあがれ、からい味の蓼冷や汁をそえて。

「地蔵がしら」（＊36）は高盛り飯のこと。『酒飯論』に「地蔵かしらの高飯」とある。「蓼冷や汁」は『古今料理集』に「蓼の筋を取りてすりて用る」とあり、「地蔵頭の蓼すりこ木」の諺《ことわざ》（地蔵頭もすりこ木の頭も丸いところから、どちらも似ているたとえ）からも、地蔵頭に蓼冷や汁が対応している。また同書に「冷や汁」は「勿論夏ばかりの事なり」とある。「からだせん」は地蔵の住所「伽羅陀《からだ》山」と蓼の辛いとの縁で掛詞として出したもので、句意には関係がない。「飯を食はばや」に「ただまゐれ」が対応。

96・97　女も男のように鎧《よろい》を着るとみえるよ。――姫百合の草が互いにすれ合って、その花が落ちたのを見ると。その姫百合は草摺を着けていたことになるじゃないか。

具足は鎧のこと。前句が板額《はんがく》・巴《ともえ》等のことを期待させるのをはぐらかして、付句では草花のこととした。女に姫百合、具足に草摺（＊6）が対応。鎧の草摺は胴の下に垂れて大腿部を覆うもの。草とすれるところからの名称。姫百合の縁で、草が互いにすれあって、の意に掛けた。

95　ただまゐれ蓼《たで》冷や汁のからだせん　冷や汁

96　女も具《ぐ》足《そく》着るとこそみれ

97　姫ゆりのとも草ずりに花落ちて　姫ゆり

誹諧連歌抄

秋

98　三星《みつぼし》になる酒のさかづき

99　七夕《たなばた》も子をまうけてや祝ふらん　七夕

100　おもしろさうに秋風ぞ吹く

101　七夕のいをはた織れる足拍子《びやうし》　七夕

98・99　三つ星の形に酒の杯が並ぶことだ。――夫婦《めおと》星の七夕も子供ができたので、親子三人で三つ星の形に並んでそのお祝いをしているのだろうか。三つ星から牽牛《けんぎゅう》・織女とその子供を導き出し、酒の杯に祝いを付けた。七夕に子を産ませた面白さ。「三つ星になる杯」とは、造り物のない洲浜《すはま》の台に大中小の杯を品の字の形に並べること。室町時代伊勢流礼法。

100・101　面白そうに秋風が吹くことだ。――折柄、七夕さんが「いをはた」を織っておられる足拍子も調子よく聞えてきて。

「おもしろさうに」と足拍子、秋風に七夕を対した。秋風はもの淋しいのが古典的常識であるのに、面白そうにと言ったところが俳諧である。それを七夕の足拍子で解いた。「いをはた」は沢山の布ととれるが、『万葉集』に「織女の五百機《いをはた》立てて織る布の」とあり、『続後拾遺集』以下にあり、『宗長手記』に「おもしろげにも秋風ぞふく／たてならべ七夕をれるあし拍子」とあって、万葉以来、解は一定していなかったようである。

100・102　（前句参照）――折柄、真葛原では幕をうちまわして手猿楽をしているよ。

前句（100）の秋風に葛、「おもしろさうに」に猿楽を付ける。淋しいはずの秋風が何故面白いのか、それは真葛原で下手な猿楽をやっているので、とした。「うちまはす」は『日葡辞書』に「ある場所のまわりを幕でかこむ」とあり、幕を真葛原に言い掛ける。奈良の

又人の付けける

102 うちまはすへた猿《さる》楽《がく》の真《ま》葛《くず》原《はら》　葛

103 かぶりかぶりの秋の夕暮

104 七夕や舟待ちかねて泳ぐらむ　七夕

105 すいすい風の荻《をぎ》に吹く声

106 鳴く虫もむか歯や抜けて弱るらん　鳴く虫

薪能《たきぎのう》等、野外で所謂《いわゆる》野立ちの猿楽があった。素人の猿楽を「手猿楽」という。「真葛原」は『山州名跡考』に「安養寺ノ門前、西ハ祇園林ニ至リ、北ハ知恩院山門ノ辺ニ至テ是ヲ号ス」とあり、今の円山公園付近。当時から遊び場所として北野や清水と同様人寄りのする所であったらしい。地名の真葛を秋季にあてた。

103・104　秋の夕暮、子供が頭をふってかぶりかぶりの芸をしている。――それは子供ではなくて七夕の日、牽牛が早く織女に逢いたくて舟の来るのが待ちきれず、天の川に飛び込んでかぶりかぶりと頭を振って泳ぎ渡っているのだろう。

「かぶりかぶり」は狂言『鬼の継子』に「何やらつぶりをふるがあれは何とした事ぢや。夫《それ》はかぶりかぶりと申す芸で御座る」とある如く、子供が頭を振る芸。付句ではこれを「がぶりがぶり」と水を呑むことにとったとも考えられる。すると秋に七夕、かぶりかぶりに泳ぐが対応する。子供の動作を、牽牛の早く織女に逢いたいという激しい恋心の動作に転じたおかしみ。

105・106　スウスウと上風が荻を吹き渡っている声が聞える。――鳴く虫も、秋が深まり、前歯がぬけて弱ってきたのだろう、スウスウと空気が洩れてよく鳴けない。まるで荻に風が吹いている音のようだ。古典的素材の「荻の上風」をスイスイと表現したところが俳諧。付句では荻に虫を対応させて虫を擬人化した面白味。「むか歯」は向う歯、即ち上あごの前歯。「弱る」は命が衰えると声が衰えるとを掛けている。

107・108　皿のあたりにはただ秋風が吹きよせている。——露がいっぱいにおりてたいそう寒い不破の関屋の板の角盆にのせた皿、その皿のあたり。皿に折敷《おしき》、秋に不破の関屋が対応。『新古今集』の「人住まぬ不破の関屋の板びさし荒れにし後はただ秋の風」（藤原良経）を踏まえている。板庇を板折敷とかえたところが俳諧的趣向。「不破の関」は岐阜県不破郡関ケ原町に関跡がある。「をしき」は檜の片木《へぎ》で作った角盆で、食事などをのせるのに使う。まとまった意味の無い前句に対して意味をはっきりさせる句法。

109・110　銭さしの銭も残り少なくなって、秋風が吹いている。——盛りのときは百匹もいたのだが、いまはその数もわずかに二、三十匹、四、五十匹ほどの虫があたりで淋しく鳴いているだけだ。前句、銭さしに秋風が吹くということから淋しさを感じとって、それを銭も残り少なくなったと見立てて、残り少ないのは銭ではなくて実は秋の虫だった、それが鳴きたてるものだから淋しいのだと付けた。「さし」（緡）は穴のあいた銭を通しておく細い紐。＊37参照。百文或いは九十六文を一本にさすのが普通。「さしなる銭」に二三十四五十、秋風に虫が対応。

107　皿のはたにはただ秋の風

108　露寒き不破《ふは》の関屋《せきや》の板をしき　露

109　さしなる銭《ぜに》に秋風ぞ吹く

110　二三十四五《ごん》十《じふ》程虫鳴きて　虫

111 どこともいはずちぎりこそすれ

112 秘《ひ》蔵《さう》する庭の草《くさ》花《ばな》を小《こ》姫《ひめ》御《ご》前《ぜ》　　草花

113 つんぬめりつんぬめりたる恋のみち

114 よく煮《に》すましていぐちをぞ吸ふ　　いぐち

115 夕めしすれば月ぞふけ行く

111・112　場所・所をかまわずちぎったんだよ。——といえば男女の契りとお思いでしょうが、実は大事にしている庭の草花を小姫御前がおちぎりなさったのだよ。

前句の多義ある「ちぎり」に対して、むしろ男女の契りを匂わせつつ、予想外の、無心に少女が草花をむしりちぎることに転じた面白さ。「秘蔵」は当時は清音でヒソウ。「小姫御前」は小さいお姫様。「御前」は敬意を表す接尾語。「どこともいはず」に庭、ちぎるに草花・小姫御前が対応。

113・114　ぬめりぬめりして、なかなかうまく進まない恋の道だよ。——それは、よく煮たてたいぐち茸の汁を吸うようなことをするからなんだなあ。

「つんぬめる」は、ぬるぬるして滑ること。つんのめる。「恋のみち」は「濃泥《こひぢ》」を掛ける。「いぐち」は、「ぬめりいぐち」ともいい、ぬるぬるしている茸で、兎唇《いぐち》と掛けてある。「口を吸ふ」は接吻の意を掛ける。前句の泥道になずんで進めない（恋の道がうまく行かない）というのに対し、熱いぬめり茸の汁はなかなか吸えない（兎唇などに接吻しようとするからうまく吸えないのだ）と応じた。

115・116　夕飯をすませると、もう月も更けて傾いた。——隣家から米を一ます泣きついて借りてくると、丁度雁が鳴き渡ったからなあ。

夕めしに米、「月ぞふけ行く」に「かり鳴きて」が対応。「かり鳴きて」の「かり」に「借り」を掛ける。前句、夕方遅くまで働いた人として、貧乏人と見立て、泣きついて借りての意を含める。

117・118　鎌倉山に油をぬったぞ。――頼朝が待っておられる月がきしんで、鎌倉山の端からなかなか出てこないので。

鎌倉に頼朝、「油をぞさす」に「きしむ」が対応。前句はナンセンスの所謂詮ない句で、それに一句としての意味を与えるのが付句作者の腕の見せどころである。「鎌倉山の星月夜」という成語を下敷にしていると思われる。「鎌倉山」は神奈川県鎌倉市周辺の山。鎌倉には源頼朝の幕府があった。

117・119　(前句参照)――鎌倉山にある鶴が岡八幡宮を車にのせて向うへ移すためだろうか。

重いものを積んだ車が動きやすくするために油を塗ったのだとした。車に油をさすのではなく鎌倉山に油をさす意が、いまひとつはっきりしない。「鶴が岡」は鎌倉市にあり八幡宮がある。

120・121　十王堂に秋風が吹いている。――折から、閻《えん》魔《ま》の使う浄玻璃の鏡に似た月が空に輝いている。

十王堂と浄玻璃、秋風と月が対応。閻魔大王を祭ったお堂だから、その上に出る月もそれにふさわしく浄玻璃の鏡に似ているという趣向。「十王堂」は『十王経』に説く冥界の十王を祭ったお堂。一般には十王中特に有名な閻魔を祭り、閻魔堂ともいう。当時閻魔に助け

116　隣より米を一ますかり鳴きて　雁鳴く

117　鎌倉山に油をぞさす

118　頼《より》朝《とも》の待たるる月やきしむらん　月

又人の付けける

119　むかうへや車にのせし鶴が岡

120　十《じふ》王《わう》堂《だう》に秋風ぞ吹く

てもらう信仰が盛んであった。この堂はよく町はずれや峠・辻にあって無住の場合が多い。「浄玻璃」はもと水晶のこと。閻魔庁法廷にあって亡者が生前に犯した罪を映し出す鏡とされている（＊38）。

122・123　見苦しく見える秋の夕暮じゃないか。――手ではかってみて山の端から六寸ばかりに月が出たというのは。六寸ばかり突き出たのだから実は尾籠な見ものなんだよ。

前句は、秋の夕暮といえば趣あるものという常識を破った難句。尾籠（見苦し）に対し、男のものが六寸にもなって前へ突き出た、で応ずるところを、秋の夕暮を受けて「突き出て」を「月いでて」とした。「手ばかり」は、手ではかること。掌を拡げて親指から中指の間の長さの約六寸（約二十センチ）が単位。六寸の大魔羅ということになる。

124・125　腹は腹でも、雲の腹にも膏薬をつけるとは妙なことをするものだ。――それは、月星は連歌で光りものというが、晴れた時に出るから実は晴れもの、即ち雲の腹にかかった腫れものだから、そんな腫れものの出ている腹に膏薬を付けるのは当然だ。

前句は突飛な空想をした難句。雲に月星、膏薬にはれものが対応。雲は空の意味を持つ。月星は晴れた空に出るので連歌で「光りもの」というのをもじって「晴れもの」といい、さらにそれを「腫れもの」と言い掛けた。雲の原を雲の腹と言い立て、雲に縁のある月・星を出し、それを腫れものと見立てた趣向。

121　浄玻璃《じやうはり》の鏡に似たる月出でて　月

122　びろうに見ゆる秋の夕暮

123　手ばかりは六寸ばかり月《つき》いでて　月

124　雲のはらにも付くる膏薬《かうやく》

125　月星はみなはれもののたぐひにて　月

126 心をつけてみよ秋の月

127 雲霧はあるか本来なき物か　霧

128 高《かう》野《や》聖《ひじり》の宿を借る声

129 大きなる笠着て月もふくる夜に　月の笠

126・127 よく心をすまして見定めよ。秋の月を。――いま雲霧がかかって秋の月も定かには見えぬが、月光を覆っている雲霧は本来有か無か、観念の心をすませて見る時、秋の月ははっきり見えるものだ。漠然とした前句の中から「心をつけてみよ」に禅僧公案問答の口調を見て、それによって趣向した句作り。

128・129 高野聖の「宿借ろう」という大きな声が聞える。――月も高野聖と同様に大きな笠を着て出ているこの夜ふけに。
「高野聖」（＊5）は高野笠という大きな笠を着ている。そこで高野聖を大きな笠でとらえ、それを月の笠（暈）へと持っていった面白味。「月の笠」は月の周囲に現れるぼんやりとした光の環。降雨の前兆といわれる。「月が笠きる」という。高野聖が夕方辻に立って「宿借ろう」と呼ばわると、それを聞いた誰かが泊めてやらないとその呪詛《じゅそ》がおそろしいと信じられていた。

130・131　馬に乗った人丸をごらんなさい。——人丸が詠んだ「ほのぼのと明石の浦は」は今月げなのだから、月毛の馬に乗っているのはあたりまえでしょう。
「三十六歌仙絵」等に柿本人麿（人丸）が馬に乗っているのは無いところから、難句と見られる。そこで「ほのぼのと明石の浦の朝霧に島がくれ行く舟をしぞ思ふ」という人丸の歌の上の句をとって、明石の浦は今、月が出そうな様子と言いくだし、その「月げ」と馬の毛色の名称の「月毛」とを掛詞にして、だから馬に乗っているのは当然だと難句を解いた。

132・133　月にかかった雲の衣をいったい誰がはぐのだろうか。——道理で、いつもより今宵十五夜の月はあかあかとすっかり赤裸に見える。
雲に月、剝ぐに裸を付ける。「雲の衣」は和歌でよく用いられているが、これを剝ぐといったのが俳諧。「赤裸」はまるはだか。「赤」と「明《あか》」を掛ける。『伊京本節用集』に「裸アカハダカ」とある。

134・135　だまって聞いておれば言いたい放題にいう、この夕暮の空をながめて。——夕暮の空にかかった三日月を弓だと言ったり釣針かと言ったりなどして。

130　馬に乗りたる人《ひと》丸《まる》をみよ

131　ほのぼのとあかしの浦は月げにて　月

132　雲の衣《ころも》をたれかはぐらむ

133　いつよりも今《こ》宵《よひ》の月は赤裸　月

134　言ひたきやうに夕暮の空

前句「言ひたきやうに言ふ」と「夕ぐれ」とを掛詞でつづけ、その夕暮の空から付句の三日月を出す。謡曲『融』の「三日月の影を舟にもたとへたり。また水中の遊魚は釣り針と疑ふ。雲上の飛鳥は弓の影とも驚く」などによって前句の内容を付句が具体化した。弓張月とはいうが釣針月とはいわない。実と虚との取り合せの面白さ。「三か月」は陰暦八月三日の宵の西の空に低くかかった月を特にいう。季は秋。

136・137 長い秋の夜は長い柄の槍とまったく同じだ。——槍は槍でも槍つくりの名人は天九郎というのだし、秋の月でも曇れば「天くろう」なって、その光もなくなることだし。秋に月、槍に「天くらう」が対応。「天暗う」と槍つくりの名人近江《おうみ》の「天九郎」俊長とを掛けた。他本に「夜ながさはただやりの柄にことならず」といった句形が多いので、秋の夜をその長さにおいてとらえていたことがわかる。槍と天九郎と天暗うの縁語・言葉の洒落はよく使われる。

138・139 尻の痛さでますます腹がへってくる。——かわいそうに小猿はお尻で皮をむくにも栗のいがいがが痛くてむくことができず、それが食べられないので。尻に猿、痛さに（いが）栗が対応。前句は具体的なことはわからないが人間のことであるのを、付句で猿の

135 三《み》か月《づき》を弓かあるいは釣針か　　三か月

136 秋の夜《よ》はただ槍《やり》の柄《え》にことならず

137 天くらうして月影もなみ　　月

138 尻《しり》の痛さにひだるさやます

139 あはれにも小猿《こざる》は栗《くり》をむきかねて　　栗

ことに転じた。英国博物館蔵『猿の草子』の猿の会話に「けさより栗をむき候へばおいどがやり〳〵としていたく候。番がわりにむき候べく候」とあり、猿は栗を尻でむく、尻の赤いのはそのせいと考えられていたのであろうか。小猿なるが故に栗の皮をむくと尻が痛くなるのを怖れてむきかねている、従ってひだるさが増すと屁理屈を言ったもの。

140・141 おそれおおくももったいないことながらも、入れさせていただきましょう。――わが足を洗おうとする手洗《たらい》の水に夜の月の姿が映っている。それを足でくだくのはもったいないことだが。

前句は表には猥雑な意はないながら、裏面ではそうよみとれることを予定した句作り。従って下衆《げす》と上臈《じょうろう》の恋として誰もが連想するのを見事に肩すかしをくわせたところが俳諧。そのはぐらかしの技術が俳諧の手柄である。当時洗足は普通日常のことであったが、仏教で水は清浄なもの、それに映る月が法《のり》にあたるとして尊ばれていた。「水に映れる月の影」という成語をもとに句作りした。

140 おそれながらも入れてこそみれ

141 足洗ふたらひの水に夜はの月

月

誹諧連歌抄

冬

142 ひろうして見ぬ冬の夜《よ》の月

143 夕しぐれ晴間ぞ脱げや高野《かうや》笠　時雨

144 子どもや思ふままに狂はん

145 生木《なまき》にて削る火榻《こたつ》の火は強し　火榻

142・143 ひろうしてよく見渡せない冬の夜の月。――夕時雨もやんで晴間になったことだし、大きな高野笠を脱いであの月を見ろよ。

前句は何をいっているのかわからない難句。それを、広くととって大きな笠と見立て、高野聖の着ている高野笠（＊5）を対応させ、冬に時雨をつける。高野聖に、時雨の晴れ間に月が出た、そんなつばの広い笠を着ていては月が見えないから脱げよ、と言い掛ける句とした。前句を高野聖でといたのが俳諧。

144・145 子供は思う存分狂い遊ぶであろう。――なま木でけずり作ったやぐらこたつの火が強くて、そのこたつの格子《こうし》もすっかり狂ってきた。何にせよ「こ」というものはよく狂うものだ。

前句の「子」を格子の「格《こ》」にとりなし、なま木のため強い火で格子がそって狂ってきたと付く。前句の「子」を意外な意味にとった面白さ。「こたつ」は「火榻子」の宋音ともいわれ、中世中国より移入され禅宗文化の一つとされる。柳亭種彦の『還魂紙料』にこの句をあげて「ふるくはこたつとばかりいふが、今いふこたつやぐら（＊39）のこと也」とあり、『日葡辞書』には「冬暖をとるために炉の上にかぶせて置く木製の一種の覆い」とある。また、『柳亭翁雑録』によれば、『佐夜中山集』に「寝忘れて春かとぞ思ふ敷火燵」の句が、置火燵・高火燵の句と並べてあり、火燵を掘り下げてつくり、畳と同じ高さに格子をかけてあるのがあって、これは古製のものであろうとある。

146 月日の下《した》に我は寝にけり

147 暦《こよみ》にて破れをつづる古ぶすま　ふすま

148 一寸二寸にかがむ冬の夜

149 番《ばん》匠《じやう》のかねのごとくに身は冷えて　身冷ゆ

146・147 月日の下に自分は寝たことだ。――というのは、月日を書いた暦で破れをつくろった、着古した衾《ふすま》を着て寝たのだから。

月日の下に寝たという謎立ての句に対し、暦を持ち出して解決した。月日に暦、寝るにふすまが対応。暦は古くは具注暦として正倉院文書の中にある。日の吉凶を選定する依りどころとして次第に一般の人々の生活に根を下ろし、中世には一年分を一つの巻き物の形にした版暦や仮名暦も現れた。後には地方の有名な社寺からも冊子の形での摺暦が出されるようになった(＊26)。「ふすま」は布団のこと。麻ぶすま、栲《たく》ぶすま等があるが、この場は紙で作った紙ぶすまで、暦は去年の古暦。貧乏人のことを題材にしている。

148・149 一寸二寸までちぢかむほどの寒い冬の夜。――大工の持つかねざしのように、身は冷え折れまがって。

一寸二寸に番匠のかね、冬の夜に冷えを対応させて、比喩の面白さで付句とした。前句の意は一寸二寸と次第に(身が)ちぢむともとれる。謎句。「番匠」は大和《やまと》や飛驒《ひだ》などから交替で京に上り、木工寮《もくりょう》に属した大工。中世では位は大工・少工・番匠の順。後には一般のいわゆる大工をも番匠という。「かね」は鉄尺で直角に曲ったもの。＊9参照。曲尺の折れ曲った様で前句の「かがむ」を受ける。

150 寒き夜《よ》はこそ人《ひと》丸《まる》になれ

151 うす衾《ぶすま》引きかぶりたるかきのもと　衾

152 寒さに猿は身をやもむらん

153 いはほよりたるひの先を錐《きり》にして　たるひ

154 道のほとりに鬼ぞつくばふ

150・151　寒い夜半にこそ人は柿本人丸になるというものだ。——貧乏人が、寝る家もなく薄い布団をかぶって柿の木の下にまるくなって寝ていると、寒いので自然に身体が丸くなって、まさに柿の本の人まるじゃないか。

前句の人丸で柿本人麿を暗示し、付句で柿本を柿の木のもとにし、人麿を人が丸くなる意に転じた面白さ。「うす衾」は粗末な薄い夜具。貧乏な状態を表す。

152・153　寒いので猿はわれとわが身をもんでもだえ苦しむことであろう。——岩からしたたり落ちて垂れ下がっている冷たいつららの先が錐に似ているように、同じように木からぶら下がっている猿も寒さにわが身を錐のようにもむからには。

寒さにたるひ、もむに錐が対応。前句の「身をもむ」を錐を「もむ」と見立てた洒落。「いはほより垂れる」と「たるひ」とを掛詞にした。「たるひ」はつららで、つららの先のとがっているのを錐に見立てた。

154・155　道の片わきに鬼がうずくまっている。——節分の夜なかに、貴人の福の神が家の内におでましと前ぶれがあったので。

何故鬼が道にうずくまっているかの理由をいった。前句の鬼を節分の鬼にとりなし、鬼を擬人化して貴人福の神のおでましと聞いて家の外の道のほとりにかしこまり、はいつくばっているとした面白味。「おなり」は『伊京本節用集』に「御成オナリ公方御出」とある。節分に「福は内、鬼は外」とはやしたてて豆をまく風習は南北朝頃から行われ、狂言『節分』にこのことがでている。

156・157　師走になると苦労なことが多いので、額のしわが寄り合うものですね。――いやそうではなくて、実は婆さんと爺さんとが年忘れの会で顔を寄せ合っている、その皺《しわ》と皺だよ。

前句、「額のしはす」という言葉遣いはないのを、強いてこう言い立てた。付句では「寄り合ふ」とあわせて年末の年忘れと見立て、「しはす」に「師走」と「皺」を掛け、師走に行く年、「寄り合ふ」に「うばとおほぢ」を対応させ、前句では一人のことを、付句で二人が皺額を寄せ合って年忘れをしているとした。

158・159　袖で払い、箒《ほうき》で掃いているうちに、袖も箒も雪によごれてしまった。――わが宿で箒で煤掃きをしながら、寒さに垂れる鼻汁を袖でおしぬぐっているうちに。

袖に「鼻をおしのごふ」、箒に煤掃きを対応させ、前句を雪降りの日の煤掃きと見立て、寒さのためにさかんに鼻汁をすすっている間に、と付けた。道や庭の雪を掃くのは雅であるが、箒を出したのが俳諧。煤掃きはもと宮中に始まり、中世の頃一般に拡まったが、十二月に行われ、日は一定していなかった。近世に入り十三日と定まる。「すすはな」は早く『和名抄』に「洟、音夷、須々波奈、鼻液也」とある。鼻水のことで、当時は日常語。着物の袖でぬぐうのは当時普通の習慣。掃く煤から、すす鼻・すすりばなを引き出す。

155　節分の夜半《よは》になりとふれられて　　節分

156　額《ひたひ》のしはす寄り合ふを見よ

157　行く年をうばとおほぢや忘るらん　　行く年

158　袖《そで》もはうきも雪によごれり

159　わが宿に掃《は》くすすはなをおしのごひ　　すす掃き

160 ばくちうちこそ寒げなりけれ

161 七つぶのさゐみかたびら冬も着て　　冬

さるかたゐ中に一有《う》徳《とく》の僧ありけり。又隣に二疲労したる僧ありけり。しばしば有徳なる僧のもとへ行きかよふ人なりけり。さるにこの僧三大つごもりの夜ふくるまで四帰りがて

160・161　ばくちうちこそ寒そうだ。――七つぶの賽《さい》ではないが、夏もののさいみ帷子《かたびら》を冬も着て。ばくちに賽、寒げに冬が対応。前句の寒そうな実態として夏着るさいみ帷子を冬も着ていると付けた。当時職業としてあったばくちうち（＊40）には貧乏する者が多かった。それで冬も薄い夏衣ですごしているという。「七つぶのさい」は催馬楽《さいばら》「大芹」に「一六の賽や四三賽」とあり、賽の表裏の目を合わせるとどこも七つになるために七つぶの目の賽といった。その「さい」の語から「さゐみかたびら」を導きだす言葉遊び。「さゐみ」は他本「さいみ」、なまりの言葉か。『黒本本節用集』に「細微サイミ布名也又作貲布」、「かたびら」は同書に「帷子カタビラ」とあり、縦糸横糸共に太麻の太糸で目をあらく平織にした布。下賤の者の着る夏衣。

一 財物が多く富裕なこと。金持ち。二 貧しくなること。貧乏。『史記抄』秦本記に「あまり疲労したほどに、ちつと禄爵をもとつてすきわいにせうとて」。三「つごもり」は月ごもりで月末のこと。特に年末十二月の最後の日を大つごもりという。四 帰りにくそうに。上代の補助動詞「かつ」の未然形「かて」に打消の助動詞「ず」の上代の連用形「に」のついた「かてに」（することができずに）の語の「かて」が

「難し」と似ているところから、「がて」にできないの意を持たせ、「に」を助詞と考えた用法。五 分際に従って。誰も彼も。六 用事がある。時間が必要になる。『言継卿記』に「此方へ来儀候つれ共隙入（ひまいり）候て不会候間」。七 あなた（貧僧）には似合わぬことである。しかしもともと数寄の道ゆえ、あなたの発句に脇をつけてみましょうと。

162　お宅では正月の松飾りも飾りおえていられるが、貧乏な兵衛（私）は年の暮を越しかねて、あなたに物乞いをいう夕べですよ。

発句である。松飾りを「し終え」と「兵衛」の語呂合わせ。物乞いを「言ふ」と「夕」とが掛詞。

八 富僧。九 寺院で施物・金銭・年貢などの出納事務を執る所、またはその役職。一〇 貧僧の所へ貸金の取り立てに使をやったかと。一一 借金。古くは租庸調等朝廷へ納入すべき賦課物を納めていないこと。転じて一般に未だ果していない義務や約束、返金等をいう。一二 この場合は支払い、清算、決済の意。一三「ひく」はこの場は、とり除く、措くの意。取り立ての使を出すのをやめること。一四 本文では付句らしい形になっていないが、「算用は年明けてのこと也」か。頴原本では「亭主の返しに　注連《しめ》もつかひも曳そめてたき」とある。前句の「もの乞ふ」を借金返済の延期を乞うととって、取り立てをやめようとの意をもって付けた。「ひく」に注連縄を張ることと、取り立ての使を止めることが掛けてある。

にしければ、かの有徳なる僧、こよひは分[五]に従ひて[六]ひま入る物なり、はや帰り給ひねと言へば、さる御事にて候、一句申したくてと申せば、さればよ、似合[七]はぬこと也。しかれども御数寄《おすき》なれば付けてこそみ侍らめと言へば

162　松《まつ》飾《かざり》兵衛《ひやうゑ》物こふ夕《ゆふべ》かな　　松飾（春）

と申しければ、件《くだん》[八]の僧、納所《なつしよ》[九]をよび出でて、御庵へ[一〇]御使《つかひ》をまゐらせつるかと申しければ、御未進莫大《みしんばくだい》[一一]のよし申しければ、算用《さんよう》[一二]は年明けてのこと也、使ひく[一三]べきよし申し付けて、[一四]これを脇の句に用ひらる

べしとて帰しけりとぞ。

163 あつたらみかん腐らかしけり

164 正月の茶の子にことをかきばかり　正月(春)

163・164 惜しいことに蜜柑を腐らしてしまったことよ。——そんなわけで正月の茶うけのお菓子に事を欠きまして柿ばかりしかありません。

みかんに柿で応じ、みかんを腐らしたために「正月の茶うけに事を欠く」の「かく」を「柿」との掛詞として、前句の結果を付けた。この柿は串柿の意か。「くさらかす」の「かす」は他動詞的な意味を強調する接尾語で、平安時代から俗語的な感じで用いられているようである。「茶の子」は『日仏辞書』に「お茶の前に食べる食欲をそそる塩気のあるもの」と、『尺素往来』に「茶子者……串柿挫栗（かちぐり）……等」と、また『書言字考節用集』では「茶子　チヤノコ今揆ずるに茶を以て父母を表し、餅を以て子に比すの謂」などとある。

誹諧連歌抄

恋

165 しほばかりにて受くる一盃《いつぱい》

166 さし向かふ若衆のみめは悪けれど　若衆

167 筑《つく》紫《し》人《びと》こそ空《そら》ごとをすれ

168 筥《はこ》崎《ざき》の松《まつ》とは言ひて寄せもせず　まつ

165・166 塩だけをさかなにしてお酒を一杯（たっぷり）頂戴することだ。――向いあっている若衆の顔はよくないけれど、愛嬌はたっぷりだ。
前句の「塩」を愛嬌の意味に転じて若衆を出し、受くるにさし向うで応じた。顔はよくないけれど愛嬌のよさだけをさかなに互いに一杯やることだとした。「しほ」はこの場合普通の愛嬌ではなく、男色の対象としての若衆らしい愛嬌。「若衆」は美少年、特に男色の相手をする少年。「一盃」は一杯とたっぷりの意を掛ける。

167・168 筑紫の人なんてうそつきだ。――所がらの筑紫の筥崎の松にことよせて、あなたのおいでを待っているとは言うけれども、口先ばかりで私を近寄せてはくれないじゃないか。
筑紫に筥崎で応じる。嘘を「つく」と「筑紫」の語呂合わせ。前句の内容は謡曲『藍染川』や狂言『たこ』などに見えているが、或いは当時通行の言種であったかも知れない。「筥崎の松」は歌枕として有名。その松に「待つ」を掛け、前句の具体的な説明とした。「寄せ」はよせつける、ちかよせるの意。付句の「せず」止めは俗語的な感じを表している。

169・170 藪垣根をくぐっていって夜這いをすることだ。――そういうことだったら、藪くぐりの名人のしととのようにうまく女の所に忍びこみ、ひしと抱きしめてしっぽりと契りをかわすことだろう。家の境に藪垣根があるのが当時一般のさま。前句の藪にしとと（鵐）、夜這いに契るが対応。鵐を副詞の「しとと」との掛詞として、男女の性愛の露骨な光景を示したところが俳諧。「よばひ」は、夜、男が女の寝所へ忍び入って交わること。「しとと」はホオジロ。副詞の時は、ぴったりとくっついて、の意。古くはいずれも清音。

171・172 陰陽頭家の背戸の恋しいことよ。――その背戸のあたりで六害の水をくむ女が美しいものだから。
前句はこのままでは内容のはっきりしない難句。陰陽頭に六害の水、その水から水汲む女とつづけ、恋しさに「みめよくて」を対して前句の理由を説明した。

「陰陽のかみ」は陰陽寮の長官。陰陽五行説に基づいて吉凶を占う。「背戸」は勝手口、裏口で、陰陽寮の背戸だから、そこには六害の水をたたえた井戸があり、そこで美しい女が水仕事をしているとした。「六害」は何を指すか不詳。陰陽師の唱えごとに「一徳六害の水、二義七陽の火、三生八難の木……」とあることが狂言『居杭』にみえる。「水汲む」は、水をかえほす、即ち精を涸《か》らす、腎虚させるの意を含むので、

169 藪《やぶ》をくぐりてよばひをぞする

170 鳥の名のしととしめてや契るらん

契る

171 陰《おん》陽《やう》のかみの背《せ》戸《ど》の恋しさ

172 六《りく》害《がい》の水汲むをなごみめよくて

みめ

「水汲むをなご」は男の精を汲みからす美女の意。

173・174 藤若どのと名を申すのです。――顔も美しく姿もよい稚児なのに、その名にちなんで鼻汁をたらしている。折角ながらこれではどうも。

藤若から藤の花房が垂れるを連想し、それを鼻垂れに転じた面白味。「藤若」は当時通行の童名で、稚児若衆を示している。稚児若衆は男色の対象。

175・176 手枕をしてずっと聞きいっているであろうか。――嫁入りの夜、夜ふけて啼《な》くほととぎすを共寝の枕で。

前句は自分一人で手を枕に何かを聞いているという句作りを、付句では新婚の共寝の枕に二人で聞くととりなした趣向。和歌の世界ではほととぎすの声は夜更けに聞くものとの約束により、一晩中寝ないで睦言をかわしている二人だから、夜ふけのほととぎすを相手の手を枕に聞いたろうとした。手枕と嫁入りが付合。手枕は『日葡辞書』に「枕の役をするように片方の腕を他人の頭の下においてやること。詩歌語」とある。

177・178 こおなごを舟の上に乗せた。――魚じゃないんだぜ。というのはそれは嫁女のことで、その嫁ぎ先は川向いであるからね。

173 藤《ふぢ》若《わか》殿と名を申す也

174 みめもよくかたちもよきがはなたれて

みめ

175 手枕《たまくら》にてや聞きわたるらん

176 嫁入りのさ夜《よ》ふけがたのほととぎす

嫁入り

177 こをなごをこそ舟に乗せたれ

前句の「こをなご」は、いかなご（鮊子）にも小女子にもとれるのを鮊子とし、付句でそれを少女に転じ、女と嫁入り、舟に川を対応させた。魚を人間に転じ、嫁入りを持ち出した面白味。「嫁入りの里」はお嫁さんの里ではなく、嫁入り先の意。

179・180　危くもあるが、また一方めでたくもある。――それはめでたい聟入りに行く夕に丸太を一本かけ渡した丸木橋を渡らねばならない時のことだよ。

前句はなじまない二つのことがらを並べた難句で、いわゆる前句付けの前句によくある「……もあり……もあり」「……もあり……もなし」といった種類の句型。それを付句で巧みにさばいた。「聟入り」は結婚後夫が初めて妻の実家を訪れる意、また、聟となって嫁の家に入る儀式の意があるが、ここでは後者で、それ故めでたいのである。「一つ橋」は一本の丸太などを渡した丸木橋。ことに足もとが薄暗くなり始めた夕方に渡るのに危い。「あぶなし」は口語的表現。『守武千句』跋に兼載の句とある。

181・182　人の世のことは万事嘘いつわりの中だ。――うまがらせる（嬉しがらせる）ばかりで、「塞翁の馬」ではないが、馬を借りてそれに乗って訪ねて来てもくれない。（口先ではよろこばせておいて実際は訪ねても来ない）

『淮南子《えなんじ》』の「人間万事塞翁馬」を踏まえた句作り。前句の人間万事に塞翁馬を付け、「馬借らす」から

178　嫁入りの里は川より向かひにて　　嫁入り

179　あぶなくもありめでたくもあり

180　聟《むこ》入りの夕《ゆふべ》にわたる一つ橋《ばし》　　聟入り

181　人間万事いつはれる中

182　塞《さい》翁《をう》がむま借《か》らせては訪《と》ひも来《こ》ず　　訪ふ

「うまがらす」を導き出した言葉の洒落による句作り。「うまがらす」は嬉しがらせる、よろこばす。「訪ふ」が、この場合愛人の所を訪ねる、求婚するの意で恋の句となる。

183・184 涙が川の上に流れることだ。――とげられそうにない人に思いをかけ、そのために溢れる涙が、かけ作りのわが家とて、川の上に流れることだ。前句は何をいっているのか明瞭でない難句。それを解いたのが付句。心をかけるの「かけ」を掛詞として「かけ作り」を導き出す。「及びなき」は恋の思いがとても及ばない意と、身分不相応の意と二通り考えられる。「かけ作り」（＊41）は、かけ家《や》。水の上などに傾斜地から建物を張り出して作ること。だから水の上に涙が落ちるのである。

185・186 つらさを数えてみれば、あまりに数が多くて指も折れてしまうにちがいない。――というのは、相手から爪くそほども思われない仲だから。指に爪、「うたてさ」に「思はれぬ」が対応。前句の世に生きるつらさの多いことを恋のつらさに転じた。「爪くそ」の語は鼻くそや目くそなどの類語だが、これ以前に見えないようだ。前句の「数へば指も折れつべし」の表現は「ただひのへぬる数を……かぞふればおよびもそこなはれぬ」（『土佐日記』）等にみられる。

183 涙ぞ川の上に流るる

184 及びなき人に心をかけ作り　心をかける

185 うたてさを数へば指も折れつべし

186 爪くそほども思はれぬ中　思ふ

187・188　連れ添えば欠点の見えるわたし達の仲である。――恋とは全く抜身の刀のように傷つきやすいものでして。

前句の「あくめ」を刀の傷、錆等の意にとり、刀を対応させ、「裸刀」から傷つきやすい、あくめが出やすいとした。また、添うを寄り添うと解して、それに対し裸刀から抜身を連想し、肉体的な男女の関係を暗示しているといえる。「あくめ」には欠点の意もある。『日葡辞書』には「刀に縦にできるひび割れで焼き疵《きず》と呼ばれるもの」とある。

189・190　屏風ごしではいくら口説いてもなかなか相手には届かず、実際の契りが結べない。――どのように聞いているのか、恨み事の言いあいっこを互い互いにしているよ。

前句の屏風につがい、届くに聞くを対応させた面白味。「届く」はこちらの心が先方に通じる、更に、男のものが相手に届くの意。「つがひつがひ」は番い組になっているその一つ一つ。たがいたがいの。体をつがいあわす、契りあうの意をほのめかす。障子破りはあっても屏風破りはさて如何といった感じの句。

191・192　無法者と言うなら勝手に言うがよい。――あなたのために腎虚して死ぬことこそ私の本望である。

前句の「命知らず」は無法者とか、並外れて華美な風態をし乱脈な振舞をする所謂《いわゆる》「ばさら」「かぶき者」の意であるのを、自分のからだや健康のことを考えな

187　添へばあくめの見ゆるわが中

188　恋はただ裸刀《はだかがたな》のごとくにて　　恋

189　屏風越しなる恋は届かず

190　聞くやいかにつがひつがひの恨みごと　　恨み

191　命知らずとよし言はば言へ

192 君故に腎《じん》虚《きよ》せんこそ望みなれ　　腎虚

193 及ばぬ恋をするぞをかしき

194 われよりも大《おほ》若《わか》俗《ぞく》に抱きつきて　　若俗

195 首を延べたる明《あけ》ぼのの空

196 きぬぎぬに大若俗の口吸ひて　　きぬぎぬ・若俗・口吸ふ

い者との意にとって、腎虚で応じた。前句のいわば喧嘩を腎虚に転じた面白味。「よし言はば言へ」は捨てぜりふの感を出す。「腎虚」は房事過度のため身体の衰弱する病気で、男にいう。従って「君」とは女。

193・194　身分不相応でとても成就できそうにない人に恋をしているなんて、おかしいことだ。――及ばぬといったって、身分のことではなく背丈のことさ。自分よりも背の高い大若俗に抱きついたって事の成就するはずもなく、とてもじゃないが滑稽なかっこうだ。（松にとまった蟬、尻振って啼き騒ぐだけで一向埒《らち》があかぬ）

前句の身分の及ばぬことを背の高さにかえ、抱きついても寸法が合わぬ滑稽な姿に転じ、更に女色を男色に見立てかえた面白さ。「若俗」は十八、九歳位まで、それ以上を「大若俗」といい身体も大きい。稚児は僧の世界でいい、若衆・若俗は一般の場合での男色の対象をいう。

195・196　首をのばしたのである。空も明け方になって。――それは実のところ、朝の別れに大若衆に接吻しようとして。

朝、何かのことで首を延ばしているのを、相手が自分よりも背丈の高い大若衆なので、伸び上がり首をのばして別れの接吻をしている姿に見立てた面白さ。背丈を逆にした趣向。「きぬぎぬ」は男女共寝した翌朝の別れ。互いに衣を重ねて寝たのを、朝にはそれぞれその衣を身につけて別れることからいうようになった。

197 われよりもせいたか若衆恋わびて

198 大《おほ》木《き》に蟬のねをのみぞなく　　ねを泣く

199 内は赤くて外はまつ黒

200 知らねども女の持てる物に似て　　女

一ある尊《たふと》き聖《ひじり》の付け給ひけるとぞ

197・198 自分よりも背の高い若衆に恋いこがれて。――そのさまは、まったく大木に蟬がとまって頻りに鳴いているのにそっくり、とげられぬ思いのつらさに泣くばかりだ。

前句の「せいたか」に大木、「恋ひわぶ」に「ねをなく」が対応。前句の恋情を具体的な姿に転じ、背の高い若衆に抱きついて泣いているさまを「大木に蟬」のことわざを用いて滑稽化した。「大木に蟬」は大小の差の甚だしいたとえであるが、この場合は姿態のこととした。「ねをのみぞなく」は成語。一九三・一九四と同想の句。

199・200 内は赤くて外はまっ黒。――わたしにもよくわからぬが、それは女の持っているあのしろものに何ともよく似ておりますなあ。

前句は謎々のような句で「内は、外は」といった一つの型。塗椀、祝膳、炭焼がま等、それと思われるものの中から、女陰という最も途方のないものの見立てで応ずる。「知らねども」などとわざととぼけて解いた面白さはいわゆる大笑いの句として秀逸で、なんらの卑猥感もない。

一 左注を特に付けたのは、この句の俳諧性を一層高め、ために「知らねども」が千鈞の重みを帯びてくる。「ある尊き聖」が誰であるかは不明だが、二三五・二三九の句及びその詞書・左注等から考えると、この場合も長崎聖（同句注参照）であるかも知れない。

201 まことにはまだうちとけぬ中なほり

202 めうとながらや夜《よる》を待つらん　夫婦《めうと》

203 八《はち》幡《まん》ぞ思ふと言ふにつれなくて

204 恋は弓折れ矢こそ尽きぬれ　恋

201・202 仲直りはしたが、しんからまだ本当にうちとけていない間柄だ。——そこで夫婦ともども夜の来るのを待っているのであろうか。夫婦は床のうちというわけである。

仲直りはしたものの、まだしんから得心していない間柄を夫婦のことにとりなし、二人とも夫婦の営みをすることで互いのわだかまりを消そうと、夜の来るのを待っているとした。「めうと」は「めをと」の転。

203・204 八幡、神かけて真実思うというのに、相手は冷淡であって。——あらゆる努力をしたが、もう弓折れ矢尽きて、わが恋はどうにもならず、あきらめるより仕方がない。

「八幡」から慣用句の「弓矢八幡」によって、弓矢を導き出した。「弓矢八幡」とは本来八幡の神に祈誓することばで、そこから「神かけてうそいつわりはない」とか、さらに感動の心を持って「是非とも」とか「どうか（お願いします）」などの意に用いられる。八幡は武神とされているので、この付句も武士の恋ともとれる。やや趣向に働きのない句作りである。

205・206 寺のお堂の坊主が恋する頃だ。——とすれば、しきみの花の咲く頃とて、僧らしく、縁起でもないその花の枝に恋文を結んで送ることであろう。

坊主にしきみ、恋に玉章が対応。しきみ（樒）は仏花、供花として用いられるところから僧と関連させ、常の人ならば桜の花にでも付けるのだが、坊主なのでしきみの花と言い立てた句作り。坊主らしい所作を想像した面白味。「坊主」は中世では坊の主の意であるから、僧とするため「堂の坊主」といった。「玉章」は元来は便りを運ぶ使者の持つ梓の杖をいったが、後には便り自体を指すようになった。また便りを木の枝などに結んで贈る風習があった。平凡な発想の句。

207・208 人の情愛というものは、詮ずる所、あの穴にあるのだろうか。——恋文を今宵鼠にひかれてしまった。とすればあれも穴、これも穴だが、いまの場合、あの人の情は鼠の穴にあるというものだ。

前句は難句。それを情に玉章、穴に鼠を対応させて解いた。前句で情と穴が結合していることから自然に女陰が想像されるのを鼠の穴にどんでん返しした面白味。且つ、穴は穴でも玉章を引き込んだ穴と、きわどいところでかわしたのが腕前。

209・210 穴をのぞいている親を持った。——夜分、若い夫婦が夢中で交わっているのを、おとなげなく覗いて邪魔なんかしたりして。

205 堂の坊主の恋をする頃

206 玉章《たまづさ》やしきみの花に付けぬらん　玉章

207 人のなさけや穴にあるらん

208 玉章を今宵鼠《ねずみ》に引かれけり　玉章

209 穴をのぞける親を持ちけり

老齢で死期に近く、自分達の墓穴を覗き込んでいる両親と読みとれる前句の予想を裏切って、障子か何かの穴から夫婦の部屋を覗くとした面白味。穴に契る、親に大人が対応。

211・212 振り分け髪を押し分けてやったよ。――いや、それは相手がまだ子供で、何も知らぬ娘と新枕を交わしたときのことだがね。

前句の振り分け髪をまだ世ごころもつかぬ娘の生えもそろわぬ下腹部の毛ととりなして「うなゐご」で応じた。「おしやる」はおし分ける。「振り分け髪」は肩までの長さに切り揃えて左右にかき分け垂らした髪。八歳頃までの姿。転じて子供。「うなゐご」も同様、今のオカッパ姿で一般に子供をいう。「姫ごぜ」は一三注参照。「新枕」は男女が初めて一緒に寝て契りを交わすこと。

213・214 お寺のことより里（檀家村）のことが忘られようか、忘られず恋しいことだ。――女色は道の妨げながら、花若殿よりその姉さんが恋しいよ。

前句は寺に預けられた稚児の心中のことであるのを、付句ではその稚児を男色の対象としている僧の心中のことに転換。その稚児よりもお里にいるその姉さんの方が恋しいとした。「花若殿」はその稚児の名。前句・付句共に「恋し」の語があるが、他本には「忘れめや――恋しも」「ゆかしくて――恋しも」などとなっているので前句の「恋し」は宗鑑の書きあやまりかも知れない。

210 契《ちぎ》る夜《よ》を大人《おとな》げなくも妨げて　契る

211 振り分け髪をおしやりにけり

212 うなゐごと見し姫ごぜの新枕《にひまくら》　新枕

213 寺よりもお里の空は恋しくて

214 花若殿の姉ご恋しも　恋し

215・216　東国の誰の娘と共寝することになるのだろうか。――逢うという名を持った逢坂山を越えて行くこのはりかたは。

東路に逢坂山、娘にはりかたが対応。前句では人間のことであるのを付句ではりかたに転じ、前句に応じて擬人化した面白味。「東路」は本来都から東国地方に至る道筋だが、東国をもいう。「逢坂山」は滋賀県大津市と京都府との境にある山。古くから交通の要地で麓に関があった。「逢坂山を越ゆる」は歌語。和歌では「逢う」の掛詞として用いられ、逢坂山を越えるとは契りを交わすことをいう。「はりかた」は張形・張型とも書き、男子の陰茎の形に造った女性の自慰の道具。なお、男子の用いるものを吾妻形というところから、「東路」はそれを掛けているか。『松屋筆記』には吾妻形の語はこの句から言い出したとある。

217・218　無い、と答えて訪ねてきた人を帰す山寺。――入逢の鐘の鳴る頃、来るのを待っているよとかねて約束したのに。

前句の「無し」を約束した覚えが無いとして、恋人を訪ねて来たのを追い返したとした。山寺と入逢（入相）の鐘が対応。「鐘」と「かねて」を掛ける。なお、前句の「無し」を金のこととし、入用の金を入逢の鐘とあしらい、その鐘から「かねて」を導いたとする解もでき、その場合は雑の句になる。この方が趣向が生きてこよう。「入逢のかね」は日没時寺で勤行《ごんぎょう》の合図につき鳴らす鐘。この句、種彦本・穎原本では雑の

215　東路《あづまぢ》のたが娘とか契るらん

216　逢《あふ》坂《さか》山を越ゆるはりかた　　はりかた

217　無しと答へて帰す山寺

218　入《いり》逢《あひ》のかねてはまつと言ひしかど　　まつ

部、袋中本では恋の部にある。

219・220　お公卿様と将軍家とは世を治める二つの頭である。――お二方の頭に冠るものとして、殿上人である公卿は立烏帽子を着し、殿上の縁より下りている地下《じげ》の将軍は折烏帽子を着している。公家に立烏帽子、武家に折烏帽子が対応。縁より「おりる」と「折」烏帽子とを掛詞にした洒落。「武家」は朝家に対して室町幕府の将軍を指す。「烏帽子」（＊18）は元服した男子の用いた黒塗りの帽子。貴族は威儀を整えるため漆を塗って引き立てて用いたので立烏帽子という。「折烏帽子」は細かにたたんだ烏帽子で、かぶと下に用いる。後には儀式の時のみ着用するようになった。

221・222　山伏のやってくる足音は高いであろう。――それもそのはず、山伏は縁（役《えん》）の優婆塞というのだから、釘のぬけた縁側を歩くたびに大きな音がするはずだ。
山伏に役の優婆塞、「音や高からん」に「釘離れた縁」を対応させ、いかつい山伏がずしんずしんと居丈高にやってくることに対して、それは縁側の板の釘がぬけているから歩くたびに音がするのだ、として前句の威風堂々たる感じを茶化した面白味。「山伏」（＊42）は『宇治拾遺物語』に「ほら貝腰につけ、錫杖つきたる山臥のことことしげなる」とあり、山岳で仏道修行をする修験者。「役」は「縁」との掛詞。「役の優婆塞」は六〇参照。原本「針」を諸本により「釘」に改める。

誹諧連歌抄

雑

219　公家《くげ》と武家とは二《ふた》かしら也

220　立《たて》えぼし縁《えん》よりしもへ折えぼし

221　山伏の来る足音や高からん

222　釘離れたるえんの優《う》婆《ば》塞《そく》

223・224 四国は海の中にあるんだぜ。――漕ぎ出す船に俵を八つ積んだから四石、つまり四国だ。「四国」を「四石」に掛けて、それが俵八つに、海に舟が対応。慶長（一五九六～一六一五）頃までは米一俵は五斗であったので、八俵で四十斗即ち四石となる。

一 福井県長崎の時衆道場称念寺の聖。「長崎御聖とてこの道に好き給へるおはしけり」との詞書で「尼ごぜよ脚布おしのけよ月いれむ」と三九三の平出本その他にある。二 俳諧連歌の道をさす。

225・226 堅い木で作った下駄の歯は強いことですなあ。――その下駄で村里村里を走り廻るけれども、ちっともちびなかったよ。（里々を廻ったけれど、女性と関係するようなことはしなかった）

前句を道心堅固ととりなして付けた。「つび」はつびる（潰る。すりへる）の名詞形。そのちびなかった意を女性の陰部をいう「つび」に掛け、男女の交わりをしなかった意とした。あるいは、前句の足駄の歯を男のそれとみて、走り廻ってあの女この女と相手にすれどもちびなかった、の意ともとれる。雑の部であるからこの意がないとすると、付句としては単なる前句の説明となって俳諧性に乏しいことになる。従って表面は前者の意をよそおっていながら実はこの意とすべきであろう。そしてそれを聖が言ったところに一層のおかしみがある。「堅木」は栗・樫の類。「足駄」は今日の下駄。普通の者は草鞋《わらじ》だが、僧は足駄もはく。前句の実事を虚にとりなしたのが俳諧。前句の言い掛け、

223 四国《しこく》は海の中にこそあれ

224 漕《こ》ぎ出《い》だす舟に俵《たはら》を八つ積みて

一長崎の聖《ひじり》とて二この道に妙《たへ》なるおはしましけり

225 堅木《かたき》の足駄《あしだ》歯こそ強けれ

といふ句に

226 さとさとを走り廻れどつびもせず

冷やかしに対して長崎の聖が答えた句で、問答体である。

227 先へはえのびよ、あとへは戻るな。葛のつるよ。

三 連歌師。享徳四年（一四五五）正月七十余歳で没。文安五年（一四四八）北野神社連歌会所奉行、宗匠となる。句集に『宗砌句集』、連歌論書に『初心求詠集』『古今連談集』など多数。宗祇の『竹林抄』では先輩七人の有名な連歌師（七賢という）中第一に推している。四 批判。判詞という。五 政治を行うこと、とりはからうこと、裁くこと等。ここではたしなめるとか、命令するの意として用いられている。六 しただけの効果がない、無益だの意で、くずかずらをそんなふうに詠んでみたところで甲斐のないことではないか、ということ。原本「はきへ」を穎原本その他により「さきへ」に改める。

228・229 親不孝の子供を産み置いたものだ。——孔子の弟子に顔路といった人があって、子である顔回は親不孝にも若死してしまったじゃないか。

前句の「不孝の子」の「子」文字を付句で繰り返して「子（孔子）の弟子」といった。前句は一般的なことをいっているのに対し、付句では不孝の子を親より早く死んだ顔回のこととし、その父顔路を持ち出した。孔子が親より早死するのは不孝の最たるものだと説いていたことから、孔子が「賢なる哉回也」と常にほめ信頼していた顔回を暗に不孝者にした面白さ。

227

おなじ御聖

さきへはへ跡へ戻るなくずかづら

といふ発句をあそばして宗砌《そうぜい》[三]に判[四]のことばを所望《しよまう》有りつるに、くずかづらの御成敗《せいばい》[五]詮《せん》[六]なくやと有りけるとぞ

228

不《ふ》孝《かう》の子をぞ設けおきたる

229

子《し》の弟子に顔路《がんろ》といへる人有りて

230・231 さても霊験あらたかに思われる清らかな玉水よ。——川波にのって睾丸の片われ玉が流れて来たとさ。

前句の玉にふぐり、水に川波が対応。「玉水」は清らかな水。謡曲『養老』に「げにや玉水の水上すめるみ代ぞとて」とある。前句の「きどく」は奇特、これを不思議の意ととりなし、「玉水」を睾丸が流れている水の意にとりなして、睾丸が一対であれば普通なのだが片割れの一つが流れて来たのだから不思議だとした句作り。

232・233 睾丸ほど世間におもねらない公平なものはない。——誰が量っても同じ量目だからね。

前句の理由説明として、竿秤の分銅《ふんどう》ははかる物が異なっても分銅自身の目方は変らないから、とした。分銅を「ふぐり」ともいうことから睾丸と掛詞にした面白味。「かくる」は睾丸をつるすの意と秤にかける意とが掛けてある。「はかり目」は竿秤の目盛りの意と、はかった量の意とがある。ここは後者の意。「世をへつらう」という言い方は「Youo feçurŏ」と『日葡辞書』にもあり、当時通用していたようである。

234・235 睾丸のあたりはよく洗いましょう。——昔から玉も磨かなければ光はないというからね。

ふぐりに玉が対応。前句は睾丸の玉であったものを、

230 さてもきどくと見ゆる玉水

231 川波にふぐりのわれの流れ来て

232 ふぐり程世をへつらはぬ物はなし

233 たがかくるにもおなじはかり目

234 ふぐりのあたりよくぞ洗はん

当時流行の『実語教』にいう諺を踏まえていわゆる玉（ぎょく）のことに転じ、あたかも睾丸をみがいて光沢を出すようにとりなした空とぼけの面白味。この諺は「玉琢《みが》かざれば器を成さず」として『礼記』学記篇に出ている。立派な素質を持っていても勉強しなければ立派な人にはなれないというその本来の意を離れて、文字通りの意で用いた。

236・237　睾丸を握り締めてギーと悲鳴をあげさせてやった。——実はそれは、松の木の梢《こずえ》にはねつるべがひっかかって出た音なのだ。ふぐりを松ふぐり（松笠）と見立てて付句に松の木を出し、「ぎめかす」に「はねつるべ」を対した。前句の卑猥をまともな句に転じた面白味。「ぎめかす」はギイと音を立てさせる、ギイと鳴る意。「はねつるべ」（＊43）は柱の上に横木を渡し、一方の端に釣瓶《つるべ》を、他の端に石をつけて石の重みを利用して釣瓶で水を汲むもの。

238・239　山にも千年、海にも千年。——とは、千歳の齢を経た峰の松は枝を延ばし、その松ふぐりまでも海水に映っている。まさに山にも海にも千年経たものということになるじゃないか。山に峰の松、海に潮が対応。前句を「海千山千」の諺とみて、それに対し「千歳の松」という成語をもって謎解きをした面白味。

235　昔より玉磨かざれば光なし

236　ふぐりをしめてぎめかせにけり

237　松の木の木《こ》末《ずゑ》にかくるはねつるべ

238　山に千年海に千年

239　ふぐりまでうしほに映る峯《みね》の松

240 手《た》綱《づな》もかかぬ高砂の浦

241 塩風にふらめきわたる松ふぐり

242 宇治橋にしばしたたずむ大ふぐり

243 芭《ば》蕉《せう》の葉にてまきの島人

240・241 褌《ふんどし》もしない高砂の浦では。――道理で潮風に松ふぐりがふらふらゆれているよ。

手綱にふぐり、高砂に松、浦に潮風が対応。前句を、高砂の浦の漁夫たちは褌もしないなどと言い立て、その証拠にとして松ふぐりがぶらぶらゆれていることをもってする。「手綱」はふんどし。『守武千句』に「手綱をバかゝず袴ハほころびて」とある。「高砂の浦」は兵庫県高砂市付近の海岸。歌枕で松の名所。「ふらめく」はぶらさがっているものが揺れ動く意。「松ふぐり」はまつかさ。松の果実。人間の睾丸に似ていることからの呼称。

242・243 宇治橋にしばらく大ふぐりの男がたたずんでいる。――それは芭蕉の葉でふぐりをまいた近在の槙島の人だった。

宇治に槙島、大ふぐりに芭蕉の葉が対応。単に言葉の縁で付けた句。はれ上がった睾丸を芭蕉の葉で包む療法があった。一句の中での句作りとして、葉で「巻く」と地名の「槙島」とを掛ける。「槙島」は京都府宇治市。宇治川と巨椋《おぐら》池(現在はない)との間にあった洲。前句をひねることなしに真正面から受けた句ぶり。

244・245 どれほどへのこは悲しいことであろうか。――舟いくさで舟の艫《とも》にいたその親が討たれてしまったので。

前句は意味不明の難句の仕立て。「へのこ」のような猥雑な言葉を露骨に出してしまうのは前句としてはやや稀である。付句では「へのこ」を舟の舳先《へさき》にいる子に見立て、舳に艫、子に親、悲しに打たるで応じ、艫にいる親も舟戦で討たれてしまったので、として難句を解いた。「へのこ」は睾丸または陰茎をいう。「ともにはや」には「もろともに」の意があるように思われるが、そうすると親子ともに討たれることになって句意をなさない。

246・247 それを松ふぐりと人はいうだろう。——住吉は松で名高いので、その浦に漂い寄った蛸《たこ》の姿を見ても。

松に住吉、ふぐりに蛸が対応。「住吉」は大阪府の古郡名。歌枕。そこの松は「住之江の松」等といわれ、歌に多く詠まれて有名。蛸の頭と松笠の形の類似から、それを見誤るという趣向。原本「見《いふ》るらん」。

248・249 こんどは古くからある魔羅比べ《ヒヒ》・放屁合戦等ではなく、ふぐり比べをしているんだな。夕暮に。——それは実は、樹木の茂った山の中で松の実と橡《とち》の実があったので、よく似たもの同士とて、折柄夕暮の小暗い時とて、てっきりふぐり比べと間違ったということとか。

ふぐり比べに松と橡とで応じて、卑俗さを転じた。前句を勝絵と見て、それを現実にとって、夕暮の小暗い所に共にふぐりに似ている松の実と橡の実があったので、それをふぐり比べとみ間違ったとした。橡の実は栗に似て赤褐色である。原本「夕《ヒヒ》暮《しけ山》」とある。前句の「夕まぐれ」に対し、「夕暮」と付句で再出するのは

244 いかにへのこの悲しかるらん

245 ともにはや親は打たるる舟いくさ

246 松ふぐりとや人はいふらん

247 住《すみ》吉《よし》の浦に寄りたるたこを見て

248 此のたびはふぐりくらべの夕まぐれ

249 松ととちとのしげ山のかげ

250 ばくちうちこそ罪深げなれ

251 七つぶのさいの河原に輪《りん》廻《ゑ》して

252 わらはべの呼ばはる声におどろきて

253 はぬるやさいのかはらげの駒

句法上拙劣。傍注訂正の「しげ山」（茂山）がよい。

250・251 ばくちうちは罪の深いものである。――七つぶの賽の目ではないが、賽の河原に生れかわり死にかわりして果てしなくそこに留る如く、それから離れられないで。「ばくちうち」（＊40）は博打を打つことを職業にする人。それに七つぶの賽が対応。「罪深げ」は『宇都宮家式条所見』に「一、博奕輩事　右、御式目之所推、其罪太不軽」云々とあるが、それを仏教の罪業と見立て、それに輪廻で応じた。七つぶの賽（二六二参照）から賽の河原を言い下した。「賽の河原」は冥土の三途の河原。小児が石を積んで仏のために塔を作ろうとすると鬼が来て崩してしまう。地蔵菩薩に助けられるまで小児はそれを繰り返している。「輪廻」は「りんね」ともいう。衆生が迷いの世界に生れかわり死にかわりして果てしなくめぐりさまようこと。

252・253 子供たちの叫ぶ声にびっくりして。――賽の河原で川原毛の駒が跳ねているよ。童べに賽の河原、驚くにはぬるが対応。賽の河原から川原毛の駒を言い下す。「川原毛」は馬の毛色。朽葉色を帯びた白毛で、たてがみと尾が黒く背に黒い筋がある。前句から付句を言い下し、二句一章の狂歌の感がある。

254 茨木までだったら百文でつく。

「茨木」は大阪府茨木市。「百」は次の詞書により、駄馬による運送賃とわかる。

[一] 詞書「かたはらなる家に」を受けて「と書いてあるのは」の意。[二] 大阪府吹田市。茨木の西方約十キロ。[三] 荷物や人間を駄馬に乗せて運ぶ運賃。[四] 連歌の前句に。

255 それは駄賃ではなく、茨木下《しも》の郡《こおり》の小金持ちが戦のための陣構えの柵を作った費用のことだ。

狂言『庖丁聟』に「茨を逆茂木《さかもぎ》にしたような」とあり、前句を茨の逆茂木（とげのある枝等を組み合せ敵の侵入を防ぐために作った柵）までだったら百文でできるので築いたと見立て、茨木（地名）に下の郡、百に小分限者を対応させ、大金持ちでないために百文で陣構えをした、つまり粗末なものだと揶揄《やゆ》した。小分限者はちょっとした金持ち。

256・257 拭うための紙を手に持ったままで、ただ泣いているばかりである。——それは、いたいけな小児がいよいよ僧になろうとして剃髪《ていはつ》した剃刀《かみそり》の痛さのためなんだが。

前句は性行為をしている女性の様子とさもおぼめかしておいて、付句では、髪を剃りおろした痛さに、その汚れた剃刀を拭わず、ただ泣くばかりでと、あらぬさまにとりなした面白味。俗を雅に転ずる常套の趣向。「ちご」はここでは童児、寺院や公家・武家などに召し使われた少年をもいう。「得度」は在家から仏門に入り僧となること。他に迷いの世界から悟りの彼岸に渡る意もある。

かたはらなる家に

254 茨木《いばらき》までは百にてぞ着《つ》く

と[一]申すは吹田《すいた》[二]よりの駄賃[三]のことにて有りけるを連歌[四]にききなして

255 陣立《ぢんだて》をしものこほりの小分限者《こぶげんじゃ》

256 のごふべき紙を手に持ち泣くばかり

257 ちごの得度《とくど》にあへるかみそり

256・258 （三五六注参照）——親から譲られた太刀がさびているので。
一つの前句に幾つも付句をするのを前句付けという。これもその一つであろう。形見として親から譲られた大切な太刀がさびているとは親に対して申し訳けなく、磨くべき紙を手に持ちながら泣くばかり。

259・260 受け太刀の負けいくさになるのが悲しいことだ。——受け太刀といっても戦《いくさ》のことではなく、貧乏して、太刀を始め先祖代々伝わったものを質に入れはじめたが、受け出すべき期限がきても、その銭のない悲しさ。質ぐさの太刀も流れてしまう。
太刀に重代の物、「受く」を、質に入れたものを受け出す意の「受く」として質が対応。前句を戦争の場面とみて、一転貧乏武士の経済生活の場で句作りした面白さ。

261・262 尊い比叡山延暦寺の山法師だからこそ、後家に入りびたるということになるのだぜ。——山法師のことだから、その逸《いち》もつの大薙刀を、これまた大きな相手の野太刀の鞘にさし込むといった具合にね。
山法師（＊44）に長刀、後家に野太刀、山に野が対応。「後家入り」は普通は未亡人の家に聟として入り込むことであるが、ここでは未亡人の家に入りびたる意。「野太刀」は室町時代の武士が肩に背負う、また

又人の付けける

258 親の譲りの太刀《たち》ぞさびたる

259 受け太刀になることぞ悲しき

260 重《ぢう》代《だい》の物をも質におき初《そ》めて

261 山法師こそ後《ご》家《け》入りをすれ

262 長《なぎ》刀《なた》を野《の》太《だ》刀《ち》のさやに差し込みて

は郎従に持たせた長大な刀をいう。長刀といい野太刀の鞘といい、ここでは男女両方の性器の大きなことを暗示している。即ち「坊主の大魔羅後家の広茫茫」である。

263・264 奈良の都も貧乏になってしまったものだ。——奈良辺で有名な刀鍛冶の打った銀の目貫のある太刀までも質に入れる始末で。

奈良に太刀、無力に質におくが対応。「しろがねの目貫」は付句一句の中での句作り。「無力」は力がないことから転じて資力の無いこと。貧乏の意。「目貫」は本来刀のつかと刀身を固定する釘。後に飾り金具となる。それが銀製で立派な太刀である。奈良鍛冶、奈良刀は有名。

265・266 ひらりとかわし、坂を逃げ行く奈良の稚児。——般若寺の文殊四郎が自作の刀を抜いて襲って来たものだから。いや実は、本尊の文殊師利じゃないが、稚児の尻めがけて坊主が大きな抜身で追い廻しているのさ。

坂に般若寺、「ひらりと」と「太刀抜く」、稚児に文殊四郎（文殊師利・尻）が対応。表面きれいごとで、裏は男色の場とした面白さ。「般若寺」は奈良北部、般若坂（奈良坂）にあるので前句の「坂」をこれに見立てた。本尊文殊師利。師利から四郎と言い下し、稚児に対し男色の尻を暗示した。「太刀抜きて」は人間の抜身を匂わせている。「文殊四郎」は有名な刀鍛冶。

263 奈良の都も無力《ぶりよく》しにけり

264 しろがねの目貫《めぬき》の太刀も質におき

265 ひらりと坂を逃ぐる奈良稚児《ちご》

266 般若寺《はんにやじ》の文殊《もんじゆ》四郎が太刀抜きて

267・268　島がくれ行く人を切りましたよ。――ほのぼのと明るくなった朝、赤尻鞘の太刀を抜いて。

前句は所謂詮なき句。「人をこそ切れ」が主意で、それに「島がくれ行く」を冠して謎句に仕立てた。付句では「島がくれ行く」で、人麿の歌「ほのぼのと明石の浦の朝霧に島隠れゆく舟をしぞ思ふ」(『古今集』)を思いつくのが当時の常識。その常識に即して「明石の浦」から赤尻鞘の太刀を導き出したのが作者の手柄である。「尻鞘」(＊45)は雨露等を防ぐため、太刀の鞘を包む毛皮の袋。

269・270　今はひたすら念仏三昧《ざんまい》の中間だよ。――けれども昔の習慣が忘れられず、鉦鼓までも太刀を持つようにひっさげたりなんかして。

念仏に鉦鼓、中間に太刀が対応。「中間」は侍の下、小者の上。主人の太刀をかついだり提げたりしている絵が多い。「鉦鼓」は手に持って叩くかね。『三十二番職人歌合』に「鉦鼓こそ南無阿弥陀仏の声だすけなれ」とあって丸い鉦を手に持つ絵(＊46)がある。前句は平出本に「二仏の中間」とあるが、禰(ね)と耳(に)の草体或いは音通による混同であろう。「二仏」とすればそれは釈迦が入滅し、弥勒はまだ出世しない中間の時期を指すことになる。

271・272　忠見の姿はまったく中間風である。――というのは、忠見の歌ではないが、恋しているという自分の評判は早くも立ちわたってしまったのだから、従って太刀持ちか、中間というところだ。

267　島がくれ行く人をこそ切れ

268　ほのぼのとあかしりざやの太刀《たち》抜きて

269　今は念《ね》仏《ぶつ》の中《ちう》間《げん》ぞかし

270　鉦鼓《しやうご》をも太《た》刀《ち》持つやうにひつさげて

271　忠《ただ》見《み》がなりはさらに中《ちう》間《げん》

272 恋すてふわが名はまだき太刀《たち》持ちて

273 あつきたなしと太刀をこそ抜け

274 もののふの東司《とうす》のしりに逃げ入りて

275 宝をば身に余るまで持ちにけり

276 金《こがね》造《づく》りの太刀の空《そら》ざや

前句、「忠見」「ただみ」と諸本により分れているが、一応原本に「忠見」とあるによった。仮名書の場合は、「ただ身が」ととれる。句格としてはむしろこの方がすぐれ、前句ぶりとしての働きがある。これに従えば「その身なりはまったく」となる。壬生忠見の「恋すてふ我が名はまだき立ちにけり人知れずこそ思ひそめしか」（百人一首）を踏まえ、「まだき立ち」から「太刀持ちて」と言い下した。忠見は有名な平安時代の歌人。

273・274 あっ、卑怯だぞ、きたないぞと相手に太刀を抜くことだ。――武士がこともあろうに便所の下に逃げ込んで。

便所に逃げこんだ敵を、そんな所に逃げるなどきたないぞと太刀を抜いてせめるのである。「きたなし」に「東司」、太刀に武士を対応させた単なる詞付けの句。「東司」はもと厠《かわや》を守る神、転じて禅宗で東側の便所をいい、一般に便所を指すようになった。前句の卑怯の意の「きたなし」の意味を転じた面白味だけの句。

275・276 財宝をば身に持て余すほど持ったことだ。――身に余るとは金で作った長い太刀のそら鞘のことなのだよ。本当のところ中身はさほどでもない。そら言なんだよ。

宝に金、「身に余る」に「太刀の空ざや」を対す。前句の身を太刀の身にとりなし、身に余る程の長い空鞘とした。「空」「造り」に、嘘（そらごと）やにせものの意を響かせている。「空ざや」は刀を長く見せるため刀身より長く作った鞘。

277・278　これこそ末世での尊いお大師と申すべきでしょうか。――弘法様の初穴以来、末世の今に到るまでその道が絶えぬが、とすればその道の御開山様の大師こそ尊く有難いことだ。
前句「大師」といえば弘法大師で、それから弘法作といわれるいろは歌、その中の文句の「うゐのおくやま」を連想し、その語呂から「うゐのおくあな」とつづけた。「末世」は釈迦入滅後仏法が衰え修行もすたれた末の世。「大師」は貞観八年（八六六）最澄に伝教大師、空海に弘法大師を諡号《しごう》されたのが始めだが、一般に大師といえば弘法大師を指す。弘法が弟子真雅を犯したのがわが国での男色の始め、弘法大師を男色の元祖とする俗説によって仕立てた付句。

279・280　塚の中から死人のよみがえる声が聞えてくる。――それは太刀をつかったために物の怪《け》が逃げ去ったからだ。
塚を太刀の柄《つか》に見立て、柄の語呂から「使ふ」とした句作り。物の怪がついて死んだその骸《むくろ》を塚の中に埋める。それに対して太刀を抜き使ったところが、その霊験によって骸についていた物の怪が逃げ去り、その人のよみがえる声が塚の中から聞えてきたという。塚・柄・使の三段構成。

281・282　おちぶれた人間を敵に持っているのだ。――油断するな。たといおちぶれて竹で作った刀でも、その先はとがっているぞ。
計会人に竹刀（いわゆる竹光）、かたきに「由断すな」

277　これや末世《まっせ》の大師《だいし》なるらん

278　うゐ穴をあくる人こそ尊《たふと》けれ

279　塚の内よりよみがへる声

280　物の気《け》は太刀をつかふに逃げ去りて

で応じる。「計会人」は貧乏人。狂言『泣尼』に「けいくわい人なれば親を養へば子が餓にのぞむ」とある。「竹刀」は『日葡辞書』に「刀に歯のついたような作りの竹製の馬櫛」とか「薬草を切る竹製の庖丁」とあるが竹光の意は出ていない。本集初出の語か。

283・284 すんでのことに私は腹を切ろうとしましたぜ。――腹切るなんて興ざめなことです。それはきっと、きょうさめづかの刀をさしていたからでしょう。

腹を切るに刀で応じる。「けふさめづか」の「さめ」から「鮫柄《さめづか》」を導き出す。「鮫柄」は刀の柄を糸や革の緒で巻かず鮫皮で包んだもので当時高価なもの。儀礼用に用いたらしく白い鮫皮は海外からの輸入品でもあった。「興さめ」に「さめ柄」を掛詞とする。

285・286 握られたりなんかできるものですか、とても握られたものではない。実に太くてたくましいんです。――そいつは刀の柄を包む鮫皮の鮫という名を持つ馬の逸《いち》もつなんですからね。とても握られなんかしませんよ。

握るに刀の柄、太くたくましいに馬が対応。前句のいかにも人間のそれらしく思わせぶりな句作りを、一転して馬のそれ（大きいことは有名）に変えた面白さ。刀の柄を鮫皮で包むことがあったところから、「さめ馬」を言い下した。「さめ馬」は白毛の馬、また両眼のふちの白い馬、或いは虹彩の白い馬をいう。『日葡辞書』には「目の白い馬」とある。

281 計《けい》会《くわい》人をかたきにぞ持つ

282 由《ゆ》断《だん》すなさきこそとがれ竹《たけ》刀《がたな》

283 已《すで》にわれ腹を切らんとしたりけり

284 けふさめづかの刀をぞさす

285 にぎられん物かは太うたくましや

286 刀のつかにかくるさめ馬

287 後藤どのほりもほりたる目貫《めぬき》かな

288 たとひつくとも人なとがめそ

289 わが持つは翁《おきな》さびたる槍《やり》ぞかし

290 追ひつかん追ひつかんとや思ふらん

286・287 刀のつか皮には鮫馬がかけてあるよ。――いやそれは鮫馬の皮ではなくて、鮫馬形の目貫が打ってあるのだ。後藤殿はよくもこんな精巧なものを彫ったものだ。前句は馬に関しては詮なき句。柄《つか》と鮫から鮫馬の柄皮を柄に「かける」意を示し、付句ではそれを後藤の彫物と目貫で、目貫を「かける」の意に転じた。「かくる」の転義の趣向による句作り。「後藤」は後藤四郎兵衛祐乗、美濃の人、足利義政に仕え、彫金特に目貫の名匠。「目貫」は二六四参照。二六五・二六六・二六七は三句連続の句。

288・289 たといついたとしても、人よ咎めるな。――自分の持っているのは年古りたさびた槍なのだから、どうせ役に立たないのだ。前句の「つく」は多義あるのを、「突く」と見定めて槍を、人に翁さびを対し、謡曲『代王』『大仏供養』等に出てくる「翁さび人なとがめそ」の句（原歌は『伊勢物語』）によって付けた。「さび」に「錆」を掛ける。恋部ではないが、「翁さびたる槍」に年をとってものの用にもたたぬ男のそれを示して面白く付けたと思われる。

290・291 追いつこう追いつこうと思っているのだろう。――笈《おい》を背負っている高野聖の後をせっせと行く槍持ちは、追いつこうとしているのだろうが、笈《お》い突《つ》こう笈い突こうとしているかっこうだ。「追ひ」を「笈」にとって高野聖で、突くに槍で応じる。「笈」は高野聖（『狂吟集』㉖注参照。＊5）等が旅行中身の廻り品等を入れて背負う箱形容器。「槍持ち」は主人外出の時その持槍を持って従う奴《やっこ》。『宗長手記』にこの句宗鑑とあり、宗長は同じ前句に「高野聖のさきの姫ごぜ」と付けて「愚句心付まさり侍らん哉」と記しているが俳諧としては宗鑑の方が面白い。

292・293　小鳥をとるさいとり竿にも似ている長い柄の槍だよ。――獲物の雀が鳴いているその軒端は、高さが二間もあるのだから、それに立てかけてあるさいとり竿と長い柄の槍はちょうど二間ほどの長さでよく似たものだね。

さいとり竿に雀、長槍に二間(二間の槍は長槍に属す)が対応。但し、雀に特別の意味はない。「さいとり竿」は鳥をとるため先端にとりもちを塗った竿。「間」は建物の外面の柱と柱の間だが、後には長さの単位となり、室町時代は約二メートル。

294・295　菎蒻売りよ、足軽とはつれだって行くな。――足軽のことだから、菎蒻売りは持ちものの菎蒻が刺身にされるように、槍の先で身を刺し通されて刺身にされることだ。

足軽に槍、菎蒻に刺身が対応。刺身は身を刺すの意を掛ける。「足軽」（＊15）は徒歩で戦う身軽な兵士で、多くは槍をもって先陣をつとめる。乱暴無頼の徒が多かった。菎蒻の刺身は薄く切って酢みそなどで食す。身を刺し通すのと刺身とは異なるが、構わず句作りしたか。菎蒻の刺身と人の刺し身との取り合せの面白さ。

291　高《かう》野《や》聖《ひじり》の跡の槍《やり》持《も》ち

292　さいとりざをに似たる長槍

293　すずめ鳴く軒端《のきば》は二《に》間《けん》わたりにて

294　足軽《あしがる》にこんにゃくうりな行きつれそ

295　槍の先にて刺し身せらるる

296 仏《ほとけ》も喧《けん》嘩《くわ》するとこそ聞け

297 釈迦はやり弥陀は利剣を抜きつれて

298 人を突きたるとがはのがれじ

299 あはれにも越ゆるかやりの死出の山

296・297 仏さんでも喧嘩なさると聞いた。——釈迦は遣《や》りというのだから槍を持ち、利剣即弥陀号というから弥陀は利剣を持って、互いに抜きあって。仏に釈迦と弥陀、喧嘩に槍と「利剣を抜きつれる」で応じた。「釈迦は遣り弥陀は導く」は、釈迦は衆生を浄土へ送り出し、阿弥陀は極楽へ招くとの意の慣用句で、それを踏まえる。「遣り」を「槍」とし、善導の『般舟讃』「利剣即是弥陀号一声罪皆除」から弥陀の利剣を出して槍に剣と対応した。こうした大げさなフィクションも俳諧の一つである。

298・299 人を突いた罪はのがれられないであろう。——かわいそうにも越えるのであろうか、蚊は人を突いた罰として蚊やりという死出の槍の山を。突くに槍が対応。前句を蚊のことと見立てて蚊遣りを出した。「越ゆるか」の「か」から蚊やりを言い下す。針の山をもじったか。「死出の山」は地獄にある険しい山。獄卒が鉄棒で打ち、死者はここで幾度も生死を繰り返すという。前句を蚊に見立てるについては、蚊は突くといわない点に無理がある。

300・301 心にしみて思うことなんかまったくあるものか。——いくらほれ薬でも、ただれ目にさしたのでは、目にしむだけで心にはしまないものだ。心に「そばへ薬」、しむに目が対応。感動するとかほれる意である「しむ」を薬がしむの意にとりなして薬を出した。「そばへ」は甘える、戯れるの意であるから「そばへ薬」はほれ薬とか催淫剤の意となる。

300 いかばかり心にしまず思ふらむ

301 そばへ薬をさせるただれ目

302 すきの衆東《あづま》の旅におもむきて

303 たづぬやすり茶《ちゃ》壺《つぼ》のいしぶみ

304 越ゆるやなたのさやの中山

305 掘りこぼさんもいさや富士のね

＊三〇二〜三〇五は、一つの前句に幾つかの付句をつける所謂前句付けの形式。

302・303 風流好きの連中が東国の旅に出かけて。――彼等はきっとすり茶壺じゃないが歌枕の壺の碑を尋ねることであろう。

前句の「すき」を茶の湯の数寄に見定めてすり茶を、東に対して壺の碑をとり合せた。「すり茶壺」は壺の碑を呼び出すための語。俳諧の常套の句法。「すり茶」は石臼ですった茶。抹茶。「すり茶壺」はその容器。「壺の碑」は青森県上北郡坪村にあった古碑。或いは宮城県多賀城の碑。後世両者が混同された。狂言『鳴子』に「衣の関や壺の石ぶみ」と引かれ、西行の歌もあり、風雅人の関心事。

302・304 （三〇二注参照）――越えるであろうか、なたの鞘ではないが、あの有名なさやの中山を。

一句に鉈の意なく「さや」に対する枕詞として造語。「すき」を「鋤」と見立てて鉈で応じたのである。また「すき」を歌人達ととって西行法師の「年たけてまたこゆべしと思ひきや命なりけりさやの中山」（謡曲『盛久』にも引かれる）で歌枕として有名な「さやの中山」を出した。

302・305 （三〇二注参照）――掘りつぶそうというのも、さあどうだろうか、富士山ではね。いくらもの好きの連中でも。

数寄の衆を鋤の衆ととり、東国の富士山を掘りつぶすと大げさなことをいった面白味。

306・307　水の底でも碁を打っているのであろうか。——小さな蟹が岩の間に甲を立てているところを見ると、囲碁で、はざまに劫の石を打っているようだ。
前句は、あり得ないことを言って謎解きを迫っている。水にささがに、碁に劫を対し、「こう」を蟹の「甲」と碁の「劫」に掛けた。「劫を立つ」は、石を相手が無視できない所に先に打つ囲碁の手の一つ。「はざま」も囲碁用語で、斜めに一路隔てて飛んである石の中間の点。水の底の蟹の動作を囲碁に見立てて謎解きをした。

308・309　ただひたすら一筋一念に阿弥陀様のご利益《りやく》を頼むのだ。——仏にお供えする茶碗を使って一筋ずつ阿弥陀くじを作っていたら、茶碗の端《はた》（肌）を汚して墨染の袖をつけたようになった。
阿弥陀に墨染の袖が対応。前句、蓮如のお文《ふみ》の同類の文を念頭に置いているか。一筋をくじの一筋とし、くじを引くのに阿弥陀に祈念する気持として、ばくちに仏にお供えする茶碗を使ったという滑稽味を出した。「阿弥陀くじ」（＊47）は、仏の後光のように放射状に線を引きその先に金額を書き、茶碗などでその部分を隠し、各自が引きあてた金額を出しあうくじ。

306　水の底にも碁《ご》をや打つらん

307　ささがにの岩のはざまにこう立てて

308　一《ひと》筋《すぢ》に阿《あ》弥《み》陀《だ》の光たのむ也

309　茶碗のはたの墨《すみ》染《ぞめ》の袖

310 阿《あ》弥《み》陀《だ》は浪《なみ》の底にこそなれ

311 南《な》無《む》と言ふ声のうちより身を投げて

312 往《わう》生《じやう》人《にん》はいづち行《ゆ》きけん

313 来《らい》迎《がう》の阿弥陀は雲を踏みはづし

314 西の風思ひの外《ほか》に吹き出でて

310・311 阿弥陀様は浪の底に沈んでしまわれたということになる。――南無阿弥陀仏の御称名のうち、南無と称えるやいなや身を投げたので、その先の阿弥陀仏という言葉の時は当然浪の底になっていたから。

阿弥陀に南無、浪の底に身を投げるが対応。水中から阿弥陀像が引き上げられた例は難波の堀江とか淀川とかあるが、ここではそれをいうのではなく、謎句と考えられる。表はお名号を二つに分けた面白味であるが、裏では阿弥陀仏を身投げ人の仏さん（死体）に見替えているところが作者の手柄である。原本「浪の底のに」とあり、「の」の横に消すしるしがついている。

312・313 極楽往生を願う人は何処に行ってしまったのだろうか。――臨終に際しお迎えに来られた阿弥陀様は、乗っていた雲を踏みはずされてしまわれたので。

往生人に来迎、「いづち行きけん」に「雲を踏みはづす」が対応。念仏者の臨終の時、阿弥陀三尊が二十五菩薩を従え、白雲に乗って迎えに来られて極楽に連れて行かれるというのが来迎仏。ところがこの来迎の阿弥陀が雲を踏みはずしたので、俗人も往生を踏みはずしたと阿弥陀を俗人なみに扱った虚構の面白さ。

314・315 西風が意外に強く吹き出して。――阿弥陀様のお迎えの舟が難破してしまったので、衆生は生死の苦海に沈み、極楽浄土に往生できない。

西に弥陀、「風が吹く」に「舟ぞ損ずる」が対応。前句では場所が限定されてないのを海上の風と見立て、西の風から西方浄土阿弥陀仏の弘誓《ぐぜい》の舟を出した。弘誓の舟は一切の衆生を救う弥陀の誓願を舟にたとえたものであるが、ここでは吹く風は西風なのにかえって弥陀の舟が難破して衆生が浮かばれぬと、矛盾した虚構の面白さをねらった。

316・317　阿弥陀経をうばいあったであろう。――その家の死者の霊がとむらいの怠りがちな宿に来て、このままでは極楽浄土になかなか往生できないと。

阿弥陀経になまとぶらいを対応。「阿弥陀経」は阿弥陀の西方極楽浄土の姿を称えその浄土に往生することを勧めた経典で、この経の読誦《どくじゅ》により極楽に往生できると信じられていた。前句は人間のことであったのを付句では死者のこととし、宿に来て極楽へ行くべくその経を奪い合ったと死者を擬人化した面白さ。

318・319　苦々しく面白くないながら尊いことであった。――人が皆食べる蕗のとうは苦いのだが、同じとうでも、人々のお参りする塔供養は尊いことであった。

「苦々し」に「蕗のたう」、「尊かり」に「塔供養」が対応。「参る」を「食す」と「参詣」とに、「蕗のたう」を「塔供養」に掛ける。前句は苦々しと尊いという馴染まない二つの語を一句に入れた難句。それを言葉の縁や掛詞で解決した。「塔供養」は寺塔を建立し

315 弥《み》陀《だ》の迎への舟ぞ損ずる

316 阿弥陀経をや奪《ば》ひあひぬらん

317 聖《しやう》霊《りやう》がなまとぶらひの宿《やど》に来て

318 苦《にが》々《にが》しくも尊《たふと》かりけり

319 みな人の参るやふきのたう供《く》養《やう》

た時、供え物をし読経礼拝する法会。

＊三二〇〜三二二は三句連続の句。

320・321　これぞ仏の弟子が修行にこもる伽耶城だ。——この上なくすぐれた三百余騎を引きつれて。

前句の「こもる」を「城にたてこもる」とみなし、仏の語から伝教大師の「あのくたら三みやく三菩《ぼ》提《だい》の仏たちわが立つ杣《そま》に冥加《みやうが》あらせ給へ」（『新古今集』）の歌を出し、「三みやく」の語呂から「三百余騎」を言い下した。それだけの軍勢がたてこもっているとした。仏の弟子を武士に、伽耶城をお城にして仏の世界を修羅場にした面白味。「伽耶城」はインドのベンガル州ガヤ市。仏成道の地である仏陀伽耶に近く、釈迦生誕の地。「阿《あ》耨《のく》多《た》羅《ら》三《さん》藐《みやく》三《さん》菩《ぼ》提《だい》」は無上の正しい完全な悟りの意で、仏の悟りの知慧のことを指し、転じてこの上なくすぐれ正しく平等円満の意に用いる。

321・322　よりすぐった三百余騎の軍勢を引きつれて。——勝利に導く目に見えぬ加護をいただきますように。

「あのくたら」から前掲伝教大師の歌を介して「冥加あらせ給へ」を導いた。すこぶる軽快単純な作法といえる。出陣の前に武運長久を祈る祈禱俳諧か。「冥加あらせ給へ」は神仏に加護を祈る時の常套の語。

一　挙句。「揚句」とも書き、百韻連歌の最終、即ち第百番目の句。「かろがろ」と祝言めいた素直な句がよいとされている。

320　仏の弟子のこもる伽《か》耶《や》城《じやう》

321　あのくたら三百余騎を引きぐして

322　弓矢の冥《みやう》加《が》あらせ給へや

是《これ》はアゲ句也

誹諧連歌抄

発句

正月一日に陣衆《ぢんしゅ》退出のこと有りて
よろこびあへる次《ついで》に盃をとりて

323 陣衆みないぬの日めでたけふの春　　春

四十二にまかりなりけるとし、今
年は慎むべきとしなりと人の申し
侍りければ祈禱《きたう》に

＊ 三二三〜三五九の季は春。

一 陣屋を守る武士たち。二 穎原・真如本に「正月一日戊日にて山崎陣衆みなみな退出の事ありける時」とあり、吉川一郎『山崎宗鑑伝』ではこの日を享禄二年（一五二九）元旦戊戌とし、丹波の柳本賢治が兵を率いて入京しようとして、三好元長の被官塩田・伊丹等と戦い、元日枚方《ひらかた》に敗走した時の句とする。この本が奥書通り大永五年（一五二五）の成立とすると、これは年次的に合わないが、この本の成立年代については多少問題はある。

323 陣中につめた軍兵も皆ひき上げ往《い》んだこの戌の日は折から正月元日でもあり、まことにおめでたいことだ。

「戌の日」と「往《い》ぬの日」とを掛ける。この掛詞がないと句にならないのであるから、当時の人々は正月一日陣衆退出といえばその日が戌の日とわかっていたことになる。合戦沙汰の終ったためでたさを新年のめでたさに掛けていったのであろう。

三 陰陽道《おんようどう》で男子二十五歳と四十二歳、女子十九歳と三十三歳とを厄年とし、特に男四十二、女三十三を大厄として諸事慎まねばならぬ年とした。

324 節分には松だってふぐりを落すではないか、私だってふぐり落しをするのだから、厄を払ったことを春もよく覚えていてくれよ。

「松ふぐり」と「ふぐり落とし」とを掛ける。「ふぐり

324 春もしれ松こそふぐり落としなれ　春

正月六日に四

325 なべて世にたたくはあすのくひなかな　菜を叩く

人日《じんじつ》五庚申《かうしん》六にあたりければ

326 たたけとて寝《ね》ぬ夜《よ》にあたる七日《なぬか》かな　七日に叩く

落とし」は節分の夜四十二歳の男子が厄落しのため氏神等に参拝し、人に見つからぬように褌を落してくることをいう（黒川道祐『日次紀事』）。松ふぐり（松笠）が落ちるのを松のふぐり落しと見立て、新春の縁としてめでたい松を出した。祈禱の発句であるから短冊に書いて神前に供えたか。

四 正月七日に七種粥《ななくさがゆ》を作るため、六日夜から七日の早朝にかけて春の七草を俎上にのせてたたき刻む風習がある。その粥を食するとその年に病にかからぬという。

325 すべて世間でたたいているのは、水鶏《くいな》ではないが、明日七日にくう七草の菜であるよ。

古来水鶏の鳴く声を「たたく」という。「たたく」を水鶏と七草粥に掛けた言葉の洒落。「くひな」は「食ひ菜」と「水鶏」とを掛ける。次句と等類の句。同時に作られたか。

五 正月七日。六『下学集』に「此の夜盗賊事を行ふに利有り。故に諸人眠らずして夜を守る也」とある。前掲書の吉川氏は「正月七日が庚申にあたる年は延徳二年（一四九〇）と天文十六年（一五四七）で、柳亭種彦は延徳二年の発句なるべしと注した」としている。

326 どの家でも六日は翌日食べる七草粥の用意に一晩中起きて七草菜をたたくものだが、丁度今年のその夜が朝まで起きていなければならぬ庚申の夜に当ったのは、夜通し明日の菜をたたけということだろうね。

327
おなじ日[一]わかなといふげす[二]の有りける、祈禱《きたう》[三]とて比丘尼所《びくにどころ》[四]にて

摘《つ》まれては又たたかるるわかなかな　　若菜

328
同じ日祝《いはひ》[五]はてて人々話すとて

今たたく口もくひなの名残《なごり》かな　　七草

329
摘《つ》むをなごその名を問ふもわかなかな　　若菜

一 次句の「同じ日」と共に編者の言葉と思われる。

二 身分素姓の卑しい人。この場合は下女。三 祈禱連歌のこと。神仏に念願をかけて作りそなえる連歌で、ここはその発句。四 尼寺。

327　正月七日の若菜のように、下女の若菜の私はつまれてはまだその上にたたかれます。もうこんなことは以後ございませんように。

「摘む」につねる意の「つむ」を、「若菜」に下女の名を掛ける。句主に若菜自身と他の者の代作とが考えられるが、他本に「若菜といふ下女をしかられければ」とか「かのものの祈禱にとて」の詞書があり、ここも「有りける」で切って、若菜になりかわってのお詫びのしるしの祈禱発句と見る方がよいであろう。

五 七草の祝いが終って雑談になった、その中に。

328　いま皆が寄り合って世間話を盛んにしているが、いってみれば七草をたべた後のお名残のようなものでしょうよ。

しゃべる意の「口たたく」と水鶏の鳴く意の「たたく」を掛ける。「水鶏」に「食ひ菜」を掛ける。

329　若菜を摘んでいる下女の名を問うてみたところ、やはりこれも同じ若菜という名であるよ。

「若菜」に女の名を掛けた洒落。「をなご」には下女・下司女の語感がある。「も」の語が生きている。摘むも摘まれるも共に若菜であるという面白味。三二七とは単なる発想法の類似ということで、必ずしも同一人物とみる必要はない。

六 衣川のあたりとは文治五年（一一八九）藤原泰衡に源義経が襲われた時、弁慶が防戦し立ちながら往生したと伝える所（『義経記』衣川合戦の事）。この詞書は実際にその場に臨んで詠んだことを示すとも、句を面白くするために後に添えたとも考えられる。

330 弁慶だって立往生したところなんだが、いま衣川のあたりは春霞が立ちこめているよ。

「たつ」は、弁慶が立つと霞が立つとを掛ける。衣川の衣と歌語「霞の衣」とが言い掛けてある。

331 神に誓って断言する。天神さんにゆかりの梅よりすぐれてよい花は他にないことだ。

「天神ぞ」は天神地祇に誓いを立てる時の言葉。この語を梅に結びつけたのが作者の手柄。「ぞ」が切字で発句となる。梅は天神の花。菅原道真が太宰府で「こち吹かば匂ひおこせよ梅の花主なしとて春を忘るな」（『拾遺集』）と詠んだところ都の邸の梅が配所安楽寺まで飛んで来たという伝説による。

332 梅づけにされた梅の実は、全く味から言えば鶯のす（酢）で、形から言えば鶯の卵ですね。

「梅づけ」は梅の実を塩で漬けたもの（『日葡辞書』）。「うぐひす」の「す」に「酢」を掛け、また巣をも掛ける。梅と鶯は縁語。「かひご」は『日葡辞書』に「Cai-go 鶏又は小鳥の卵」とある。「鶯の卵《かひご》の中の時鳥独り生れて汝《な》が父に似ては鳴かず……」（『万葉集』）にみられるように、時鳥が鶯など他鳥の巣に卵を産みつける習性によって作った、言葉遊びの句。

330

衣川《ころもがは》近きわたりにて 六

弁《べん》慶《けい》もたつやかすみの衣川　霞

331

天《てん》神《じん》ぞ梅にましたる花はなし　梅の花

332

梅づけはただうぐひすのかひごかな　鶯

333 梅づけはうぐひすのみのさかなかな

鶯

333 梅づけは鶯呑みをする時の酒のさかなにうってつけですね。

「鶯呑み」は各自杯十個に酒を入れ五個ずつ二組にして梅花の五弁にかたどって並べ早く飲み終った者を勝とする。「のみ」は「呑み」と〝だけ〟という意を掛けたか。「さかな」は酒を呑む時に添えて食べる物。梅に鶯は寄合。それによった趣向。

334 梅桜にやうたかまのふた木かな

梅・桜

334 高間の桜は昔から有名ですが、梅を添えると釜の桜と蓋の梅という風に、ちょうど似合いのふた木の花になりますね。

「高間」は大和葛城山の別称で桜の名所。「似合ふた釜」と「高間」の語呂合せと「にやう」(似合うの意)に梅桜が咲き匂う意を掛ける。「梅桜」といった成語を、ものにはそれぞれ似合った相手があるという意の諺「似合ふた釜の蓋」によって処理した句作り。

335 鳴けうぐひす物がたりの春の宿

鶯

335 春の宿の鳴り物入りなしでのす物語ではさびしい。鶯よ、鳴いてお座興をそえて下さい。鳴り物の代りとしよう。

「うぐひす」の「す」と「す物語」の「す」とを掛ける。「す物語」は鳴り物入りでない物語、素語り、素浄瑠璃等の類。

一余寒《よかん》のこころを

336 にがにがしいつまで嵐ふきのたう

ふきのたう

一 早春まだ冬の寒さが残っている季節。

336 春になって出る蕗のとうではないが、にがにがしいことだ。もう春というのに、いつまで嵐が吹き荒れるのか。

「蕗のたう」は蕗の若い花茎で香と苦さがあり食用に

する。「にがにがし」は不愉快と味の苦いのを掛け、「吹き」に「蕗」を掛ける。

337　春になって雪仏さまは解けて消えてしまった。消えてしまった今こそ、身をもって無常迅速を示した本当の仏様だ。消えるまでは雪で作った形だけの仏なのだ。

「雪仏」は雪で作った仏像。近世以降では雪達磨といわれる。雪仏は仏としてより、解ける点で多く題材にとられる。従って、雪仏は冬季だが、雪仏消える即ち雪解で春季となる。

338　我れと自ら消えてみせ、罪障消滅の理を示そうとしているのだろうか、あの雪仏は。

「罪」は仏教でいう罪業のこと。謡曲『恋の松原』に「罪業は雪と消え胸の蓮も開くる花の台《うてな》に至る有難さよ」とある。

339　いくら名前の通りだからといって、まるでさかりのついた犬のようにいきりたつなよ。そういう格好で上品な都大路に咲きほこってくれてはみっともないではないか、犬桜よ。

「はやりけり」は勇みたつ、荒だつの意だが、ここでは犬との関係でさかりがついた格好を指す。「犬桜」は『俳諧御傘《ごさん》』に「是は桜に似たる木にて花も咲かず又咲けども小さき花にていやしき木なり」とある。勿論犬桜そのものとは何の関係もなく詞だけでの句作りである。

337　消えにけり今ぞまことの雪《ゆき》仏《ぼとけ》　　雪解

338　おのれ消えて罪をや示す雪仏　　雪解

339　はやりけり都に咲くな犬桜　　犬桜

340　くくり袴でさあ見に行こう、犬桜を。
「くくり」はしばる意味で、ここではくくり袴の略。裾口に紐を通し脛のなかばあたりでくくる袴。本来は身分の低い者のはくものであるが、ここでは単に犬との縁で「くくる」の語を出すために用いられている。

341　まるでさかりのついた犬の、あれが大きく膨《ふく》れ立つように、そんなに咲き盛るなよ。犬といえば、煩悩は家の犬といわれ、そうでなくても去り難いのに、その犬という名を持った犬桜よ。
「おやす」は『昨日は今日の物語』に「馬めがかの物をおやしをりけるを」とある如く勃起させること。「煩悩は家の犬」とは『宝物集』に「煩悩は家の犬、打つとも去らず」とあり、煩悩の去り難いことの譬えにいう語。ここでは色欲の煩悩である。「家の犬」と「犬桜」とを掛ける。

342　犬桜よ、お前には犬という名がついているのだから、自分の花の枝を折る憎らしい人の腕にかみついてやれ。
犬桜の「犬」から腕にかみつけといった面白味。『狂吟集』では「手にくらひつけ」、『犬筑波』末吉本その他では「すねにかみつけ」とあって合理的な言い方に変ってきている。

343　去りゆく春の名残を惜しんで吠えよ。犬という名を持った犬桜であるならば。
「惜しめ」というべきを、犬桜なので、吠えよといっ

340
くくりにていざ見に行《ゆ》かん犬桜

犬桜

341
おやすなよ煩《ぼん》悩《なう》は家の犬桜

犬桜

342
折る人の腕にかみつけ犬桜

犬桜

343
ゆく春の名《な》残《ごり》をほえよ犬桜

犬桜

花見しける所の池に蛙子《かへるご》の浮かぶを見て

344 花は根にかへるご浮かぶ池辺かな　花

345 花の頃起こるな松のふぐりかぜ　花

一 畳字《でふじ》連歌《れんが》発句

た面白味。

344 花は根に返るというのだから、池辺に盛りと咲いている桜の花は散って池に浮んでいるはずなのに、どうしたことか、多分「根にかえる」という言葉によるためだろうか、桜の花びらよりも「かえる」が浮んでいることだ。

「花は根に返る」とは、咲いた花はその木の根元に散り落ちてこやしになるように、物皆その元に帰ることを譬えた成句。謡曲『三山』に「雪と散れ桜子、雲となれ桜子花は根にかへれ」とある。根に「かへるの子」と「蛙」の掛詞。「かへるご」はここではオタマジャクシではなく蛙のことを指す。

345 松吹く風は風流なものだが、花盛りの頃は、風は風でも松笠の松ふぐりではないが疝気風など吹きおこってくれるなよ。せっかくの花が散ってしまうから。

「ふぐりかぜ」は『黒本本節用集』に「疝気　フグリカゼ下風」とあり、睾丸の病気。松ふぐり（松笠）の言葉の縁で、松の風をふぐり風と重ねた句作り。花に風という縁にすがって花の風流とふぐりの卑俗を組み合せた面白味。

一 音読二字の熟語（畳字）を句毎によみ込んだ連歌。畳字は歌語・連歌語ではないので、畳字を含む作品はむしろ俳諧とみられた。三四六の場合は「御免」がそれに当る。

346 花の頃御免《ごめん》あれかし松の風　　花

一 二月十五日《きさらぎもちの》夜風激しかりければ

347 春風に釈迦《しやか》むりむりの軒《のき》ばかな　　春風

おなじ比《ころ》人の追善二の砌《みぎり》にまかりたりけるに仏の飾りいつくしくして三

阿弥陀四はなにがしの僧都の御筆、花は京《みやこ》より池坊五弟子随分六なりなど申すを聞きて

346 松風は風流なものだが、花盛りの頃はせっかくの花も散ってしまうので、ご遠慮願いたいものだ。「御免あれかし」という日常の会話語を使った面白味。「御免」はこの場合、ゆるす等の意。「かし」は念を押す終助詞。

一 二月十五日は釈迦入滅を追悼して法会《ほうえ》を行う日。涅槃会《ねはんえ》の日。それで句に釈迦の語を持ってきた。

347 涅槃会の日、折からの春の嵐のために法会をしている家の軒端が釈迦むりむり（めりめり）と剝《は》がれることよ。「釈迦むりむり」は「釈迦牟尼」と風で軒端がめりめりと剝がされる擬声音とを掛ける。『名語記』に「やぶるる音のむりむり」とある。この句自体では涅槃の意は現れず、詞書にもたれた句である。

二 死者の冥福を祈って行う仏事。その仏事の時にお詣りしたところ、の意。三 いかめしくして。四 掛軸の阿弥陀仏の画像はなにがしの僧都の御筆になるものだが、その前に立てた供花は。五 華道池坊流。室町中期京都頂法寺六角堂の僧池房専慶が立花の法を作って開いた。六 阿弥陀像の軸の絵といい、それへの供花といい、甚だ立派だとほめたのを聞いて。

348 花見ればげによいしんの浄土かな　花

349 帰るなよ山はとりどりもちつつじ　もちつつじ

350 花よりも団子とたれか岩つつじ　岩つつじ

351 春の名残たれかしるこのもちつつじ　もちつつじ

348 仏前には見事なしんの仏花が立ててあるが、それこそ本当のゆいしんの浄土そのものでありますよ。「しん」は立花の生け花の中心になる大枝。「よいしん」と「唯心」とのやや無理な語呂合わせ。「唯心」は一切諸法は心の現れで、西方浄土も心の中にあるとする考え。仏教用語。原本「追膳《ヒ》善」とある。

349 鳥々よ、山にはもちつつじも花盛りでとりもちもあるから、決して山へ帰ってはならぬ。「もちつつじ」は花柄や萼《がく》に粘りがあり、物に粘り付くことからこの名がある。「とりどり」に鳥々、鳥捕り、いろいろの意を含め、とりもち、もちつつじとつづく。

350 花より団子と誰が言うたのか、この岩つつじを見ては、やはり団子よりも花の方がよろしい。「花より団子」（花を見るだけの風流より、下卑てはいるが団子をたべる方がよい）の諺を踏まえた句。「たれかいふ（は）」に岩つつじの「いは」を掛けた洒落。「岩つつじ」はもちつつじと同じ。

351 春の名残を誰が知っているだろうか、誰も知らない。このもちつつじだけが知っている。「誰か知るこのもちつつじ」と言い下す中に「しるこのもち」の語を入れる。初句二句を雅言で述べて一転もちつつじを出した。「しるこのもち」は汁の実である餅の意。「もちつつじ」は三四九参照。

一連歌はてて言ひ捨てに

352 麦はなしただむし暮らす春日かな　春日

二八《や》幡《はた》にて

353 藤はげにとりつき弓の八幡かな　藤

354 藤こぶは花見る人の茶の子かな　藤

一　連歌の会が終った後で、付句を予想せず言い捨てた句。

352　連歌のあとで出るべき麦（麺類）も無く、むすといってもただむしむししただけの愛想のない春の一日であった。

「麦」は麺類のこと。むし麦はうどんなどをいう。むしてたべるので麦と「むし」が縁語。麦のむとむしのむ、なしのしとむしのしの同音繰り返しの遊び。

＝　京都南西部の地。そこに石清水八幡宮《いわしみずはちまん》があり、その神社を指す場合もある。

353　藤はふつう弓にとりつけ巻くものだが、ここは八幡《や》だから八幡皮《わたがわ》で巻いてある。してみれば藤と八幡皮とはまったく同じものといえますね。

「重藤《しげどう》の弓」といって、弓の幹を藤つるで巻いて仕立てあげた。それを「とりつく」と言い立てた。「とりつき」と「槻弓」とを掛ける。「八幡」は八幡黒皮のこと。黒く染めた柔らかな革。八幡山北麓大谷村の神人が製したことからいう。下五は弓矢八幡の語を匂わせる。

354　昆布は普段の時のお茶の子だが、同じこぶはこぶでも藤こぶは藤の花見の人がお茶を飲む時のお菓子ですかね。

「藤こぶ」は藤の蔓のこぶのようにふくれた部分で「昆布」に掛ける。「茶の子」は茶を飲む時に添える茶菓。『尺素往来』に「茶子者……海苔結昆布蕷……等」とあり昆布は茶の子によく使われる。「は……かな」の

355 わが空とあがりまちなるひばりかな　　ひばり

356 運は天にありとやあがるゆふひばり　　ひばり

ある山寺に守護[三]方の衆花見侍りけるが、女どもひき[四]ぐして花の枝の大いなるを折りとりなどしてあまりに狼藉《らうぜき》[五]なりければ、下僧[六]をいだ

形式は「や……かな」と同じく譬喩・見立ての表現に多く使われる。

355 わが空といわんばかりに飛び上がっている、おごり高ぶったひばりだ。

「あがりまち」は、おごり高ぶること。「揚げひばり」の語による句作りか。「ひばり」と「あがる」が語として結合しなければこの句作りは成立しない。平出本その他に「野はつくづくし袴きにけり」との脇句があり、「あがりまち」の「まち」を袴の「まち」として袴を対応させている。

356 運は天にありといわんばかりに、夕空にひばりが舞い上がるよ。

「ゆふひばり」は夕方空に囀《さえず》るひばりで、「揚げひばり」等と同じく呼名の一つ。「夕」に「言ふ」を掛ける。「運は天にあり」は中世頃よりの慣用句。『七十一番職人歌合』四七番に「運は天にあり、命は義によりてかろし」とある。『論語』顔淵篇の「富貴は天にあり」から出た言葉か。

三 守護の家来衆。守護は中世、治安維持等のため諸国におかれた職で、室町時代には強大な勢力を持ち守護大名といわれた。四 ひきつれて。五 乱暴をすること。六 役僧中最下級の僧。

してかくうたはせ侍りけれども答《いら》へもせず

357 よもおへじあたら桜のうち切られ　　桜

358 雑《ざふ》木《ぼく》の上なる花や普《ふ》賢《げん》堂《だう》　　花

359 都べにこきまずる柳桜かな　　柳桜

一 発句の形で声に上げさせる。

357 かわいそうに桜の枝が切られたが、よもや二度と生えないでしょう。そんなことをしていたら、あなたのものも、いざという時大きくならないでしょうよ。

「おへじ」は、生えない意と男根の大きくならない意とを掛けて相手を揶揄《やゆ》した。そこで相手は句意が判らなかったか、照れたのか返事もしなかったのである。「桜切る馬鹿、梅切らぬ馬鹿」という諺のある通り、桜は切ると精力が弱り再び生えてこない。普通桜は折るというのを敢えて切るといったのは、その愚かさを示す意を寓したのであろう。

358 象の上に乗っている普賢菩薩が最も尊い菩薩様であるように、もろもろの花の中でも最上であるのは普賢象桜なんですよ。

「雑木」に「象」を掛ける。「普賢堂」は普賢菩薩を祭った堂であるが、「ぞう」を「どう」と訛っていうところから普賢象桜を掛けた。『鹿苑日録』に「普賢堂桜」とある。「花」に「鼻」を掛け象の縁語とする。『運歩色葉集』に「象自鼻脇牙出也此花亦自花葉間芽出」とある。普賢菩薩は釈迦如来の右の脇士で、仏の理・定・行の徳を司り、白象に乗る。

359 都のあたりは今や柳の緑、桜の紅が美しくまざりあっていることだ。とはいいますが、こきまずるとはさすがにおならで臭いことですな。

「都べ」の「辺」に「屁」を掛ける。「こきまずる」の

「こき」は接頭語で、これに屁を「こく」を掛ける。謡曲『右近』の「見渡せば柳桜をこきまぜて錦をかざる花車」を踏まえる。『古今集』には下句「都ぞ春の錦なりける」とある。

360　庭にけしの花が盛りに咲いているのは、まるで火をつけたようだ。

「庭に火をつけたる」というべきを、「けし」をよみこむため「火やつけしたる」とした。「火を付ける」と「けし（芥子）」との語呂合わせとはいえ無理な言い方である。芥子の花は赤いのが普通なので火を付けたとした。狂言『茫々頭』に「何か内裏上﨟と見えまして芥子の花を飾つたやうに大ぜい参りまする」とあるのも芥子の花の赤さとの関連であろう。

361　人々は時鳥の一声を待ちこがれているのに、まるで鳴くのを惜しんでいるようだ。鳴くからこそ時鳥であって鳴かなければただのおし（啞）鳥だよ。

「鳴かば」を「鳴けば」の意に通じて用いた。「をし」に一声を「惜しむ」と「啞」とを掛ける。時鳥に上品ぶるなと揶揄した。実際はよく鳴くのだが、それを賞《め》でるあまり、歌や連歌の世界では時鳥は鳴く音《ね》を惜しむもの、その一声を待ちわびるのが風雅とされた。

362　鳴く音を惜しみ一向に鳴こうとしない時鳥よ、泣き顔の子供を産んでおけ。そしたら親鳥は鳴かずともその子供からはよく鳴くようになるだろう。

時鳥が鳴く音を惜しむのを皮肉った。「いやめ」は悲しそうな目つき。

夏

360　庭にひやつけしたる花の盛りかな　日焼け

361　鳴かばこそただをし鳥よほととぎす　ほととぎす

362　いやめなる子どもうみおけほととぎす　ほととぎす

春の程はしばしば鳴きて、夏に入りてほととぎす鳴かず侍りける年

363 ほととぎすならしにかれて声もなし　　ほととぎす

四月《うづき》初卯日《うのひ》、住吉[一]にかしばで[二]の神事とて、社務[三]はふり[四]など手に柏《かし》の葉を一枝づつ持ちて無言にて神輿《みこし》の御ともを申すことの侍りけるを、拝み奉りて

364 ほととぎす鳴けかしはでの神事かな　　ほととぎす

363 時鳥は春の頃の練習に喉がかれて、本番の夏になるともう声も出ないことだ。

今年はどうしたことか春先から鳴いて肝心の夏になって鳴かないという詞書（前句の役割りをしている）に対する言い立て。「ならし」は予行演習。『日葡辞書』に「演劇（能）舞などの試演」とある。時鳥の声を芸事に見立ててとりなした。作意の淡い句風ではある。

一 大阪市住吉区にある神社。航海の神と共に和歌の神として有名。二 四月上卯日に在庁の官人が参向して奉幣する神事。児手柏《このてかしわ》の御供とも称し、神人が手に柏の葉を持ち従う。三 社務職。神社の事務を執る神職の長。四 祝。神主の下で直接神事の執行に当る職。

364 せめて時鳥よ、一声鳴いて聞かせてくれ。折から行われているかしわでの神事では我々は無言なのだ。

前書がないと意味が通じない。所謂前書にもたれかかった句。「鳴けかし」の「かし」と「かしはで」の「かし」が掛詞。「かしはで」と神事が縁語。種彦本その他にはこの脇句として「日も卯の花のしろひはうりこ」の句がある。句法上からすると、「ほととぎす鳴け」と「神事かな」と二個所に切字があり、違法ともいえるが、「鳴け」で切らず「鳴けかしはでの」と読めば違法ではない。

365 ねを出しなさい。かたねに痛む卯月の時鳥よ。

（早く鳴きなさい。四月じゃないか。もう季節が来たのだから、時鳥よ）

「ね」は声と腫物の内部の固い芯の部分の意の根とを掛ける。腫物を病むことを腫物が出る、または出すといった。「かたね」は「よう」の一種。根太《ねぶと》ともいい、背、太股、臀部等にでき赤くはれ固くなり化膿して痛みが激しい。この句の場合、卯月の枕詞のように用いられて下の時鳥にかかる。「うづき」は「疼く」と「卯月」とを掛け、ねをいだせ、かたねうづきと「ね」を繰り返した技巧。

366　鞍の上につっと立ち上がって威勢よく名のりをあげよ、ほととぎすよ。

「鞍笠」は鞍で人の腰をおろす処。謡曲『八島』に「鐙ふんばり鞍笠につつ立ち上がり……名のり給ひし御骨がら」とあり、時鳥の一声を、戦場にて名のりをあげる勇ましい姿に言いふくめたのが俳諧。一句での言葉の縁にすがらぬ句法は当時としてはやや珍しい。

367　源平藤橘といわれるが、戦場で時鳥が名のるとすれば、よく橘と共に歌などに詠まれるから、さしずめ橘氏で、その名もとどろきわたることだろう。

合戦の場では名のりをあげるというしきたりを踏まえている。時鳥と名のりは「足引のやま時鳥里なれてたそがれ時に名のりすらしも」(『拾遺集』)の如く、慣用的に用いられている。「氏やたちばな」に名が立つ意を含める。時鳥と橘も連歌の付合(『連珠合璧集』)。「今朝来鳴きいまだ旅なる時鳥花橘に宿はからなむ」(『古今集』)等例が多い。

人の腫物《はれもの》いだしける祈禱《きたう》に

365　ねをいだせかたねうづきのほととぎす　　ほととぎす

366　鞍笠《くらかさ》につつ立ち上がれほととぎす　　ほととぎす

367　名乗りせば氏《うぢ》やたちばなほととぎす　　ほととぎす

368 栄ふるは大みやう竹《だけ》の子どもかな　　竹の子

369 竹の子の太きも親の恵みかな　　竹の子

370 卯《う》の花の蔭《かげ》に舞ひまへかたつぶり　　かたつぶり

心地《ここち》わづらひける比《ころ》、一薪《たきぎ》といふわ

368 栄えるのは、さすが名の通りだいみょう竹の子どもだけのことはあるよ。

ダイミョウチクは寒山竹の異名。観賞用に庭先きでよく栽培される。そのチクを特にダケと読み「のみ」の意を含ませ、「竹の子ども」に「竹の子」を掛ける。

369 竹の子の太いのも、親のめぐみ（慈悲）だよ。

末吉本に「たのしき（裕福な）人の子まふけたるに」の詞書がある。「竹の子」に裕福な人の子を譬えた。「太き」は太く肥えた意。「恵み」を「芽ぐみ」の掛詞とし、竹の子、太き、親、芽ぐみが縁語。子供の誕生とその一家の祝いを兼ねた句。

370 折から卯の花が咲いている。見物人もなくて、よし舞いがいがなくとも、その卯の花の蔭で舞を舞えよ。かたつぶりよ。

「かたつぶり」は「まいまいつぶり」ともいい、そこで卯の花→花の蔭→蔭の舞→まいまいつぶりと続けた面白さ。「卯の花の蔭」は「卯の花のかげなかりせば時鳥そらにやけふの初音なかまし　後鳥羽院」（『続古今集』）等、和歌の慣用句。「蔭の舞」は見る人のいない所で舞を舞うことで骨折りがいの無いことの譬え。かたつぶりと舞は「舞へ舞へ蝸牛、舞はぬものならば、馬の子や牛の子にくゑ（蹴え）させてん」（『梁塵秘抄』）などの作例がある。

一 京都府綴喜郡田辺町。一休により再興された酬《しゅう》恩庵《おんあん》があり、ここで大永三年（一五二三）の暮に宗長や宗鑑が俳諧に興じたことが『宗長手記』に見える。
二 病の中でも。 三 薪の人から申し送ってきたので。

371 五月雨が私の病を流し去ってくれるかと、柳かげで待っていることだ。
謡曲『遊行柳』の西行「道の辺に清水流るる柳かげしばしとてこそ立ちどまりつれ」（『新古今集』）を引いて「流るる」を「流す」にかえた句作り。流す、さみだれと縁語つづきとした。当句自体には病気のことはなく、前句によりすがった、いわば不完全の句作りといえる。

四 病気平癒のための祈禱連歌。 五 そのまますぐに。

372 堤も水脈《みお》も切れて夏川は一切を流し、あなたも病と縁が切れることでしょう。
発句を病気平癒祈禱俳諧に見立て、その心で脇句を付けた。「脈が切れる」という成語を踏まえて病と縁を切るとした。五月雨に夏川、柳につつみが対応。『連珠合璧集』に「堤とアラバ池柳人目つく」とある。

373 十五夜の月に柄をさしたら、ちょうどおあつらえむきのうちわであろうよ。
末吉本に「十五夜の月にあつかりければ」と詞書があり、暑いので何がなと思ったが、ちょうど満月の丸い月に柄をさしたらとつづく。「夏の夜の光涼しく澄む月を我が物がほにうちはとぞ見る」（『夫木抄』）の例がある。近世では宗鑑の代表的な発句とされ、この句を発句とする歌仙まである。

たりより、心地はいかにぞや、[二]か
かるうちにも発句《ほつく》などは出《い》でこず
やと[三]申し送りたりければ

371 流すかと待つや五月雨《さみだれ》柳かげ　　五月雨

と申しつかはしたりければ、[四]祈禱
[五]にやがてこの発句にてとて

372 堤《つつみ》も脈もきるる夏川　　夏川

とありしとぞ

373 月に柄《え》をさしたらばよきうちはかな　　うちは

一 六月は一年中で最も暑さの厳しい時で、一日に氷《ひ》室《むろ》開きがある。氷室は真冬にとった氷を夏まで貯えておく室で、その番人を氷室守という。

374 氷室守は普通の年なら暑い時分とて結構な身分であるが、こう寒くては今年は凍え死んでしまうだろうよ。

詞書がないと今年の意味が出ず、詞書の実事に頼った句。

375 瓢簞（ふくべ）にさしてある夕顔の花は、やがて自分の実が切り取られて瓢簞にされるのに対する、われとわが手向けの花であるよ。

「夕顔や秋はいろいろのふくべ哉　芭蕉」とある如く、夕顔の実は切られてふくべになる。そこで自分で自分に手向けしているという面白味を出す。夕顔と瓢簞の異同については諸説があるが、この句の場合は同一のものと考えてのことと思われる。「ふくべ」は京都北野神社末社の「福部神」との掛詞という説もある。

376 夏の夕方に降るはずの夕立が朝のうちに降りだしたのは、夕立の名に因んだ夕太刀が早や急ぎして朝から鞘走ったかっこうで、いわば朝立といった具合なものであろうか。

「鞘ばしる」は刀が鞘からひとりでにぬけること。転じて先走るの意にも用いる。夕立・太刀・鞘が縁語。

377 青柳の糸で巻きたてた飾り太刀といったものか、糸の長く枝垂《しだ》れる青柳の夏木立は。

「糸巻」は糸を巻きつける芯。末吉本に「さかひの柳

374
一六月一日《みなづきついたち》以外《もつてのほか》寒かりければ
氷《ひ》室《むろ》もりこごえ死ぬべき今年かな　　氷室もり

375
夕顔の花はふくべの手向《たむけ》かな　　夕顔・花

376
夕だちの鞘《さや》ばしりたる朝《あした》かな　　夕立

377 青柳《あをやぎ》の糸巻なれや夏こだち　夏木立

378 八幡《やはた》にて千句はてて

撫子《なでしこ》もかしらかたかれ岩の坊　撫子

秋

379 七夕《たなばた》に

七夕によもさはあらむすばり星《ぼし》　七夕

の町にて太刀を人に出しけるに」と詞書がある。「さかひ」は泉州堺。詞書とかかわりあって面白味のわかる句。「夏木立」に「太刀」を、末吉本詞書の「柳の町」に「青柳」を掛ける。青柳の枝垂れを糸に見立てるのは和歌の通例。糸巻の太刀は柄鞘全体を組糸で巻きつめた飾り太刀で、進物や奉納に用いられる。

二 京都府八幡にある石清水《いわしみず》八幡宮。 三 千句連歌。百韻連歌十巻。一種の行事で、何人かの作者が集まり三日間を要した。末吉本に「八幡の岩の坊にて」とある。石清水八幡には坊が多く連歌の盛んな土地柄。

378 このなでしこも、この岩の坊の名のように堅固でしっかり育ってほしいよ。

撫子に愛しい子を言い掛けるのは一つの型。ここでは「か」音を繰り返した。撫子と岩との関係は「ゆきしまや岩ほ撫子水こえて宿る月さへうつろひにけり」（『夫木抄』）等用例が多く、この関係を前提とした句作りで子供の生い先を祝った句。

379 七夕に出る星はよもや男色好みのすばり星なんかではないでしょうね。織女星と牽牛星様にきまっているのですから。

「七夕に」は潁原本その他いずれも「七夕は」。「さはあらむ」は「さはあらむや」の意。「すばり星」は正しくは「すばる星」で、牡牛座にある星団。「すばる」は本来総べ括るの意であったのが、ちぢむ・しまるの意に解され、更に尻のしまる意として男色関係の語となる。

筑紫《つくし》にひろ一といふ所に、金《こがね》多く持たる人有りけり。その金みな失《う》せたる事いできにける秋、金虫《こがねむし》二といふもの草木につきて物を損じけるに

380 これやこのひろにて失《う》せし金虫　（金虫）

381 野べは花世かいもらんの砌《みぎり》かな　らん

一 未詳。二 卵形で光沢のある金緑色の昆虫。作物を食べる害虫。季は夏であるが、詞書により秋の句とする。

380 この金虫めこそ、あのひろでなくなった黄金の化生《けしよう》そのものであるよ。

蟬丸《せみまる》の「これやこの行くも帰るも別れては知るも知らぬも逢坂の関」（『後撰集』）から頭句をとった。「ひろ」に「拾う」を感じとって「失せる」に対し、「金虫」に「金」を掛ける。金が化けて虫となったとした面白さ。「ひろ」に言葉の上での縁なく、前書によりすがった句法で、一句にさしたる働きがない。

381 野辺は藤袴をはじめ秋草の花咲く花野、世の中もそれにつれてらんの時節であるよ。

穎原・平出両本に「世上みだりがはしける年」等の詞書がある。この詞書がなければやや意味のとりにくい句である。花の縁で「蘭」を出し、それを「乱」として「戦乱」に掛ける。「蘭」は秋の七草の一つ、普通は藤袴という。「世かい」は世間の意。

八幡《やはた》にて

382 鳴けや鹿鳴かずは皮をはぎの坊　　鹿

383 笠をきば雨にもいでよ秋の月　　秋・月

山城の薪《たきぎ》[三]といふは松茸《まつたけ》の道地《みちぢ》[四]なり。かの所より人来たりけるに、今年は松茸はいかにぞやと尋ねければ、[五]一円におひずと申す程に、ふとく

382 鹿よ、鳴いてこの萩の坊に秋の夜の趣を知らせてくれ。鳴かなければ八幡の萩の坊で、お前の皮を剝《は》いで菖蒲皮《しょうぶがわ》にしてしまうぞ。

「萩の坊」は八幡石清水八幡宮内の坊の一つ。皮を剝ぐの「はぎ」と「萩」とを掛ける。八幡では鹿の皮を藍で染め、草花の紋を置いた菖蒲皮といわれる皮を特産した。菖蒲を「尚武」ととって縁起をかつぎ、武器に多く用いた。この句は八幡で皮を扱っていることを知っていてはじめて意味のわかる句である。

383 今見ると月が笠を着てなさる。秋のお月さん、それなら笠を着ればよいのですから、雨の夜にだって出て下さいよ。秋の月は人々が皆賞美したく思っているのだから。

末吉本に「雨気なる夜に月のかさめしければ」と詞書がある。月の暈《かさ》から笠を言い立てた。

三 二一〇頁注一参照。四 産地の意か。五 一向に不作だと。

384　松茸の産地である薪へ、こちらから逆に松茸の太くたくましい、つぼんだのを、匂いでもかぎなさいと差し上げることだ。その格好は男が筒先を下に向けて、つぼみの逆松茸の形で小便している姿そのままだよ。

この句もまた詞書がないとはっきりとは意味のとれない句。「はじく」は、匂いが高い意と小便がはじき出る意とを掛けている。松茸のつぼみの格好に男のしるしを暗示して面白がらせている。

一　八月十五夜の月に次いで美しいといわれる。「後《のち》の月」ともいう。この場合十三夜から十五夜を連想し、十五夜の月を釈迦に譬えて前書にもたれかかった句作り。

385　後《のち》の月といわれる九月十三夜の月の今宵の光は、まさに釈迦のあとに光を放ったという阿難の光というべきであるよ。

「阿難」は阿難陀の略称。釈迦の入滅までの二十五年間常に教えを受け、弟子の中で最もよく記憶していたといわれる。『源氏物語』紅梅の巻に「ほとけのかくれ給ひけむ御なごりには阿難が光はなちけんを」とあり、釈迦の後には阿難が光ったという考えがあったところから、八月十五夜の月を釈迦、後の月の光を阿難の光に譬え、詞書に隠されたものを明らかにした趣向。

二　月の美しく出た夜。三　未詳。『看聞御記』『言継卿記』に栗打をして遊んだ由が見え、中世の遊びの一つか。

384

大きにつぼみたるを一本つかはすとて

さかさまにはじく松茸《まつたけ》のつぼみかな　　松茸

385

[一]九月《ながつき》十三夜

月こよひ阿《あ》難《なん》が放つ光かな　　月

386

[二]月おもしろかりける夜栗打《くりうち》[三]などいふわざして遊びけるに

山の端《は》に月はいで栗むく夜かな　　栗

386　頃は秋、折から月は山の端に出るし、こちらはいで栗をむく今宵である。まことに時といい所といい興あることだよ。
「月はいで」の「出で」に栗を茹《ゆ》でる意の「いで」を掛ける。当時は茹でるを「いでる」といった。「茹イズル」(『運歩色葉集』)。

387　もともとぬるでの紅葉ははなやかで赤いが、なおかつ、その上に名前にふさわしく一刷毛《はけ》赤うるしをぬりかけて、また一層美しい色合いだよ。
「一しほ」は染物を一度染汁にひたすことで、ここでは一刷毛ぬったという意と、また一段という意を兼ねて用いている。「ぬるで」は「白膠木《ぬるで》」と「塗る」を掛ける。うるしやぬるでの木は秋美しく紅葉する。「うるし」はうるしの木やぬるでの樹液から採った塗料をいう。普通は黒いが根来《ねごろ》朱のように赤いのもある。

388　その葉が柿の渋色に染まっているのは、ほかならぬ柿の紅葉だからだよ。
「渋」は渋柿の実からしぼり取った渋味のある薄茶色の液体。防腐や補強のために紙やうちわなどに塗る。柿の縁でその紅葉を渋色と言い立てた句。

389　草も木も秋には青葉からあかく色づいた色葉に変っていくが、思えばまさにいろは歌の示すように無常なことよ。
紅葉を「色葉」として「いろは歌」に掛け、その歌の内容が無常観を示している点から無常の代名詞として用いた。

387
一しほはうるしぬるでの紅葉《もみぢ》かな　　紅葉

388
渋《しぶ》色《いろ》に染むるは柿の紅葉《もみぢ》かな　　紅葉

389
草も木も秋はかはるのいろはかな　　色葉

390
下《げ》戸《こ》上《じやう》戸《ご》まじる座敷や村《むら》紅葉《もみぢ》　　村紅葉

390　お酒の飲めない人、飲める人で、顔のそう赤くない人やすっかり赤い人がいりまじっているお座敷は、まるで濃くうすくむら紅葉してまじりあっているようだ。
「座敷」とは客間で、これは正式の酒宴の場である。詞書が無いのでよくわからぬが、酒宴の座興として出した句とも考えられる。

391
姫松の下《した》葉《ば》や露のそめふぐり　　露

391　姫松の下葉を、まあ、松ふぐりがその露でしっぽりぬらすことだろうよ。
「姫松」は若い女性を、その「下葉」というにはまた隠喩がある。「ふぐり」は男性を暗示している。祝言の夜、新郎新婦が床入りのため退出後、なお祝い酒を汲み交わす人達が座興に詠んだと思われる。「露のそめふぐり」という造語を手柄とした句で、男女の契りそのことを指している。
一　手能ともいい、素人の能を指す時と、正式な座の組織を持たない猿楽者の一群を指す時とがある。ここは前者。

一手《て》猿楽《さるがく》稽古する家の庭に菊の花咲きたるを

392
所千代ませに菊咲く秋の庭　　菊

392　いつまでも長生きして下さい。折から秋の庭には、長寿にあやかるめでたい菊の花が咲いていますよ。
「所千代」は謡曲『翁』に「所千代までおはしませ」の句があり、その「ませ」に「ませ垣」(低く目のあらい竹や木の垣)を掛ける。『翁』の句のもじり。属《しよく》目《もく》の景をもとにした祝儀の句であろう。

393 二長崎御聖《おんひじり》を尼かたへ請《しやう》じまゐらせて、三御湯ひかせ御ちやまうけなどして月御らんさせけり。四連台《れんだい》に手五のごひ掛けなどして六うそ暗きを、七いぶせくおぼして

尼ごぜよ脚布《きやふ》おしのけよ月入れむ　月

冬

394 帰るなよわが貧乏の神な月　神無月

二 越前長崎（福井県丸岡町）の称念寺の僧。袋中本に「此みちにすき給へるおはしけり」とあり、三五にも「長崎の聖とてこの道に妙なるおはしましけり」とあって、当時俳諧作者として有名であったらしい。

三「湯ひかせ」は入浴させること。月見に正式に茶席を設け歓待したことを示す。四 簾台《れんだい》のこと。御簾《みす》をかける時に用いる衝立《ついたて》のようなもの。または貴人の訪問等の時、床飾り用として用いられる衝立。五 平出本には「ゆかたびら手のごひなどを掛け」とある。入浴時に用いた薄い麻の衣や手拭を掛けてあったのである。六 うすぐらい。七 うっとうしい。気づまり。

393 尼ごぜよ、うっとうしい邪魔な腰巻を押しのけなさいよ。月の光をもっと入れましょうよ。いや、もっとよいものをつき入れましょうよ。

「脚布」は女性が腰に巻く布。尼のいる所であったので手拭を腰巻と言い立てて、「月を入れる」に「突き入れる」を掛けた句作り。まことに猥雑ながら室町的な哄笑味あふれる句である。原本「脚布をのけよ」を平出本により「脚布おしのけよ」に改める。

394 もう二度とわが家へ帰ってくれるな。神無月というので折角出雲の国に出かけたわが家の貧乏神よ。

「神」に「神無月」（陰暦十月）を掛ける。十月には諸国の神々が出雲に集まるとの俗信による句作り。

395
西城《せいじやう》へ行《ゆ》かんとすればかみな月

神無月

395 便所へ行こうとしたが、折から神無月のことと て、ないのは神だけかと思っていたら紙も無い。困ったことだ。

「西城」は西浄で、便所。『三好筑前守義長朝臣亭ヱ御成之記』に「御西浄新造御小便所、御湯殿、何も同前(略)御西浄之内ニ棚あり。其に置紙、ナラカミナリ。石ヲ杉原につゝみて紙鎮ニ置也」とある。将軍足利義輝を迎えるにあたっての記事であり、武家上層階級では便所に紙が用いられていたことがわかる。

396
連歌はてて
御座敷を見れば大略《たいりやく》神な月

神無月

396 連歌が終ってお座敷を見まわしたところ折から十月のかんな月とて、一座の連中おおよそ皆髪の無い入道頭の人達ばかりであった。

「神無月」を「髪無し」に掛けた洒落。「座敷」は現在の意味と少し異なり、正式の客座敷をいう。そこで連歌なども興行される。僧体・僧侶という実事による句作りの面白さで、大方という意味を「大略」といったのは連中の言葉としてふさわしい。『寒川入道筆記』に「……誹諧の発句御所望折節御前に有合候人々皆入道なり御俗体ハ大夫殿計比は十月なればそのまゝ」と詞書し元理の句とある。

一 当時普通には女主人を指すが、ここは妻。ニ 参るに同意で、でかける意。三 連歌俳諧の懐紙一面の意だが、ここでは俳諧興行の意に用いてある。

397
神な月のころ女[一]あるじの留守なる
所へまかり[二]て[三]一折ありしに
出雲《いづも》への留守もれ宿の福の神

神の留守

397 神無月とてお宿のおかみさんは出雲へお出かけになっている。ご主人は奥さんとちがって福の神だから、どうかお留守中の宿をお守り下さい。

福の神、貧乏神は家にいつくものとされている。そこから家の神、宿の神等の語ができる。男主人を福の神と言い立てた、主人への挨拶の発句。発句は原則として、そのこと・その場に臨んでの作。

398　霜のおりる寒い風のために松は振い落すよ、その松ふぐり（松笠）を。そのようにふぐりの病も吹き飛ばし治してしまいました。

「霜風」に「下風」（睾丸の病。疝気《せんき》）を掛ける。松ふぐりを睾丸に掛けるのは常套の言葉遊び。下風の場合、「ふるひ」が落ちるは治る意。表裏二つの意味を持つ。

399　みえみえじゃないかえ。帷雪のうっすらと降り積んだ松笠は。薄帷着た男の睾丸そっくりだ。

「かたびら雪」は薄く大ひらの、例えば牡丹《ぼたん》雪。「帷《かた》子《びら》」（薄い一重の衣）の衣の意を掛ける。松ふぐりから睾丸を連想、それが薄い帷子を通して見え透いていると面白がった。

四　室町時代の有名な連歌師。文亀二年（一五〇二）七月三十日箱根湯本で没。五　宗祇十三回忌は永正十二年（一五一五）になる。

400　宗祇は地獄へ決して落ちることなくめでたく成仏されていることは、その連歌が示して（いって）いるこの夕である。

「落ちぬ」を地獄と木の葉の両方に掛け、「木の葉」に「言の葉」を、「夕」に「いふ」を掛けて、宗祇の連歌を称え、冥福を祈る意を示す。「夕かな」は供養の行われた時刻を示す。

398　霜《しも》風《かぜ》にふるひおとすや松ふぐり　　霜風

399　見え透《す》くやかたびら雪の松ふぐり　　かたびら雪

[四]宗祇《そうぎ》[五]十三回追善に

400　地獄へは落ちぬ木《こ》の葉の夕《ゆふべ》かな　　木の葉

一坂本より誹諧発句とて所望に

401
猿の尻木枯し知らぬ紅葉《もみぢ》かな　木枯

もし二少人《せうにん》などの御座敷ならば猿の顔

402
すくふなよ地獄の衆生《しゆじやう》雪仏　雪仏

403
しら山の神の本地《ほんぢ》や雪仏　雪仏

一　滋賀県大津市の地名。旧坂本村で比叡山の麓。「坂本より」とはそこの日吉《ひえ》神社の者からだろう。日吉神社は猿が使いで、当句ではその猿を以て坂本を示す。

401　紅葉は木枯には吹き散ってしまうものだが、猿の尻は冬も木枯も知らず、いつも赤い紅葉だよ。

二　男色の相手の稚児若衆。尻は男色を連想するので、もし少人の一座している俳諧の席なら、尻という言葉を避けて猿の顔、つまり冬でも木枯知らずの赤っ面とすればよろしい、の意。

402　雪仏よ、地獄へ行ってそこの衆生を救おうとなさるなよ。地獄には火焔地獄があるから、あなた御自身がとかされてしまいます。救うはずの仏に「救うな」という面白味。「雪仏」は後の雪達磨。

403　白山の神の本地は、その白く雪のつもっているところからみて、実は雪仏なんですよ。「しら山」は石川・岐阜の県境にある山で、著名な白《はく》山《さん》神社がある。「本地」とは、神は世人を救うための仮の姿で、もとは仏菩薩であるとする本地垂迹《すいじゃく》説から、もとの仏菩薩をいう。

404　枯木に花を咲かせるのは仏の力なんだが、これは雪が枯木につもって花を咲かせたのだから、さしあたりその仏は雪仏さんでしょうね。

「大慈大悲の誓願は枯れたる草木にも花咲き実なるとこそ聞け」(『曾我物語』)等の話を踏まえ、でたらめを承知の上でいっているところが俳諧。

405　雪仏さまよ、たとえ寒くとも火にあたりなさるな。とけてなくなってしまいますよ。

仏が寒くて火にあたるとか、さらに、仏に火にあたるなと命じたりしているところが俳諧。

406　神仏は天降《あまくだ》ってこの世に姿をお示しになるというが、まことにその通りで、この雪仏さまは現にまのあたりにありありと天より御影向《ようごう》なさったではありませんか。

雪のことを無理を承知の上で雪仏といった。「まのあたり」の語は霊験談などによく出てくる用語で、当時特定の語感があり、それがこの場によく利いている。

404
枯木にも花咲かせけり雪仏　　雪仏

405
寒くとも火になあたりそ雪仏　　雪仏

406
まのあたり天《てん》より降るや雪仏　　雪仏

407 降らぬこそ衆生のための雪仏　　雪仏

407 いかにも一切衆生を済度するつもりで雪仏様は得意になっていらっしゃるが、雪なんて我々にとっては降ってもらわない方が功徳なんですぜ、雪仏様。
仏様は有難いものなのに、それを逆にひやかした面白味。この場合も雪そのものをあえて雪仏といった。

408 かく降るにいづくへとてか雪仏　　雪仏

408 こんなに雪が激しく降っているのに、いったいどこへでかけて行こうとなさるのか、雪仏は。
「いづくへとてか行《い》く」と「雪」とを掛ける。言葉遊びが句の眼目。降る雪と雪仏との関係や仏を擬人化した面白味。

409 待つほどや思へば弥《み》勒《ろく》雪仏　　雪仏

409 随分雪を待ちかねておりましたところ、やっと初雪が降り、雪仏様が影向《ようごう》なさったわけですが、弥勒様のご出生も、考えてみれば随分長らくお待ちすることなので、今やっと雪が降り、雪仏がご示現なさったのは、まごうかたなくあの待ちに待った弥勒様なんでしょうよ。
「弥勒」は釈迦入滅後五十六億七千万年後にこの世に現れ衆生を済度するという菩薩。雪を待つのを雪仏を待つと言い立て、同じように待たれるものという点で雪仏を弥勒と同一視する、こじつけ論理の面白さ。

410 はや降るやそのあかつきの雪仏　　雪仏

410 この暁に降ってきた雪仏は、三会の暁の説法をしに、示現の時を待たず早くも現れた弥勒仏だよ。
「その暁」に「三会の暁」を掛ける。「三会」は、仏の成道後、衆生済度のために行う三回の大説法会をいう。

弥勒がこの世に現れて行うのを「龍華三会」という。

411　猪のこ餅とはその言葉通り飯《いい》（米）の白い粉を使ったのをいうはずなのに、後の猪のこ餅には赤い小豆《あずき》餅をつかうのは、どうもおかしいですね。

陰暦十月中の猪（亥《い》）の日に新穀でついた餅を食べて祝う。始めの猪の日には白餅、次には小豆で染めた赤餅を用いたのでこういった。万病を払うのと、猪の多産にあやかって子孫繁栄を願った。平安初期から行われ中世以後特に盛んとなる。「猪の子」に「飯《いい》の粉」を掛ける。

412　猪の子の日にお祝いのかきもち（搔餅）もようつかない家は、いの子でなくてへのこだよ。

「かいもち」はかきもちの音便。ぼた餅、そばがき、おはぎ等の説があるが、ここでは「つく」（搗く）の語と共に用いられているので餅に類したものであろう。「へのこ」は睾丸、転じて陰茎をもいう。この場合は「猪の子」と類似音の繰り返しを面白がって用いてけなした。また別に「屁の子」とも解し得る。やや強弁と思われるが、それ故の面白さをねらったとも考えられる。造語の興味である。

413　山寺の新ぼちの小僧さんは、その名の通りがんぜなくて、かい餅や猪の子餅を欲しがってお経どころではないことだ。

「しんぼち」は新たに寺入りした稚い僧。「かいもち」は四一二参照。「猪の子」は「猪の子餅」（四一二参照）の略。「ぼち」「もち」の語呂合わせ。

411　猪《ゐ》の子とは白きをや後《のち》あづき餅　　猪の子

412　かいもちもえつかぬ宿はへのこかな　　猪の子

413　山寺のしんぼちかいもち猪の子かな　　猪の子

414　茶屋の屋根漏《も》るやくわんすの霰《あられ》かな　　霰

414　茶室の屋根から漏ってくる霰が鑵子《かんす》に当れば、それこそ鑵子の霰、茶室にかけてある霰鑵子ですよ。
この頃「茶屋」というのは茶店ではなくお茶を売る店か茶室で、この場合は後者。「霰くわんす」は茶釜の一つで、釜の胴の地紋につぶつぶを浮き出させたもの。茶道で珍重された。「漏るや」の「や」は、所謂「は」に通う「や」で、漏るのは、の意。

師《し》[一]走《はす》わたりに吹田《すいた》[二]の堤《つつみ》をまかりけるに

415　風寒しぢよく酒なりとも吹田かな　　風寒し

一 十二月の頃。二 大阪市の北部に接する地。現在吹田市。そこを流れる神崎川の堤と思われる。「まかる」は単に通るの意。十二月であり、川堤とて寒いのである。

415　おお風が寒い。うまい酒ならいうことないけれど、せめてにごり酒なりとも、吹田という場所がら吸いたいものだ。
「ぢよく酒」はもろみをしぼってない濁った酒。『易林本節用集』に「濁酒ヂョクシュ悪酒」とある。「吹田」を「吸う」に掛ける。酒や汁などを飲むことを「吸う」という。

416　すず口を振るやほがみのさ夜《よ》神楽《かぐら》　　さ夜神楽

416　鈴口を振っているのは神様に捧げる夜神楽、いえとんでもない、これは女陰のあたりで亀頭を振って楽しんでいる夜神楽なんですよ。
「すず口」は男根の亀頭の部分、鈴の意を掛ける。「ほがみ」は下腹部。「神」に言い掛ける。「さよ神楽」は多く収穫祭から年末にかけて夜行われる神楽。神楽は近世雑俳などでは情交の意に用いられているが、この頃既にそういう意があったと考えられる。「さ」は接頭語。「夜神楽」の語がこの句でよく利いている。

三 不詳。四 後柏原天皇乙酉、一五二五年。

此一冊者依自斎[三]尊老

懇望所禿筆染也

[四]大永五年七月日　　宗鑑（花押）

解説

井口壽

一、誹諧連歌への道

誹諧連歌、正しくは俳諧連歌と書くべきですが、最初の勅撰和歌集である『古今和歌集』に誹諧歌と書かれているためでしょうか、室町時代には殆んど誹の字が使われています。

俳諧については この叢書の『芭蕉文集』に、連歌についても同じく『連歌集』に解説がありますので、ここではどのような過程を経て『竹馬狂吟集』や『新撰犬筑波集』が現われるに至ったか、またその両集の特質等について述べることにします。

和歌が上の句と下の句と合して一つのまとまった内容を作るのに対し、誹諧連歌は前句と付句とが互いに対立関係にあってその中で機知的な面白さを出しています。従ってそれは古代の習俗としてあった歌の掛け合いや、それに関連して生じる言葉遊びにその源が考えられますので、そのあたりから誹諧連歌への道をたどってみようと思います。

古代の掛け合い

『古事記』に大和の高佐士野《たかさじの》で七人の媛女《おとめ》が遊んでいるのを見て、大久米命《おおくめのみこと》が神武天皇に「あの中の誰を妻になさろうと思われますか」とお尋ねしましたら、天皇は「先頭にいる伊須気余理比売《いすけよりひめ》がよかろう」と言われました。そこで大久米命が天皇の仰せをその媛《ひめ》に伝えましたところ、両者の間に次のような片歌（五・七・七）での問答があったことが記されています。即ち媛が大久米命の「黥《さ》ける利《と》目《め》」を見て、

あめつつちどりましととなど黥ける利目

と歌いましたので、大久米命はすかさず、

をとめに直《ただ》に遇《あ》はむと我が黥ける利目

と言い返しました。そこで媛は天皇の仰せを受け入れたというのです。

「黥ける利目」については、目のまわりに入れ墨をした鋭い目だとか、大きく見開いた鋭い目だとかの説がありますが、媛は大久米命の目を見て四種類の鳥の名をあげて、あなたの目はどうしてこれらの鳥のように鋭いのですかと問いかけたのです。これは謎掛けともみられます。本居宣長は『古事記伝』で、「あめ」はアマドリ、「つつ」は鶺鴒《せきれい》、「ちどり」は千鳥、「ましとと」は、「ま」は接頭語でシトド即ち頬白のことかと古辞書等の例をあげて述べています。この媛の言い掛けに対し大久米命は即座に「この目で直接にあなたを探し出そうとしてこんなに大きな鋭い目をしているのですよ」と言い返したのです。

古代では求婚に際してなぞめいたことを言い掛け、それを如何にうまく解くかによって女性は諾否をきめる風習があったようです。そして、それは多く「歌垣」の場などで行なわれたと言われています。歌垣は東国では「嬥歌《かがい》」とも言いました。一定の日に付近の男女が集まって飲食し、歌舞し、一夜を共にする行事で、その年の豊作を予祝する意味あいをも持っていました。筑波山での歌垣が『常

陸国風土記』や『万葉集』にも出ていて有名です。上述の掛け合いもおそらくもとは歌垣の場での掛け合いであったのが、神武天皇と結びつけられて『古事記』にとり入れられたのでしょう。このように掛け合いには自然に咄嗟《とっさ》の機知が生じてきます。

連歌中興の祖と仰がれる二条良基《よしもと》は、『筑波問答』で、連歌の始めとして記紀にある日本武尊《やまとたけるのみこと》と秉燭者《ひともしびと》（火焼翁《ひたきの》）との掛け合いをあげています。

新治《にひばり》筑波を過ぎて幾夜か寝つる　尊
日《か》日《か》並《な》べて夜には九夜日には十日を　秉燭者

これも片歌による問答で、内容も求婚ではなく主従の間で行なわれたものです。他の従者たちが尊の問いにうまく歌で答えられなかったのを、身分の低い秉燭者が咄嗟にそれをなし得た機知をほめられた話として出ているのです。

『万葉集』では、まず天智天皇が蒲生野《がもうの》で薬草狩りを催された時の、額田王《ぬかたのおおきみ》と皇太子《ひつぎのみこ》（後の天武天皇）との贈答歌があげられます。

あかねさす紫野行き標野《しめの》行き野守は見ずや君が袖ふる　額田王
紫草《むらさき》のにほへる妹《いも》を憎くあらば人妻ゆゑにわれ恋ひめやも　皇太子

今は天智天皇のひととなったかつての恋人額田王に、皇太子は盛んに袖を振って愛の合図を送られます。それを額田王が「野守（天皇様）が見つけるではありませんか」とたしなめたのに対し、皇子が額田王の美しさを眼前の紫草にたとえて、「もしあなたが憎いならば、既にあなたは人妻なのにどうして心ひかれたりしようか」と応じた機知がみられます。もっとも、これは狩の後の宴での座興の歌だという説もあります。

石川女郎《いらつめ》と大伴宿禰《すくね》田主との贈答歌はこれとまた少し趣きの異なったものです。田主が大変な美男子で、わけ知りの人であることを聞いた女郎は、ひそかに二人で住みたいと思ったのですが、仲立ちをしてくれる人もないままに、ある夜、自ら賤しい嫗《おうな》に化けて田主の所に行き「火種を下さい」と言いました。田主は暗くて事情がよくわからず、言うままに火種だけを与えて帰しました。彼女は恋の失敗と直接おしかけた恥ずかしさで、翌朝、

遊士《みやびを》とわれは聞けるを屋戸《やど》貸さずわれを還《かへ》せりおその風流人《みやびを》

との歌を贈りました。それに対し田主は早速、

遊士にわれはありけり屋戸貸さず還ししわれそ風流士にはある

と相手の言葉をそのままとって逆にやり返しました。これでは女郎は黙ってひきさがれなかったのでしょう、さらに、

わが聞きし耳に好《よ》く似る葦のうれの足痛《ひ》くわが背《せ》勤《つと》めたぶべし

と贈りました。田主は何か足の病にかかっていたのでしょう。その欠点をとらえて、私がうわさに聞いた通り、葦の葉先のようにふらふらする足の病にかかっている田主さんよ、せいぜいご養生なさいませ――やりこめられた悔しさにこう言いやる彼女の心ざまには滑稽味さえ感じられます。

天武天皇と藤原夫人《ぶにん》の場合は遊び心の掛け合いです。

わが里に大雪降れり大原の古りにし里に落《ふ》らまくは後　天皇

わが岡《おかみ》の龗に言ひて落《ふ》らしめし雪の摧《くだけ》し其所に散りけむ　夫人

「龗」は水を司る龍神、「摧」はかけらです。天皇の宮殿と夫人の家とは近接していますのに、いかにも遠くの田舎家のような言い方です。それに対し夫人は天皇の「大雪が降る」に対し、「それはこち

らの雪のかけらが散ったにすぎない」などとやり返して夫婦で楽しんでいるわけです。この遊び心の一つとして「戯笑歌」と言われるものが出てきます。

　　池田朝臣の大神《おほみわ》朝臣奥守《おきもり》を嗤《わら》ふ歌一首

　寺々の女餓鬼申さく大神の男餓鬼賜《たば》りて其の子生まはむ

　　大神朝臣奥守の報《こた》へ嗤ふ歌一首

　仏造る真朱《まそほ》足らずは水たまる池田の朝臣《あそ》が鼻の上を掘れ

大神朝臣が痩《や》せ細っているのを、そんなに痩せていると今にあの痩せた女餓鬼どもがお前をもらって子どもを生みちらそうといってやってくるぞとひやかしました。餓鬼は貪欲の報いとしていつも飢餓に苦しんで痩せ細っているものです。これに対し大神は負けずに、池田朝臣の鼻の頭が赤いのをひやかして、仏を作る時赭土《そほ》が足らないなら池田の鼻を掘れ、赤いからいくらも出るぞとやりかえしたのです。詞書に「嗤ふ」とか「報へ嗤ふ」とあるのですから、始めからお互いに嘲り笑うことを目的として作られているわけです。このような歌は他に幾つもあり、よく作られていたことがわかります。掛け合いに機知的要素と遊びの要素とが共に含まれてきますと、今度は一首の和歌を二人で作ろうとすることが始まってきました。

　　尼の頭句を作り、大伴宿禰家持の、尼に誂《あとら》へ
　　られて末句を続《つ》ぎて和《こた》ふる歌一首

　佐保川の水を塞《せ》き上げて植ゑし田を 尼作る 刈る早飯《わさいひ》は独りなるべし 家持続く

この歌の解釈はいろいろあるのですが、この直前に「或る人の尼に贈る歌二首」の詞書で、

　手もすまに植ゑし萩にや却《かへ》りては見れども飽かず情《こころ》尽くさむ

衣手に水渋《みしぶ》つくまで植ゑし田を引板《ひきた》わが延《は》へ守れる苦しの歌があり、先の歌と一連のものと考えられます。としますと、この二首とも、尼が丹精して育てて美しく成長した娘、私はほしくてたまらないし、また他人に取られはしまいかとはらはらして見ているに耐えられません、早く私に下さいという意とされます。それに対し島津忠夫氏は『連歌史の研究』で、尼が自分が苦労して育てた娘だからいいかげんな人には渡せませんよと言うつもりで詠み出したのを、家持が途中からよこ取りして、その娘はあなた一人のものでしょうという意の歌に変えてしまったのだとしておられます。そう考えると尼の当初の意図とは全く逆の意味のものが出来上ったことになり、一首の歌を二人で作ったと言っても、その作り方に即興的な機知の面白さが現われてくるわけで、平安時代の短連歌の先駆をなすものと言えましょう。源俊頼は『俊頼髄脳』でこれを「万葉の連歌なり」と言い、順徳院は『八雲御抄《やくもみしょう》』でこれを「連歌の根源也」としています。大久米命と伊須気余理比売との場合も、日本武尊と秉燭者との場合も、五・七・七という片歌での掛け合いでしたが、これは短歌の上の句と下の句との掛け合いですから、形式の上からはこれを連歌の始めとするのが妥当でしょう。

古代の言葉遊び

同音異義の遊び

『播磨国風土記』「神前郡《かむざきのこほり》」に次のような話があります。

昔大汝命《おおなむちのみこと》と少比古尼命《すくなひこねのみこと》とが、堲《はに》（赤色の粘土）の荷をになって遠くまで行くのと、大便を辛抱して行くのとどちらがむずかしいかと争われました。そこで大汝命は大便を辛抱し、少比古尼命は堲の荷をかついで行って実際どうなのか試してみることになりました。数日行った時、大汝命は「もうとても私は辛抱できない」と言いざま、そこにへたってブッブッと大便をお出しになりました。それを見た少比古尼命も、自分も苦しくてもうやりきれないと、かついでいた堲をその場にほうり出されました。そのため、そこを堲岡と言うのです。また、大便をされた時、たまたまそこに小竹《ささ》があってそれをはじき上げ、命《みこと》の着物につきました。それでそこを波自賀《はじか》村というのです。その堲と大便とは石となって今もそのままあります。――というお話で、ハニオカとハジカ村という地名のいわれを、同じ音を持った「堲」と「はじく」で説明したものです。また『日本書紀』雄略天皇六年三月に次のような話があります。

天皇がお后《きさき》に養蚕をさせて一般の人たちにそれをすすめようとお考えになり、蜾蠃《すがる》という者に国中から「こ」（蚕）を集めてくるようにとお命じになりました。ところが蜾蠃は誤って沢山の「こ」（嬰児）を集めて天皇にさし上げました。天皇はたいそうお笑いになって嬰児を彼に賜わって、お前がこの子ども達を養いなさいと言われました。そこで彼は宮殿の垣のほとりで養いました。天皇は彼に少《ちいさ》子《こ》部連《べのむらじ》の姓をお与えになりました。

この話から今では彼が保育所の設立者の祖と言われています。これは蜾蠃が「蚕《こ》」を「子」とはやがてんした話ですが、やはり同音異義による笑話といえます。また、『常陸国風土記』筑波郡の歌垣での歌、

筑波嶺に逢はむといひし子は誰が言《こと》聞けばかみ寝逢はずけむ

も、土橋寛氏は古典文学大系の『古代歌謡集』で、歌垣の場で女にふられた男が「嶺」と「み寝」と

の洒落《しゃれ》で残念さを面白く表現したものとされています。このように同音異義による洒落は古代からもう盛んに行なわれていました。

『万葉集』の頃になるとこれは掛詞《かけことば》として一つの修辞法となり、多く用いられるようになります。例えば、

もののふの八十宇治川の網代木にいざよふ波の行方知らずも

吾がやどの君松の木に降る雪の行きには行かじ待ちにし待たむ

といった類で、「氏」と「宇治」、「待つ」と「松」が掛詞となっています。

同音同語の繰り返し

言葉遊びには更に同音・同語等の繰り返しがあります。古代歌謡にも多く、内容と関連して情趣的効果をあげています。『日本書紀』仁徳天皇三十年九月、磐姫皇后《いわのひめおおきさき》は留守中に天皇が八田皇女《やたのひめみこ》を宮中に入れられたことを聞かれ、たいそう怒られて難波の津には戻らず、そのまま堀江をさかのぼって山城の方へ行ってしまわれました。そこで天皇は舎人《とねり》の鳥山を皇后を呼び戻すためにつかわされました。その時の歌、

山背《やましろ》にい及《し》け鳥山　い及け及け　吾が思ふ妻にい及き会はむかも

「及け」は、追いつけの意です。この語を四度繰り返すことで、早く追いつけとせきたてる天皇の気持がよく現われています。

これが祝詞《のりと》になりますと荘重さを表わすための意識的な技巧となってきます。「六月《みなづき》　晦《つごもりの》　大祓《おほはらへ》」の祝詞の一部をあげてみます。

高天《たかま》の原に神留《かむづま》ります皇親神《すめむつかむ》ろき神ろきの命《みこと》もちて八百万《やほよろづ》の神等《かみたち》を神集《かむつど》へ集へたまひ、神議《かむはか》り議りたまひて（中略）国中《くぬち》に荒《すさ》ぶる神等をば神問《かむと》はしに問はしたまひ、神掃《かむはら》ひに掃ひたまひて、語《こと》問ひし磐《いは》ね樹立《こだち》、草の片葉《かきは》をも語止《ことや》めて、天の磐座《いはくら》放れ、天の八重雲をいつの千別《ちわ》きに千別きて、天降《あまくだ》し依《よ》さしまつりき。（下略）

同語の繰り返しが頻発するだけでなく、繰り返しが一団となって対句形式を作り、神に祈る荘重な雰囲気をもりあげています。

高天原にいらっしゃる天皇御先祖の男女の神々が多くの神をお集めになり相談され（中略）乱暴する神達を何故乱暴するかと詰問され、追いはらわれて、騒いでいた岩や樹木、一枚の葉に至るまで静かにさせて平らげ、天皇を天の御座から重なる雲を勢いよくかき別けかき別けしてこの地にお降《くだ》しになり、この国の統治をおまかせ申し上げられました。――というのが大意です。

『万葉集』では、

ふじのねにふりおく雪は六月《みなづき》の十五《もち》日に消《け》ぬればその夜ふりけり

陰暦六月十五日は今の七月終り頃から八月始め頃にあたり、最も暑い時です。「ふ」の音が繰り返されていますが、同時に「みなづき」のみ（mi）と「もち」のも（mo）もM子音の繰り返しになっています。

ま遠くの雲ゐに見ゆる妹《いも》が家にいつか到らむあゆめあが駒

「い」と「あ」音の繰り返しで、これらは声調を整えたり、気持の高まりを現わすなどの効果が出ていますが、次のような歌になると繰り返し自体が目的のようになっています。

淑人乃《よきひとの》　良跡《よしと》吉見而《よくみて》　好常《よしと》言師《いひし》　芳野《よしの》吉見与《よくみよ》　良人《よきひと》四来三《よくみ》

天武天皇が昔懐かしい吉野の離宮に行幸された時の歌で「よし」の語を八つ繰り返し、各句の始めをいずれも「ヨ」で始めるなど、いかにもはずんだ心のさまが窺えます。また、「よし」という音を表わすのに淑・良・吉・好・芳・吉・良・四と、できるだけ異なった文字を使おうとしているところ、表記した人の文字遊びの心がみられます。

梓弓引きみゆるべみ来《こ》ずは来ず来ば来そをなど来ずは来ばそを

この歌になりますと一読しただけではすぐに意味がとりにくい程のものとなっています。どうして来たり来なかったりするのですか、来ないなら来ない、来るなら来るとはっきりして下さいよ。それなのにどうして来るとか来ないとかこんなにやきもきさせるのですか。——という意味で、「来《こ》」が未然形と命令形で六度繰り返され、「そを」が二度繰り返されて、繰り返しの遊びを目的とする技巧本位の歌というべきでしょう。

文字の遊び

先に引用した「淑人」の歌で、「よい」という字をいろいろかえて使っていたように、用字についての遊び心が『万葉集』の一部にみられます。『古事記』編纂の時、日本語を漢字で表記するのにたいへん苦労をしたことを太安麻呂《おおのやすまろ》はその序文で述べていますが、その後漢字の習熟が教養の第一歩とされ、『万葉集』の頃には遊戯的に漢字を弄《もてあそ》ぶことさえできるようになったのです。これを「戯書」と言い、その種類も多くありますが、後世の和歌連歌にひきつがれているものをあげてみますと、

……毎見《みるごとに》恋者《こひは》雖益《まされど》色二《いろに》山上《い》復有山《で》者《ば》一可知美《ひとしりぬべみ》……

「山上復有山」は、山の上に山を書くと「出」の字になります。これは「字謎」と言われるものです。その始めとして鈴木棠三氏は『ことば遊び辞典』の解説で中国の魏の武帝の故事を紹介しておられます。孝子曹娥《そうが》の死を悼んで立てられた碑文を読んだ後漢の文人蔡邕《さいよう》は「黄絹幼婦外孫虀《せい》臼」と題しました。ある時武帝が楊修を伴ってそこを通りました。楊修はすぐにその八字の意味が分りましたが、武帝は分らず、そこから三十里行く間考えつづけて遂に楊修と同じように分りました。そこで武帝は「わが才の卿に及ばざること三十里なるを覚ゆ」と嘆いたという話です。これは、黄絹は色糸でその字を横に並べると「絶」、幼婦は少女でこれも並べると「妙」、外孫は女子で同様に「好」、虀臼は受辛（辛い菜を搗くこと）で同様に「辤」となり、これは辞の古字です。以上の字をたてにならべると「絶妙好辞」となります。このように漢字を分析して謎のようにすることが日本にも入ってきて、知識人たちが面白がって作ったのでしょう。『古今集』にある、

吹くからに秋の草木のしをるればうべ山風を嵐といふらん　（山と風で嵐）

雪降れば木毎に花ぞ咲きにけるいづれを梅と分きて折らまし　（木と毎で梅）

『千載集』の次の歌もこの類です。

事々に悲しかりけりむべしこそ秋の心を愁といひけれ　（秋と心で愁）

物名歌と無心所著歌

『古今集』には「物名《もののな》」という分類がありますが、『万葉集』にはありません。しかし物の名を幾つも一首の中に詠み込む遊びは行なわれていました。

さし鍋に湯わかせ子ども櫟津《いちひつ》の檜橋《ひはし》より来む狐《きつ》に浴《あ》むさむ

この歌の由来は左注によりますと、大勢が集まって宴会をしていた夜の十二時頃、狐の声が聞えてきたので、皆が、同席していた意吉麻呂《おきまろ》に「ここにある炊事具や飲食用の器具、狐の声、橋を詠み込んですぐ歌を作れ」と言い、意吉麻呂が詠んだ歌です。「さし鍋」（柄のついた鍋）が炊事具、「櫟津」は天理市付近の地名ですが、その中のヒツの音に「櫃」を掛けて飲食用の器具、「檜橋」（檜の橋）で橋、「来む」に狐の鳴き声コンを掛けたのです。これは眼前にありあわせたものを即座に歌に詠み込む遊びですが、彼はこのような歌を作る名人であったらしく、これ以外に四語・五語・六語を詠みこんだ歌があります。また、

酢・醤《ひしほ》・蒜《ひる》・鯛・水葱《なぎ》を詠む歌

醤酢に蒜搗《つ》き合《か》てて鯛願ふ我れにな見えそ水葱の羹《あつもの》

これは自分が勝手に詠み込むべき語を選んだのではなく、あらかじめ指定された語を詠み込むのです。「醤」は味噌のようなもの、「蒜」はねぎに似た野菜、「水葱」は水中に自生する粗末な野菜。一首の意味は、醤と酢に蒜をつきまぜたたれを作って鯛がほしいと願っているのに、まずい水葱の吸いものなど私の目に入れてくれるな、というのです。

これら幾つかの語を詠み込むのとは逆に、わざと意味の通らない歌も作られました。

無心所著《むしんしよぢやく》の歌二首

我妹子《わぎもこ》が額《ひたひ》に生ふる双六《すごろく》の事負《ことひ》の牛の鞍《くら》の上の瘡《かさ》

我が背子が犢鼻《たふさぎ》にするつぶれ石の吉野の山に氷《ひ》魚《を》ぞ懸有《さがれる》

意味の通らない歌といっても部分では関係がありそうにみえながら、その実、人の意表を次々とついていく面白さをねらったものであろうと言われています。前者は妹→額→角《つの》→双六（双六の賽は角で作

る)、その角から牛→鞍と互いに縁のある語で続き、後者も背子→犢鼻(ふんどし)→つぶれ石(睾丸?)→吉野の山と縁のある語が続いていますが、両者とも一首としてまとまった意味はありません。『日本書紀』天武天皇朱鳥《あかみとり》元年正月一日に、天皇が「朕問フ二王卿ニ一以テス二無端事《あとなしごと》ヲ一」とあるのもこれに類したことではないかと思われ、その頃こうしたことが盛んに行なわれていたとみることができます。

このような遊び心が、掛け合いの妙味と一つになって、尼と家持の例のような一首の和歌を合作する遊びとなり、それがやがて次代における連歌の隆盛へ連なっていくわけです。

平安時代の言葉遊び

謎合せ

平安時代には言葉遊びの一つとして謎合せが行なわれました。左右二組に分れて、それぞれ謎を出し、解いた数の多い方が勝ちとするもので、現存している一番古いものは天元四年(九八一)四月二十六日の「故右衛門督斉敏君達歌合」です。その次第は始めに双方から「我が方の謎は解けないぞ」とか、「決して負けないぞ」といった意味の、いわば応援歌が披露され、次いで謎が出され、その後に答を示した歌が添えられています。最初の謎を引用しますと、

左　なぞなぞ　この頃古めかしき香するもの

花たちばなか

いそのかみ古めかしき香するものは花橘の匂ひなるべし

右　あづまのかたにひらけたるもの

うのはなか
東路のしづの垣根の卯花をあやなく何と問ふぞはかなき

左右そのこととは思ひ得ながら、ことのはじめに勝つ負くと言はじとにやありけむ、かたみに知られずとて解かず成りぬ。持《ぢ》に定めておのが方々解く。左は昔のことの忘れ難ければ花橘にやあらむ。右は山賤《やまがつ》の垣根なる卯の花にやとて持に定めつ。

という具合で、始めの応援歌の勢いに似ず、最初だからというので、双方ともわかっていながらわからないとして、わざと「持」（勝負なし）にしておだやかに出発しようとするなどは、平安朝的気風を物語るものでしょう。左の謎は、

五月《さつき》待つ花橘の香をかげば昔の人の袖の香ぞする

という『古今集』の有名な歌によっています。右の方は「あづま」即ち東は、昔の方角の言い方では卯《う》にあたります。それが「開く」即ち「咲く」ですから卯の花となるわけです。このような謎歌合のほかに、『実方《さねかた》朝臣集』の、

小一条殿の人々なぞなぞ物がたり
かたずまけずの花の上の露　といひけるに
すまひ草あはする人のなければや

は連歌による謎遊びの例で、「勝たず負けず」と矛盾した言葉を連ねて、それが「花の上の露」だと謎を掛けられたのに対し、「勝たず負けず」は相手の無い相撲とし、「花の上の露」から草花を連想して両者合わせて「すまひ草」と解きました。また、平安後期、崇徳天皇大治四年（一一二九）頃の成立とされる源俊頼の『散木《さんぼく》奇歌集』に、

ある人のもとになぞなぞ物語をあまた作りて解かせにつかはしたりけるを、ことざまに解きたりけるとて又つかはすとてよめる

なぞなぞ物語よく解くと聞えける人のもとへ作りてつかはしける歌

という詞書があり、歌人源俊頼も謎遊びをよくしたことが窺えます。彼は連歌の達人でもありましたから、この謎遊びの機知性が連歌にも影響を与えたであろうことが想像されます。

竹取物語

謎合せは言葉の連想・分析・再構成等による遊びでしたが、物語の場合は掛詞等による洒落の面白味が主になっています。「物語の親なる」と『源氏物語』に書かれた『竹取物語』もたいへん多くの言葉遊びを含んでいます。そもそも冒頭のかぐや姫を竹の中から見出だした時の竹取の翁の言葉、

われ朝ごと夕ごとに見る竹の中におはするにて知りぬ。こになり給ふべき人なむめり。

は、自分の子になられるべきという意味と、自分が日頃竹を切って竹籠を作っているわけですから、その「籠《こ》になる」とを掛けた洒落です。そしてこの発端の部の終りでは、かぐや姫に求婚に来た男たちのことを述べて、

夜は安く寝《い》も寝《ね》ず、闇の夜に出でても穴をくじり垣間見惑ひあへり。さる時よりなむ、よばひとは言ひける。

と「穴をくじり」などと卑猥《ひわい》さをほのめかし「よばひ」の語源の洒落で結んでいます。かくて、中でも熱心な五人の貴公子がかぐや姫にあって求婚することになるのですが、そのいずれの場合も結末が言葉遊びとなっています。いま一例として最初に出てくる石作りの皇子の場合をみますと、彼はかぐ

や姫から天竺にある仏の石の鉢を持ってくるように言われ、一計を案じて天竺へ仏の鉢を取りに行ったと姫のもとへ言わせておいて、自分は三年程姿をかくし、大和国十市郡の山寺にある賓頭盧《びんずる》の前の黒くなった鉢を錦の袋に入れて、次の歌を添えて姫にさし出しました。

海山の道に心をつくしはてないしのはちの涙流れき

「ないし」は「泣きし」のイ音便なのですが、実は「いしのはち」の語が掛けられてあり、さらに「はちの涙」には「血の涙」が掛けられ、仏の石の鉢を探すのに苦労をして血の涙を流したことですよと訴えています。また下の句には「ないし」「なみだ」とナの頭韻をふんでいます。かぐや姫がその鉢をとって見ると、仏の鉢には光がある筈なのに螢ほどの光さえありません。にせものとわかったので、

置く露の光をだにも宿さましをぐらの山にてなに求めけむ

と返歌してその鉢を返してしまいました。「をぐらの山」で光の無いことを示し、「置く露」と「露の光」（僅かな光）を掛詞にし、僅かな光でもあればよいのにと言ったのです。皇子は嘘が露顕しましたので、その鉢を門に捨て、なおも、

白山《しらやま》にあへば光の失《う》するかとはちを捨てても頼まるるかな

と執拗に求婚します。姫の「をぐらの山」に対して「白山」と反対のイメージで応じ、「露の光をだにも」に対しては「白山にあへば光が失する」即ちあなたのような美しい人の前では光も無くなってしまうとし、「鉢」に「恥」を掛けて、恥を捨ててもなお結婚をお願いしますと言ったのです。さらにこの話の結末で作者は、

かの鉢を捨ててまた言ひ寄りけるよりぞ、面《おも》なきことをはぢを捨つとは言ひける。

と語源説としての洒落で結んでいます。他の四人の貴公子の失敗談も皆同様に洒落で結んでいるうえ、物語自体の結末ではさらに工夫をこらしています。かぐや姫は天皇に不死の薬を贈って月の世界へ帰るのですが、天皇は姫のいない今となっては不死の薬も用はないと、富士山に持って行かせて焼き捨てさせます。今まで数々の洒落を聞かされてきた読者は、これは不死と富士との洒落だと思います。ところが作者は、

士《つはもの》どもあまた具して山に登りけるよりなむその山を富士の山とは名づける

と、沢山の兵士が登ったから富士（士が多い）の山だと読者の意表をついた洒落でアッと言わせて物語を終るのです。このようにこの物語は意表をつく洒落の面白さに満ちたもので、それだけに当時の言葉遊びに対する関心の強さの一面を示していると思われます。

土佐日記

紀貫之が土佐守の任満ちて、承平四年（九三四）十二月二十一日土佐を舟出して、翌五年二月十六日京都の旧宅に帰りつくまでのことを記した『土佐日記』にも、言葉遊びが多く出てきます。これについては既に香川景樹が「土佐日記創見」で指摘しています。

廿二日　……ふぢはらのときざねふなぢなれどむまのはなむけす。かみなかしもゑひあきていとあやしくしほうみのほとりにてあざれあへり。

貫之の帰京に際し、部下であった藤原ときざねという人が送別の宴をしてくれました。土佐からの帰りですから舟旅ですのに陸路の場合のように馬の鼻向けをしてくれたと、言葉の上での矛盾をわざといいたてておかしがっています。「馬の鼻向け」とは本来旅に出るに際してその人の乗る馬の鼻を行

く方角にむけることで、そこから送別の宴や、餞別を贈るなどの意に用いられるようになりました。ここではわざとそのもとの意味にとっておかしがったのです。また、「しほうみのほとりにてあざれあへり」は、皆が送別の宴の酒に酔っぱらってふざけあっているということですが、「あざる」に取り乱れて騒ぐ意の外に、魚肉などの腐る意があるところから、「塩があるのに腐るとは」と、これまた矛盾した語を対応させて面白がっています。

　十三日　……ふねにはくれなゐこくよき衣きず。それはうみのかみにおぢてといひて。なにのあしかげにことづけて、ほやのつまのいずし、すしあはびをぞ、こころにもあらぬはぎにあげてみせける。

これは舟旅の途中、女の人達がゆあみに海に入った時のことで、舟中では海神に魅入られるのを恐れて美しい着物さえ着ないのに何かまうものかと以下つづくのですが、「何のあしかげ」は「何の悪し」と「役にもたたぬ葦かげ」（身を隠す役には立たぬ葦蔭）の意を掛け、海の縁で貝類の名をあげて女性の隠し所を譬え、「はぎにあげ」は慣用句で、もと裾をまくり上げて脛《はぎ》をむき出しにする意ですが、転じて物を露骨に見せる意に用いられます。当時、「ほや」（老海鼠）は男性の、「いかい」（貽貝）と「あわび」（鰒）は老若それぞれの女性のものに形が似ているとされていたので、ほやの相手としての貽貝と鮨鰒と言ったのです。美しい月夜に葦蔭を頼りにゆあみをしているがまるみえだと、掛詞や比喩を用いて卑俗な笑いを作り出しています。

　二月一日　くろさきの松原をへてゆく。ところのなは黒く、松の色は青く、いその波は雪のごとくに、貝の色はすはうに、五色にいまひと色ぞたらぬ。

五色を意識した表現ですが、名、色、波、色とナ音とイ音が交互に繰り返されて漢詩の押韻を思わせるような技巧がとられています。

謎合せは言うまでもなく言葉の連想や分析或いは再構成によって謎を解くことが目的でした。『竹取物語』の場合は同音異義による面白味がねらわれ、語源説話にもなりました。『土佐日記』になると、さらに複雑となり、同音異義等によって語の対立や意味の矛盾をことさら出して面白がらせ、或いはこじつけや擬人法、比喩・押韻的表現等と、言葉の知的な操作による面白味が出されています。言葉遊びが言葉の表面上のものから内容的なものへ進んできた姿がみられます。

古今和歌集

延喜五年（九〇五）醍醐天皇の勅を受けて紀友則《きのとものり》・紀貫之《きのつらゆき》・凡河内躬恒《おおしこうちのみつね》・壬生忠岑《みぶのただみね》が撰した『古今集』は優美な調べと共に理知的傾向があると言われています。それは前述の貫之の『土佐日記』にみられる知的な要素が現われたものと考えられます。

ふる年に春立ちける日よめる　　在原元方

年の内に春は来にけり一年《ひととせ》を去年《こぞ》とやいはむ今年とやいはむ

優美でなだらかな声調のもとに立春を迎える喜びが感じられる歌ですが、それが素直な表現ではなくて、まだ暦の上で新年が来ないうちに立春を迎えたということをことさら選び出して、立春以後元日までの間を去年と言ったものか新年と言ったものかと、人がうっかり見すごしているようなことを言いたてて面白く表現しています。藤原俊成も『古来風体抄』（再撰本）で「この歌まことに理つよく、またをかしくもきこえて、ありがたくよめる歌なり」と言っています。しかもこの歌が『古今集』の巻頭に置かれていることは、こうした傾向が当時の新風であったと考えねばなりますまい。その知的興味が技巧的に進んだものが物名歌であり、それが内容の中心になったと思われるものが誹諧歌と言えましょう。

物名歌

物の名を歌に詠み込むことは『万葉集』にもありましたが、『万葉集』の場合は数語があからさまに詠み込まれ、その語が一首の意味を作り上げる要素となっているのに対し、『古今集』の場合は言葉そのものが詠み込まれているのではなく、言葉を音に分解し、それを適当な場所に詠み込んでいく形です。従って一首の中に隠された形で存在することとなり、一首の意味の構成には無関係です。『万葉集』の場合より知的な働きが強くなっているとも考えられます。詠み込まれている言葉は一語の場合が多いのですが、中には二語、三語、四語の場合があります。『古今集』巻十に「物名」という部立《ぶだて》があって四十七首集められています。

たちはな

あしひきの山たち離れ行く雲の宿りさだめぬ世にこそありけれ

「山たち離れ」に「たちはな」の語があります。「あしひきの」は山の枕詞で、「行く雲の」までが「宿りさだめぬ」の序詞です。従って一首の意は「雲が山の端を離れ、どこに漂っていくかわからぬように、世の中はここと定まったやどりもないはかないものだ」と仏教的な無常の思いを背景にした歌で、その内容に対し「たちはな」は何の関係もありません。

また、折句《おりく》といわれるものがあります。言葉を音に分解して、その一つ一つを各句の頭に据えて詠む歌です。

朱雀院の女郎花合《をみなへしあはせ》の時にをみなへしといふ五文字を句のかしらにおきてよめる　　　貫之

小倉山峰たちならし鳴く鹿の経《へ》にけむ秋を知る人ぞなき

各句の最初の音を順次ならべると「をみなへし」となります。『伊勢物語』九段の、

唐衣着つつなれにしつましあればはるばる来ぬる旅をしぞ思ふ　（かきつばた）

は有名で、折句のほか、「なれ」に柔らかくなる意と馴れ親しむ意が、「つま」に「褄」と「妻」の意が、「はる」に「遙か」と「張る」が掛詞となって、上二句が妻の序詞に用いられ、着物に関連した言葉（縁語）として「着る」「なれる」「つま」「はる」が用いられている等、言葉遊びにこったものでありながら、それを強く感じさせず、抒情豊かな歌になっています。この歌などは例外で、多くは自分の思いを表現するよりも、如何に課題の語をうまく詠み込むかに重点を置いた歌が多いようです。

誹諧歌

『古今集』巻十九雑体中に誹諧歌が五十八首収められています。俳諧の語は中国に古くから使われており栗山理一氏は『俳諧史』の中で『北史』李文博伝に「好《ンデ》為《シ》二俳諧雑説一《ヲ》、人多愛《クあい》二狎《かふス》之一《ヲ》」とあり、俳は『説文解字』に「俳戯也」とあり、諧は『爾雅』に「諧和也」とあることを述べられています。要するに和して戯れる意でありましょうが、『古今集』の誹諧歌の中には宇多法皇の大堰《おおい》川行幸の際に躬恒の詠んだ歌や、寛平御時后宮の歌合の時の藤原興風《おきかぜ》の歌などがあり、こんな時まさか戯れ歌も詠めまい、いったい誹諧歌の本質は何かと、古くから問題になっていました。源俊頼は『俊頼髄脳』で、順徳院も『八雲御抄』で、結局よくわからないが、やはり戯れ詠んだ歌だろうと言っています。

菊池靖彦氏は「古今集誹諧歌論」で、和歌の正格から逸脱したところのある歌であろうとされています。「誹諧歌」に出ている最初の歌、

梅の花見にこそ来つれ鶯のひとくひとくといとひしもをる

は、鶯はその声に春の訪れを感じ、梅の花とともに賞美するのが常識であるのを、鶯を擬人化し、その鳴き声を「人来《く》」と聞きなして鶯に向って文句を言っている点が誹諧歌なのでしょう。

山吹の花色衣ぬしやたれ問へどこたへず口なしにして

では、「口なし」と黄色の染料にする梔子《くちなし》を掛けて山吹（山吹色をした衣）を揶揄《やゆ》しています。また、

七月六日七夕の心をよめる

いつしかとまたぐ心をはぎにあげて天の河原を今日や渡らむ

では、七夕の夜は一年に一度の逢瀬、その前日ともなれば、もう牽牛は待ち切れず早く逢いたいと裾をまくり上げ天の川を渡っていくだろうというので、優雅な天上の恋を地上の人間が女との共寝が待ち切れず、前日なのに裾をまくり上げてかけつけるといった痴態に引き落して笑いをかもし出しています。『土佐日記』にもあった「はぎにあげて」の語が利いています。優雅なもの、上品であるべきものをことさら卑俗な世界に引き落すことは普通の和歌にはありえず、俳諧的要素の一つと言えましょう。これらの誹諧歌にみられる諸要素は、当然のことながら連歌へとひきつがれていきます。

このように、言葉遊びから内容自体の面白味へと発展してきた一つの流れが、掛け合いという形態にかさなることによって意外性や内容の転換という機知的な面白味があらわれ、いっそうの俳諧性を発揮することとなり、連歌への道が開けてきました。しかし、一挙に連歌が成立したのではなく、始めは一首の和歌を作るという中で次第に連歌独立の芽がふくらんでいくのです。ここにも平安時代の

機知を好む遊び心がその根底にあると考えられます。

連歌の成立

平安時代には意識的に上の句または下の句を言い掛け、即座に相手がそれに応じて一首を完成することが社交の一つとして気軽に行なわれるようになりました。『後撰集』に、

秋の頃ほひある所に女どもの数多《あまた》すの内に侍りけるに男の歌のもとをいひ入れて侍りければするゑはうちより

白露のおくに数多の声すれば花の色々ありとしらなむ

というのがあります。男が上の句を白露の「置く」に奥の意を掛けて言い入れたのに対し、早速に女が「露」に対し「花」、「数多」に対し「いろいろ」と対応する語を用いて下の句を作って応じました。この頃は特に即座に応ずるということが大事で、『枕草子』百六段にも、清少納言が藤原公任《きんとう》から「すこし春あるここちこそすれ」と詠みかけられ、この上の句を「とく〳〵」とせかれ、「げに遅うさへあらんはいととりどころなければ、さはれとて、空寒み花にまがへてちる雪にとわななくわななく書きてとらせていかに思ふらんとわびし」とあります。

しかし、始めは上の句下の句とわけて付け合うとは限らず、三人で一首の歌を作り上げたり、二人の場合でも『菟玖波《つくば》集』にある、

五月闇おぼつかなさのいとどまさらむ　　斎宮女御
ながめやる袖はさのみぞ　　読人しらず

の例のように五七七に五七を付ける等、さまざまな形で付けられたようですが、次第に上の句に下の句を、またはその逆の形が定着したものと思われます。

その付け方についてみますと、当初は『後撰集』の例のように、即興という点からいきおい前句の言葉に縁のある語やそれとの掛詞を利用しています。中には、

流俗《りうぞく》の色にはあらず梅の花
珍重すべきものとこそみれ　（拾遺集）

のように「流俗」という漢語に対し「珍重」という漢語で応じている場合もあります。

ところがこのような対応語や掛詞の技巧だけでは面白くない、できるだけ付けにくい内容の前句を出して付けさせようとする試みが現われました。『大和物語』百二十八段に、

この檜垣《ひがき》の御《ご》、歌なむよむといひてすきものども集まりてよみがたかるべき末をつけさせむとてかくいひけり

わたつみのなかにぞ立てるさを鹿は
とてする〻をつけさするるに
秋の山辺やそこに見ゆらむ
とぞつけたりける

海の中に鹿がいるというありえないことを言い掛けたのですが、「わたつみ」に「底」（其所と掛詞）、「鹿」に「秋の山辺」を対応させて解決しました。このような傾向はやがて謎句と言われ、如何にうまくその謎を解くかに興味が持たれるようになります。

さらに『万葉集』の尼と家持の場合と同じように、相手の言い掛けた内容を思いもよらぬことに転

換することで機知的面白味をみせる句も現われます。『拾遺集』の、

内にさぶらふ人を契りて侍りける夜おそくまうできけるほどに丑満と時申てけるをきゝて女のいひ遣はしける

人心うしみつ今は頼まじよ

夢に見ゆやとねぞすぎにける　良　宗貞

「丑満」に「憂し見つ」（あなたのつらい心がわかった）を掛けて「もうあなたなんかあてにしません」と恨みを言ったのに対し、「あなたが逢ってくれないからせめて夢の中でも逢えるかとつい寝すぎた（時刻の子《ね》が過ぎた）のだよ」と逆襲しています。

また、機知的な発想の面白さを内容としたものもあります。

天暦の御時宵に久しくおほとのごもらざりけるに

小夜ふけて今はねぶたくなりにけり

と仰せられければ

夢にあふべき人や待つらん　滋野内侍

その他、数の遊びを中心とした付句が『俊頼髄脳』に出ています。

山の井《一》のふ《二》たきの桜《三》さきにけり

きみ《三》とかたらむみ《三》ぬ人のため　赤染衛門

『赤染衛門集』では「きみにかたらむこぬ人のため」となっていますが、いずれにしても数に対して同じく数で応じています。『後拾遺集』にも橘季通の歌で、

武隈《たけくま》の松はふ《二》た木を都《三》人いかがと問はばみ《三》きと答へむ

があり、和歌でも同じ発想があったことがわかります。

これらはいずれも一首の歌に仕立て上げるという心から、和歌の世界という枠組みの中で行なわれていたのですが、次第にその枠組みからはみ出し、「誹諧歌」の性格を受けついで用語や発想が自由となり、滑稽や卑俗を目ざした句が現われるようになりました。『実方集』に、

あしのかみひざよりしたのさゆるかな

こしのわたりに雪やふるらむ

秋のよにやまほととぎすなかませば

かきねの月やはなと見えまし

があります。前者は「足・膝」に対して「腰」で応じ、「腰」を「越の国」に掛けています。足腰膝などは従来あまり歌に詠まれていない言葉です。後者は矛盾した内容に対して、同じように矛盾した内容で応じたもので、いわば対句的な付け方と言えましょう。

宇治へまかりけるみちにて日頃雨のふりければ水の出でて賀茂川を男のはかまをぬぎて手にささげてわたるをみて

かも川をつる脛《はぎ》にても渡るかな　　頼綱朝臣

かりばかまをばをしとおもひて　　信　綱

前句に鴨・鶴が詠みこまれているのに対し、付句は雁（「借り」の掛詞）・鴛鴦（「惜し」の掛詞）が詠みこまれ、鳥類によって統一された形となり、それが掛詞にもなっているという語戯の複雑さをみせて

います。それと共に発想でも、増水した賀茂川を袴《はかま》をぬいでそれを借りたものだけに濡らすまいと高く捧げ、細い脛を出して渡る男の姿が面白く表現されています。この面白さは前句の内容を知的に転じたものではなく、付句によって前句をも含めて笑いの世界をかもし出しているのです。また、源俊頼の『散木奇歌集』にある句、

刑部卿道時のしほゆあみに津の国なる所へおはしけるにぐしてまかりてしほはてて京へかへる川尻にふねをこぎいれたるにふねのおほくつきてひしめくをみてわざとならねども
かはじりにふねのへどもの見ゆるかな
刑部卿とししげにつけよとありしかばつけたりける
しほのひるとてさわぐなるらむ

は、前句の舟の「へ」を屁ととって、潮の「干る」を、屁を「ひる」と掛け、俗語を掛詞として卑俗なことを公然と述べています。卑俗性が連歌に入ってきた始めとも言えましょう。また、この頃になると語戯もいちだんと複雑になりました。同書の句、

かりぎぬはいくのかたちしおぼつかな
これを人々つけおほせたるやうにもなしとて後に人のかたりければこころみにとてつけける

しかさぞいるといふ人もなし

これは「狩衣・幾布《いくの》・裁ち」の縁語仕立ての前句ですが、その「狩衣」に「狩」を、「幾布」に「幾篦《の》」（矢竹）を、「裁ち」に「立ち」の意を読み取って、付句ではこれら両方の意を兼ねて、「然《し》か」に「鹿」を、「いる」（入用）に「射る」を掛けて意味の二重性をそのままに付けています。

右の詞書によればこれは即興的に付けたのではなく、後に人の話を聞いて付けたことになります。俊頼の場合、前句を後になって付けたとか、人がうまく付けられないのでかわって付けたとかいうのが比較的多く、これは彼が連歌に得意であったことを自他共に許していることを意味すると思われますが、同時にこの頃には即興性よりも句の出来ばえの方が重視されるようになり、連歌が単なる遊びという領域を脱して文学として考えられ始めたことを意味しています。彼はその歌論書『俊頼髄脳』で、

連歌と言へるものあり。例の歌のなからをいふなり。本末心にまかすべし。そのなからがうちにいふべき事をいひはつるなり。心のこりてつくる人にいひはてさするはわろしとす、例へば夏の夜をみじかきものといひそめしといひて人は物をや思はざりけむと末に言はせむはわろし。此歌を連歌にせむ時は夏の夜をみじかきものと思ふかなといふべきなり。さてぞかなふべき。

と述べ、連歌は前句が意味の上で完結していなければならないとしました。前句と付句を合わせて意味が完結するのは和歌で、連歌は両句が対立の関係、掛け合いの関係にあるべきもの、そこに連歌特有の機知的な文芸性が形成されるのだとしています。和歌の勢力に押しながされて本来の姿が忘れられがちになっていたのを呼びさまし、連歌を和歌の合作とは別な独立した一つの文学として考えようとしたわけです。ここに連歌が完成をみたと言えます。

鎌倉・南北朝の俳諧

無心連歌

平安時代の末頃から、連歌は単に二句だけで終るのでなく、長くつづける長連歌が行われだしました。歌人達は和歌の傍らこれを好み、和歌的情趣を以てこれを磨き上げ、やがてこれが連歌の主体となりました。一方、平安時代から育ってきた機知的な連歌は、主として地下《じげ》の人達によって嗜《たしな》まれていたようです。たまたまこの両派が連歌で勝負していることが後鳥羽《ごとば》院の耳に入り、院は前者を有心《うしん》、後者を無心と名づけられて公に勝負をおさせになりました。これによって無心連歌なる語が誕生し、連歌の一体と考えられるようになりました。その頃の句としては『菟玖波《つくば》集』に「建長六年（一二五四）五節の頃有心無心連歌侍りけるに」として、

えせきぬかつぎなほぞねり舞ふ

玉かつら誰に心をかけつらん

があります。前句の「えせ」は俗語で、「きぬかつぎ」は本来貴婦人が外出に際して小袖を頭からかぶることで、ここではそういう格好をした女を指し、それが「えせ」ですから、格好だけのつまらぬ女の意で、その女がたいそうになおも舞っていると言いたてたところが無心句とされています。付句の「玉かつら」は「掛ける」の枕詞でこれは有心句です。また同集の、

豊の明りの雪の曙

こはいかにやれ袍《うへのきぬ》のみぐるしや

は前句が有心、付句が無心句で、「こはいかに」と口頭語を含んだ発想や表現が和歌的ではありません。

一方、この頃連歌は都鄙《とひ》すべてに流行していたことが『建武年間記』の口遊「去年八月二条河原落書」の中に出ています。

京鎌倉ヲコキマゼテ一座ソロハヌエセ連歌在々所々ノ歌連歌点者ニナラヌ人ゾナキ

また、花見の頃、清水《きよみず》の地主権現・白河の法勝寺・出雲路の毘沙門堂・東山鷲尾の双林寺等の諸社寺の花の下で、指導者である好士《クジ》を中心に常連と一般人で公開の連歌会が盛んに催されています。これを花の下《もと》連歌といいますが、これらには無心風な連歌が多かったと思われ、源有房は『野守鏡』に、後鳥羽院の時あまりに無心風が流行するので、有心風が忘れられるのを憂え、時の歌仙が無心風を止めさせるよう訴えたとも書いています。これら宮廷圏外の無心句と思われるものが無住の『沙石集』(弘安六年＝一二八三)にとられています。

モチナガラカタワレ月ニミユルカナ

マダ山ノハヲ出デモヤラネバ

藤原隆尊が武蔵野で、とある小家に水を所望したところ、十二、三歳程の小童が欠け椀に水を入れて窓からさし出しましたので、冗談に右の句を言いかけました。椀を望月《もちづき》に見立て、満月なのに三日月に見えるとおどけた句です。「望」に「持つ」の意を掛けています。すると早速小童は「まだ山の端からすっかり出きっていないからですよ」と逆襲したのです。日常生活の中で、子どもまでもが気軽に無心連歌を詠んでいたことがわかります。

釜ノ口コガレテミユル紅葉哉

鍋テノ世ニハアラジトゾ思フ

弁阿闍梨《あじやり》が長谷寺へ参る途中、「釜の口」という山寺の紅葉が見事だったのを、連れていた小法師が見て、主の馬の口にとりついて詠みかけました。紅葉の濃く染まるのを「焦がる」というところから、釜の縁語として句作りをしました。それに対して釜の対応語として鍋を出し、「なみなみ」の意と掛けて応じたのです。日常生活の道具である鍋釜が素材となり、釜の口が焦げる等、庶民的な世界のことが詠まれています。

　二タビ児《ちご》ニナリニケルカナ
ノゴヒテハ又カキナホスカホウリノ

花の下連歌で、前句の内容が普通ありえないことなので、付句に皆が困った時、ある修行者が付けた句です。『枕草子』に「うつくしきもの瓜にかきたるちごの顔」とあるのを踏まえたのかも知れませんが、当時実際に瓜に目鼻を書いて遊ぶことがあって、そうした日常性がそのまま素材となったと思われます。

　我ラヲバ四天王トゾ人ハイフ
但シ毘沙門ナシトコソミレ

奈良でいつも集まって連歌をして遊ぶ僧四人がいたのを人は四天王と称しました。そこで一人が自慢半分に右の前句を言ったのに対し、すかさず他の一人が付けたのです。四天王は仏教を守護する四王天の主、持国・広目・増長・多聞（毘沙門）のことで、毘沙門は当時福神として信仰されていました。それで四天王と言われても皆貧乏人ばかりだと楽しく自嘲したのです。これも日常生活の冗談口がそのまま連歌に詠まれています。

　鐥所《ぜそ》ノ雑仕モ赤裳ヲゾキル

大海老ノカラムキオケル中ニヰテ

「饍所」は宮中の台所。「雑仕」は下級の女官で水色の裳《も》をつけます。それなのに赤裳をつけていると訝かった句。付句は赤裳から海老を連想し、饍所の日常の仕事と関連させ誇張を承知の上で前句の謎を解きました。宮中でそのような現場を見たわけではないでしょうが、宮中のことも自分たちの日常性の感覚からみていこうとしています。勿論有心の句もありますが、多くはこのような日常的な句です。無心連歌が次第に堂上風な和歌的世界から脱し、地下《じげ》風の気楽な遊びへと転じていく姿がみられるのです。

『菟玖波集』の俳諧

『菟玖波集』は文和五年（一三五六）二条良基が花の下連歌師救済《ぐさい》と共に撰した最初の連歌集で準勅撰集です。その中で始めて「俳諧」の語が連歌の分類名として用いられました。連歌を好んだ良基はそれまで歌人の慰みにすぎなかったのを和歌に並ぶ文学に高めようとしました。それでこの集を『古今集』に匹敵するものとするため準勅撰の勅許を得たのです。従って彼は連歌も「数奇《すき》の人々はまづ幽玄の境に入りて後ともかくもし給ふべきなり」（『筑波問答』）と、伝統和歌と同じ境地を目ざすべきことを説いています。俳諧については連歌の一体という限定のもとに「心ききて興あるやうにとりなし」（『連理秘抄』）たものとしていますが、「能々《よくよく》只意地ヲ先トシテヤサシキ詞ヲ好ミ用テ初心ノ程アラク誹諧ノ体ヲナスマジキ也」（『九州問答』）とむしろ否定的な態度をとっています。従って、俳諧と言っても彼の理念にそった句を入集しようとしたようです。そのため救済の先輩である善阿の句でも訂正して入集したと言っていますし（『十問最秘抄』）、『沙石集』の句も入集の際に訂正したのがあります。例えば、朝日阿闍梨が天文博士の妻と主人の留守を幸い密会している所を見つけられ、西の妻戸から逃げ出そうとした時、博士に言い掛けられ、それに答えた連歌、

アヤシクモ西ニ朝日ノイヅルカナ　博士

天文博士イカニミルラン　阿闍梨

が『菟玖波集』では、

あやしくも西よりいづる朝日かな

天文博士いかがみるらん

となっています。前者の前句は見たままそのままを言っていますが、後者は朝日が強調され、付句も「いかに」が「いかが」となり、係り結びを用いて「見る」ことを強調されている等、洗練され整った句になっています。しかし、事件のなまなましさ、咄嗟《とつさ》の表現としては、客観的に眺めたような後者よりも、前者の方が稚拙ながらも感じが出ているように思われます。

コヲコヲコヲトハラゾナリケル

河船ノアサセモチカクナルママニ　（沙）

こうこうとこそ腹はなりけれ

河船の浅瀬も近くなりぬれば　（菟）

前者のコヲの繰り返しを二度に止め、「こそ」を入れて「ぞ」よりも強調し、付句の「ナルママニ」を「なりぬれば」と判断的要素を強めました。しかし前句の無心性はコヲという擬音語に重点がありますから、それを三度繰り返し強調した『沙石集』の方が、素朴ながら現実感に富んでいるとも言えましょう。

鎌倉武士の後藤基政が、花見の帰途、花を一枝簿《うつぼ》にさしていたのを、桟敷の女房が見て言い掛けたのに、早速馬から降りて応じた句、

ヤサシクミユル花簿カナ

モノノフノ桜ガリシテカヘルニハ

の付句が「武士や桜狩りしてかへるらん」と訂正されています。これで句全体が締ったものとなりましたが、自分のことを「らん」と推量するのはどうでしょうか。

訂正により洗練され良い句柄となってはいるのですが、反面俳諧性が減退している場合も出てきています。

『菟玖波集』巻十九雑体連歌に俳諧の項を設けたのは『古今集』巻十九雑体に誹諧歌があるのに準じたと思われます。そこには平安時代から当代に至るまでの俳諧一二八連と一句が収められています。前に述べたようにこれらの句はいずれも良基の趣旨にそったもの、或いはそのように訂正された句とは言え、それだけにまた当時のすぐれた俳諧の姿を示していることにはちがいありません。そこで、いわば俳諧の一つの出発点としてその特質をみていきたいと思います。

一、語戯はそれだけが中心というのではなく、句の内容と深く関わって俳諧性を高める働きをしています。

老いたる鼠ゐる穴ぞなき

古寺の壁まだらなる犬ばしり　　救済法師

「老いたる」に「古寺」、「鼠」に「犬」、「穴」に「壁」を対応させ、「犬ばしり」（築地《ついじ》の外側と溝との間の狭いあき地）に犬が走ることを、「居る」に「入る」を、「壁まだら」に「まだら犬」を掛け、犬

に追われた老鼠が壁の穴を求めて逃げ惑う滑稽な姿が面白く描かれています。語戯はそれ自体が目的でなく、この場面を出す道具のようになっているのです。しかも和歌に出てこない素材を用いながら上品な句柄になっています。

あるじも従者も酒をこそのめ

かめきくをともに具したる平次殿　　敬心法師

「あるじ」に平次、従者に「かめきく」――遊女でしょうか、『曾我物語』に黄瀬川の亀菊という遊女が出ています――で応じ、「かめきく」のかめに酒を入れる甕《かめ》を掛け、平次に瓶子（徳利《とつくり》）を掛けて前句の酒に応じています。対応語や掛詞によって語戯の面白さを見せると共に、それによって前句が一般の主従の話であるのを、遊女を連れた遊興の話に転じた面白味を作っています。

単なる言葉遊びに類するものでも、語呂合せから脱し、文字や言葉の構成の分析が機知的な面白味を見せています。

川のほとりに牛は見えけり

水わたる馬の頭や出《いで》ぬらん　　読人しらず

前句はなんでもない光景を詠んでいますが、これを付句で如何に面白くするかがねらいです。付句は川に水、牛に馬を対応しているのは当然ですが、その馬を十二支の午《うま》と掛けて、そのたての線が上へつき出ると牛の字になるというのです。これまでの字謎は多く字の構造に関するものでしたが、ここでは既成の字に手を加えることで解くという形で、機知性がいっそう強くなっています。

鶯の子の子規《ほととぎす》かな

親の名の末一文字やとりつらん　　敬心法師

子規は自分の卵を鶯に孵化させる習性があるところから、鶯の子の子規といいました。そうすると両者はいわゆる親子関係ということになります。そこで親の名のウグイスの最後の一文字スをもらってホトドギスとしたのだろうというのです。当時、公卿や武士はよく親の一字をとって子につける（例えば定家の子為家）風習があり、鶯や時鳥を人間と同じように考えた面白さです。

風爐《ふろ》に入りたりける人の叔母を呼びければ

風呂のうちにて伯母を呼びけり

我が親の姉が小路の湯に入りて　　十仏法師

風呂では垢を落してくれる湯女《ゆな》を呼ぶのが普通なのに伯母を呼んだという前句に対して、姉という名を持つ姉小路湯に入ったのだから、風呂の名にちなんで自分の親の姉である伯母を呼んだのだ、と前句の謎を解いたのです。風呂に湯、伯母に親の姉を対応させて、言葉の意味を通して謎解きをする知的興味がねらわれています。

二、物語や歴史の上の有名な人物も素材に現われてきますが、まだ滑稽や揶揄《やゆ》の対象までにはなっていません。しかし仏を擬人化するなど擬人化による面白味は出始めています。これは室町期の「誹諧連歌」で、神仏に限らず尊敬すべき人物や古典等を下落させて痛快がる発芽とみられます。

かたき打ちたる曾我の殿原

十郎がおもひきりたる五郎ぜよ　　敬心法師

建久三年五月、源頼朝が富士の裾野で巻狩りをした時、曾我十郎、五郎兄弟が父の仇工藤祐経を討った話で、付句の「おもひきりたる」の「きり」に刀で切る意を掛けて前句の「敵打ちたる」に対し、「曾我の殿原」に「十郎五郎」で応じました。「五郎ぜよ」は「ご覧ぜよ」の掛詞で『曾我物語』巻七

「千草の花見し事」に「時致《ときむね》（曾我五郎）おもひきりたる事なれば」とあるのに依っています。

仏だににがき物をや好むらん

極楽はよきところなり　　敬心法師

仏を擬人化して人間なみに扱った面白さよりも「良薬は口に苦し」という諺を扱った面白さに重点があるとみるべきでしょう。「仏」に「極楽」、「苦き」に「良き」が対応しているのですが、前句と付句との意味の続きは不十分と言えます。しかし仏の擬人化が現われたことは注意されます。

ひだるさにつのひかるるぞ心えぬ

やぶれぐるまをかくるやせうし　　救済法師

ろくに食事も与えられず、空腹なのにひっぱりまわされるとはどうしたことかと、牛を擬人化して不平不満を言わせています。付句はそれを貧乏公卿に飼われている牛ととって、破れたみすぼらしい牛車をひかされている痩牛のことだよと付けました。牛の擬人化が付句でいっそうひき立って面白い句になっています。それと共に地下人が勝手な想像をして公卿を揶揄する痛快さがあります。

三、場面の転換とか中身のすりかえによる面白さをねらったものには、すぐれたものがあります。

親に知られぬ子をぞまうくる

我が庭にとなりの竹のねをさして　　読人しらず

親は自分の産んだ子を知らぬはずはありません。無理な内容の前句に対し、それを竹のことに転じ、それは隣家の竹が地下茎を伸ばして自分の家の庭に竹の子ができたのだと謎解きをしたのです。

青き鬼ともなりにけるかな

古寺の軒の瓦に苔むして　　敬心法師

「青き」に「苔」、「鬼」に「瓦」の対応ですが、青鬼になってしまったという何か恐ろしげな句をお寺の軒先によくある鬼瓦に転じたのは予想もつかぬ巧みな転じ方で、ここではもう語戯の面白さは問題でなくなります。

四、古典の知識を呼び起すこと自体に興味の中心を置いたものがあります。有名歌人や上流の人達の句に多いようです。

かへるの鳴くは山吹の花
したへどもとまらぬ春ぞ力なき　　頓阿法師

頓阿は有名な歌人。歌集に『草庵集』、歌論書に『井蛙抄《せいあしよう》』等があります。『万葉集』『新古今集』等にある厚見王の歌、

かはづ鳴く甘南備河に陰みえて今か咲くらむ山吹の花

の歌語「かはづ」を俗語「かへる」にかえて春の趣きを詠んだのに対し、催馬楽《さいばら》の「力なき蛙」の一節、

力なき蛙〳〵、骨なき蚯蚓《みみず》〳〵

を踏まえることによって、前句の蛙に「力なき」の語を対応させたものです。和歌や催馬楽の知識が無いと、逝く春を慕うという気持はわかっても、俳諧としての面白味が出てこない句です。形の上では前句の「かへる」の俗語でかろうじて俳諧となったという感じです。このように『菟玖波集』では俳諧としてすぐれた句が集まっていますが、良基の意図もあってかなり和歌的世界の名残りが留まっていることも感じられます。

ここに一つ注目しておきたいことは、俳諧への姿勢の変化です。『拾遺集』の頃はそれが作られた

事情が各句毎に述べられ、前句・付句共に作者の名が書かれ、不明の時は和歌と同じように「読人しらず」と書かれていました。『実方集』にも連歌十三句がありますが同様です。『金葉集』十九句の中、

たでかる舟のすぐるなりけり

これを連歌にききなして　相模母

朝まだきからろの音のきこゆるは

は、前句が詞書を兼ねたような形になっていますが、これ以外はすべて詞書や作者名があります。もっとも詞書は「桃園の花を見て」「日の入るを見て」等と簡略になってきてはいます。俊頼の『散木奇歌集』でも五十五句すべて詞書があり、前句の作者名も五十二句まで判明しています。ただこの集の詞書で注意されるのは、既に述べたように、句が即興的でないことを示すものがあることです。即興よりも付句自身のよさを重視する傾向です。また、自分で前句を言って自分で付けているのが四句ありますが、これも掛け合いより付句自体の面白さを考えての結果でしょう。『沙石集』では聞き書きという点もありますが、詞書の無いものが二十六句中五句、前句の作者名の無いのが十四句、あっても「女房」とか「或る人」「僧の中に」「何者のしたりけん」等と具体性を欠くのが四句、更に前句・付句共に作者名の無いものが十一句です。これらのことは、本来日常生活の中での即興的機知のやりとりから発生した連歌が、次第にフィクションの世界で面白味を創作するようになる姿を示しているというべきでしょう。これが『菟玖波集』の俳諧になるとこの傾向はいっそう強くなり、一二八句の中で詞書のあるものは、明らかに平安時代の作と思われるものを除くと三十三句しかありません。前句の作者名があるのはこれも平安時代のものを除くと二十一句しかありません。この比率は『沙石集』の場合と正に逆転しています。それだけ付句中心になってきたことがわかります。

室町時代の俳諧

室町時代に入ると宗祇《そうぎ》によって第二の連歌集『新撰菟玖波集』（準勅撰）が明応四年（一四九五）に撰せられますが、これには俳諧の部立はありません。しかし当時の連歌師が俳諧に手を染めなかったのではないことは、宗祇・宗長《そうちょう》・兼載《けんさい》等の俳諧が少数ながらも現存していることによって知られます。これは有心連歌が『菟玖波集』の頃とはちがって高い文芸性を持ったものとなり、無心連歌とははっきり世界を異にしたためと思われます。そしてこの連歌集に呼応するかのように、その四年後の明応八年、俳諧連歌の集である『竹馬狂吟集』が、その約五十年後には宗鑑の『誹諧連歌抄』（『新撰犬筑波集』）がまとめられているのです。そこでこの両集の特長をいっそうはっきりさせるため、まず当時の有名連歌師である宗祇と兼載の俳諧について、少し触れておきたいと思います。

宗祇の俳諧

宗祇は俳諧について『吾妻問答』で次のように言っています。

　連歌士の誹諧と申すは狂句の事に候なり。誹諧体と申すは利口などしたる様の事に候哉。古今に見え候。其の分一体の事なれども悪しきをあらはす其の一なり。誹諧にも詞の誹諧心の誹諧侍るとかや……

「狂句」とは既に二条良基が「心ききて興あるやうにとりなす」（『連理秘抄』）と言っていて、「利口」も同じような意味と思われ、結局『古今集』にある「誹諧歌」と同じ性格のものとしているようです。

「誹諧歌」が和歌の一体とされているところから「誹諧」も連歌の一体としていますが、彼は俳諧的な性質は連歌には好ましくないものとしています。『老のすさみ』に、

愚意に思ひ侍る、連歌正風は前による心誹諧になく、（中略）地盤に心たゞしく詞えんにあらむとこひねがはば、時にあたりてあしからむは我が道のやつれにはなるまじくおぼえ侍るなり。

とあって、連歌はあくまで俳諧的であってはならず、心正しく詞艶であるべきで、それに外《はず》れるのは悪いことだとしています。『吾妻問答』の場合も、そうした悪いこと、即ち口軽く滑稽なことをあらわすのも一つの行き方であるけれども、本来の行き方ではないという語気が感じられます。そこで、実作についてみることにします。彼の句集『萱草《わすれぐさ》』の中に「誹諧体連歌ニ一句百句付侍しに」として、

人のこころのかはる世の中
① 時過る身こそ六日のあやめぐさ
② あふさかもはてはなこその関路にて
③ うき身さへいまはの時やをしからん

があります。①は「六日のあやめ」という成句を用いた句作りで、『平家物語』志度合戦に「今は何の用にかあふべき。会《ゑ》にあはぬ花、六日の菖蒲、いさかひ果てのちぎり木かな」とあるので明らかなように、あやめは五月五日の菖蒲の節句にこそ役に立つが、翌日になっては何の役にも立たぬというところから、年をとり顧みられなくなった身の嘆き、前句の世の中を男女の仲ととって、さだ過ぎ、誰からも相手にされなくなった女の嘆きを付けたもので、世俗の諺を用いたところから「誹諧体」としたのでしょうが、句としては面白味よりもむしろしみじみとした人生の哀れが出ています。

②は歌枕の関所名を用い、都から旅立って逢坂の関を越え、果ては勿来《なこそ》の関に至るという意の奥に、

逢いたいと切なく思った仲もやがて「もう来るな」と思うようになってしまうと、人の心の常ならぬことを付けました。これも語戯の面白さより、愛の無常といった抒情性が感じられます。
③は世をいとった身さえも愈々《いよいよ》出家遁世するとなるとさすがに惜しく思うであろうと、出家しようとする人の本音を皮肉ったところがあります。いずれも前句にうまく付けた句ですが、付句自体は俳諧性が薄いといえます。また同集に「付様誹諧体の連歌」として集められている句があります。

① 人につくすはあたの心か
　おれば花あるじをさへやうらむらん
② はるかにとふやいづみ成らん
　杣人《そま》のおのにくだくる木はちりて
③ 今さらおもひよはるべしやは
　里近く山のたきゝをもちわびて

これらの句の付様をみますと、①は「あた」が前句では狂言『素襖落《すおうおとし》』の「こなたで下さる御酒にあたな御酒は御座らぬが今日のは格別結構に覚えまする」とある「あた」で、人に尽すのはいい加減な心であろうか、とても深い心なのだの意に対し、付句ではそれを仇にとり、花を擬人化しています。②も前句の「とふ」は訪う意であるのを付句では飛ぶ意として、樵人が斧で砕く木が飛び散ったとしました。③も前句の「おもひよはる」は出家しようとした心が弱くなるの意を、付句では薪を山から持ち運んで来たが里近くなって今更重くて持ちわびるという意に転じています。これらから、前句の言葉の意味を別の意味に見立てて転ずるのを「付様誹諧体」と言ったと思われます。彼は『歌林山かつら』(京大穎原文庫蔵)で「おなじことばにてその心かはる事おほし」として百二の言葉をあげ、例えば「すさむと云こと葉」にそれぞれ和歌を引いて「是はいづれも風のあらき心なり」「是はいづれもふりやみ吹やむ心なり」「是はいづれも不用心なり」「また筆のすさみ口のすさみはなぐさみなり」といった具合に解説し、語の多義性は連歌において至極大切なことだと言っています。従って俳諧に限らないことですが、ここで「付様誹諧体」と言ったのは、その言葉の見立てが意表に出るような場合を指しているのではないかと思われます。

次に北村季吟の『新続犬筑波集』に「宗祇独吟百韻の中」とか「独吟百韻の外」として引かれている句があります。

堂はあまたの多田の山寺　といふに
まんじゆうをほとけのまへにたむけおき
たれみそすくふしやくそんやある

仏に関する句ですが、「多田」は兵庫県川辺郡の東部、多田満仲の居た地名です。その地名から人名を引きだし、それを同音の饅頭に転じてお堂にお供えをし、饅頭から「垂れ味噌掬《すく》う杓子」を連想しました。「たれみそ」とは今の醬油のかわりに用いた味噌のたき汁のことで、「誰」の掛詞になって釈尊が誰を救うのかの意になりましょう。それを掬う杓子から類似音で釈尊と言い下したものです。これらは言葉の洒落で巧みに転じたもので、饅頭・たれみそ・杓子等の世俗語がありながら、句の流れは一定の上品さを保っています。

いと細き手にあかがりや渡るらん
日々にまさりて旅はたへがた
関守のこころはきびし銭はなし

旅の句で、女の細い手に哀れにもあかぎれが一面にできていることだという句に対し、その「あかがりや渡る」から「雁が渡る」の意を感じ取って長途の旅を付け、「あかがりやわたる」に「日々にまさりて」を対応させて女の旅が日々に耐えがたくつらいとしました。次の句では女のことから離れ、日々関守に関所通行料金をきびしく取りたてられることよと、旅の苦労を金銭の上のことに転じました。旅に関守、「たへがた」に「きびし」が応じています。転じ方のうまさ、特に語戯によるうまさが光っています。しかしこれとても面白味よりむしろ旅の苦しい心情が感じられます。

忍び路ならば天くらふなれ

名やたたん月のさはりを身につけて

前句の「忍ぶ」に「名や立つ」を対し、「天くらふ」に当時有名な槍師であった天九郎俊長を掛け、その槍から「突く」を連想し、それに同音の「月」を以て応じています。さらに、『古事記』の日本武《やまとたけるの》尊《みこと》が美夜受比売《みやずひめ》に送った歌「……汝《な》が著《け》せる襲《おすひ》の裾に月立ちにけり」を踏まえることによって、前句の恋の道行を卑俗な世界に転じましたが、古典のフィルターを通すことで一定の上品さがあります。

しかし宗祇はこのような傾向の俳諧ばかりを作ったわけではありません。『実隆公記』明応八年（一四九九）三月十五日にある句、

藤はさがりて夕ぐれの空　宗長

夜《カ》さりは誰にかかりてなぐさまむ　宗祇

は比喩的ではありますが、かなり露骨な句です。この時の状況を三条西実隆は次のように述べています。宗祇や宗長等が酒を持って来て、集まった人達がすっかり酔っぱらい、言い捨ての句に興じている中に、宗祇が言ったもので、他の句は忘れたがこれだけは覚えて書き残した、と。宗祇としては全

くの酔余の座興で、まさか書き留められて後世に残るとは思っていなかったのでしょう。勿論彼の句集にもありません。つまりこのような句は「誹諧連歌」にも入らない、一種の猥談ぐらいにしか考えなかったと思われます。従って彼の俳諧は語戯による巧みな転換が主であって、発想の自由化には一定の限界があるものと言うことができましょう。

なお彼には畳字《じょうじ》の独吟百韻連歌がありますが、これは各句に漢語（熟語）を詠み込んだ連歌で、早く『拾遺集』に見られ、二条良基の作と伝えられる「独吟畳字連歌」、また宗祇の少し前の応永二十年（一四一三）に伝阿の作、さらに天文二年（一五三三）の「畳字連歌」等があり、連歌の一つの型になっています。和歌連歌には漢語は普通詠み込まないところから俳諧とみなされていますが、宗祇の場合、

花にほふ梅は無双の梢かな
柳の眉目はげに今の時
春の夜はかすみを月の規模として

といった具合で、むしろ漢語をよみ込んだ連歌といってよいでしょう。

兼載の俳諧

兼載はその連歌論の中で直接俳諧について述べたところはありませんが、『兼載雑談』で、

強力の句には強力に付け、幽玄の句には幽玄に付く。俳諧には俳諧に付けて何も調ひて際限なきを上手とはいへり。

と強力句、幽玄句、俳諧とならべ、いずれも付けられるようにと、特に俳諧を連歌から排除する考え

はみえません。のみならず「狂句も後にやはらかにせむ下地とおもひてせばよかるべきとなり」と上達への下地と考えていたことがわかります。さらに『伊勢集』に「家を人のになして」として出ている歌、

飛鳥《あすか》川淵にしあらぬ我が宿もせに変りゆく物にぞありける

の解について、「せにかはる」は代のかわるという意で「銭にかわる」との解はいけないというのに対し、「無下なるものをやさしくよみなすこそ作者にてはあれ」と述べ、歌に世俗性が入ることを必ずしも悪いとは考えないことを示しています。従って同書では、

色青しもときつねあり夏木立　と俳諧の発句に、脇を後小松院あそばしたり

しようびはことにくれなゐの花

もときとは持明院の名乗なり。笙《しやう》の御家なり。基俊の子孫伏見殿の御事なり。つねありとは園殿なり。琵琶の家なり。いづれも色のわろき人なり。

と、前句には人名が詠み込まれ、付句には「薔薇は」に笙と琵琶が掛けられ、二人共に顔が青かったと俳諧の解説をし、また、下手の俳諧の例をあげて言葉の使い方を注意したりしています。しかし一方『梅薫抄』では、

此比の初心のひとたち、堂塔などといふ句、地獄などといふ句、まなことば、連歌のほどもしらずして、ほしきままにつかまつる事あるべからず。我等時としておどけたる句などをつかまつる事は、くわうしんてひと中連歌を、姿みわけてつかまつるを、初心ふもんの人よき事ぞと心えて此姿に句をつかまつる事あさましき事也。（中略）

もろこしの吉野の山に君すめど（「こもるとも」〈古今集〉）おくれんとおもふわれならなくに

是等の歌をよく〳〵人にも聞き給ふべきなり。此歌ははひかひの体歌とやらん先達も申されし。今比の無学の人つかまつるたぐひ、ひとつとして古人の本意にかなふべき句みえず。

と、初心者が連歌とは何か、俳諧体の本質は何かを十分理解せずに畳字連歌や俳諧的な句を作ることを戒めています。これらのことは兼載が俳諧についても『古今集』の誹諧歌の伝統をひくものとして、それなりの価値を認めていたことを示すものと思われます。

兼載の「誹諧独吟百韻」が東山御文庫にあることを伊地知鐵男氏が書陵部紀要第三号で紹介されていますので、それによって彼の俳諧についてみることにします。宗祇の場合と同じように、仏・旅・恋の順で例をあげます。まず仏では、

鬼だにも仏をみれば逃げぞする
をがみて通れ堂寺の前

旅の道さはりあるなと祈念して

宗祇のように掛詞によらず、仏・堂・寺・祈念と縁語で展開し、語戯の面白さよりも世俗的発想による面白味がねらわれています。

門のまはりに立ちまはりけり
たび人の宿をも終にこすかれて
あぢきなげなる夕暮の空」
銭をば持たぬ道の悲しさ
傾城はあれども宿に独り寝て
唯恋しきは古さとのつま

宗祇は女の旅の苦しさから関銭をとりたてられるきびしさと転じて、高所から旅人の哀れを見下ろしている感じでしたが、兼載の句は作者自身が哀れな旅人の身となっています。「こすく」は『日葡《にっぽ》辞書』に「追い出すに同じ、卑語」とあり、門の廻りをうろついても泊めてくれず、揚句の果て、たたき出されてみれば折からの夕暮、なんと味気ないことよと、庶民的な姿・感情がえがかれています。後の三句は銭を持たぬ旅の男の悲しさ、遊女を買いたけれどもかなわず、淋しく宿での独り寝ともなれば、家に残してきた女房が恋しくなるという、これまた庶民の旅の、あわれにも滑稽な男の本音が語戯によらずに詠まれているのです。恋の句では、

拍子打つ風呂の吹きてと聞くよりも
うしろをむきてせをかがめける
こがつしき流石《さすが》に道をしりぬらん

「風呂の吹きて」とは、風呂にはいった人の体の垢を落す人。背の垢を落し易いように後を向いて背をかがめたということから男色の姿に転じ、喝食《かつしき》(禅寺の稚児)は年端もゆかぬながらさすがに稚児だけあって男色の道を心得て、としたもの。男色を俳諧にとり入れ、きわどいことを述べながら露骨にならず、巧みな付句となっています。宗祇は古典を踏まえて「月のさはり」をよみましたが、兼載は男色を直接に詠み込んでいる点、思い切った素材の自由化がみられます。次の場合も同様で、

しのび〳〵につまをたづぬる
さひを手に取ながらへるも口惜や
はだかにならばさていかにせむ」
出家を見ればおなじ耳鼻

かすせ《くカ》どもむすこや隠れなかるらん
　つぼねの角になく声ぞする

言うまでもなく前の三句は博打渡世、後の三句は僧をこきおろしその破戒ぶりを面白く表現しています。また一方、古典的なものも世俗化することで面白味を出したものがあります。

　永日の暮れぬる里に鞠《まり》をけて
　ほころびがちにみゆるかみしも
　主殿と狂言ながらむしりあひ
　いそいで鳥をくはんとぞする

蹴鞠という古典的優雅な世界から出発していながら内容は全く世俗的で、「むしり合ふ・くふ」といった俗語がそれをよく支えています。金子金治郎氏が「兼載伝」で「彼の連歌には即物的心象を尊び素樸端的に表現する特長がある」と述べておられますが、俳諧の場合も同じで、

　やせもののすこのみどものえらまれて
　顔をしかめつほうをすぢめつ
　絵にかける五百羅漢のなりをみよ

は実体を的確に表現することで滑稽さを感じさせます。

荒木田守武《あらきだもりたけ》はその『誹諧之連歌』(守武千句)の跋で、

　兼載このみにて心ものび他念なきとて長座には必ずもよほし、庭鳥がうつほになると夢をみせ、
　むこ入に一ばしをわたり……

と、彼が俳諧を好んだことを伝えて、その句例をあげています。この句は、

こころぼそくもときつくるこゑ（『犬筑波』では「こゑ」→「らむ」）

鶏がうつぼになるとゆめに見て」

めでたくもありあやうくもあり（『犬筑波』では「あやうく」→「あぶなく」）

むこいりの夕にわたるひとつばし

で、前者は、鬨《とき》の声とは威勢のよい筈なのに心細いという矛盾した内容の句に対し、「とき」を鶏の鳴く「時の声」と見立てて、鶏が皮を剝がれて矢を入れる靫《うつぼ》に使われる夢をみてと、語戯によって謎解きをしたものです。後者も意味のとりかねる前句の謎解きですが、いずれも発想が和歌連歌の世界から離れて全く世俗的機知的で、この両句は『竹馬狂吟集』や『犬筑波集』に採られています。兼載の俳諧の場合は掛詞よりも縁語で場面を巧みに展開し、世俗的発想による俳諧性がみられます。この点宗祇と異なり、更に一歩「誹諧連歌」の世界に踏み込んでいるわけです。それは彼が俳諧を好んだことにもよるのでしょう。

『竹馬狂吟集』の世界

明応八年（一四九九）の序文を持つ『竹馬狂吟集』十巻は、それまでの連歌的世界とはっきり訣別して独自の世界を示した初めての本格的「誹諧連歌」集と言えます。この書名の「竹馬」は未熟の意と共に「菟玖波」をもじったものと思われます。或いは『続日本紀』に常陸国筑波郡の出身で采女《うねめ》として仕えた人に「竹波の命婦」というものがいたとあり、「竹波」は「筑波」の宛字とすれば、「竹馬」も同様に考えられます。「狂吟」は俳諧を意味し、四年前に出た『新撰菟玖波集』に対応したことが感じられます。その序文の内容は、それまでの連歌集が『古今集』の序文に準拠して書かれているのに対し、これは全くそれから離れ、俗語を交え縁語・掛詞を多く用い、古典・故事・漢籍・仏典の文句をもじり、全文を対句形式で通すといういわば俳諧的な戯文で、「誹諧連歌」の趣きをそのまま表現したものということができます。その内容も「誹諧連歌」を中国の清狂佯狂に擬し、『往生要集』の「煩悩即菩提」を引いて俳諧も得解脱の便であると、その効用を述べ、「誹諧連歌」の性格を明らかにして、その独立を天下に宣言した感があります。撰集に当っては広く手をつくして資料を探索したのではなく、自分が見聞した限りにおいて集めたものと、当時の俳諧のありようを物語っていますが、それらをともかく他の撰集なみに発句と付句に分け、発句四季計二十句、付句四季計五十八句、恋十六句、雑百四十三句にまとめて世に問うたのです。

発句があることはこの頃俳諧の長連歌がかなり多く行なわれていたことを示すわけで、集中にも、

いまからだにも契る井のもと

よろひ毛は振り分けがみのはじめにて」　雑

よろひ毛は振り分けがみのはじめにて

恋の病ぞおへものとなる」　恋

恋の病ぞおへものとなる

思ひ草へその下より根をさして」　恋

と、本来連続していたものであることを示すものがあります。

句にはすべて詞書・作者名がなく、従って作句事情や作者に関係なく、句だけが扱われていることは、鎌倉時代から始まった傾向の至りついた姿と言えましょう。また前句の中には、

いつつあるものひとつ見えけり

吹くも吹かれずするもすられず
めでたくもありあやうくもあり

といった前句付けの発句に類するものも多く現われています。

撰者については、序文に引用されている和漢仏の知識は、僧であり連歌を嗜む者であれば常識に属するものと思われ、対句的構文は中国の駢文《べんぶん》体の影響も考えられます。また序文中、

足腰もたたぬほどに衰へ和歌の浦波たち居にはあしへの音たかきのみなれども

とありさらに、

ことさらに井の底の蛙の入道住みぬる水のあさあさと林の下の梅ぼうしにほひなく

とあり、禅僧を「林下の貧」と言うこともあることから、この作者なり編者は俳諧好きの老禅僧かと思われますが、積極的な根拠となるべきものは見当らず、不明というほかありません。

前に宗祇・兼載の俳諧を見てきましたが、兼載が『連歌延徳抄』で、

連歌は百韻の移りもて行く様によりてよくも悪しくも聞え侍る也

と移りの大切さを説いているように、俳諧においても、宗祇は主として語戯により、兼載は縁語や句意の点から巧みな転じ方を示しています。しかし一方、総体的に眺めてみますと、発想の点でなお伝統的な貴族文学の世界から脱し切れず、そのため世俗的で叙事的なおかしみに徹していない面が認められます。これに対し『狂吟集』の場合はどうかを、まず宗祇・兼載の場合に倣《なら》って仏・旅・恋に関する句からみていくことにします。

大日堂の春のゆふぐれ
花見んとこんがうかいにまづ行きて」

ぢごくの歌をうたふこゑごゑ
聖霊やさかもりすらん盆のくれ」
前者は「こんがうかい」に大日如来の金剛界と「金剛草履（大形で丈夫な草履）を買う」の意を掛けた面白さと共に、大日堂―大日如来―金剛界―金剛草履との連想展開の面白さがねらわれています。後者は昔京都の北野近くにあった遊女町の名「地獄が図子」を仏教の地獄にして、亡者に庶民同様お盆の夜に酒盛りをさせ、地獄の流行歌でも歌わせるという突飛な発想の面白さがあります。

つひには渡す大般若経
負ほせたる六百貫を責められて」
大はん若はらみ女の祈禱かな
巻第三のひもをこそ解け」

お経についても、前者は遂には衆生を極楽浄土へ渡してくれる有難い大般若経六百巻を、坊主がこともあろうに博打に負けた借金六百貫の抵当として渡してしまったとし、後者は『大般若波羅蜜多経』の「はらみ」を妊婦の「はらみ」に掛けて、安産祈禱のため『大般若経』を誦むというのを、六百巻皆誦む必要はない、第三巻さえ誦めばよい、なんとなれば産（三）の紐解くというではないかと洒落のめしています。

阿弥陀は波の底にこそあれ
南無といふ声のうちより身を投げて」
南無阿弥陀仏と落つるかの池
蓮葉《はちすば》の上にのぼれば目の舞ひて」

南無阿弥陀仏と名号を唱えて入水自殺をする時、阿弥陀仏と唱える頃はもう身体は波の底だ。だから阿弥陀は波の底にいらっしゃるものだとか、せっかく浄土の蓮の葉の上に往生したのに、日頃登ったこともない極楽という高い場所なので目が舞ってその池に落ちてしまったと、「落つる」に「上る」を対比して、庶民にありそうなこととして笑いぐさにしています。旅に関しても、その苦労や嘆きといった心情的なものはなく、

不動の前を忍びてぞ行く
盗人の夜倶梨迦羅の山越えて」

紅葉を折りてふりかたげけり
立田川わたれば棒を月の夜に」

悪を退治し衆生を守ってくれる不動明王の前を何故か見つからぬよう忍び足で行くという疑問を、倶《く》利迦羅《りから》山に「来る」の意を掛けて、その山に不動尊がお祀《まつ》りしてあるので、乱暴者の盗賊が柄に無くこわがって、忍び足でこっそりと越えたと、滑稽な謎解きをしたり、紅葉狩りの帰るさ、紅葉の名所立田川を月夜に渡ると、盗賊の出る龍田山の近くとて、かついでいた紅葉の枝を護身用に突いて行くのだと、月に「突き」を掛けて古典的優雅さを茶化しています。ついでながら古典的人物の扱いにしても、

出家のそばに寝たる女房
遍昭にかくす小町が歌枕」

いまからだにも契る井のもと
よろひ毛は振り分け髪のはじめにて」

のように『後撰集』や『大和物語』に出ている小野小町と遍昭の贈答歌を踏まえて、相手が歌のライバルだから枕を共にしても歌枕（作歌のノート）は隠していることだと、庶民的根性で揶揄し、『伊勢物語』二十三段の幼な馴染どうしがやがて結婚する話を、付句で性徴を示す毛の生えそめで応じるなど、ここも古典を揶揄の対象として扱っています。恋の句の場合、

　　とめ所なき人の恋しさ
　玉づさにあなかしこをも書かずして」
　　流れての名は人ぞしいだす
　河ばたに恋する比丘尼子を生みて」

恋心の抒情ではなく、手紙の末尾に書く慣用語を落したためだと「とめどころ」に「あなかしこ」を対応させせた機知の面白さであり、次の句は世の噂は人が作り出すものだという前句に、その人を尼とし、しかも破戒の事実を持ち出して揶揄するなど、すべて茶化す材料になっています。男色に関する句でも、

　　槍をにぎりて法師かけけり
　稚児の射る引目の音におどろきて」
　　およばぬ恋をするぞをかしき
　われよりも大若俗のあとに寝て」

前者は、前句の槍を男根と見立て、法師が突き入れようとしたとたん、稚児が引目の矢の音のように高らかに放屁をしたので、自分のものを握ったまま逃げ出したという笑い、後者はとても成就できないことがわかっているような身分違いの人に真剣に恋をしているおかしさというのを、背たけが違い

すぎる若俗に抱きついている格好のおかしさに転じた笑いで、フィクションによって滑稽さを構成しています。性に関する句では、

恋しやしたやさていかにせん

我がつまの忌日の仏事ぜにはなし」

握り細めてくつと入れけり

葉茶壺の口の細きに大ぶくろ」

のように性的期待を見事にはずす面白さをねらったものが多くあります。

『竹馬狂吟集』は掛詞による意外性の面白さと共に、世俗化が特に強く、その中で、仏や僧、古典の有名人等、或いは風雅さといったものを好んで下落させる面白味をねらい、総じて表現が具体的で叙事的で明るい哄笑性がみられます。これはおおらかな室町心の発露とも言えましょうし、室町という変革の時代の民衆のエネルギーの現われとも考えられましょう。このようにして文学もまた貴族の世界から庶民の世界へと転じ始めることになるわけです。『竹馬狂吟集』の文学史的意味がそこに見出だせます。

『犬筑波集』の世界

『竹馬狂吟集』の約五十年後、俳諧第二の撰集である『誹諧連歌抄』(犬筑波系諸本)が出ました。編者は不明ですが、山崎宗鑑《そうかん》とするのがほぼ定説となっています。いつ頃できたかも不明ですが、宗鑑の没年が天文八(一五三九)、九年頃と推定されますので、それ以前の成立と考えてよいでしょう。「誹諧連歌抄」という名は固有名詞というよりも宗鑑の覚書きの標題とみた方がよく、彼は見

聞した句を書き留めておき、人から求められる毎に加除訂正して渡したらしく、またそれを転写する人も同様で、従って、定本といえるものは無く、いつしかそうした一群のものを指す名称となったというべきでしょう。それが古活字本・整版本等版本となりますと、句の異同も無くなりその頃に何者かによって『新撰犬筑波集』の名がつけられたと思われます。鈴木棠三氏は『慈性日記』の慶長十九年（一六一四）四月に「いぬつくハラ《ママ》かい候」とあること、木村三四吾氏は『山科言継卿記』の慶長二年八月二十日に「石川隼人佑ヨリ精進魚類物語犬ツクハ等返了」と出ていることを紹介されています。

現存の主な諸本は次の通りです（括弧内はその略号）。

大橋図書館旧蔵宗鑑自筆「誹諧連歌」（大）
天理図書館綿屋文庫蔵、大永奥書、宗鑑自筆本「誹諧連歌抄」（永）
大阪天満宮蔵江戸時代末期写「諸書留」のうちの俳諧（天）

この宗鑑自筆の原本が西ドイツベルリン図書館にある由、沢井耐三氏が紹介されています。

東京大学蔵柳亭種彦筆校本「俳諧連歌抄」（種）

種彦は「奥云行年七十五宗鑑在判。露沾君御蔵書　今筑前柳川松羅館蔵」と識《しる》しています。

大阪末吉家蔵宗鑑自筆「誹諧連歌抄抜書」（末）
京都壇王法林寺蔵袋中筆本（袋）
天理図書館蔵叡山真如蔵旧蔵「誹諧連歌」（真）
京都大学蔵穎原氏旧蔵「誹諧連歌抄」（穎）
京都大学蔵平出氏旧蔵「誹諧連歌抄」（平）

天理図書館蔵吉田家旧蔵「誹諧連歌抄」（吉）
宮内庁書陵部蔵鷹司信房筆「誹諧連歌」（鷹）
天理図書館蔵「新旧狂歌誹諧聞書」誹諧之部（新）
慶長刊十行古活字本新撰犬筑波集（慶）
寛永刊整版本新撰犬筑波集（寛）

このほか名古屋椙山学園大学に一本、及び短冊とか断簡類に句が幾つか残っています。これらの中、大橋本は最も句数が少なく、木村氏は、これが最初の宗鑑自筆のものであろうとされています。以下の伝本はそれをもととして追加訂正されていったものと思われ、平出本が最も句数が多く、それまでの句をできるだけ集大成しようとしたものと思われます。

次にこの集の句風については、勿論『狂吟集』の句風を継承しているのですが、それでも幾つかの変化が認められます。まず『狂吟集』と同じ句がとられながら、句形の異なったものについてみてみます（犬筑波の句は前記諸本の略号）。

　おそれながらも入れてこそ見れ
我が足や手洗の水の月のかげ　狂吟集
あしあらふたらひの水に夜はの月　大
あしあらふたらひの水に月さして　慶・寛

前句が下衆と上臈の恋の場を卑猥に勘ぐって言ったのに対し、当時の、月をあがめる習俗から、月の姿が映っている手洗いに足をつっ込んで乱すのを恐縮するという上品な内容に転じた句。付句の「我が足や」が他本「あしあらふ」とあるのは、足を洗うためにの意を明瞭にするため、「月のかげ」を大橋本で慣用句「夜はの月」としたのは、耳に入りやすく幾分情緒性を持たすためでしょう。版本の「月さして」は月の光がさし込む意となって、当初の月の姿が映っているというのと違ってきます。このように伝承の中でわかりやすい句へと変っていく傾向がみられるのですが、中には意味が異なってくる場合も見られます。

いまぞ知りぬる山吹の花
あやまつて漆の桶に腰かけて　狂吟集
さびしきものといまぞ知りぬる
夕ぐれは漆の桶に腰かけて　大・穎・平

『狂吟集』では意味がとりにくいことから改作された例です。しかし、これでも漆の桶の語が何故あるのか、明らかになりません。

番匠の遁世したるさまを見よ
さいづちがしらてうの月代《さかやき》　狂吟集
さいづちあたまそりやわぶらん
ひたひにのこるてうのさかやき　種・穎

『狂吟集』の付句は、さすが大工だけあって出家しても頭は才槌《さいづち》のようだし月代は手斧そっくりだというのですが、才槌頭や手斧形の月代は番匠の縁語であっても必ずしも番匠に限ったことではありません。そこでこの付句を他本では二つにわけて分りやすくしたと思われます。

いかにへのこの悲しかるらん
舟いくさともにて親の討たるるに　狂吟集

艫《とも》にはや親はうたるる舟いくさ　　永・種・真・平・頴・慶・寛

「へのこ」の語から何か卑猥な話が出てくるだろうとの期待を、「へのこ」を舟の舳先《へさき》にいる子と見立て、艫《とも》では親は討たれてしまったと舟戦のことに肩すかしを食わせた句です。他本では付句に「はや」の語を加えて戦の激しさを感じさせて前句の「いかに悲しかるらん」と密接に対応させています。いわば思いついたままの表現が的確な表現に推敲されています。

折る人の手にくらひつけ犬ざくら　　狂吟集
をる人のうでにかみつけ犬ざくら　　永・真
をる人のすねにかみつけ犬ざくら　　末・頴・平・寛
をる人のすねにかみつく犬ざくら　　慶

桜花を折るには普通高い所へ手をのばさねばなりませんが、犬がくいつくとすれば余り高い所では無理だというので手から腕に、更にすねとなりました。「くらひつけ」より「かみつけ」の方が犬らしく、歯をむき出した強い感があるとして変ったと思われます。合理的になった例と言えましょう。

阿弥陀は波の底にこそあれ
南無といふ声のうちより身を投げて　　狂吟集
あみだは波のしたにこそなれ　　大
阿弥陀は波の底にこそなれ　　永・頴
阿弥陀はみづのそこにこそあれ　　真・慶・寛

身投げで身体の沈んでいく順序からいうと波の底よりまず波の下で、「底にあれ」より「底になれ」の方が自然であり、波よりも水の方が一般的だというので変化したのでしょう。これは付句から逆に前句が合理化されていった例です。

足軽とこんにやく売りといさかひて
槍の先にぞさしみせらるる　狂吟集

足軽にこんにやくうりな行きつれそ　永
足軽にこんにやくうりの行つれて　頴
足軽にこんにやくうりの行逢て　慶

あしかるにこんにやくうりな行つれそ
槍のさきにてさしみせられん　平

『狂吟集』では始めからいさかうことになっているのを、他本では「行つれそ」「行つれて」「行逢て」というだけに止め、平出本は「な……そ」と禁止の形をとって、どうしてそうなのか、足軽と蒟蒻《こんにやく》売りが一緒になったらどうなのかとの期待を高めさせる効果を出しています。付句で乱暴者の足軽だから喧嘩をしかけられ、持っている槍先で蒟蒻は刺し身にされる、いやそれよりも蒟蒻売り自身が刺し身にされるだろうと謎解きをしました。『狂吟集』の場合だと単に説明にすぎないのを謎解きにすることで俳諧性を高めています。

およばぬ恋をするぞおかしき
われよりも大若俗のあとに寝て　狂吟集
我よりも大若俗《衆》にだきつきて　永・大・末・袋・頴・慶・寛

「若俗」「若衆」は同じで普通十八、九歳まで、それより年齢の高いのを大若俗といい、背も高くなります。前句の「およばぬ」は身分が違いすぎる意ですが、それを背丈の違いすぎる意にとって男色の句としました。それで男色関係は若俗でわかるとし、「あとにねて」を「だきつきて」とすることでいっそう露骨さが出て俳諧性を高めることになります。

このように句意がわかりやすく、内容が合理化されると共に、表現の的確性が増すことは、句として洗練されたことであり、俳諧性を高めることは俳諧の本来の姿の実現です。これは『狂吟集』から『犬筑波集』への伝承の過程における成長といえましょう。

『犬筑波集』の始めが宗鑑の撰であるとすれば、その成長には何らかの意味で、俳諧に熱心であった宗鑑が影響を及ぼしているであろうと思われますので、次に宗鑑の句についてみることにします。もっとも、彼の作として確実なのは『宗長手記』に宗鑑作として出ている二句のみです。これは同じ前句に宗長も付けていて、宗長は自分の句の方が勝れていると言っているのですが、『犬筑波集』には宗鑑の句の方が採られています。同手記のこの他の付句の中、七句が別の形でいずれも宗鑑自筆本にとられています。尾形仂氏は『俳諧史論考』で当時有名な連歌師宗長の自讃の句を無視し、あえて自作をとった宗鑑の姿勢からみて、これら七例も宗鑑作の可能性が高いと言われています。尾形氏はこのほか真跡短冊によって発句四、詞書の内容から発句六、付句七を宗鑑作と想定しておられますが、いまは『宗長手記』の句を中心にみることにします。

をひつかん／＼とやはしるらん

高野ひじりのあとのやりもち　　宗鑑

高野ひじりのさきの姫ごぜ

愚句はをひつかんと云心付まさり侍らん哉。

宗長は「追ひ付く」という言葉をそのままに、高野聖や姫ごぜが忙しく走っている様子を出して、追いつくという心がよく出ていると自讃したのですが、宗鑑は「追ひ付く」を「笈突く」と思いがけない意味に見立てて、高野聖、実は関所通行自由の特権を利用した商売人同様のえせ聖、それがいつも背負っている笈を、これも当時ならず者と見られていた槍持ちが、突いてやろう、突いてやろうとして走っているとしました。前句をひとひねりした上で意外なことに転ずることで、俳諧性が高くなっています。さらに『犬筑波集』では前句の「走るらん」を「思ふらん」にかえています。これも付句との間で、そしらぬ顔をしながら心の中では……と、いたずら心の面白さが出るようにとの考えからでありましょう。

碁ばんの上に春は来にけり

鶯の巣籠りといふつくりもの　　宗鑑

朝がすみすみずみまでは立いらで　　宗長

これも愚句付まさり侍らんかし

宗長は碁盤に「すみ」、春に霞を対し、碁の用語の「角に立ち入る」を用いて、朝霞はまだ隅々までは立ちこめないが碁盤の上には早くも春が感じられるとしました。語戯によるなだらかな移りといえましょう。宗鑑は前句を比喩と見立て、碁の定石の鶯の巣籠り（本来は鶴の巣籠りですが、春に合わすため鶯としたと思われ、後にはこういうようにもなりました）及び碁の用語の「つくりもの」を用いて、碁を打っているうちに鶯の巣籠りの形が出来上った、即ち碁盤の上に春が来たとしました。宗長のように前句と同様風景で付けるのでなく、前句を見直し意外な発想によって面白味が現われています。

かすみの衣すそはぬれけり

苗代をおひたてられてかへるかり　　（宗長手記）

佐保姫の春立ちながらしとをして　犬筑波集

前者は霞に帰雁、濡れるに苗代を対し、前句の謎を上品な論理で解きました。「おひたてる」という俗語の使用で辛うじて俳諧になったといえます。『犬筑波集』の方は「裾が濡れる」に立小便という思い切った卑俗さで対し、しかもその主がこともあろうに霞の衣をまとった春の女神であるとして二重のおかしみを出しています。雅語でつづった上品な前句を、同じく上品そうにみせながら、一転極めて卑俗な世界に落してしまったのです。この句が寛永本以外すべての本の巻頭におかれているのは、立春の語が掛けられていると共に、「誹諧連歌」のあるべき姿を示していると考えたからでしょう。

我よりもせいたか若衆待ちわびて

不動もこひにこがらかす身か　(宗長手記)

われよりもせいたか若衆恋ひわびて

大木に蟬のねをのみぞなく　犬筑波集

前者は「せいたか」の音から制吒迦童子《せいだか》(不動明王の弟子)を連想して、それを不動明王の稚児に見立て、火炎を背にした恐ろしい不動に恋をさせた面白さを出しています。後者は前句の「我」と「せいたか若衆」とを蟬と大木に譬え、背の高い若衆に抱きついて恋しさに激しく泣いている姿を「大木に蟬」の諺を使って滑稽化しています。前者が単に想像の中の世界であるのに対し、後者は前句の情趣性を振り切って滑稽な姿を具体的に描いたところに面白さがあります。前句を「恋ひわびて」にかえているのは、より恋の激しさを示すためで、これに「音《ね》をのみ泣く」が応じています。これらから知られることは、『宗長手記』の句は、おおむね対応語・縁語等の語戯によって句の転換が行なわれているため、前句との連続性が残っています。これに対し宗鑑は、前句に別な解釈・見立などをすることによって発想の転換を行ない、機知的俳諧性を高めています。前句の見立としては同音異義の利用による意表に出る解釈や、事実的叙述を比喩とみたり、或いは思い切った卑俗的な見方をしたり、前句の抒情的要素を捨てて具体的行動的な内容に転ずるなどがみられます。従ってこれらが『犬筑波集』の基本的な句風と考えることができましょう。

次に宗鑑自筆本で一番整っている大永本について句の内容をみてみますと、当時の地下社会の事象や美意識が現われていることがわかります。

　里のおとなの花をみる頃
我ほどの物はあらじとかすませて
　今は念仏の中間ぞかし
鉦鼓《しやうご》をも太刀持つやうに引つさげて

前者はその土地の権力者の尊大ぶり、後者は俄《にわか》出家の流行を揶揄したものですし、

　散る花をとめてみばやなさしませ
おけしからずや又も来ん春

は詞書に「比丘尼連歌の発句に」とあり、前句の女性語構成に対し、「けしからず」にわざと「お」をつけて女性語らしくみせたおかしみで、当時の女言葉の遊びといえましょう。

　びらりしやらりの春の曙
帰る雁旧院やうの文字に似て

「びらりしやらり」は着物を見せびらかそうと、やたらに身体をくねって歩く意の当時の言葉。「旧院やう（様）」も当時流行の艶麗な書体といわれ、新しい官能的な美の表現がみられます。

次に『狂吟集』でみられた仏・僧の卑俗化が、揶揄や茶化す方向に進んできます。

仏も喧嘩するとこそ聞け
釈迦はやり弥陀は利剣を抜きつれて

「釈迦は遣り弥陀は導く」（釈迦は衆生を浄土へ送り、阿弥陀は極楽へ導く）という慣用句、「般若讃」の「利剣即是阿弥陀」の語に依った句。

西の風思ひの外に吹き出でて
弥陀の迎への舟ぞ損ずる

往生人はいづち行きけん
来迎の阿弥陀は雲を踏みはづし

西風の突風のため来迎の阿弥陀の舟（弘誓の船）が難破したとか、来迎の途中阿弥陀が雲を踏みはずして落ちたので亡者はどこへ行ったことやら等、来迎の信仰を茶化し、大師様についても、

これや末世の大師なるらん
うゐ穴をあくる人こそ尊けれ

弘法大師から「いろは歌」、その文句から「うゐのおくやま」を導き出し、それを「うゐのおくあな」と洒落《しゃれ》て、弘法が弟子真雅を犯したのがわが国男色の始めという俗説に依りました。

性に関することについては、大永本では洗練された句が多いこともあって『狂吟集』よりもむしろ穏やかに思われます。『狂吟集』では、「したや・よろい毛・へのこ・へへ・馬のまら」等の語が出てきますが、大永本では「ふぐり」が松ふぐりとの関わりもあって多く出てくる外は、「へのこ・はりかた・腎虚・口すふ」等位で、他は多く比喩的表現になっています。例えば、

びろうに見ゆる秋の夕暮
手ばかりは六寸ばかり月いでて

で、「月いでて」に「突いでて」を掛けて一見上品な句の中に男性のものを感じさせる面白さを出し、

内は赤くて外はまつ黒
知らねども女の持てる物に似て

と、謎解きの中に女性のものを現わす面白さ。この句には「ある尊き聖の付け給ひけるとぞ」とわざわざ左注を施して俳諧性を高めています。また、

東路のたが娘とか契るらん
逢坂山を越ゆるはりかた

と、女性の戯具「はりかた」を擬人化して面白がらせ、男女の交わりのことにしても、

山法師こそ後家入りをすれ
長刀を野太刀のさやに差し込みて

「山法師」は長刀を持っています。「野太刀」は大きな太刀、従ってその鞘も大きく、それが後家のそれというわけで、全く比喩的な表現をとり、その面白さが中心となっています。既に述べたように、これらは大永本の句を対象としていますので、いわば宗鑑の選句眼を通して集められた句の傾向といえましょう。

宗鑑の没年が天文八、九年頃とすると、版本の出た慶長の頃までは四、五十年あり、その間に作られた句もあるわけですから、宗鑑自筆本以外の句についても一考してみることにします。

十七八は鬼にこそなれ

ささぎつる瓦の棟にはひかかり
　是非ともに又も来たらば打ちやせん
うどんたらいでかへす客人

と、巧みな転換の句があり、また付句自体に語戯の面白さを持ったものもあります。

　春のきとくにお茶のぬるさよ
むめすぐる我がとがのおの花さかり

また、

　よぶかよばぬかこころもとなさ
さりともと思ふとなりのわんのおと
　きりたくもありきりたくもなし
ぬす人をとらへてみれば我が子なり

等、心の機微や世の皮肉を巧みに捉えたすぐれた句もみられます。句の素材も博打・目薬・蚤・膏薬売・燈心売・盗人・はこ（大便）等、広くとられています。しかし一方、性に関する句のなかには、

　ゆみのつるこそぼゞけたりけれ
このみこのまへしどけなく口よせて
　ほとけのまへでせずりをぞかく
げんとみてしたくぞ思ふ文殊しり
　是やむかしのおひくにの跡
あさぢふのかげのはりかた朽ちやらで

びくには人をおろさざりけり

子もちてふ名には立つともいかがせん

等と比丘尼を揶揄したり、ことさら社会的規範にそむく痛快さをねらった放埒《ほうらつ》な句もみられます。『竹馬狂吟集』のやや粗野で奔放とも言える句風が宗鑑によって洗練され「誹諧連歌」の完成をみたのですが、彼の死後こうした興味本位の露骨な句の詠まれる風潮が強くなったのでしょう、「犬筑波風」に対する批判が起ってきました。

『犬筑波集』批判

伊勢神宮の神官荒木田守武は、もと連歌作家でしたが、俳諧に興味を持ち、むしろこの方面で有名になりました。その作に「誹諧独吟百韻」や「誹諧之連歌」（守武千句）等があります。この「守武千句」は俳諧で始めての千句ということで有名ですが、その跋文で、

はいかい何にてもなきあとなしごとゝ、このまざるかたのことぐさなれど、何か又世中其ならん哉。本連歌に露かハるべからず。大事ならん歟。

と、本連歌と変らない重要な文学であるとその価値を推奨する一方、

はいかいとてミだりにし、わらハせんと斗《ばかり》ハいかん。花実をそなへ、風流にして、しかも一句たゞしく、さておかしくあらんやうに世々の好士のをしへ也。

と、ただ人を笑わせようとするばかりに放埒な句を作ることを戒めています。「花実」は定家が「いはゆる実と申すは心、花と申すは詞也」（『毎月抄』）といっており、「風流」は上品で優美なことです。連歌師里村紹巴《じょうは》は「連歌はふうりゆうを専らとする事に候」（『至宝抄』）といっていることから、和歌

連歌の情趣を備え、かつ面白い句であるべきだと考えたようです。しかし彼の「守武千句」の中には

なお、

うちしめりさだまらぬこそあなならめ
ふとくあらずやほそくあらずや

等の卑俗な句も見られますが、千句全体の傾向としては彼の趣旨が実現されているように思われます。このように「犬筑波風」に始めて批判が加えられたことは注目に値しましょう。

その後、このことを積極的におしすすめたのが近世初期の松永貞徳《ていとく》でした。彼も始め九条植通《たねみち》・細川幽斎から和歌・和学を学び、紹巴から連歌を学び、当時の屈指の文学者として指導的地位にありましたが、四十歳頃から俳諧に手を染め、やがて貞徳門の総帥として仰がれるに至りました。その彼がそれまでの俳諧のあり方にあきたらず、彼の制定した俳諧の式目《しきもく》（規則）の『御傘《ごさん》』の序で、

抑《そもそも》はじめは誹諧・連歌のわいだめなし。其の中よりやさしき詞のみをつゞけて連歌といひ、俗言を嫌はず作する句を誹諧と云ふなり。

と本来連歌も俳諧も同じであって、その異《ちが》いは俗言を用いるか否かにあると、用語の異いに限定したのです。その俗言というのは俳言即ち俗語・漢語の類を指します。彼は『新増犬筑波集　淀川』で『犬筑波集』（寛永整版本）にある句を批判し、例えば、

起きんとすれば引きぞとどむる
みどり子の今朝しも袖の上に寝て

を、その機知の中で巧みに人情の機微が述べられている点を無視して、前句・付句とも「無㆓俳言㆒上上の連歌也」とし、同集『あぶらかす』で『犬筑波集』の前句に自らの付句をつけて俳諧のあるべき

姿を示しました。例えば、

霞の衣すそはぬれけり

天人やあまくだるらし春の海

大ぶくを座敷のうちへやこぼすらし

春立てふむ雪汁やあがるらん

付句はいずれも上品な句柄で「天人・座敷」という漢語、「こぼす・雪汁」という俗語の使用によって俳諧となるわけです。さらに、

にが〳〵しくもおかしかりけり

わが親のしぬる時にもへをこきて　（『犬筑波集』寛永整版本）

の句について、

いかに誹諧なればとて父母に恥《はぢ》を与《あたふ》は道にあらず儒道は云《いふ》に及ばず仏道にも不孝はいましめたまふぞかし、その上此五文字ならでも人の臨終ににが〳〵敷《し》からぬ事やあるべき、撰者何とて引なほして入ざる（中略）人のおやのとせめてありたらば此句よりも猶《なほ》付心まさるべき。我おやならばいかでをかしかるべき。それををかしと思ふ事の心あるものは人の子にてはあるまじ畜生にもおとりたるものなり。（『新増犬筑波集　淀川』）

と、人を笑わせんとばかりの放埒の句に対し、道徳的に激しく非難をしています。このようにして庶民意識の高揚と自由を求めて、いわば言いたい放題にまで走った「誹諧連歌」に対して反省の機運が生じました。殊に貞徳の文壇的勢力が大きかっただけにこの考え方が全国を風靡《ふうび》し、「犬筑波風」は遂に終焉《しゅうえん》をみるに至ったのです。

二、山崎宗鑑

山崎宗鑑については近世の俳書でさまざまなことが言われていますが、閲歴を始め殆んどわかっていないのが実情です。

連歌師宗長の『宗長手記』大永三年（一五二三）の末尾に、

越年は薪酬恩庵傍捨寮下、炉辺六、七人集りて田楽の塩噌のついで、俳諧度々に

とあって俳諧二十六句を書き留めていますが、その中に、同じ前句に自分と宗鑑の付句を並べあげて、自分の方が付けまさっていると自讃しているのが二句あることは前に述べました。六、七人いた他の作者には触れず、特に宗鑑の句をあげて宗長が自讃しているのは、当時既に俳諧と言えば宗鑑と、その名が高かったからではないかと思われます。また、天文九年の荒木田守武の「守武千句」跋に、

宗かんよりたびたび発句などくだし侍り（中略）それらをたよりにおもひよる事しか也。

とあり、『誹諧連歌抄』大永本その他にある、

坂本より俳諧発句とて所望に

猿の尻木がらし知らぬ紅葉かな

もし少人などの御ざしきならばさるのかほ

は、宗鑑自筆の短冊があり、従って作者を宗鑑とすれば、これらの例からも彼が俳諧作者として有名であり、方々から発句を乞われていたことがわかります。

『誹諧連歌抄』との関係については、まず、彼の自筆本が現在、大橋本・大永本・末吉本・天満本の原本（西ベルリン図書館本）・種彦本の原本（松羅館本）の五種が知られています。さらに、その中で最も句数の少ない大橋本が出発点となって、その後句の追加削除、句順の訂正等がなされ、他の自筆本となったことが、それぞれの本の句順や内容から推察できます。また、自筆本以外の写本・版本も、これらの自筆本が骨格となっていること等、さらに種彦本に、

伊勢の国より人の俳諧あまた書のぼせつるを
主のうしなふよし申を碁うちける人たちの

伊勢の連歌はむなしくぞなる

と申をきゝて

つい松の墨して書し字は禿て

とあることや、末吉本に、

薬師ぼとけやうそをふくらん

よね山へ八条どののまいられて

此の句は信州より誹諧の撰集のあらば望むよし申て百疋心ざすよし申状ばかり到来して代物は不届撰者無興しける

とある「主」や「撰者」も前の諸本の状況と関連して宗鑑と考えられますから、『誹諧連歌抄』の編者は宗鑑と考えることが妥当と思われます。

ところで吉川一郎氏の『山崎宗鑑伝』によれば、当時宗鑑と名告《なの》る人が三人いました。一人は大徳

寺三十七世で伝記は不明ですが、一休より十代前の真珠庵住職。黒川道祐の『雍州府志《ようしゅうふし》』巻十大徳寺真珠庵の条に、

宗鑑上座塔　在同庵、世所謂山崎宗鑑也 始為常徳院義尚公之侍童也。

とある宗鑑はこの三十七世のことで、山崎宗鑑ではないとしておられます。次に半井氏宗鑑で、この人は本名明重、典薬頭従三位甲斐権守。『公卿補任』によれば「永正四年六月叙従三位。同月出家」とあり、「半井氏家系」では「永正十六年（一五一九）六月廿四日没」となっています。この宗鑑も連歌俳諧をよくし、三条西実隆の『実隆公記』永正五年二月二十日に「宗鑑半井明重入道参。出家後初度也」とあって前記記事と符合します。実隆は当時の文芸界の中心的人物でしたから、単に医師としてだけでなく文学の上での交わりがあったと思われますが、大永三年（一五二三）酬恩庵での宗長との俳諧の時は既に世を去っていますし、「守武千句」跋の宗鑑もこの半井宗鑑ではないでしょう。ただこの人と山崎宗鑑とは時代も年齢も重なるところがありますので、この人の逸事が山崎宗鑑の話として誤り伝えられていることがあるかも知れません。この宗鑑は『公卿補任』にも記載され、実隆等貴顕の人達と交わりがあったのに対し、山崎宗鑑は後に述べますが、一休和尚に心酔し、既存の都の風雅に対しては反逆的な精神を持っていたように思われます。

宗鑑の生没年は不詳ですが、没年に関しては法政大学能楽研究所蔵書目録の解説に、『百万』の謡本の奥書に「天文己亥二月日　宗鑑」とあり、これは天文八年ですから、その頃は生存していたことになります。一方、吉川一郎氏は前掲書で、大徳寺真珠庵の過去帳に「宗鑑庵主七月廿二日」とあり、この過去帳を書いた真珠庵六世紹派済嶽は天文十年正月十一日に死去しているので、少なくとも天文十年までの七月二十二日の死去となるとしておられます。従って、天文八年か九年の七月二十二日没

となりましょう。

享年については、これも吉川氏が「連歌俳諧研究」十一号の「宗鑑没年考」で、奈良興福寺の記録「習見聴諺集」中の「宗鑑遺戒之語」の奥書に「天文癸巳小春十三日　行年七十有余」とあることを紹介されています。天文癸巳は二年に当り、その時七十有余ですから、天文八、九年では七十歳の後半か八十歳の前半ということになります。これは柳亭種彦が見た松羅館本の奥書に「行年七十五　宗鑑」とあるのと年齢では矛盾しません。

彼の居住地については、『宗長手記』により、大永三年歳暮に薪《たきぎ》（現京都府綴喜郡田辺町）の酬恩庵にいたことは確かですが、そこに定住していたのか、宗長が来たためそこへ出かけて来たのかは明瞭でありません。その七年後の享禄三年（一五三〇）八月九日の真珠庵桐椿公座宛の宗鑑書簡に「従山崎」とあり、これも山崎の地よりの意味か、旅の途中山崎からというのか明瞭ではありません。それから八十三年後慶長十八年（一六一三）に書かれた『寒川入道筆記』に「山崎之国山崎宗鑑」とあり、その四年後の元和三年の跋文のある藤原行定の『雑々拾遺』に、一休に招かれ薪の酬恩庵に住していたが、一休の死後山崎におもむき草庵を結んで住んだと書かれています。何を根拠にしたのか不明ですが、いずれにせよこの頃から宗鑑の山崎住のことが言われ始めたわけです。その後これに尾鰭《おひれ》がついて、近江の国に生まれ摂津尼崎に住し、晩年山崎関戸院のほとりに閑居し（『玉海集追加』）とか、志那弥三郎範重の法名である（『顕伝明名録』）とか、その庵を対月庵又一夜庵と号した（『誹諧三部抄』）等と言われています。

当時の山崎は、石清水《いわしみず》八幡宮内殿の燈油料献燈の名目で油売買の独占権を持つ大山崎油神人がいて経済的に繁栄し、霊泉連歌講というのがあって、連歌も盛んに行なわれていた所であり、宗鑑はこの

地で連歌を指導しながら俳諧の道を歩んでいたとも考えられます。このことに関連して同じく『雑々拾遺』に、

あるいは歌事を講じて人を集め連歌をたしなみ日を過す。其比宗祇連歌のほまれ天が下にひびきわたる。宗鑑日ごろは宗祇の上に立んことを思ひ暮らせしが、とても宗祇にまさる事なりがたきを見きはめて俳諧の句を吐きちらし世間にやうやく名をひろむ。

と、うがったことを述べていますが、こうしたことが想像されなくもありません。

また、延宝九年（一六八一）刊岡西惟中の『一夜庵建立縁記』には、

いつの月いつの日にかありけむ（中略）興昌寺にあかしくらし（中略）天正五年正月廿四日の暁七十二にして寂しぬ。在世のときよりみづからの影像をみづから彫刻して安置し給ふ所を一夜庵と名づく（下略）

と、晩年讃岐観音寺の興昌寺に移り、そこで一生を終ったとあります。この興昌寺には宗鑑自筆の書状、勧進帳、色紙短冊の類、自作の木像と伝えるものがありますので、いちがいにこの話も否定し難く、想像の域を出ないながら、宗鑑は薪の酬恩庵、山崎、そして晩年興昌寺にいたであろうということになりましょうか。

一休宗純和尚との関係については、酬恩庵は一休が康正二年（一四五六）再興して応仁二年（一四六八）そこに入り、一時和泉・堺等に出向したことはあるものの、文明十三年（一四八一）八十八歳で没するまでいた所です。また前掲『山崎宗鑑伝』によれば、延徳三年（一四九一）一休の居た大徳寺真珠庵の再興に宗鑑は百文を出銭し、明応二年（一四九三）十三回忌には「椀和卓」の役を勤め、五百文を出銭し、永正七年（一五一〇）三十三回忌には一貫文を出銭していることが、同庵の香銭帳や

奉行帳に出ている由、述べられています。また、前掲の桐椿宛の書状に、

内々以前中候三幅一対同折紙上中、拾貫文祠堂ニ被遊可被下候、為瞑《(ママ)》加候、可然様御披露可畏入候

とあり、自分の冥加のために祠堂料として三幅一対の絵時価十貫文を、鑑定家の極め付きで収めています。これらからみても彼が一休に深く帰依していたことが想像されます。しかし一休の生前どのような交わりがあったかはわかりません。ただ俳諧を通じてみられる宗鑑の、伝統や形式・権威にこだわらぬ精神は、一休の影響と考えられないことはありません。

宗鑑がどのような生活をしていたかについてもよくわかりませんが、前掲の『雑々拾遺』の話は、その書が宗鑑没後約八十年という比較的近い時代のものであるだけに、ある程度の真実を伝えているとも言えましょう。近世に入っては、彼は俳諧の祖と仰がれているところから、俳人としてありたい姿を彼に仮託する気風が生じたのでしょうか、形式化した貴族的風雅に反抗し、清貧の中に飄逸《ひょういつ》とした生涯を送ったような逸話が出てきます。延宝末頃（一六八〇頃）に出た浮生（？）の『滑稽太平記』には、

花鳥風月を伴《とも》とし、露《つゆ》いささか貪る心なく、手は拙《つたなから》で走書《はしりがき》を得たれば、或は文章を認《したた》め、または詩歌を書《かき》、世人求之《これをもとむる》にあたひを取《とり》、世を渡るたづきとし（中略）居る所に藪をかまへ、竹《ちく》林《りん》の賢《けん》にも等し。其《その》竹挙《こぞ》りて他に異なれば、諸人、是《これ》を得ん事を謀《はかり》て、手本求《もとむ》る序《ついで》に所望するに、否《いな》も不云《いはず》とらせけり。度重《たびかさなり》行《ゆけ》ば藪もまばらに成《なり》けるを親しき人、異見《いけん》を加へければ、頓《やが》て門の辺《ほとり》に「手本は可売《うるべし》、竹林は不売《うらず》」と札立《たて》り。亦《また》、「上《じやう》の客立帰《たちがへ》り、中《ちゆう》の客其日帰《かへ》り、下々《げげ》の客泊《とまり》がけ」と書《かき》て菴《いほり》の額に仕《し》たり。（中略）宗鑑は長命成《なり》しが、癰《よう》といふ物を病《やみ》て、

宗鑑はいづくへ行と人とはゞちとよふありてあの世へといへ

と辞世して、天文十三年に八十五歳にて卒《しゅつ》す。

とあり、また『久流留《くるる》』の貞徳跋文の中に、

かしましやこの里過ぎよほとゝぎす都のうつけいかに聞くらん

と伝統風雅に浸る都人士を罵倒した歌を伝え、『寒川入道筆記』には、

山城之国山崎宗鑑一段ト不弁にて正月用意も無之歳暮

としくれて人ものくれぬこよひかな　宗鑑

此発句をあハれがりて正月の用意方々から数〳〵もちつどふタト

と清貧のさまを伝え、果ては其角《きかく》の『雑談集』では、

後は山崎の草菴はそのまゝ古沓と法衣を残してさらに行く所を知らず。俗にや八幡山の天狗になりて廿余年の後も月の明かき夜など八幡、山崎のあたりをさまよひける。

と、全く説話の世界に入ってしまっています。

前掲の『滑稽太平記』に、宗鑑が書に優れ、世人の求めるに従って書き与えて、生活の資にしたとありますが、北村季吟の『菟芸泥赴《つぎねふ》』にも「平生傭書して業となす」とあります。事実、真偽の程は別としても、彼の書はかなり伝えられています。自筆の『誹諧連歌抄』を始めとして、吉川一郎氏は『山崎宗鑑伝』で、和歌発句画賛の短冊色紙の類、古典詩歌文集の断片、当時信仰の対象となっていた三社託宣、連歌会の必需品であった天神名号等、数多くの彼の筆跡を紹介しておられますし、木村三四吾氏は「山崎宗鑑」(俳句講座)で「宗鑑筆の三十六歌仙偏額が天保三年にもなお厳島神社に現存していた事を『厳島絵馬鑑』は記録している」と報じておられます。その「うら書うつし」に「為堺

南北商人祈也」とあるところからみて、おそらく祈願のために堺の商人達が彼に染筆を依頼し奉納したのだろうと思われます。また『誹諧連歌抄』の大永本奥書には「此一冊者依自斎尊老懇望禿筆染也」とあって、自斎尊老の依頼によって書いたことを自ら述べています。これらと関連して考えますと、「香川県俳諧史」にある讃岐興昌寺蔵伝宗鑑自筆書状の、

尚々毎事御懇之儀共有難存候。捻恐入候。昨日ハ御懇預之切紙御過分存候。先々先度事外之思出不及是非候。誠ニ被入御心候て忝存候。将亦大事之御託宣只今返進申候。又御意之色紙十枚進之申候。以参上御礼可申述候。　恐々敬白

二月十七日　宗鑑

徳寿軒人々御中

の文面からは、書に対する謝礼の過分であったことへのお礼の意が感じとれます。従って彼は書によってかなりの収入を得ていたと思われます。また、『習見聴諺集』の「宗鑑遺戒之語」が書に関する教戒であるところから、彼の書が世に認められており、或いは門下生等もあったのではないかと想像されます。延宝五、六年頃、卜琴の『越路草』に、

山崎の卜琴宗鑑法師の自画自詠をもとめて手
向草を集めると聞て

ことの葉の草からうばしや胡麻所　貞室

とあり、「胡麻所」は山崎の油神人の所、ひいては山崎宗鑑を指し、彼の書の立派であったこと、また同郷の誼《よし》みとは言え、それを集める人のあったことを示しており、さらに河崎延貞の『蟄居紀談』には、伊勢の高田勘解由《かげゆ》、荒木田武清がよく宗鑑の筆跡を真似て、世に伊勢宗鑑と言われた由記され

ていることからみても、彼の書が世に好まれ、彼の字を真似る人も現われていることが知られます。庵の壁に、手本は売るが竹は売らないとか、一紙拾銭、油筒禁制などと書いてあったという話も、このようなところから生れてきた話でしょう。近世の俳書には宗鑑は清貧で風狂の人であったように書かれていますが、風狂はともかく、真珠庵に多額の金品を収めたりしており、京都の鈴鹿家には、連歌会を催すについて前夜から泊り掛けで来てほしいという趣旨の伝宗鑑筆書簡が存することからみても、実際は決して貧乏暮しではなかったと思われます。

宗鑑のいたと思われる山崎の地には霊泉連歌講があり、また交通の要地とて全国に旅する宗祇・宗長などの有名連歌師とも逢う機会があったでしょうし、連歌の盛んであった当時として、連歌師で俳諧に手を染める人はあっても、俳諧だけで連歌をしなかった人は無いと思われますから、当然彼も連歌の会に列する機会は多かったと思われますのに、彼の連歌の作品は殆んど今日残っていません。長享二年(一四八八)三月能勢頼則の主人細川政元から、

花遠し鳥啼野べのあさ霞

の発句を得て興行した千句連歌の第四の百韻の第三に、

霞にも岩もる水の音はして　宗鑑

と出ています。これは発句・脇・第三の所謂《いわゆる》三つ物しか残っていませんので、他にどれだけ彼の句があったかは不明です。その他連歌に関するものとしては、前掲の鈴鹿家に蔵する連歌興行の招待状がある程度です。或いは、彼が有名連歌師という程ではなかったため、その懐紙が珍重されず、大切に保存されなかったのかも知れません。

付録

諸本校異一覧

一、校異に使用した諸本及びその略号は左記の如くである。
大　東京旧大橋図書館蔵。宗鑑自筆本『誹諧連歌』。
天　大阪天満宮蔵江戸時代末期写「諸書留」のうちの俳諧連歌は、その冒頭に「山崎宗鑑筆ノ巻物」とあるが、その原本の宗鑑自筆のものが西ベルリン国立図書館にあることが沢井耐三氏によって報告翻字された（『連歌俳諧研究』五十六号）ので、それにより校合のうえ、天満本を自筆本として扱った。
末　大阪末吉家蔵。宗鑑自筆本『誹諧連歌抄抜書』。
種（松）　東京大学洒竹文庫蔵。柳亭種彦筆校本『俳諧連歌抄』（「犬筑波附録」所載）、福井久蔵「犬筑波集研究と諸本」所収松蘿館本をもって参照。行年七十五宗鑑判とある。
袋　京都檀王法林寺蔵。袋中筆本。
真　天理図書館綿屋文庫蔵。叡山真如蔵伝来、紫水文庫旧本、室町時代末期写、『誹諧連歌』。
穎　京都大学文学部穎原文庫蔵。いわゆる穎原家蔵一本、桃山期――慶長・元和度写、『誹諧連歌抄』。
平　京都大学文学部穎原文庫蔵。平出文庫旧本、室町時代末期写、『誹諧連歌抄』。
鷹　宮内庁書陵部蔵。鷹司信房筆本『誹諧連歌』。
吉　天理図書館綿屋文庫蔵。京都吉田家旧本、近世中期写『誹諧連歌抄』。
慶　天理図書館綿屋文庫蔵。慶長刊十行古活字本。
寛　天理図書館綿屋文庫蔵。寛永整版本。
新　天理図書館綿屋文庫蔵。近世初期写『新旧狂歌誹諧聞書』のうち、「誹諧之部」。
竹　天理図書館蔵。竹屋光忠筆本『竹馬狂吟集』。
二、対校諸本の順は、宗鑑自筆本・諸写本・版本・聞書・竹馬狂吟集とした。
三、本書の底本にはアラビア数字を付し、校異各本収録の句には、それぞれのテキストにおける一連番号を漢数字で記した。
四、『竹馬狂吟集』の句で本書の『新撰犬筑波集』（宗鑑自筆大永本『誹諧連哥抄』）に収められているものについては、犬筑波◯◯参照とした。
五、文字は通用の字体に改めたが、仮名遣いや表記等は原本に従った。
六、当底本で明らかに誤写と思われるものには傍線を付し、その下に括弧して正しいと思われるものを示し、対校諸本については原本通りとして傍に（ママ）と記した。但し袋中本では表記の誤りと思われるものが非常に多いので、あえて（ママ）の傍注を加えなかった。
なお（　）内はすべて校訂者の注である。

◆竹馬狂吟集

つくはの山のこのもちかのもちくわぬ人も侍らぬ折なれは神もかふり仏もすてたまはぬとやらん此中にしてなにはつのあしこしもたゝぬほとにおとろへ和歌のうら波たち居にはあしへの音たかきのミなれとももろこしにはよこしまなからん斗といひ日本にハ心のたねとやらんかけるなれは清狂やう狂のたくひとして詩狂酒狂のおもむきを題とし竹馬狂吟集となつけ侍り凡東八にたつぬる便もなくひろく西九にもとむるにもあらす人のかたれる口をうつし己かきゝミヽに入かはかり也ことさら井のそこの蛙の入通（道）住ぬる水のあさ〳〵と林の下の梅ほうしにほひなくやせ〳〵としたる斗のミならんしかはあれともなしをもとめ栗をひろふ人を道引むをしらす心をとる心をなくさむるたよりはかりそかしこれもまたさと犬の音こゑさなからみな得解脱の便山田のしかのかひは実相のたくひたうとくおもふこゝろはかり也もしもちふる人あらは上戸の肴とやなり侍らん

ときに明応の八とせ二月の十日あまりしるすことしかなり

竹馬狂吟集巻第一

春　部　　発句

1 北のとの御すきのものやむめの花　　諸本ナシ
2 かめにさす柳のさけやつくりはな　　諸本ナシ

3 花のころおこすな松のふくりかせ　　犬筑波三四五参照
4 よしやふれむきたしよくは花の雨　　諸本ナシ
5 折人のてにくらひつけ犬さくら　　犬筑波三四二参照
6 てをにきるこふしの花のさかり哉　　諸本ナシ

竹馬狂吟集巻第二

夏　部

7 口たゝく水鶏にならへほとゝきす　　慶一二三
くちたゝくゐなにならへ時鳥　　寛　八二
くちたゝくゐなにならへほとゝぎす
8 なきたらて口やうこけるほとゝきす　　諸本ナシ
9 夕かほの花はふくへの手向かな　　犬筑波三七五参照
10 なてしこをかたにのせたる岩ほ哉　　諸本ナシ

竹馬狂吟集巻第三

秋　部

11 一しほはうるしぬるてのもみち哉　　犬筑波三八七参照
12 油物すへる落葉のもみちかな　　諸本ナシ
13 すゝむしのふるゐこえなるよさむ哉　　諸本ナシ
14 ふちはかまころのまいりのてたち哉　　諸本ナシ
15 かつちるも風にまけたるもみち哉　　諸本ナシ

竹馬狂吟集巻第四

冬　部

16 かへるなよ我ひんほうの神無月　　犬筑波三九四参照
17 西浄へゆかむとすれはかミなつき　　犬筑波三九五参照

18 しも風にふるひ落すや松ふくり　犬筑波三九八参照
19 みえすくや帷雪のまつふくり　犬筑波三九九参照
20 こし路より霰やゆきのさきはしり　諸本ナシ

竹馬狂吟集巻第五

春　部

21 けす女房もまゆをひらけり
22 さかやなるかとの柳の桶とりて　諸本ナシ
23 花を折〳〵うそをこそふけ
24 軒はなるはちのすはいに梅さきて　犬筑波六参照
25 ちこかつしきの春の夕くれ
26 山てらやゐんかうしりへかすむらん　諸本ナシ
27 足なくてくものはしるハあやしきに
28 何をふまへてかすミたつらん
あしなふて雲のはしるはや《あ》《ヒ》やしきに
何をふまへてかすみたつらん　真六六六
29 大日たうのはるのゆふくれ
30 花みんとこんかうかいにまつ行て　諸本ナシ
31 あらうつゝなや花をちらすな
32 手折ゆくむめか枝よ（こ）そにされ男　犬筑波八参照
33 病ある子やよなきするらん
34 ねて聞はあらしにはなのちりけにて
やまひある子はよなきをそする
かせふけはみ山のはなもちりけにて　慶　四八
35 花さかり御めんあれかし松の風　犬筑波三四六参照
36 さくらになせやあめのうきくも　諸本付句ナシ
37 なにとてかたて湯のからくなかるらん
38 むめ水とてもすくもあらはや
なにとてかたて湯のからくなかるらん
むめみつとてもすくもあらはや　真三八四
何とてかたて湯のからくなかるらん
むめみつとてもすくもあらはや　穎三八九
昔の句に
何とてかたて湯のからくなかるらむ
といふ句に
むめみつとてもすくもあらはや　平七三〇
なとてかくたで湯のからくあらさらん
むめ水とてもすくもあらはや　鷹一四五
39 はなちかしらの打もねられす
40 かせおこるよるの枕に花落て　犬筑波五五参照
41 うたをよミつゝはなをミるなり
42 むめかゝの袖をひかうのやさしくて　諸本ナシ
43 鳥をむしれははたかにそなる
44 衣をはなときし〳〵と申らむ　諸本ナシ
45 山のあたまを春風そふく
46 てをにきるこふしの花やちりぬらん　諸本ナシ
47 入逢のかねきく春ハくるしきに
48 風けなかれとはなにゆふくれ　諸本ナシ
49 老の末こそくたりさかなれ

50 はなちれは外法の神もしらか山　諸本ナシ
51 おと（ち）るはかりにミはなりにけり
52 高木なるしゆく柿にゝたる梅の花　諸本ナシ
53 くらのしほてやむらさきのかは
54 木をしはる松にはふしのふさかけて　諸本ナシ

竹馬狂吟集巻第六

夏　部

55 なてしこをかたにのせたる岩ほ哉
56 ちりけよりなをあつき夏の日　諸本ナシ
57 親子なからそかもへまいれる
58 たのもしをとりの日にあふまつりして　犬筑波七五参照
59 おもふほとこそくらはれにけれ
60 よもすから破れかちやうのうちにねて
おもふほとこそくらはれにけれ
よもすからやふれ蚊帳のうちにねて　慶一一四
おもふほどこそくらはれにけり
夜もすがら破《やぶ》れかちやうの内にねて　寛　七四
おもふほとこそくらはれにけり
夜もすからやふれかちやうのうちにねて　新一三九
61 折〳〵人にぬかるゝはうし
62 竹の子のとなりのにはにねをさして
おり〳〵人にぬかるゝはうし
竹の子のとなりのにはへねをさして　慶一〇八
おり〳〵人にぬかるゝはうし

竹の子のとなりの庭《にわ》へ根《ね》をさして　寛　七二
（参考）
だいりに近き宿の竹の子
はらだちや君にいくたびぬかるらん　真一〇二
いくたびか君にぬかれて過つらん
内裏にちかき園の竹の子　鷹一九五
おやにしられぬ子をそもふくる　と云句に
わが庭にとなりの竹のねをさして　新　七七
63 瓜をもひやすさる沢のいけ
64 あをによしならさけのミてすゝむ日に　犬筑波九三参照
65 水なすひさへひやけするなり
66 かもうりに何とて羽のなかるらん　諸本ナシ
67 くわん進ひしりときハくらはす
68 こしにさすひさこの汁のあつくして　犬筑波八一参照
69 くろき物こそ三ならひけれ
70 なかに子か左ミきりはおやからす
くろき物こそみつ習ひけれ
中は子か左右のおやからす　平七七一
くろき物こそみつならひけり
中はこかみきりひたりは親からす　吉一五一
71 にし八条のてらのいにしへ
72 はちす葉にのほるや池のあまかへる　諸本ナシ
73 そかきやうたいハ仏にそなる
74 はちすはにかはつの子ともならひゐて

そか兄弟はほとけにそなる
はちす葉にかはつか子共ならひゐて　真五九六
そか兄弟はほとけとやなる
蓮葉にかはつか子ともならひゐて　平四三七
そか殿母(ママ)は仏にそなる
はちす葉にかはつか子とも双ゐて　鷹一四一
五郎時宗ほとけにそなる
はちすはにかはつかこともならひゐて　吉二一六
75 あきにあはんといふもおかしや
76 みな人のうへをく小田のほしけにて　諸本ナシ
77 女もくそくきるとこそきけ
78 ひめゆりのともくさすりに花落て　犬筑波九七参照

竹馬狂吟集巻第七

秋　部

79 むしくらひはそかつ落にける
80 秋くれはくち木の柳いろわろく　諸本ナシ
81 計会すれはあきそ猶うき
82 露霜のふるにそてさへ質にして　諸本ナシ
83 あき風たゝはふるゐもやせん
84 よるの月日ませのおこりおとさはや　諸本ナシ
85 すい〳〵風の萩（荻）にふくこゑ
86 なくむしもむかはやぬけてよはるらん　犬筑波一〇六参照
87 つふるゝもありつふれぬもあり

---

88 秋風に木するゑのしゆくし又落て　諸本ナシ
89 子をいたきてや土にふすらん
90 ねやふかきおこしかねたる家(ママ)の芋
ねをいたきてそ土にこそふしけり
おこせともふかくねいりのいもかしら　真六五〇
子をたきなから土にこそふせ
おこせともねいりのふかきいもかしら　平一八一
子をおもふゆへつちにふしけり
おこせともふかくねいりの芋かしら　慶五四八
子をおもふゆへつちにふしけれ
おこせともふかくねいりのいもかしら　寛四三一
（参考）
おこせともふかくねいりの土ごぼう
かた山なれはほるもほられす　新一四五
91 おそれなからも入てこそ見れ
92 我足や手洗の水のつきのかけ　犬筑波一四一参照
93 かつちるも風にまけたる紅葉哉
94 はなさかりとはなとすまふくさ　諸本ナシ
95 おく山に舟こく音のきこゆなり
96 よもの木の子(実)やうみわたるらん
おく山にふねこくをとのきこゆるは
よものこのみのうみわたるとて　吉　六
97 神主とのや弓をもつらん
98 よしたよりおはれてにくる鹿のたに　諸本ナシ

99 暁の雲一すちはやりに〻て
100 月入てこそてんくらふなれ
月いりぬれはてんくらふなり
あかつきのくも一すちはやりににて　吉　四二
101 いつ〻あるものひとつみえけり
102 月にさす其ゆひはかりあらはれて
いつ〻の物そひとつ見えける
月をさすそのゆひ斗あらはれて　平七六六
103 ちりけより猶あつき日のかけ
104 山かせや秋のしるしをおろすらん　諸本ナシ
（一行分空白、前句脱）
105 しとやミの空には月の出やらて　諸本ナシ
106 しやうりやうともやあきを知らん
107 みそはきのつゆの手向にむかひゐて
聖霊ともや秋をしるらん
水むくるみそ萩かえの露をみて　大　二六
108 紅葉をおりてふりかたけけり
109 たつ田川わたれは棒を月のよに
紅葉を折てふりかたけ行
竜田路のかへさは棒を月の夜に　袋一〇六
紅葉をおりてふりかたけけり
たつたちやかへさははうを月の夜に　頴一八〇
紅葉をおりてふりかたけけり
立田路のかへさは棒を月のよに　平一五六

110 ちこくの斗（歌）をうたふこゑ〲
111 聖霊やさかもりすらんほんのくれ　諸本ナシ
112 ひけはあかくてなりのおかしさ
113 七月にへたのはりたるはかとうろ　諸本ナシ

竹馬狂吟集巻第八

冬　部

114 行あきのふか草山に打時雨　諸本ナシ
（一行分空白、付句脱）
115 ひろうしてみぬ冬の夜のつき
116 夕時雨はれまにぬけやかうやかさ　犬筑波一四三参照
117 ふるきわかしゆに秋風そふく
118 霜まよふひんもこのころうらかれて　諸本ナシ
119 一すん二すんにか〻むふゆのよ
120 番匠のかねのことくに身ハひへて　犬筑波一四九参照
121 うちとけてこそ物はか〻るれ
122 まてしはし硯の水のあさこほり　諸本ナシ
123 さむきにさるのみをやもむらん
124 木にさかるたるひのさきハ錐に〻て　犬筑波一五三参照
125 さむきよるこそ人丸になれ
126 かミふすまかふりそねたるかきの本　犬筑波一五一参照
127 ひたいのしわすよりあふをミよ
128 行としをうはと祖父やわするらん　犬筑波一五七参照
129 計会すれはとしもこされす

130 人のもの大晦日にせめられて　諸本ナシ
131 　なまゝめにても鬼をうたはや
132 やとかゝり福ハうちへといひかねて　諸本ナシ
133 　鬼といふしそはいに書たる
134 せつふんのまめいるなへの底ぬけて　諸本ナシ

竹馬狂吟集巻第九

恋　部

135 　むまのうへにてちこと契れり
136 山てらのしやうきのはんをかり枕

　　馬のうへにてちことちきれる
　山てらのしやうきのはんの《を》《ヒ》かりまくら　吉一三六

137 　とめ所なき人のこひしさ
138 玉つさにあなかしこをもかゝすして　諸本ナシ
139 　およはぬこひをするそおかしき
140 われよりも大わか俗のあとにねて　犬筑波一九四参照
141 　あなおそろしやよるの盗人
142 わか俗にひるねのものを先みせて　諸本ナシ
143 　なかれてのなは人そしいたす
144 河はたにこひするひくに子をうミて　諸本ナシ
145 　かきのあなたをのそきてそみる
146 我ひとりにきりてねたるよもすから　諸本ナシ
147 　よをさらんとは今そあんする
148 みめわろく子生ぬつまにしかられて　諸本ナシ

149 　口をすひつゝはなれやられす
150 ねふともつからやくうりに契りして　諸本ナシ
151 　しをからこゑてほそうたひけり
152 けい城のやとにはねこも犬もあり　諸本ナシ
153 　みめのわろきをかくすやさしさ
154 いははしのかゝりかねたる小女房　諸本ナシ
155 　恋しやしたやさていかにせん
156 我つまの忌日のふつしせにはなし　諸本ナシ
157 　うたもしもいやなる物は花の枝
158 ちこかつしきのこひのよかたり　諸本ナシ
159 　よろい毛はふり分かミのはしめにて
160 こひのやまひそおへものとなる　諸本ナシ
161 　かうやくうりもこひをこそすれ
162 玉つさを竹のかはにやつゝむらん

　　かうやく売の恋をする比
　たまつさを竹のかはにやつゝむらん　平一八七

163 　こひのやまひそおへものとなる
164 おもいくさへその下より根をさして　諸本ナシ
165 　なに事もしらぬ若衆のそハにねて
166 うしろをまへになすよしもかな　諸本ナシ

竹馬狂吟集巻第十

雑　部

167 　かけつかへしつひろさはのいけ

168 袖ひちてわらハへとものの水なふり　諸本ナシ
169 　茶をものましと世をそ捨ぬる
170 山すミに手取もちてもなにかせん　諸本ナシ
171 　いまからたにもちきるいのもと
172 よろひ毛はふりさ（わ）けかミのはしめにて　諸本ナシ
173 　連歌しのかつうる事はなき物を
174 いつくへゆくと五句はありなん　諸本ナシ
175 　空にふるかとみゆるしくれ
176 屋ねふきかこんにやく須（頭）かさをきて　諸本ナシ
177 　大師入定いつのころそや
178 こそかりし承和二年にはや成て　諸本ナシ
179 　やりをにきりて法師かけゝり
180 ちこのいる引目の音におとろきて　諸本ナシ
181 　けふの日もはや暮かたにおとろきて
182 このてかしわのふためきそする　諸本ナシ
183 　はらのたつとき物そうちわる
184 山寺のはうすにすぬる小しんほち　諸本ナシ
185 　たかく落れはいきはつむらん
186 僧正のむまのりたてのさかのはら　諸本ナシ
187 　ふるきかここそ目もあふなけれ
188 かたわらにつふれかゝれる炎魔堂　諸本ナシ
189 　ふらり／＼とさかるやうらく
190 すりこ木もくさも仏ときく物を　諸本ナシ

---

191 平家の物そきらめきにけり
192 大しやうの入道つふりそりたてゝ　諸本ナシ
193 　むさしをさして飛て社ゆけ
194 へんけいかあたまにはちの取つきて

　むさしをさしてとんてこそゆけ
弁慶かつふりも蜂やおちさらん　真三六六
　むさしをさしてとひてこそ行
弁慶かつふりに蜂や落たらん　頴三六三
　むさしをさしてとつてこそゆけ
弁慶かつふりもはちやおちさらむ　平四二二
　むさしをさしてとんてこそゆけ
弁慶かつふりを蜂のすりまはり　鷹一二九
　へんけいかあたまにはちかとりつきて
むさしをさしてとひてこそゆけ　吉一九二
　むさしをさしてとんてこそゆけ
へんけいかつふりもはちや恐さ覧　慶三〇二
　むさしをさしてとんでこそゆけ
べんけいがつぶりも蜂《はち》やしらざらん　寛二二七
　むさしをさしてとんてこそゆけ
へんけいかあたまやはちのしらさらん　新一三三

195 　ふらりとさかるあらましの末
196 うき世をはいとひもはてす馬のまら

　ふらりとしたる言葉のすゑ
いつまてかうき世にすまむ馬のまら　平七六〇
　ふ《（ママ）》くりとしたるあらましのすゑ

世の中をすてられはこそむまのまら　慶五一六
197 いのちにかへてうをゝこそくゑ
198 かんたうを六角町に打すまし　諸本ナシ
199 こゝろほそくも時つくるこゑ
200 鶏かうつほになるとゆめに見て
心よはや時〔ママ〕つくるらん
鶏かうつほになると夢にみて　大一一一
心ほそくや時つくるらん
鶏かうつほになると夢にみて　天　九七
心ほそくや時つくるらん
鶏かうつほになると夢にみて　末二二五
こゝろほそくもときつくるらん
庭鳥のかつ《ウイ》をになると夢に見て　種一四二
こゝろほそくやときつくるらん
鶏かうつほになると夢に見て　穎五〇九
心ほそくやときつくるらむ
には鳥かうつほになると夢にみて　平七三四
こゝろほそくもときつくるらん
庭とりかうつほになるとゆめにみて　慶三九六
こゝろほそくもときつくるらん
庭とりのうつをになると夢に見て　寛三〇三
201 まへをうしろになすよしも哉
202 にけさまにはらあてきたる小中間　諸本ナシ
203 くわぬいゝこそひけに付たれ
204 すし桶をあけてミたれはなまつにて

くわぬ飯こそひけに付けれ
すし桶のふたをあくれはなまつにて　大　九一
くわぬいひこそひけにつきけれ
すし桶のふたをあくれはなまつにて　末二六三
くはの〔ママ〕いひこそひけにつきけり
すしおけのふたをあくれ〔ママ〕なまつにて　真二二五
くわぬいゝこそ鬚に付けれ
すし桶のふたをあくれは鯰にて　穎五九五
くはぬいひこそひけに付けり《れ》
すし桶のふたをあくれは鯰にて　平五三七
くわぬいひこそひけにつくなり
すしおけをあけてみたれはなますにて　吉　三〇
くはぬいひこそひけにつきけれ
すし桶のふたをあくれはなまつにて　慶四四八
くはぬいひこそひけにつきけれ
すし桶のふたをあくれはなまづにて　寛三四三
くハぬめしこそひけにつきけり
すしをけのふたをあくれはなますにて　新一七五
205 こかねかたなをうむは若俗
206 かへるさのこしりをミれハまつきにて
こかねつくりをうむやにやくそう
帰るさのこしりを見れはまつきにて　慶六五二
こがねづくりをうるやきやくそう
帰るさのこしりをみれはまつきにて　寛五一九
207 つくはいて竹の子物や出ぬらん

208 いんきんならはかわをぬけかし　諸本ナシ
209 つゐにかひをはくわぬかなしさ
210 あさくらを鬼といひしはなのミにて　諸本ナシ
211 かきのきわにてしつとこそいふ
212 小ねすミをとま|（な）りの猫やつかむらん　諸本ナシ
213 にはのまかきをとほるかんしき
214 やり水につくる山かたぬらけかし　諸本ナシ
215 おきな面に牛そいてくる
216 庭中のちりやたらりとふまるらん
おきな舞こそはちをかきけれ
道中に塵やたらりとふまるらん　平八五〇
おきなもはちをかくとこそきけ
みちなかにちりやたらりとふまれつつ　吉一四二
217 あしかり|（る）とこんにやくうりといさかひて
218 やりのさきにそさしミせらるゝ　犬筑波二九五参照
219 大こくハたゝ大日のしん
220 灌頂をうちての小つち手に持て　諸本ナシ
221 よるのちきりをかくるはんしやう
222 岩はしハてらのかんなのあとしらて　諸本ナシ
223 料足をたし合たるよりあひに
224 ふたりのれんかうちひらめたり　諸本ナシ
225 夜のなかけれは座禅をそする
226 竹串のたうふのかへにむかゐ居て　諸本ナシ

227 出家のそはにねたる女房　諸本ナシ
228 へん照にかくす小町かうたまくら
229 行やさいふの道ハはまきは
230 夕風にうらつけしたる舟のぬし　諸本ナシ
231 つゐにはわたす大はん若きやう
232 おほせたる六百貫をせめられて
つゐにはわたす大般若経
おほせたる六百貫をせめられて　末二七三
つゐにはわたす大般若経
おふせたる六百貫をせめられて　種一一四
つゐにはわたす大般若経
おほせたる六百くわんをせめられて　穎六一七
つゐにはわたす大はんにやきやう
あふせたる六百貫をせめられて　慶五九四
つゐにはわたす大はんにやきやう
おほせたる六百くはんをせめられて　寛四七五
233 さいとりさほにゝたる長鑓
234 すゝめなくのきはハ二間わたりにて　犬筑波二九三参照
235 出家ともなし男ともなし
236 さかやきのあとよりひんのおひ出て　諸本ナシ
237 手をたにもしめぬ若俗年老て
238 うちかけゐほしミれハふりけり　諸本ナシ
239 はんのひまには論語をそよむ
240 うてるこの孔子のてしのかす〳〵に　諸本ナシ

241 百ひたをよめをもたゝて還りけり
242 くゝりはかまは大十かしち　諸本ナシ
243 あした夕にほゆるをそきく
244 我かとにものもくわせぬせかれ犬　諸本ナシ
245 かうの｜（や）六十なちは八十
246 こんけんと大師の前のはつほせに
高野六十なちは八十
権現や大師の前のはつを銭　末二六九
高野六十那智は八十
権現や大師の前のはつを銭　種一〇八
高野八十なちは六十
こんけんや大師の前のはつを銭　真五二三
高野六十那智は八十
権現や大師の前のはつほ銭　頴六一一
かうや六十那智は八十
権現や大しのまへのはつお銭　慶四五八
247 僧もいまはたよにも落けり
248 此あんの前の竹指ふミかふり　諸本ナシ
249 ひらりとさかをにくるなら児
250 はん若寺の文しゆ四郎か太刀ぬきて　犬筑波二六六参照
251 一二のさしき山王にとく
252 天台の御しやうとめこそ御児なれ　諸本ナシ
253 なむあミた仏と落るかの池
254 蓮葉の上にのほれは目の舞て　諸本ナシ

---

255 たゝ一念おこりおとさん
256 名号をとなふ声は日ませにて　諸本ナシ
257 八幡のはらにかちをする人
258 打太刀もよき大将のおとこ山　諸本ナシ
259 かミ下までもさけをのミけり
260 水とりのかものかはらけとり〳〵に　諸本ナシ
261 うはそくうはい経場にそある
262 法をきく二のみゝのひく〳〵に
優婆塞優婆夷きやうへ参れり
のりをきく二ツのみゝのびく〳〵に　種二八一
うはそくうはひ経へまいれり
誰もみな今はの時はひく〳〵に　真五四七
法をきくふたりの耳のひく〳〵に　同五四八
優婆塞優婆夷経へまいれり
法をきくふたつの耳のひく〳〵に　頴六五三
うはそくうはい経へまいれり
法をきく二つの耳のひく〳〵に　平五六四
うはそくうはい経にまいれり
法をきく二の耳のびく〳〵に　鷹一七五
うはそくうはひきやうへまいれり
法をきくふたつのみゝのひく〳〵に　慶四八六
うばそくうはいきやうへ参れり
のりをきゝ二つのみゝのびく〳〵に　寛三七七
263 つかのあたりに穴そみえたる

264 よこふえをこしの刀にさしそえて
　つかのまはりにあなはうそ〲
物のふのかたなにふゑをさしそへて　真二〇三
　つかのあたりにあなはうそ〲
尺八をかたなのわきにさしそへて　慶三九二
　つかのあたりにあなはうそ〲
しやくはちを刀のわきにさしそへて　寛二九九

265 たてならへたる源平のはた
266 なきあとにせかきおこなふたんの浦　諸本ナシ

267 祇をんの会にもたんちりそまふ
268 かゝりける所にほこをさしたてゝ　諸本ナシ

269 へりをきらせるみこの小つゝミ
270 かわてぬふ火打ふくろの口よせて　諸本ナシ

271 へりをきらせる山のしんほち
272 てにあまる大長刀をふるたゝミ
　山の法師そへりをきらせる
手にあまる大長刀を古たゝみ　平八〇〇
　てらの新発意へりをこそきれ
手にあまる大なきなたをふるたゝみ　慶六七六
　寺のしんぼち(ママ)へりこそきれ
手にあまる大なきなたをふるだゝみ　寛五三九

273 さしきのうちにくうハまんちう
274 平家にやたゝのゆく末（へ）をかたるらん
　座敷のうちにくふはまんちう
平家にやたゝの行ゑをかたるらん　真六六八

275 ちやうしやのむすめ仏にそなる
276 たんひりといけにかへるの飛入て　諸本ナシ

277 おそろしきにてつかぬ物かけ
278 ゑにかけるおにのもちたるうすときね　諸本ナシ

279 鬼そ三ひきはしり出たる
280 おそろしやあらおそろしやおそろしや
　こはきものこそ三つならひけれ
おそろしやあらおそろしや〲　平八八四

281 うへはぬれたり中はミつなり
282 さやまきの名をぬきミれは波の平
　うへはぬれけり下は水をと
くろさやの刀の銘はなみのひら　平八四八

283 うらおもてなきくとくをそする
284 こしきめにふるわたはかりぬきくれて
みふせにはぬきてはかりをまいらせて
　うらおもてなきふつしをそする　吉　七〇

285 やりにそさほをそへて持たる
286 舟にのるあまのはら飲つりたれて　諸本ナシ

287 王もくらひをすへるとそきく
288 し（ゑ）むまても油ミかきの院の御所
　王もくらゐをすへりこそすれ
手のうちにしやうきの馬のみかゝれて　平七七五

ゑむまても油みかきの院の御所　同七七六
289 しゆ六をうつとうたいのもと
290 けふの日もはや入かねのならのてら　諸本ナシ
291 とつて付てそのほる但馬路
292 九日にうらつけしたるさいふとも　諸本ナシ
293 夜中にものそひち〳〵といふ
294 うをの子のかけひの水をつたひきて
夜中のほとに物そひちめく
はやの子のかけひの水にたはふれて　真六八四
夜中に物のひちめきそする
はへの子かかけひの水《竹》をつたひきて　平八〇四
よなかにものはひ《ヒ》ちめきにけり
はへのこがかけひの水やつたふらん　吉　四六
295 おきなひへとりありとこそきけ
296 一のたにあれはなん所の山こえて　諸本ナシ
297 大日のあり大こくもあり
298 灌頂をさいつちにてや打ぬらん　諸本ナシ
299 ふとうの前を忍てそゆく
300 ぬす人のよるくりは｜（か）らの山こえて
ふたうの（ママ）まへをしのひてそ行
ぬすひとよるくりからのやま越て　真六七二
301 かみ京にこそ時つくりけれ
302 はんしやうハむしやの小路に家たてゝ　諸本ナシ

---

303 ふらりとするそくわんす成けり
304 大ふくり身をは自在にもちかねて　諸本ナシ
305 しりなるきすハ両に社あれ
306 ひけは引けふのいくさはちにみえて　諸本ナシ
307 風呂のうちにておはやよふらん
308 我をやのあねか小路のゆにいりて　諸本ナシ
309 ふくもふかれすするもすられす
310 われふて｜（え）のさらはさゝらに成もせて
吹もふかれすするもすられす
われ笛のさらはさゝらになりもせて　天　四七
ふくもふかれずするもすられず
われ笛のさらはさゝらになりもせで　種　四五
又付侍る
山ふしの貝われ数珠のをはきれて　同　四六
すくも火のしめるあたりに臼くちて　同　四七
ふくもふかれすするもすられす
われ笛のさらはさゝらに成もせて　真四四〇
ふくもふかれすするもすられす
われ笛のさらはさゝらに成もせて　穎四五八
山ふしの貝われすゝの緒はきれて　同四五九
ふくもふかれすするもすられす
われ笛のさらはさゝらになりもせて　平五〇四
山ふしの貝われしゆすのをはきれて　同五〇五
ふくもふかれすするもすられす
山ふしのかいわれしゆすのをかきれて　吉二二二

ふくもふかれすするもすられす
われ笛のさらはさゝらに成もせて　鷹一七一
ふくもふかれすするもすられす
われ笛のさらはさゝらになりもせて　慶三六四
山ふしのかひわれすゝのをはきれて　同三六五
すゝり水うみにほこりのたまりきて　同三六六
ふくもふかれすするもすられず
われ笛のさらばさゝらになりもせで　寛二七五
山ぶしのかいわれじゆずのをはきれて　同二七六
すゞり水うミにほこり□(ママ)たまりきて　同二七七
有時宗祇《そうぎ》宗長牡丹花《ぼたんくは》三人風呂《ふろ》へ
いりけるにたちすきけれは
ふくもふかれすするもすられす
と宗祇いひけれはおもしろしこ
れに一句づゝつかまつらんとて
われふゑのさらはさゝらに成《なり》もせて　宗長　新一三
山ふしのかいわれじゆずのをはきれて　牡丹花　同一四
いましめのすゝりのうへのほこりにて　宗祇　同一五

311 くらき夜に小便所をやたつぬらん
312 そことをしへはやかてしとせよ
おしへの人をやかてしとせん
しやうへんせよいつくの程にあるやらん　真六六〇
われをしとせよのふをおしへん
せうへんしよいつくのほとにあるやらん　吉二一〇
313 つミのむくひハあしもぬかれす

314 とり／＼にんましゝわなをさしかけて　諸本ナシ
315 目くらハあつゆこのむ成けり
316 かゆかさをかく一方のむかしより　諸本ナシ
317 ふくろそふたつ空にふらめく
318 大こくも布袋もとひにつかまれて
空ニフクロゾ二ツミヘケリ
大墨トホテイハト(右に「鵄」の傍書)ヒニツマヽレテ　袋二五六
ふくろそふたつちふにふらめく
大こくとほていとゝひにつかまれて　吉　四四
ふくろはふたつそらにふら／＼
大こくとほていは鵄につかまれて　慶六〇四
ふくろはふたつ空にぶら／＼
大こくとほていはとびにつかまれて　寛四七七
319 きつねはかりや火をともすらん
320 けた物の四足もたぬはなき物を
むかひの山におほききつね火
けた物のしそくもたぬはなかるらん　末二一七
むかひの山はおほき狐火
けたものゝしそく持ぬはなかるらん　種一三八
むかひの山におほききつねひ
けたものゝしそくもたぬはなかりけり　真四六九
むかひの山におほき狐火
けた物のしそくもたぬはなき物を　頴五〇一
むかひの山におほききつね火
獣のしそくもたぬやなかるらむ　平六八七

むかひの山におほきゝつね火
けた物のしそくもたぬはなきものを　慶三八八
　むかひの山におほききつねび
けたものゝしそくもたぬはなき物を　寛二九五
321 入道つふりおもひこそやれ
322 さかやきのほそきにたにも風しミて　諸本ナシ
323 あなの中より草そ生たる
324 ものゝふののにいすてたるわれ引目　諸本ナシ
325 すいきのなミた浮てそみゆ
326 むきたてゝミつになかるゝ芋かしら　諸本ナシ
327 つつと入たうの仏ハあミたにて
328 すまひのとつて四十八あり
　つつといるたうのほとけは阿弥陀にて
すまふのとつて四十八てなり　真六七〇
329 ちいさけれともかゝミこそすれ
330 ゑひの子は生るゝよりもおやにゝて
　ちいさけれともかゝむものかは
ゑひの子はむまれをちより親ににて　吉　八二
　わかきもこしのかゝみこそすれ
ゑひのこのむまれつきより親に似て　慶六九二
　わかきもこしのかゞみこそすれ
ゑびの子の生れつきよりおやにゝて　寛五五三
　わかきもこしのかゝミこそすれ
ゑひの子のうまれつきよりおやにゝて　新一八一

---

331 いかにへのこのかなしかるらん
332 舟いくさともにておやのうたるゝに　犬筑波二四五参照
333 へゝのはたこそぬれ渡りけれ
334 あらいそに舟とふねとをこきよせて
　へへのはたこそぬれわたりけれ
あら礒に二そうの船をこきよせて　真六〇六
　へゝのはたこそぬれ渡りけれ
荒礒に二そうの舟を漕ならへ　平八〇二
（参考）
　あらおそろしとつかぬものかな
ふるたうのにかわはなれのおほほとけ　吉二四六
あらいそにおきなる舟をよひよせて　同二四七
335 くものはし｜（ら）にもつくるかうやく
336 月ほしはミなはれものゝたくひにて　犬筑波一二五参照
337 まくらの上のこまのあし音
338 うち橋の下に今夜はとまり舟
　まくらのうへのこまのあしをと
こよひしもはしのしたなるふねにねて　吉　四八
339 八しまの軍のきとうをそする
340 やくしほのけふりやあかしたんのうら
　へいけのきたうやしまにそする
たちのほるこまのけふりはたんのうら　吉一九四
341 たかき山をはまかりてそゆく
342 しんほう｜（ち）か延りやく寺へやまいるらん　諸本ナシ

343 連歌しとれんかせぬ人行つれて　諸本ナシ
344 発句はあれとわきのくはなし
345 ちはやふる神をは足にまく物か
346 これをそ下のやしろとはいふ　諸本ナシ
347 さむきに風を猶そいれぬる
348 しつのをかあたりのかきをぬき焼て
あまりさむさに風をいれけり
しつのめかしはのあみとをおりたきて　吉　二八
あまりさむさに風を入けり
雪ふれは賤屋のかきをやぶり焼　平二三一
あまりさむさにかせをいれけり
しつのめかあたりのかきをおり焼て　慶六〇一
あまりさむさに風をいれけり
しつのめがあたりのかきを折たきて　寛四四九
349 ならと寺とそあふりはてたる
350 ありはらのむかしこひしやつゝゐつゝ　諸本ナシ
351 人かとすれは人にてもなし
352 うすかミに入といふ字をうらにミて
人かとすれは人にてもなし
うすやうに入といふ字のうらをみて　平五九八
人にはみえて人にてはなし
うすかみに入といふ字をうらにみて　吉　二〇
人にはあらて人てこそあれ
うすかみに入といふ字をうらにみて　慶六〇六
人にはあらて人てこそあれ
うすがみに入といふ字をうらに見て　寛四七九
353 けふ毎に結講したる薬しかう
354 こさゐを十二しんしやうにして　諸本ナシ
355 かくれ家にさへせにをいれけり
356 あたらしくくわんすのふたをあつらへて
かくれかにたに銭を入れけり
あたらしくくはんすのふたをあつらへて　末二四五
かくれかにたにせにを入けり
新らしくくわんすのふたをあつらへて　種一七五
隠家にたにせにをいれけり
あたら敷くはんすのふたをあつらへて　真四八七
隠家にたに銭をいれけり
あたらしくくわんすのふたをあつらへて　頴五四三
かくれかにたに銭をいれけり
あたら敷くわんすのふたをあつらへて　平六五七
かくれかにたに銭をいれけり
新しきくはんすのふたをあつらへて　慶四一八
く（ママ）きれかにたにせにをいれけり
新くくはんすのふたをあつらへて　寛三二一
357 夜もふけぬこしのあたりハ御用心　諸本ナシ
358 殿居のひきめあつこゝちよし
359 いまそしりぬる山ふきの花
360 あやまつて漆のをけにこしかけて

さひしき物と今そしりぬる
夕暮は漆の桶にこしかけて　大一三九
さひしき物といまそしり塗
夕暮はうるしの桶にこしかけて　頴四一七
さひしき物といまそしりぬる
夕くれはうるしの桶に腰かけて　平四六五
さひしきものと人はしりぬる
夕くれにうるしのおけに腰かけて　慶五五〇
さびしきものと人はしりぬる
夕ぐれにうるしのおけにこしかけて　寛四二七
361 させんの人のねすミをそをふ
362 僧たうにかつきつれたる猫つきん　諸本ナシ
363 いつまてこひにむねをこかさん
364 はしたかのくひにかけたるつり火鉢　諸本ナシ
365 われもわれたりつきもついたり
366 こ(う)しの子のあしのつめさ(ま)ておやにゝて
われもわれたりつきもつきたり
牛の子のつめのさきまて親に似て　大一二三
われもわれたりつきもつきたり
牛の子の爪のさきまて親に似て　末二五一
われもわれたりつきもつきたり
うしの子の爪のさきまておやに似て　種二一七
われもわれたりつきもつきたり
牛の子のつめのさきまておやにゝて　真五〇三
われもわれたりつきもつきたり

牛の子の爪のさきまて親に似て　頴五六九
われもわれたりつきもつきたり
うしの子の爪のさきまて親に似て　平五〇七
つぎもつゐたりわれもわれたり
うしの子かつめのさきまで親ににて　吉　一二
われもわれたりつきもつきたり
牛の子のつめのさきまておやに似て　慶四二八
われもわれたりつきもつきたり
うしの子のつめのさきまで親にゝて　寛三二九
367 あやしやたれにかりてきつらん
368 この小袖人のかたよりくれはとり
あやしやさても誰にかりきぬ
此小袖人のかたよりくれはとり　天　五九
兼載いつよりも衣装なと引つくろ
ひ給ふ時ある人
あやしや御身誰にかりきぬ
このこ袖人のかたよりくれは鳥　兼載　真六四六
あやしや御身たれにかりきぬ
このこそて人のかたよりくれはとり　吉一四〇
あやしやさてもたれにかりきぬ
この小袖人のかたよりくれはとり　慶六八四
あやしやさてもたれにかりぎぬ
この小袖人のかたよりくれはどり　寛五四七
宗祇《ギ》れんかのざしきへあやの小そ
てをきてゆきけれは

あやしや誰にかりきぬの袖　宗長
此こそて人のかたよりくれはとり　宗祇　新　四八

369 いひきの音そな（た）かくきこゆる
370 となりにはとうしミうりやとまるらん

いひきの音そ高くきこゆる
となりにはとうしみうりの宿かりて　平八二四
いびきのをとそちかくきこゆる
わかやとはとふしみうりのとなりにて　吉一五八
いひきのをとそたかくきこゆる
となりにはとうしみうりの宿かりて　慶五一四
いびきのをとそたかくきこゆる
となりにはとうしみうりの宿かりて　寛四〇一

371 にきりほそめてくつと入けり
372 はちやつほ（「の」脱か）口のほそきに大ふくろ

にきりやはらけつつといれけり
はちや壺の口のせはきに大袋　大一〇五
にきりすくめてつゝといれけり
葉ちやつぼの口のせはきに大ぶくろ　種二七九
にきりすくめてつつといれけり
葉ちやつほの口のせはきに大袋　穎六四七
にきりすくめてつゝといれけり
葉茶坪の口のせはきに大袋　平五六八
にきりこめてそつつといりけり
はちやつほの口のせはきにおうふくろ　吉一五〇
にきりほそめてつつといれはや
はちや壺の口のせはきにおほふくろ　慶四八〇
にぎりほそめてつつといれけり
葉ちやつぼの口のせばきに大ふくろ　寛三七一

373 あきらけきみしまのものやまほるらん
374 てる日のもとのことミをそみゆ　諸本ナシ
375 やせの里にも弓のことあり
376 はたぬける人の御はらハほねはかり　諸本ナシ
377 かも川をつるはきにてそ渡けり
378 かりはかまをはをしとおもひて　諸本ナシ
379 さけさやとはしと楊枝を取いたし
380 時衆とときとちやの子くひけり　諸本ナシ
381 一ある物三にみえけり
382 ま（わ）たもなき小袖のゑりのほころひて

ひとつの物そ三に見えたる
うすわたのこそてのゑりのほころひて　吉一一八

383 しやうをはりてやたのしかるらん
384 弟子たんなおほくもちたる法花宗　諸本ナシ
385 あミたは波のそこにこそあれ
386 なむといふこゑのうちより身をなけて　犬筑波三一一参照
387 なきつわらひつするハ夕くれ
388 見めわろきよめを追出す闇の中　諸本ナシ
389 山とミやこをわたるゆふたち
390 さしかさすほこをならふるきをんのゑ　諸本ナシ

391 竹やりにてもさすやつりふね
392 海そくのすねをつけかしらをのはり　諸本ナシ
393 千とりあしにもはしるしら波
394 すへるなよ雪のみきはの石たゝき　諸本ナシ
395 師子の丸をそさけをにはする
396 此かたな文しゆ四郎かつくりにて
しゝのめぬきをうつはことわり
このかたなもんしゆ四らうかつくりにて　真六八〇
397 ふすかとすれはおきもあからす
398 ゐのしゝやほそ矢一によはるらん　諸本ナシ
399 ことはりもなくたき付にけり
400 おもはすもころふのさかひの中柱　諸本ナシ
401 仏の前に筒をこそふれ
402 みやかしのあふらやみなに成ぬらん
薬師のまへのつゝをこそふれ
みあかしのあふらやみなになりぬらん　末二二九
やくしのまへのつゝをこそふれ
みあかしの油やみなになりぬらん　種一四六
薬師の前のつゝをこそふれ
みあかしのあふらやみなに成ぬらん　頴五一三
やくしのまへの筒をこそふれ
みやかしのあふらやみなに成ぬらん　平三六三
神のまへにてつゝをこそふれ
みやかしのあふらやみなに成ぬらん　吉　一四

やくしのまへてつゝをこそふれ
みあかしのあふらやみなに成ぬ覧　慶四〇〇
やくしのまへでつゝをこそふれ
みあかしのあふらやみなに成ぬらん　寛三〇七
403 あなかちなりと人やわらはん
404 生る（「ゝ」脱か）もまた生るゝも女にて
あなかちなりと人やわらはむ　諸本ナシ
まうくるも又まうくるもむすめにて　天　五一
あなかちなりと人やわらはん
まうくるも又まうくるもおなこにて　末二四一
あなかちなりと人はみるらん
まうくるもまたまうくるも出家ごにて　真二〇一
あなかちなりと人やわらわん
まうくるも又まうくるもおなこにて　頴五三九
あなかちなりと人やわらはむ
まうくるも又まうくるも娘にて　平六六三
あなかちなりとひとやわらはん
まふくるも又まふくるもをなこにて　慶四一〇
あなかちなりと人やわらはん
まうくるも又まうくるもおなごにて　寛三一七
405 天（矢）もなき弓はいかゝおそれん
406 のと殿はしころを質におきつ舟
407 ころめこせこそ舟にのりけれ
408 よめ入のさとは河よりむかゐにて　犬筑波一七八参照
409 羅漢のほねはみえもこそすれ

410 おらせたる五節扇をもちやふり　諸本ナシ
411 はくろさんにてうそを社ふけ
412 はちの子のわるすの中を出羽の国　諸本ナシ
413 北野まいりにやりをこそもて
414 松はらはてんくらふして影もなし　犬筑波一三七参照
415 つふやき事はあそこゝにも
416 念珠の緒をいろりのはたにもミきりて　諸本ナシ
417 さと／＼にはしりありけとつひもせす
418 かた木のあしたはこそつよけれ　犬筑波二二五参照
419 番匠のとんせいしたるさまをミよ
420 さひつちかしらてうのさかやき
　番匠のとんせいしたるなりをみよ
ひたひにのこるてうのさかやき　天　七七
　番匠の遁世したるなりをみよ
さいつちあたまそりやわふらん　種二七四
ひたいにのこるてうのさかやき　同二七五
　番匠のとんせいしたるなりをみよ
ひたひにのこるちやうのさかやき　真五四二
さいつちかしらそりやしぬらし　同五四三
　番匠のとんせいしたるなりを見よ
ひたひにのこるてうのさかやき　頴六四〇
さいつちかしらそりやわふらん　同六四一
　はんしやうのとんせいしたるなりをみよ
ひたひにのこるてうのさかやき　平五四七
さいつちかしらそりそわひぬる　同五四八
　ひたゐにのこるてうのさかやき
はんしやうかとんせいしたるなりをみよ　吉　三二
　番匠のとんせいしたるなりをみよ
さいつちあたまそりそわひぬる　慶四七三
ひたひにのこるてうのさかやき　同四七四
　番匠《はんじやう》のとんせいしたるなりを見よ
さいつちあたまそりぞわびぬる　寛三六四
ひたひにのこるてうのさかやき　同三六五
421 仲人も有いなつまもあり
422 よひの間にちらりとしてや帰るらん　諸本ナシ
423 しやう（「じ」脱か）をやふるこしりもそ有
424 若俗のかミ一まいももたすして　諸本ナシ
425 王のつまりを□（不明）るこそやれ
426 ほう釵をぬかんとすれはさひ付て　諸本ナシ
427 くそくをうりて兵らうにする
428 修羅よりもかきのせめこそかなしけれ　諸本ナシ
429 大はん若はらミ女の祈たう哉
430 巻第三のひもをこそとけ
　大般若はらみ女の祈禱なり
多経巻第さんのひもとけ　末二二一
　大盤若はらみ女のきたうなり
たきやうくわんたいさんのひもとく　種一四〇
　大盤若はらみ女の祈禱なり

たきやうくはんたいさんのひもとけ　真四七一
大般若はらみ女の祈禱なり
多経巻第三のひもとけ　穎五〇五
大はんにやはらみ女の祈禱也
大経巻第三のひもとけ　平七四四
大はんにやはらみ女のきたうなり
たきやう巻第さんのひもとけ　慶五七八
大はんにやはらみ女のきたうして
たきやうくはんたいさんのひもとく　寛四六五
有女子をうミかねけれは
だいはんにやはらミ女のきとうかな　宗祇
わき
き《（ママ）》やうくハんだいさんのほ《（ママ）》もとけ　新二〇七
431 ところ〳〵にひこそいてぬれ
432 さひ刀しのき平にときなして　諸本ナシ
433 波になかるゝ御時衆のそて
434 あまころもしちに興つの舟みえて　諸本ナシ
435 しやうと口こそあり〳〵といふ
436 仏たちまりのかゝりにたち出て　諸本ナシ
437 山の大しそ川になかるゝ
438 ゆく水にしかくハあともなかりけり
山の大師そ川になかるゝ
ゆく水に字かくは筆のあともなし　未三一〇
山の大師ぞ川に流るゝ

ゆく水に字かくは筆の跡もなし　種三一五
山の大師そ水《川》《ヒ》になかるゝ
行水に字かくは筆のあともなし　真五八〇
山の大師そ川になかるゝ
行水に字かくは筆の跡もなし　穎六九七
山の大師そ川になかるゝ
行みつに字かくは筆の跡もなし　平三九二
山のたいしはかわになかる《（ママ）》ゝ
行みつにしかくはふてのをともなし　吉一七二
やまの大しそ河になかるゝ
行水に字かくは筆のあともなし　慶五一三
やまの大しそ川にながるゝ
ゆく水に字かくは筆のあともなし　寛三九九
439 いなりまいりにほうかふりして
440 はけてこそ狐すかたはかくしけれ　諸本ナシ
441 たれかうへけん二本松のき
442 わか国の君は千代ませちよにませ　諸本ナシ
443 めてたくもありあやうくもあり
444 聟いりの夕にわたるひとつはし　犬筑波一八〇参照
445 なか〳〵となる君か御情　諸本ナシ
446 玉つさに久〳〵候とかきとめて
447 さくら戸ならはしやう（「を」脱か）さゝはや
448 いりゐひのあかしの浦に鯛つりて　諸本ナシ
449 ふしとあさまとにたるおとゝひ

450 うきしまかひとつはらより海みえて
ふしとあさまは山のおとゝひ
うき嶋か原もひとつの海見えて　平六六七

451 とりもとんせいするとこそみれ
452 この中につくりたてたるゑき|（け）有て
とりもごしやうをねかひこそすれ
このうちの中にもゑけを立おきて　真六四一
とりもとんせいするとこそきけ
このうちにつくりこめたるゑけ有て　吉　六四
鳥もとんせいするとこそきけ
籠の内に作りつけたるゑけ有て　鷹一一九

竹門之御本にてうつしをくところ也後見之
嘲一笑〳〵
永禄五季初春下四日
一露
神無月中旬
藤原光忠書之

◆新撰犬筑波集

誹諧連歌抄

春

1 かすミのころもすそハぬれけり
2 さほ姫の春たちなから尿をして
かすみのころもすそはぬれけり
棹姫の春たちなから尿をして　大　三
かすみの衣すそはぬれけり
さほ姫の春たちなからしゝをして　天　一六
かすみのころもすそはぬれけり
さほ姫の春たちなから尿をして　末　二
霞ノ衣スソハヌレケリ
サホ姫ノ春立ナカラ尿ヲして　袋　二
かすみのころもすそはぬれけり
佐保姫の春たちなからしとをして　真　二
霞のころもすそはぬれけり
さほ姫の春たちなからしとをして　穎　二
霞のころもすそはぬれけり
さほひめの春たちなからしとをして　平　二
かすみのころもすそはぬれけり
佐保姫の春たちなからしとをして　吉二七〇
霞の衣すそはぬれけり
さほ姫の春立なからしとをして　鷹　三一

かすみのころもすそはぬれけり
さを姫のはるたちなからしとをして　慶　二
かすみのころもすそはぬれけり
さほ姫《ひめ》の春たちなからしとをして　寛　六
3 あなうれしやな餅いはふころ
4 梅かゝの先鼻へ入はるたちて
あなうれしやなもちいはふころ
梅かゝのまつはなへゐる春たちて　末　四
アナ嬉ヤナ餅イハウ比
梅か香ノマツ鼻へ入春立て　袋　四
あなうれしやなもちいはふころ
梅か香のまつはなへいる春立て　真　四
あなうれしやな餅いはふ比
梅かゝの先鼻へいる春たちて　纈　四
あなうれしやな餅いはふ比
梅か香の先はなへいる春たちて　平　四
あなうれしやな餅いわふころ
梅か香の先鼻へいる春たちて　吉二七二
あなうれしやなもちいはふ比
梅かかのまつはなへいるはるたちて　慶　四
あなうれしやなもちいはふころ
梅かゝのまつはなへいる春たちて　寛　四
5 うそをふき／＼花をこそおれ
6 軒はなるはちのすはひに梅さきて
うそをふき／＼花をこそおれ

軒はなる蜂のすはひに梅さきて　大　四
うそをふき／＼花をこそおれ
軒はなるはちのすはひに梅さきて　天　一九
うそをふき／＼花をこそおれ
軒はなるはちのすはひに梅さきて　末　六
ウソヲフキ／＼花ヲコソヲレ
軒端ナル蜂ノスハヒニ梅咲て　袋　六
うそをふき／＼花をこそおれ
軒端なるはちのすあひに梅咲て　真　六
うそをふき／＼花をこそおれ
軒端なるはちのすはひに梅咲て　纈　六
うそをふき／＼花をこそおれ
軒はなる蜂のすはひに梅さきて　平　六
うそをふき／＼花をこそおれ
軒はなるはちのすはえに梅さきて　鷹　三三
うそをふき／＼花をこそおれ
軒端なるはちのすはゐに梅さきて　吉二七四
うそをふき／＼はなをこそおれ
軒端なるはちのすはひのむめさきて　慶　六
うそをふき／＼はなをこそみれ
のきばなるはちのすはひの梅咲《むめさき》て　寛　一〇
うそをふき／＼花をこそ見れ
のきはなるはちのつはいに梅さきて　新一一五
花を折／＼うそをこそふけ
軒はなるはちのすはいに梅さきて　竹　二四
7 あらうつゝなや花をちらすな

8 もたせたる梅かえこそにしやれ男

あらうつゝなや花をちらすな
もたせたる梅かえこそにしやれ男　大　六

あらうつゝなやはなをちらすな
もたせたる梅かえこそにしやれおとこ　天　二一

□□《（ムシ）》ウツヽナヤ花ヲチラスナ
□□□《（ムシ）》タル梅カヘコソニシヤレ男　袋　八

あらうつゝなや花をちらすな
もたせたる梅かえこそにざれ男　鷹　三五

あなうつゝなや花をちらすな
もたせたる梅かえしたふしやれおとこ　吉二七六

あらうつゝなや花をちらすな
もたせたる梅かえこそにされ男　平　八

あなうつゝなやはなをちらすな
もたせたる梅かえにたゝされおとこ　慶　一〇

あらうつゝなや花をちらすな
手折ゆくむめか枝よそにされ男　竹　三二

9 暮ハんのうへに春ハきにけり

10 うくひすのすこもりといふ作り物

暮はんのうへに春はきにけり
うくひすのすこもりといふつくり物　末　八

暮盤ノ上ニ春は来にけり
鶯ノ巣コモリト云ツモリ物　袋　一〇

暮はんの上に春は来にけり
うくひすのすこもりといふつくり物　真　八

暮はんの上に春は来にけり
うくひすの巣こもりといふ作物　縝　八

碁盤の上に春はきにけり
鶯の巣籠といふつくり物　鷹　三七

碁盤のうへに春は来にけり
鶯の巣こもりといふつくり物　吉二七八

暮はんのうへに春はきにけり
うくひすの巣こもりといふつくり物　慶　八

ごばんのうへに春はきにけり
うぐひすのすこもりといふ作《つく》り物　寛　二

こはんのうへにはるハ来にけり
うくひすのすこもりといふつくりもの　新一一三

11 法師かへりと人やミるらん

12 此梅ハさねおひにてはなき物を

ほうしかへりと人やみるらん
この梅はさねおひにてはなき物を　末　一〇

法師かへりと人やみるらむ
この梅はさね生にてはなき物を　真　一〇

法師かへりと人や見るらん
この梅はさね生にてはなき物を　縝　一〇

法師かへりと人や見るらん
この梅はさねおひにてもなき物を　平　一〇

法師かへりといふつくり物
此梅はさねおひおひにてはなき物を　吉二八〇

ほうしかへりとひとやみるらん

この梅はさねおひにてはなきものを　慶　一二
たう瘡の祈禱に一折とありしに
13 梅やいつたうかさ疼《ヒラク》やとの春
14 きゆれハなをる雪の村竹
15 うくひすハをのかさしきにねをなきて
16 たか遅参をか猶よふことり　諸本ナシ
17 見わたせハ山中殿もゐられけり　諸本ナシ

春のころたうかさの祈禱に
梅やいつたうかさひらくやとの春
きゆれはなをる雪のむら竹　末　一二

唐瘡ノ祈禱に
梅やいつ唐瘡疼やどの春
ト云発句ニ
きゆればなをる雪のむら竹
鶯はヲノカ座敷ニ音ヲナキテ　袋　一三

春の比たうかさの祈禱に
梅やいつたうかさひらくやとの春
きゆれはなをる雪の村竹　真　一二

春の比たう瘡の祈禱に
梅やいつたうかさひらくあした哉
きゆれはなをる雪のむら竹　穎　一二

唐瘡煩ける春祈禱にとて
梅やいつ唐瘡ひらく宿の春
きゆれはなをる雪の村竹　平　一四
鶯はもとの座敷に音を鳴て

春の比唐瘡の祈禱に
梅やいつたうかさ疼く宿の春　吉二八二
18 しうとのためのわかななりけり
19 沢水につかりてあらふよめかはき

しうとのための若な也けり
沢水につかりて洗ふよめかはき　天　三一

しうとのためのわかななりけり
さは水につかりてあらふよめかはき　末　一八

シウトノ為ノ若菜ナリケリ
沢水ニツカリテ洗ヨメカ萩　袋　一九

しうとの為のわかななりけり
沢水につかりて洗ふよめかはき　真　一八

しうとのための若ななりけり
沢水につかりてあらふよめかはき　穎　一八

しうとのためのわかな成けり
沢水につかりてあらふよめかはき　平　一二

しうとのために若菜をそつむ
沢水につかりてあらふよめかはき　鷹　四一

しうとのためにわかなをそつむ
さはみつにつかりてあらふよめかはき　吉　八六

しうとのためのわかななりけり
沢水につかりてあらふよめかはき　慶　一四

しうとのためのわかなゝりけり
さは水につかりてあらふよめかはき　寛　八

20 春の野に万法の話やかすむらん

21 わかなつむものこれなに人そ
春の野に万法の話やかすむらん　末　一六
わかなつむものこれなに人そ
春ノ野に万法ノ話《ワ》ヤ霞ラン　袋　一七
若菜ツムモノ是ナニ人ソ
春の野に万法の話やかすむらん　真　一六
わかなつむものこれなに人そ
春の野に万法の話やかすむらん　穎　一六
若菜つむ物これなに人そ
春の野に万法のわやかすむらん　鷹　四〇
わか菜つむ人是何者そ
春の野に万法の話やかすむらん
わかなつむもの是なに人そ　吉二五八

22 雪まになりぬさけさやの竹

23 春のゝやところ〳〵をこかすらむ
(前句脱)
春ノ野ヤ所々ヲコカスラン　袋　二一
雪まに成ぬさけさやの竹
春の野やところ〳〵をこかすらむ　真　二〇
雪間になりぬさけさやの竹
春の野やところ〳〵をこかすらん　穎　二〇
雪間になりぬさけさやの竹
春の野や所々をこかすらん　吉二六〇
ゆきまになりぬさけさやのたけ
はるのゝやところ〳〵をこかすらん　慶　一六
ゆきまになりぬさげさやの竹
春の野やところ〳〵をこがすらん　寛　一二

24 大さかつきをこのむ山ふし《のはやる春の、》

25 なくひはり雲に五度入十度入　諸本ナシ
(参考)
大さかつきをすける山ふし
かつらきやみねに五度入七度入　末一八九
大さかつきをこのむ山ふし
かつらきのみねに五と入七度いり　真四三二
おほさか月をすける山ふし
葛城やみねに五度入七度いり　穎四四六
大さかつきをすける山ふし
かつらきやみねに五度入十度入　平四八九
大さかつきをこのむ山伏
葛城やみねに五度入七度入　鷹一六三
おほさかつきをこのむ山ふし
かつらきやみねに五と入七といり　慶三六〇
大さかづきをこのむ山ぶし
かづらきや峯に五度いり十どいり　寛二七三
正月のハしめつかたさるうとくの出家のかひをきなといふわさして米いかめしくもたる人の庵にてさかつきをとりて

26 鶯もなく音をあけよ米の春
と申たりけれハ亭主

27 去年の不熟を梅にほふころ
正月のはしめつかたさるうとくなる出家の買
をきなといふことして八木なといかめしくも
たる人の庵にてうくひすのなき侍れは
うくひすもなくねをあけよ米の春
こそのふしゆくをむめにほふころ　末　一四
正月ノ始ツカタ去ウトクナル出家買ヲキナド
云コトして米イカメシクモタル人ノ庵ニテ盃
ヲトリテ
鶯モ鳴音ヲアケヨ米ノ春
トカタリケレハ亭主
去年ノ不熟ヲウメニホフ比　袋　一五
むつきのはしめつかたさるうとくなる出家の
買をきなといふ物して米いかめしくもたる人
の庵にて鶯の鳴侍は庵主
うくひすもはつねをあけよ米の春
去年のふしゆくを梅にほふころ　真　一四
むつきの初つかたさるうとく成出家の買置な
といふ物して八木いかめしく持たる人の庵に
て鶯の鳴侍れは庵主
鶯もなく音をあけよ米の春
こそのふじゆくを梅にほふ比　頴　一四
正月のはしめつかたさるうとくなる出家のか
ひをきなと申すわさしていかめしく米もたる
庵に盃をとりて
鶯も鳴ねをあけよ米の春
と申たりけれは興に入て亭主
去年の不熟を梅にほふころ　平　八九九
と付けるとそ
鶯も鳴ねをあけよ米のはる
去年の不熟を梅にほふころ　亭主　吉　二五六

28 あつといひてやたちしさるらん
29 朝かすミ春のあらしにあてられて
あつといひてや立しさるらん
朝霞春のあらしにあてられて　天　三三
アツト云テヤ立シサルラン
朝霞春ノ嵐ニアテラレテ　袋　二四
あつといひてやたちしさるらむ
朝かすみ春のあらしにあてられて　真　二三
あつといひてやたちしさるらん
朝霞春のあらしにあてられて　頴　二三
あつといひてや立しさるらん
朝霞はるのあらしにあてられて　平　一七
あつといひてや立しさるらん
朝かすみ春のあらしにあてられて　吉　二六二
あつといひてやたちしさる覧
あさかすみ春のあらしにあてられて　慶　一八

30 なかめられつるはなハちりけり
31 うちかすむさとは故とのゝやしきにて
なかめられつるはなはちりけり
うちかすむさとは故とのゝやしきにて　大　一四

なかめられつるはなはちりけり
うちかすむさとは故殿のやしきにて　天　二三
ナカメラレツル花ハチリケリ
打カスム里ハ故殿ノ屋敷ニテ　袋　二八
なかめられつる花はちりけり
うちかすむさとはことのゝ屋敷にて　真　二六
なかめられつる花はちりけり
打かすむさとは故殿の屋敷にて　穎　二六
なかめられつる花は散けり
打かすむ里は古殿の屋敷にて　平　一九
なかめられつる花はちりけり
うちかすむ里は故殿のやしきにて　吉二六六
なかめられつるはなはちりけり
立ちかすむさとはふるやの屋しきにて　慶　二四
32 弓をしハりているとこそミれ
33 ゆかうたるやりの柄かすむ楯のうら
弓ヲシハリテイルトコソ見レ
ユカフタル鑓ノ柄カスム楯ノウラ　袋　三〇
弓をしはりているとこそみれ
ゆかふたるやりのえかすむ楯のうら　真　二八
弓をし張て射るとこそみれ
ゆかふたる鑓の衣かすむ楯のうら　穎　二八
弓をしはりているとこそみれ
ゆかふたる鑓の柄かすむ楯のうら　平　二一
弓をしはりているとこそ見れ

ゆかふたる鑓の柄かすむ楯のうら　吉二六八
34 二我ほとの物ハあらしとかすませて
35 一さとのおとなのはなをミるころ
ところのおとな花をみるころ
われほとの物はあらしとかすませて　末　二一
所ノヲトナ花ヲ見ルコロ
我ホトノ物ハアラシトカスマセテ　袋　二六
所のおとな花をみるころ
我ほとの物はあらしとかすませて　真　二四
所のおとな花を見る比
われ程のものはあらしとかすませて　穎　二四
所のおとな花を見るころ
われほとの物はあらしとかすませて　吉二六四
ところのおとなはなを見るころ
我ほとのものはあらしとかすませて　慶　二〇
ところのおとなはなをみるころ
我ほとのものはあらしとかすませて　寛　一四
36 ひらりしやらりの春の曙
37 かへるかり旧院やうのもしにゝて
ひらりしやらりの春の明ほの
帰鴈きうゐんやうの文字にゝて　大　八
ひらりしやらりの春の明ほの
かへるかり旧院やうの文字に似て　天　二七
ヒラリシヤラリノ春ノ明ホノ
帰る雁旧院ヤウノ文字ニ似テ　袋　三二

ひらりしやらりの春のあけほの　平　二三

かへる鴈ふる院やうの文字にゝて
38 かすミより一はねはぬる月もりて
39 らんといふ字にかへるかりかね

かすみより一はねはぬる月もりて
覧といふ字にかへるかりかね　大　一〇

霞ヨリ一ハネハヌル月モリテ
覧ト云テ゛ヤ゛字ニカヘル雁カネ　袋　三四

霞より一はねはぬる月もりて
らむといふ字にかへるかり金　真　三〇

霞より一はねはぬる月もりて
らんといふ字にかへるかりかね　縝　三〇

霞より一はねはぬる月もりて
らむといふ字にかへるかりかね　平　二五

霞よりひとはねはぬる月もりて
らんといふ字にかへるかりかね　慶　二六

ある所へあまたくして朝飯にまかりたりける
に以外したてをそかりけるに待おりたりけれ
ハ亭主いてゝなにかし殿より鴈をたふへきよ
し有けれハした（「て」脱カ）まつとてかくこそ
をそけれと申て茶をハなに阿ミの寮にてなと
申ていつるミちへ件の鴈をもてきたりけれハ
客人
40 おこせけりいさこゝよりもかへる鴈

と申たりけれハ亭主
41 けさのしたてハあまりかすめり

春のころあさめしに鴈を人のたふへきよし侍
るほとにあまたよりあい侍けれともをそかり
けれハ先にあさめしなとまいりてもとりける
ところへ鴈をもたせをこせけれハ
をこせけりいさこゝよりもかへる鴈
今朝のしたてはあまりかすめり　末　三四

春の比ある所へあさ食にまかりけれはあまり
にしたてをそかりけり亭主出てなにかし殿よ
り鴈をたふへきよし侍る程にまち侍るまゝを
そくなむとてめし過て罷帰道にて件の鴈をも
たせをこせけれは
おこせけりいさ爰よりもかへるかり
けさのしたてはあまりかすめり　真　五四

春の比ある所へ朝飯にまかりけれは余にした
てをそかりける亭主出てなにかし殿より鴈を
たふへきよし侍る程に待間おそく侍とてめし
なと過てまかりたちける道にて件の鴈をもた
せをこせけれは
をこせけりいさ爰よりも帰鴈
けさのしたてはあまりかすめり　縝　五四

42 こやつきのふか母のあまこせ
43 小さくらのはなのほうしをうちかつき

こやつきのふか母のあまこせ

小さくらの花のほうしをうちかつき　末 一二
こや次信か母のあまこせ
小桜の花のほうしをうちかつき　真 三二
こやつきのふかはゝの尼こせ
小さくらの花のほうしを打かつき　穎 三二
こやつきのふの母のあまこせ
小桜の花のほうしを引かつき　平 二九
こやつきのふかはゝのあまこせ
こさくらの花のほうしをうちかつき　慶 二二

44 こゝろのうちのやさしさハいさ
45 筆ゆひの過かてにミるかはさくら
こゝろのうちのやさしさはいさ
筆ゆひの過かてにみるかはさくら　末 二四
心ノ内ノヤサシサハイサ
筆ユヒノ過ガテニ見ルカハ桜　袋 三九
こゝろのうちのやさしさはいさ
筆ゆひのすきかてにみるかは桜　真 三四
こゝろのうちのやさしさはいさ
筆ゆひのすきかてにみるかは桜　穎 三四
心のうちのやさしさはいさ
筆ゆひの過かてに見るかは桜　平 三一
こゝろのうちのやさしさはいさ
筆ゆひのすきかてに見るかはさくら　慶 二八

46 此春の元服そかハあはれにて
47 ゑほしさくらそわひさきにさく

此春のけんふくそかはあはれにて　大 一三五
ゑほしさくらそわひさきにさく
此春の元服そかは哀にて　真 三六
烏帽子さくらそわひ咲にさく
此春の元服曾我はあはれにて　穎 三六
えほし桜そわひさきにさく
この春のけんふくそかはあはれにて　平 三三
ゑほしさくらそわひさきにさく
(参考)
このはるは花の本にてなはつきて
ゑほしさくらと人や見るらん　吉 二二四

48 [二]弁慶やけふハ火はなをちらすらん
49 [一]大長刀に春かせそふく
大長刀に春風そ吹
弁慶やけふは火花をちらすらん　大 一二
大なきなたに春かせそふく
へんけいもけふは火花やちらすらん　末 二八
大長刀に春風ソフク
弁慶ヤ今日ハ火花ヲチラスラン　袋 四一
大長刀に春風そふく
弁慶やけふは火花をちらすらん　真 四〇
おほ長太刀に春かせそ吹
弁慶もけふは火花やちらすらん　穎 四〇
大長刀に春かせそふく
弁慶やけふは火花をちらすらむ　平 三五

大長刀に春風ぞ吹
辨慶もけふはひはなやちらすらん　鷹　四三
おほなきなたにはるかせぞふく
へんけいもけふや火花をちらすらん　慶　三〇
おほなきなたにはるかせぞふく
へんけいもけふやひ花をちらすらん　寛　一六

50 もつともとこそ人ハミるらめ
51 へたのかく花といふ字のゆふまくれ
尤とこそ人はみるらめ
へたのかくはなといふ字のゆふまくれ　天　二五
尤トコソ人ハ見ルラメ
ヘタノ書花ト云字ノゆふマ暮　袋　四三
尤とこそ人は見るらめ
下手のかく花といふ字の夕間くれ　真　四二
もつともとこそ人はみるらん
へたのかく花といふ字の夕間暮　穎　四二
もつともとこそ人は見るらん
へたのかく花といふ字の夕ま暮　平　三七
もつともとこそひとはみるらめ
へたのかく花といふ字のゆふまくれ　慶　三二
もつともとこそ人はみるらめ
へたのかく花といふ字《じ》を夕まくれ　寛　一八

52 秘蔵のはなのえたをこそおれ
53 よひよせてつふり春かせ我むすこ
ひそうの花の枝をこそおれ
よひよせてつふり春かせわかむすこ　末　三二
秘蔵ノ花ノ枝ヲコソオレ
ヨヒヨセテツフリ春風我ムスコ　袋　四五
ひそうの花の枝をこそおれ
よひよせてつふりはる風わかむすこ　真　五二
ひそうのはなのゑたをこそおれ
喚よせてつふり春風わかむすこ　穎　五二
ひさうの花の枝をこそおれ
よひよせてつふり春風わかむすこ　平　二七
ひさうのはなのえたをこそおれ
よひよせてつふりはる風わかむすこ　慶　三六
ひさうのはなのえたをこそおれ
よひよせてつふりはる風わかむすこ　寛　二〇

54 はなちかしらのうちもねられす
55 風わたるよるの枕に花ちりて
ハナチカシラノウチモネラレス
風オコル夜ノ枕ニ花チリテ　袋　四七
はなちかしらの打もねられす
風おこる夜るの枕に花ちりて　真　四四
はなちかしらのうちもねられす
かせおこるよるの枕に花ちりて　穎　四四
はなちかしらの打もねられす
かせおこる夜るの枕に花ちりて　平　三九
はなちかしらの打もねられす
かせおこるよるの枕に花落て　竹　四〇

比丘尼連哥の発句に
56 ちる花をとめてミハやななさしませ
57 おかしからすや又もこん春
御比丘尼のくちすさみに
ちる花をとめてみはやななさしませ
おけしからすや又もこんはる　末　三〇
比丘尼連哥の発句に
ちる花をとめてみはやななさしませ
おけしからすや又もこむはる　真　四六
比丘尼連歌の発句に
散花をとめてみせはやなさしませ
おけしからすやまたもこんはる　頴　四六
58 さくらかもとにねたる十こく
59 春のよの夢のうきハしのすゝめして
さくらがもとにねたる十こく
春のよの夢の浮橋のすゝめして　大一二九
さくらか本にねたる十こく
春の夜の夢のうきはしすゝめして　真　四八
さくらかもとにねたる十穀
春の夜の夢のうきはしすゝめして　頴　四八
さくらかもとにねたる十こく
春のよの夢のうきはしのすゝめして　平　四一
さくらかもとにねたる十こく
春のよのゆめのうきはしすゝめして　慶　三四
60 これやまことのゑんのうはそく

61 たち出て茶をつみ給う八の宮
是ゾ誠ノ役ノウハソク
立出テ茶ヲツミ玉ウ八ノミヤ　袋　四九
是そまことのえんのうはそく
たち出て茶をつみ給ふ八のみや　真　五六
これそまことのえんのうはそく
立出て茶をつみたまふ八の宮　頴　五六
是そまことのゑむのうはそく
たち出て茶をつみ給ふや《八》つの宮　平　四五
これそまことのえんのうはそく
たちいてゝちやをつみ給ふ八のみや　慶　三八
62 是もや役の行者なるらん
63 はたかにてつむ人ミゆる茶木原
是モヤ役ノ行者ナルラン
ハタカニテツム人見ユル茶ノ木原　袋　五一
是もやえんの行者なるらむ
ときむきてつむ人みゆる茶の木原　真　五八
これもやえんの行者なるらん
頭巾にてつむ人みゆる茶木原　頴　五八
これもやゑむの行者なるらん
裸にてつむ人見ゆる茶の木原　平　四七
64 春のゝにいんきんからのはしまりて
65 まつつく／＼しはかまをそきる
春のゝにいんきんからのはしまりて
はやつく／＼しはかまをそきる　末　三六

春ノ野にいんきん講ノハシマリテ
先ツツク〳〵シ袴ヲソキル　袋　二二
春の野にいんきんからのはしまりて
先つく〳〵し袴をそきる　真　六四
春の野にゐんきんからのはしまりて
はやつく〳〵しはかまをそきる　穎　六四
春の野にいむきんこうのはしまりて
先つく〳〵しはかまをそきる　平　五一
春の野にゐんきんからの始りて
先つく〳〵しはかまをそきる　鷹　四五
春のゝにいんきむ講のはしまりて
まつつく〳〵しはかまをそきる　慶　四〇
春のゝにいんきん講《かう》のはしまりて
まつつく〳〵しはかまをそきる　寛　二二

66 春のゝを客人とものたちかへり
67 はやつく〳〵しはかまをそぬく
春の野を客人とものたちかへり
はやつく〳〵しはかまをそぬく　真　六六
春のゝを客人ともの立かへり
はやつく〳〵しはかまをそぬく　穎　六六

夏

68 しやかちゝに似てこふも入かし
69 たうかめの貝子の中の時鳥
しやかちゝに似てこうもいれかし
たう亀の卵のなかの郭公　大　一六

しやか父に似てこうもいれかし
たう亀の貝子の中の郭公　天　四一
しやが父に似てこふも入かし
と碁うちける人の口にまかせ申けるを連歌に
聞なして
だう亀の卵の中のほとゝぎす　種　二
シヤカ父ニ似てコフモ入カシ
タウ亀ノカイコノ中ノホトヽキス　袋　五七
しやか父ににてこうもいれかし
とこ打ける人の口に任申ければ
たう亀のかいこの中のほとゝきす　真　九九
しやかちゝにゝてこうもいれかし
と碁うちける人の口にまかせて申ければ
たうかめのかいこの中のほとゝきす　穎一〇二
しやかちゝに似てこうもいれかし
たう亀のかひこの中のほとゝきす　平　八三
しやか父に似てこうもいれかし
たう亀のかひこのなかのほとゝきす　慶　八二

70 夏のよの空を狐にはかされて
71 山郭公穴になくこゑ
山郭公あなになくこゑ
夏の夜の空を狐にばかされて　種　四
夏ノ夜ノ空を狐ニハカサレテ
山ホトヽキス穴ニナクこゑ　袋　五九
山郭公あなになくこゑ

夏の夜の空をきつねにはかされて　真一〇一
　山ほとゝきすあなになくこゑ
夏の夜の空を狐にはかされて　頴一〇四
　夏の夜の空をきつねにはかされて
山ほとゝきすあなになくこゑ　平　八五
　夏の夜の空を狐にはかされて
山ほとゝきす穴に鳴声　鷹　四九
　山ほとゝきすあなになく声
なつの夜の空をきつねにはかされて　慶　九〇
　山ほとゝきすあなになくこゑ
夏《なつ》のよの空《そら》をきつねにばかされて　寛　五二
72 てしますくれと雨はふらすや
73 水ふくり玉さか山のほとゝきす
　てしますくれと雨はふらすや
水ふくり玉さか山のほとゝきす　大　一八
　てしままくれと雨はふらずや
水ふぐり玉さか山のほとゝぎす　種　八
　てしますくれと雨はふらすや
水ふくり玉さか山のほとゝきす　頴一〇八
74 おやこなからそかもへまうつる
75 たのもしを鳥の日にあふまつりして
　親子ながらぞ加茂へまゐれる
たのもしをとりの日にあふ祭りして　種　一〇
　オヤコナカラソ賀茂ヘマイレル
タノモシヲトリノ日ニ遇祭して　袋　六三

　おやこなからそかもへまいれる
たのもしをとりの日にあふ祭して　真一〇五
　おや子なからそ賀茂へまいれる
たのもしをとりの日にあふ祭して　頴一一〇
　おや子なからそ賀茂へまいれる
たのもしをとりの日にあふ祭して　慶　八六
　親子なからそかもへまいれる
たのもしをとりの日にあふまつりして　竹　五八
76 五てうあたりにたてる尼こせ
77 夕かほのはなのほうしを引かつき
　五てうあたりにたてる尼こせ
ゆふかほの花のほうしをうちかつき　大　二〇
　五条あたりにたてる尼こせ
ゆふかほの花のほうしをうちかつき　天　三七
　五てうわたりにたてるあまこせ
ゆふかほの花のほうしをうちかつき　末　五九
　五条ワタリニタテル尼コセ
夕カホノ花ノホウシヲ引カツキ　袋　六六
　五条あたりにたてるあまこせ
夕かほの花のほうしを打かつき　真一一四
　五条あたりにたてるあまこせ
夕かほの花のほうしを打かつき　頴一一二
　五条あたりにたてるあまこせ
夕かほの花のほうしを打かつき　平一〇七
　五でうわたりにたてるあまこせ

夕かほのはなのほうしをうちかつき　慶　八八
五でうあたりにたてるあまごぜ
夕がほの花のぼうしをうちかつき　寛　五四

78 源氏の君にもるにこりさけ
79 夕かほのやとの亭主のいてあひて
源氏の君にもるにこり酒
ゆふかほの宿の亭主の出合て　頴一一四
けんしの君にもるにこりさけ
ゆふかほのやとの亭主のいてあひて　慶　九二
けんしのきみにもるにごり酒《さけ》
ゆふがほの宿《やと》のていしゆの出あひて　寛　五六

80 勧進ひしり時もえくハす
81 こしにさすひしやくのしるハまたにへて
勧進聖ときもえくはす
腰にさす杓の汁はまたにへて　大一三一
くはんしんひしり時もえくわす
こしにさすひしやくのしるはまたにえす　末　六〇
勧進ヒチリ時モエクハス
コシニサス柄杓ノ汁ハマタニエデ　袋　六八
くわんしんひしり斎もえくはす
こしにさすひさくの汁はまたにゑて　真一〇九
勧進ひしりときもえくはす
こしにさすひしやくの汁はまたにえて　頴一一六
勧進ひしり時もえくはす
こしにさすひしやくの汁はまたにへて　平　九一

勧進ひしりときもえくはす　慶　九四
腰にさすひしやくのしるはまたにへて
くはんじんひじり斎《とき》はえくはず　寛　五八
腰《こし》に指《さす》ひしやくのしるはまたにへて
くわん進ひしりときハくらはす
こしにさすひさこの汁のあつくして　竹　六八

82 蚊なりとは孔子の詞夕かな
83 回か瓢箪なりつるゝやと
蚊なりとは孔子のことば夕かな
回が瓢箪なりつるゝ宿《ヤト》　種　一八
蚊ナリトハ孔子のコト葉夕哉
回ガ瓢箪ナリツルヽやと　袋　六九
蚊なりとは孔子のこと葉夕かな
回か瓢箪なりつるゝやと　平　九三

84 たかぬ日に蚊のこゑにゆるかまと哉
といふ発句に
85 あつさこじくる夏の夕かせ
たかぬ火に蚊の声にゆるかまどかな
あつさこじくる夏の夕風　種　二〇
タカヌ火ニカノ声ニユルカマト哉
アツサソシクル夏ノ夕風　袋　七一
たかぬ火に蚊のこゑにゆるかまと哉
あつさこしくるなつのゆふかせ　頴一一八
たかぬ火に蚊の声にゆるかまと哉（発句）　鷹　一二

86 いかほのぬまの水をこそのめ

87 夏の日ハゆく〳〵あせをかきつハた
　いかほの沼の水をこそのめ

夏の日にゆく〳〵汗をかきつばた
　いかほの沼の水をこそのめ　　種　三〇

夏の日はゆく〳〵あせをかきつはた
　いかほの沼の水をこそのめ　　真一一九

夏の日をゆく〳〵汗をかきつはた
　いかほのぬまの水をこそのめ　　頴一二八

夏の日にゆく〳〵あせをかきつはた　　平一〇一

88 あらぬ所に火をともしけり
89 いかにしてほたるのしりハひかるらん

アラヌ所ニ火ヲトホシケリ
イカニシテ螢ノシリハヒカルラン　　袋　七三

あらぬ所に火をともしけり
いかにしてほたるのしりはひかるらん　　真一一三

あらぬ所に火をともしけり
いかにしてほたるのしりはひかるらん　　頴一二二

あらぬ所に火をともしけり
いかにして螢のしりはひかるらん　　平　九九

あらぬ所に火をともしけり
いかにして螢のしりのひかるらん　　鷹　五一

あらぬところに火をともしけり
いかにしてほたるのしりは光るらん　　慶　九六

あらぬ所《ところ》に火《ひ》をとか（ママ）しけり
いかにしてほたるのしりはひかるらん　　寛　六〇

あらぬところに火をともしけり
いかにしてほたるのしりやひかるらん　　新一三七

90 あつたら銭をつふてにそうつ
91 かいつれとくはれ《ぬ》ことよつはひ桃

あつたら銭をつふ手にそうつ
かひつれとくはれぬ物よつはひもゝ　　末　六二

あつたら銭を礫にぞうつ
買ヒつれどくはれぬ物よつばい桃　　種　一二

アツタラ銭ヲツフテニソウツ
カヒツレトクハレヌコトヨヅバイモヽ　　袋　七五

あつたら銭をつふてにそうつ
買つれとくはれぬ物よつはひ桃　　真一一一

あつたら銭をつふてにそうつ
買つれとくはれぬ物はつはひもゝ　　頴一二〇

あつたら銭をつふてにそうつ
買つれとくはれぬことよづはひ桃　　平九四八

92 瓜をもひやすさる沢のいけ
93 あをによしならさけのミてすゝむ日に

うりをもひやす猿沢の池
青によしならさけのみて涼む日に　　天　四三

瓜をも冷《ヒヤ》す猿沢の池
青丹よし奈良酒のみて涼む日に　　種　二八

瓜ヲモヒヤス猿沢ノ池
アヲニヨシナラ酒ノミテススム日ニ　　袋　七九

苽をもひやすさる沢の池

青によし奈良酒のみてすゝむらん　真一一七
瓜をもひやすさる沢の池
あをによし奈良さけのみてすゝむ日に　穎一二六
うりをもひやすさるさはの池
あをによしなら酒のみてすゝむ火に　平　九七
うりをもひやすさるさはのいけ
夏の日にゆく／＼あせをかきつはた　慶一〇〇
うりをもひやすさるさはのいけ
夏《なつ》の日にゆく／＼あせをかきつばた　寛　六四
瓜をもひやすさる沢のいけ
あをによしならさけのミてすゝむ日に　竹　六四

94 地蔵かしらの飯をくはゝや
95 たゝまいれたてひやしるのからたせん

地さうかしらのいゝをくはゝや
たゝまいれたてひやしるのからたせん　末　六四
地蔵頭ラノ飯ヲクワハヤ
タテマイレタテヒヤ汁ノカラタセン　袋　七七
地蔵かしらの飯をくははや
たゝまいれ蓼ひや汁のからたせん　真一一五
地蔵かしらにいゝをくははや
たゝまいれ蓼ひやしるのからたせん　穎一二四
地蔵かしらにいひをこそもれ
只まいれたてひやしるのからたせん　平一〇三
地蔵かしらの飯をくははや
只まいれたでひや汁《シル》のからだせん　鷹　五三

地さうかしらのいひをくはゝや　慶　九八
只まいれたてひやしるのからたせん
ぢざうかしらのいひをくはゞや
只《たゞ》まいれたでひや汁《しる》のからたせん　寛　六二

96 女も具足きるとこそみれ
97 姫ゆりのとも草すりに花おちて

女も具足きるとこそみれ
ひめゆりのとも草すりに花ちりて　末　六六
女モ具足キルトコソ見レ
ヒメユリノトモ草スリニ花落テ　袋　八一
女も具足きるとこそみれ
姫ゆりの友くさすりに花をちて　真一二一
女も具足きるとこそ見れ
姫ゆりのともくさすりに花落て　穎一三〇
女も具足きるとこそ見れ
ひめ百合草の露くさすりに花落て　平一二七
をんなも具足きるとこそみれ
ひめゆりのともくさすりに花おちて　鷹　六三
をんなもよろひきるとこそきけ
ひめゆりのともくさすりに花ちりて　吉一三八
をんなもくそくきるとこそきけ
姫ゆりのともくさすりにはなおちて　慶一〇二
をんなもぐそくきるとこそきけ
ひめゆりのとも草《くさ》ずりに花落《おち》て　寛　六六
おんなもくそくきるとこそきけ

ひめゆりのともくさすりに花おちて　新一二五
　女もくそくきるとこそきけ
ひめゆりのともくさすりに花落て　竹　七八

秋

98 三ほしになる酒のさかつき
99 七夕も子をまうけてやいハふらん
　三ほしになるさけの盃
七夕も子をまうけてやいはふらん　大　二四
　三ホシニナル酒ノ盞
七夕モ子ヲマフケテヤイワフラン　袋　八三
　三ほしになる酒のさか月
七夕も子をまうけてやいはふらん　真一四六
　三星になるさけのさか月
七夕も子をもうけてやいわふらん　穎一五三
　三ほしになる酒のさかつき
七夕も子をもうけてやいはふらむ　平一三三
　みつほしになるさけのさかつき
七夕も子をもふけてやいはふらむ　慶一四九
　みつぼしになるさけのさかづき
七夕も子をまうけてやいはふらん　寛一〇〇
100 おもしろさうに秋かせそふく
101 七夕のいをはたおれる足ひやうし
　又人の付ける
102 うちまはすへたさるかくのまくす原
　おもしろさうに秋かせそふく

七夕の五百機をれる足ひやうし　大　二二
　オモシロサウニ秋風ソ吹
ウチ《人々ノ》マハスヘタサル楽のマクス原
七夕ノイホハタオレルコシ拍子　袋　八五
　おもしろさうに秋風そふく
打まはす下手猿楽のまくすはら
七夕の五百機をれるあし拍子　真一四九
　おもしろさうに穐かせそふく
うちまはすへたさるかくの真葛原
織女の五十機おれる足拍子　穎一五六
　おもしろさうに秋かせそふく
七夕のいをはたをれる足ひやうし
　又人の付ける
打まはすへたさるかくのま葛原　平一三八
　おもしろさふに秋かせそふく
七夕のいほはたをれる足ひやうし　鷹　五七
　おもしろさうにあきかせそふく
打まはすへたさるかくのまくすはら　慶一五一
103 かふり〳〵の秋の夕暮
104 七夕や舟まちかねておよくらむ
　カフリ〳〵ノ秋ノ夕暮
七夕ヤ船マチカネテオヨクラン　袋　八八
　かふり〳〵のあきのゆふくれ
たなはたや舟まちかねてをよくらん　真一七五
　かふり〳〵の秋の夕くれ

七夕やふね待かねておよくらん　穎一八八
かふり〳〵の秋のゆう暮
七夕や舟まちかねておよくらん　平一三五
かふり〳〵の秋の夕暮
七夕や舟待かねておよくらん　鷹　七五
かふり〳〵のあきのゆふくれ
たなはたや舟まちかねておよくらん　慶一四三

105 すい〳〵かせのおきにふくこゑ
106 鳴むしもむかはやぬけてよはるらん
すい〳〵かせのおきにふくこゑ
鳴むしもむかはやぬけてよはるらん　大　九七
すい〳〵かせのおきにふくこゑ
なくむしもむかはやぬけてよはるらん　末　七六
スイ〳〵風ノ萩ニ吹声
鳴虫モムカハヤ抜テヨハルラン　袋　九〇
すい〳〵風の荻に吹声
鳴むしのむか歯やぬけてよはるらん　真一五一
すい〳〵かせの荻にふくこゑ
なくむしもむかはやぬけてよはるらん　穎一五八
すい〳〵風の荻にふくこゑ
鳴むしもむかはやぬけてよはるらん　平一四〇
すい〳〵風のおぎにふく声
鳴虫のむかばやぬけてよはるらん　鷹　五九
さい〳〵かせのをきにふくこゑ
なく虫もむかはやぬけてよはるらん　吉一〇二

すい〳〵かせのおきにふくこゑ
なく虫もむかはやぬけてよはるらん　慶一二五
すい〳〵かせのおきにふくこゑ
なく虫《むし》もむかはやぬけてよはるらん　寛　八四
すい〳〵風の萩にふくこゑ
なくむしもむかはやぬけてよはるらん　竹　八六

107 皿のはたにハたゝ秋のかせ
108 露さむきふはの関屋の板をしき
皿のはたにはたゝ秋のかせ
露さむきふはの関屋の板おしき　大一〇三
皿のはたにはたゝ秋のかせ
露さむき不破の関屋の板をしき　末　七八
皿ノハタニハ只秋ノ風
露サムキクフワ《ハ》ノ関ヤノ板折敷　袋　九四
さらのはたにはたゝ秋のかせ
露さむき不破の関屋の板おしき　真一五三
皿のはたにはたゝ秋のかせ
露さむき不破の関屋の板をしき　穎一六〇
皿のまはりはたゝあきのかせ
露さむき不破ノ関屋のいた折敷　平四八七
さらのはたにはたゝあきのかせ
露さむきふはのせきやの板おしき　慶一五三

109 さしなる銭に秋かせそふく
110 一二三十四五十ほと虫鳴て
さしなる銭に秋かせそふく

二三十四五十ほとむしなきて　末　八〇
サシナル銭ニ秋風ソ吹
四五十二三十ホト虫ナキテ　袋　九二
さしなる銭に秋風そふく
二三十四五十ほとむしなきて　真一五五
さしなる銭に秋かせそふく
二三十四五十程むしなきて　頴一六二
さしなる銭に秋かせそふく
二三十四五十程むしなきて　平一四二
さしなるせにあきかせそふく
二三十四五十ほとむしなきて　慶一五五
さしなるぜにゝあき風ぞふく
二三十四五十ほとむしなきて　寛一〇二

111 どこともいはすちきりこそすれ
112 ひさうする庭の草花をこひめこせ

とこともいはす契こそをれ
ひさうする庭の草花こひめこせ　真一五七
とこともいわすちきりこそすれ
秘蔵する庭の草花をこ姫こせ　頴一六四
とこともいはすちきりこそすれ
秘蔵する庭の草花をこひめこせ　平一四四
とこともいはすちきりこそすれ
ひそうする庭のくさはなこひめこせ　慶一五七
どこともいはずちぎりこそすれ
ひさうする庭《にわ》の草花《くさはな》こひめごせ　寛一〇四

113 つんぬめり／＼たる恋のミち
114 よくにすましていくちをそすふ

ツンヌメリ／＼タル恋ノみち
ヨクニスマシテイグチヲソスフ　袋　九六
つんぬめり／＼たるこひの道
よくにすましていくちをそすふ　真一五九
つんぬめり／＼たる恋のみち
よくにすましていくちをそすふ　頴一六六
つんぬめり／＼たる恋のみち
よくにすましていくちをそすふ　平一四六

115 ゆふめしすれハ月そ深行
116 となりより米を一ますかり鳴て

ゆうめしすれは月そふけゆく
となりより米を一ますかり鳴て　末　八二
夕めしすれは月そふけ行
隣より米を一升かりなきて　真一六一
ゆふめしすれは月そ更行
となりより米を一升かりなきて　頴一六八
夕めしすれは月そ更ゆく
となりより米を一升鴈なきて　平一四八

117 かまくら山に油をそさす
118 頼朝のまたるゝ月やきしむらん
又人の付ける
119 むかうへや車にのせしつるか岡
かまくら山にあふらをそぬる

もり久からたひの本のすきうつし　天　四九
かまくら山にあふらをそぬる
よりとものまたるゝ月やきしむらん　末　八四
カマクラ山ニ油ヲソヌル
頼朝ノマタルヽ月ヤキシムラン　袋　九八
鎌倉山にあふらをそぬる
頼朝のまたるゝ月やきしむらん　真一六三
かまくら山にあふらをそぬる
頼朝のまたるゝ月やきしむらん　纈一七〇
かまくら山にあふらをそぬる
頼朝のまたるゝ月やきしむらん　鷹　六一
かまくらやまにあふらをそぬる
よりとものまたるゝ月やきしむらん　慶一二七

120 十王堂に秋かせそふく
121 しやうハリのかゝミににたる月出て
十王堂ニ秋風ソ吹
浄ハリノ鏡ニ似タル月出テ　袋一〇〇
十王堂にあきかせそふく
しやうはりのかゝみに似たる月出て　纈一七二
十王堂に秋かせそふく
しやうはりの鏡に似たる月出て　平一五〇
十わうたうにあきかせそふく
しやうはりの鏡に似たる月いてゝ　慶一二九
十わうたうにあきかぜそふく
しやうはりのかゝみににたる月出て　寛　八六

---

122 ひろうにミゆる秋の夕暮
123 手はかりハ六寸はかり月いてゝ
ひらうにみゆる秋のゆふくれ
手はかりは六寸はかり月いてゝ　真一六五
尾籠にみゆる秋の夕暮
手はかりは六寸はかり月いてゝ　纈一七四
ひら《ろ》うに見ゆる秋の夕くれ
手計は六寸はかり月いてゝ　平一五二
ひろうに見ゆるあきのゆふくれ
手はかりは六すんはかり月いてゝ　慶一三一

124 雲のはらにもつくるかうやく
125 月ほしハミなはれものゝたくひにて
雲のはらにもつくるかうやく
月星はみなはれ物のたくひにて　末　八六
雲ノハウ《ラ》ニモ付ルカウヤク
月ほしはみなはれ物の類にて　袋一〇二
雲のはらにもつくるかうやく
月星はみなはれものゝたくひにて　纈一七六
くものはらにもつくるかうやく
月ほしはみなはれ物のたくいにて　吉一八〇
雲のはらにもつくるかうやく
月星はは《ママ》れ物のたくひにて　鷹　六五
くものはらにもつくるかうやく
月ほしはみなはれものゝたくひにて　慶一三三
雲のはらにもつくるかうやく

月ほしはみなはれものゝたくひにて　寛　八八
　くものはらにもつくるかうやく
月ほしハミなはれ物のたくひにて　新一四一
　くものはしにもつくるかうやく
月ほしはミなはれものゝたくひにて　竹三三六
126 心をつけてみよ秋の月
127 雲きりハあるか本来なき物か
雲霧はあるか本来なき物か　袋一〇四
　心をつけてみよ秋の月
雲きりはあるか本来なき物か　真一六七
　こゝろをつけて見よ秋の月
雲霧はあるか本来なき物か　穎一七八
　心をつけて見よ秋の月
雲霧はあるか本来なき物か　平一五四
　こゝろをつけて見よあきのかせ
雲きりはあるかほんらいなきものか　慶一三五
128 かうや聖のやとをかるこゑ
129 大なる笠きて月もふくる夜に
　かうや聖のやとをかるこゑ
大なる笠きて月もふくる夜に　大一六三
　かうやひしりのやとをかるこゑ
大なるかさきて月もふくるよに　末　八八
　高野ひしりの宿をかるこゑ
大なるかさきて月も深る夜に　袋一〇八

　高野ひしりの屋とをかる声
大きなる笠きて月も更る夜に　真一六九
　高野ひしりの宿をかるこゑ
おほきなる笠きて月もふくる夜に　穎一八二
　高野ひしりの宿をかる声
大なるかさきて月も更る夜に　平一五八
　かうやひしりのやとをかる声
おほきなるかさきて月もふくる夜に　慶一三七
　かうやひしりの宿《やど》をかるこゑ
おほきなるかさきて月もふくる夜に　寛　九〇
130 馬に乗たる人丸をミよ
131 ほの〳〵とあかしのうらハ月けにて
　馬にのりたる人丸をみよ
ほの〳〵とあかしのうらは月けにて　末　九〇
　馬に乗たる人丸を見よ
ほの〳〵と明石の浦は月毛にて　袋一一〇
　馬にのりたる人丸をみよ
ほの〳〵とあかしのうらは月毛にて　真一七一
　馬に乗たる人麿を見よ
ほの〳〵とあかしの浦は月けにて　穎一八四
　馬にのりたる人丸を見よ
ほの〳〵とあかしのうらは月毛にて　平七四二
　馬にのりたる人丸を見よ
ほの〳〵と明石の浦は月けにて　鷹　六七
　ほの〳〵とあかしのうらはつきけにて

人丸こそはむまにのりけり　吉　七八
むまにのりたるひとまるを見よ
ほの／＼とあかしのうらは月毛にて　慶一三九
むまにのりたる人まるを見よ
ほの／＼とあかしの浦《うら》はつきけにて　寛　九二
むまにのりたる人丸を見よ
ほの／＼とあかしのうらハ月げにて　新一四三

132 雲の衣をたれかはくらむ
133 いつよりもこよひの月ハあかはたか

雲の衣を誰かはくらん
いつよりも今夜の月はあかはたか　袋一一七
雲のころもをたれかはくらむ
いつよりもこよひの月はあかはたか　真一七三
雲のころもをたれかはくらん
いつよりも今夜の月はあかはたか　穎一八六
雲のころもを誰かはくらん
いつよりもこよひの月はあかはたか　平一六〇
雲の衣をたれかはくらん
いつよりも今宵の月はあかはたか　鷹　六九
くものころもをたれかはく覧
いつよりもこよひの月はあかはたか　慶一四一
くものころもを誰《たれ》かはくらん
いつよりもこよひの月はあかはたか　寛　九四

134 いひたきやうに夕暮のそら
135 三か月を弓かあるひハつりはりか

いひたきやうにゆふくれの空
三日月を弓かあるひはつりはりか　真一七七
い丶たきやうにゆふ暮のそら
三日月を弓かあるひは釣はりか　穎一九〇
いひたきやうに夕暮の空
三か月を弓かあるひは釣はりか　平一六四
いひたきやうに夕くれのそら
三日月をゆみかあるひはつりはりか　慶一四五
いひたきやうに夕くれの空《そら》
三日月をゆみかあるひはつりばりか　寛　九六
ゆひたきやうに夕くれの空
三日月をゆみかあるひはつりはりか　新一五九

136 秋のよハたゝやりのえにことならす
137 天くらうして月かけもなミ

夜なかさはたゝやりのえにことならす
天くらふして月かけもなし　真一八五
夜なかきはたゝ鑓の柄にことならす
てんくらふして月かけもなし　穎一九八
夜なかさはたゝやりのゑにことならす
てむくろうして月影もなし　平四一〇
夜長さはたゝ鑓の柄にことならす
てんくらふして月影もなし　鷹　七一
(参考)
北野まいりにやりをこそもて
松はらはてんくらふして影もなし　竹四一四

138 しりのいたさにひたるさやます
139 あはれにも小さるハ栗をむきかねて
　しりのいたさにひたるさやます
あはれにも小猿はくりをむきかねて　末　九二
　しりのいたさにひたるさや増
あはれにも小猿は栗をむきかねて　袋一一五
　尻のいたさにひたるさそます
哀にもこさるはくりをむきかねて　真一八一
　しりのいたさにひたるさやます
あはれにもこさるは栗をむきかねて　穎一九四
　尻のいたさにひたるさやます
哀にも小猿は栗をむきかねて　平一六六
　しりのいたさにひたるさやます
哀にも小猿は栗をむきかねて　鷹　七三
　しりのいたさにひたるさやます
あはれにもこさるは栗をむきかねて　慶一四七
　しりのいたさにひたるさそます
あはれにも小猿はくりをむきかねて　寛　九八

140 をそれなからも入てこそミれ
141 足あらふたらひの水に夜はの月
　おそれなからもいれてこそみれ
足あらふたらひの水に月さして　鷹　七七
　おそれなからもいれてこそみれ
あしあらふたらいのみつに月おちて　吉　一二
　おほそれなからいれてこそみれ
あしあらふたらひの水《みつ》に月さして　慶一五九
　おほそれながらいれてこそみれ
あしあらふたらひの水に月さして　寛一〇六
　おそれなからも入てこそ見れ
我足や手洗の水のつきのかけ　竹　九二

冬

142 ひらうしてミぬ冬のよの月
143 夕しくれはれまそぬけやかうや笠
　ひとりして見ぬ冬のよの月
夕時雨はれまにぬけや高野笠　袋一一九
　ひらうしてみぬ冬の夜の月
ゆふしくれ晴間そぬけや高野かさ　穎二一七
　ひら《ろ》う《ふ》してみぬ冬の夜の月
夕しくれはれまそぬけや高野かさ　平二〇一
　ひらうしてみぬ冬の夜の月
夕時雨晴間そぬけや高野笠　鷹　七九
　ひらふしてみぬ冬のよの月
ゆうしくれはれまそぬけよかうや笠　慶一七七
　ひろうしてみぬ冬の夜のつき
夕時雨はれまにぬけやかうやかさ　竹一一六

144 子ともやおもふまゝにくるはん
145 生木にてけつる火榾の火ハつよし
　子ともや思ふまゝにくるはむ
なまきにてけつる杦榾の火はつよし　袋一二五
　子とも供おもふまゝにやくるふらん

なまきにてこそこたつしぬめり　頴一二〇
子ともやおもふまゝにくるはむ
生木にてけつる火榻《こたつ》の火はつよし　平二〇三
子ともやおもふまゝにくるはん
なま木にて刊るこたつの火はつよし　慶一七九
子どもやおもふまゝにくるはん
生木にてけづるこたつの火をつよし　寛一二〇

146 月日のしたに我ハねにけり
147 暦にてやふれをつゝる古ふすま
月日のしたに我はねにけり
こよみにてやふれをつゝるふるふすま　末一〇四
月日のしたに我はねにけり
こよみにてやふれをつゝる古衾　袋一二一
月日の下に我は寝にけり
こよみにてやふれをつゝる古衾　真二一五
月日のしたに我はねにけり
暦にてやふれをつゝるふるふすま　頴二二一
月日の下に我はねにけり
暦にて破をつゝるふるふすま　鷹　八一
月日のしたにわれはねにけり
こよみにて破れをつゝるふるふすま　慶一八一
月日のしたにわれはねにけり
こよみにてやぶれをつゞるふるぶすま　寛一一二

148 一寸二寸にかゝむ冬のよ
149 番匠のかねのことくに身ハひえて
一寸二寸にかゝむ冬のよ
番匠のかねのことくに身はひえて　末一〇六
一寸二寸にかゝむ冬の夜
番匠のかねのことくに身はひえて　袋一二三
一寸二寸にかゝむ冬の夜
番匠のかねのことくに身はひえて　真二一七
一寸二寸にかゝむ冬の夜
番匠のかねのことくに身はひえて　頴二二三
一寸二寸にかゝむ冬の夜
番匠のかねのことくに身はひえて　平二二三
一寸二寸にかゝむ冬の夜
番匠のかねのことくに身はひえて　鷹　八四
一すん二すんにかゞむ冬の夜
番匠《ばんじよう》のかねのごとくに身はひえて　慶一八四
一すん二すんにかゝむふゆのよ
番匠のかねのことくに身ハひへて　寛一二四

150 さむき夜はこそ人丸になれ
151 うす衾引かふりたるかきのもと　竹一二〇
寒き夜はこそ人丸になれ
うす衾引かふりたるかきのもと　大　三〇
さむき夜にこそ人丸になれ
うす衾引かふりたる柿のもと　袋一一七

さむき夜半こそ人丸になれ
うすふすま引かふりたるかきの本　平二〇五
さむき夜半こそ人丸になれ
薄襖ひきかふりぬる垣の本　鷹　八五
さむきよるこそ人丸になれ
かミふすまかふりそねたるかきの本　竹一二六

152 さむさに猿ハ身をやもむらん
153 いはほよりたるひのさきを錐にして
さむさに猿は身をやもむらん
いはほなるたるひのさきは錐に似て　大　二八
さむさに猿は身をやもむらん
岩ほよりたるひのさきを錐にして　袋一二九
寒さに猿は身をやもむらん
巌よりたるひのさきをきりにして　穎二二五
さむさに猿は身をやもむらん
いはほよりたるひのさきは鑽に似て　平二〇七
さむさにさるは身をやもむらん
岩をほりたるひのさきをきりにして　慶一九一
さむきにさるのみをやもむらん
木にさかるたるひのさきハ錐にゝて　竹一二四

154 ミちのほとりに鬼そつくはう
155 節分の夜はにおなりとふれられて
節分の夜はにおなりとふれられて　大　八五
みちのほとりに鬼そつくはふ
道のほとりに鬼そつくはふ
節分の夜半におなりとふれられて　天　九五
みちのほとりにおにそつくはう
せつ分の夜半に御なりとふれられて　末一一〇
みちのほとりに鬼そつくはふ
節分の夜半におなりとふれられて　袋一三一
みちのほとりに鬼そつくはう
節分のよはに御成のほとみえて　真二二一
道のほとりに鬼そつくはふ
節分の夜半に御成とふれられて　穎二二九
道のほとりに鬼そつくはふ
せちふんの夜はに御成とふれられて　平二〇九
みちのほとりにおにそつくはう
せちふんのよはにをなりとふれられて　吉一七六

156 ひたひのしハすよりあふをミよ
157 ゆくとしをうハとおほちやわするらん
ひたひのしはによりあふを○《見》よ
行年をうかとおほちや忘るらん　袋一三三
ひたひのしはすよりあふを見よ
行としをうはとおほちや忘るらん　穎二三一
ひたひのしはすよりあふをみよ
行年をうはとおふちや忘るらん　平二一一
ひたひのしはすよりあふをみよ
行としをうはやおうちのわするらん　慶一八七
ひたひのしはすよりあふを見よ
行としをうばやおほぢの忘るらん　寛一二八

ひたいのしわすよりあふをミよ
行としをうはと祖父やわするらん　竹一二八

158 袖もはうきも雪によこれり
159 わかやとにはくすゝはなをしのこひ
袖もはう木も雪によこれり
我宿をはくすゝはなをおしのこひ　袋一三五
袖もはふきも雲によこれり
我宿にはくすゝ花をおしのこい　穎二三三
袖もはふきも雪によこれり
わか宿にはくすゝはなをゝしのこひ　平二一三
そてもはふきもゆきによこれり
わか宿にはくすゝはなをしのこひ　慶一八九
そてもはうきもゆきによごれり
我宿にはくすゝばなをほしのごひ　寛一三〇

160 はくちうちこそさむけなりけれ
161 七つふのさゐミかたひら冬もきて
はくちうちこそさむ気なりけれ
七つふのさひみかたひら冬もきて　末一〇八
はくちうちこそさむけなりけれ
七つふのさいみかたひら冬もきて　袋一三七
はくち打こそさむけ成けれ
七つふのさいみかたひら冬もきて　真二一九
はくちうちこそ寒け成けれ
なゝつふのさよみかたひら冬もきて　穎二二七
はくちうちこそさむけ成けれ

七つふのさいみかたひら冬も来《き》て　平二一五
ばくちうちこそさむげ也けれ
七つふのさいみかたひら冬もきて　鷹　八七
はくちうちこそさむけなりけれ
七つふのさいみかたひらふゆもきて　慶一八五
ばくちうちこそさむげなりけり
七つぶのさいみかたひらふゆもきて　寛一二六

さるかたゐ中にうとくの僧有けり又となりにひらうしたる僧有けりしハ〳〵うとくなる僧のもとへ行かよふ人なりけりさるに此そう大つこもりのよふくるまてかへりかてにしけれハかのうとくなる僧こよひハ分にしたかひてひま入物なりはやかへり給ねといへハさる御ことにて候一句申たくてと申せはされはよ似合《ぬ》こと也しかれとも御数寄なれハ付てこそミ侍らめといへハ

162 松かさり兵衛物こふ夕かな

と申けれハ件僧納所をよひ出て御庵へ御つかひをまいらせつるかと申けれハ御未進莫太のよし申けれハさんようハ年あけてのこと也使ひくへきよし申付て是を腋の句に用ひらるへしとてかへしけりとそ

去かたはらにひらうなる僧有けりしは〳〵うとくなる僧の所へ行かよう人なりけりさるに

大つこもりの夜深るまでかへりかてにしけれ
ば月とくなる僧今夜は分にしたかひて隙入者
也はや帰り給ひねといへはさる事にて候一句
中度てさふらうよしをいひけれはされはよ似
あはぬ事也つれど御数寄なれはあそはせ付て
見侍らんといひけれは
松かさり兵衛物こふ夕哉　袋一三九
とひければ納所ヲよひ出て御庵へ使をまいら
せつるかと尋けれは御末進云々のよしいひけ
れは算用はとしあけての事なるへし使引へ遣
よし申て是を脇の句に用らるへしとそいひけ
る
あるうとく成ものゝ物をおひたる人大晦日の
夜ふくるまてかへりかてにしけれは亭主申侍
るは今夜我人いはひなとしける也かへり給へ
と申侍れは御暇乞なから
松かさりひやう衛物こふ夕哉　頴一三四
と申侍れは亭主の返しに
住連《ママ》もつかひも曳そめてたき

163 あつたらミかんくさらかしけり
164 正月のちやのこにことをかきはかり
あつたらみかむくさらかしけり
正月のちやのこにことを柿はかり　大一〇一
あつたらみかんくさらかしぬる
正月のちやの子にことをかきはかり　慶　六四
あつたらみかんくさらかしぬる
正月のちやのこにことをかきはかり　寛　三四

恋

165 しほはかりにてうくる一盃
166 さしむかふわか衆のみめハわるけれと
塩はかりにてうくる一はい
さしむかふわか衆のみめはわるけれと　末一一九
塩はかりにてうくる一盃
さしむかふ若衆のみめはわるけれど　袋一四〇
しほはかりにてうくる一はい
さし向ふ若衆の見めはわろけれと　真一五八
塩はかりにてうくる一盃
さしむかふ若衆のみめはわろけれと　頴一五七
しほはかりにてうくるいつはひ
さしむかふ若衆のみめはわるけれと　平一四五
しほはかりにてうくる一はい
さしむかふ若衆のみめはわろけれと　慶一〇九

167 つくし人こそ空ことをすれ
168 はこ崎の松とハいひてよせもせす
つくし人こそ空ことをすれ
はこ崎のまつとはいひてよせもせす　大一五三
つくし人こそ空ことをすれ
箱崎の松とはいひてよせもせす　袋一四二
つくし人こそそらことをすれ
箱崎の松とはいいてよせもせす　頴一五九

つくし人こそそらことをいへ
はこさきのまつと斗によせもせす　平二四七
　つくし人こそそらことをいへ
箱さきのまつとはきけとよせもせす　慶二一一
　つくし人こそそらごとをいへ
はこざきのまつとはいへどよせもせず　寛一五〇

169 やふをくゝりてよはひをそする
170 鳥の名のしとゝしめてや契るらん
　やふをくゝりてよはひする人
鳥の名のしとゝしめてや契らん　大一五九
　やふをくゝりてよはひをそする
鳥の名のしとゝしめてやちきるらん　末一二一
　やふをくゝりてよはひをそする
鳥の名やしとゝしめてや契らん　袋一四四
　藪をくゝりてよはひをそする
鳥の名のしとゝしめてや契るらん　真二六〇
　やふをくゝりてよはひをそする
鳥の名にしとゝしめてや契るらん　穎二六一
　やふをくゝりてよはひをそする
鳥の名のしとゝしめてや契るらむ　平二四九
　やぶ《（ママ）》をくゝりて夜ばひをそする
鳥の名しとゝしめてや契るらん　鷹　八九
　やふをくゝりて夜はひをそする
鳥のなのしとゝしめてやちきるらむ　慶二一三
　やぶをくゞりて夜ばひをぞする

鳥の名のしとゝしめてやちぎるらん　寛一四八

171 陽陰のかミのせとのこひしさ
172 六害の水くむおなこミめよくて
　陰陽のかみのせとの恋しさ
六害の水くむおなこみめよくて　大　四二
　陰陽のかみのせとの恋しさ
六害の水くむおなこみめよくて　末一二三
　陰陽の頭のせとのこひしさ
六害の水くむおなこ見めよくて　袋一四六
　陰陽のかみのせとのこひしさ
六かいの水くむをなこみめよくて　真二六二
　陰陽の頭のせとの恋しさ
六害の水くむおなこみめよくて　穎二六三
　陰陽のかみのせどの恋しさ
六害の水くむをなこ見めよくて　平二五一
　おんやうのかみのせとの恋しさ
六害の水くむおな子みめよくて　慶二一五
　をんやうのかみのせどのこひしさ
六かひの水くむおなこ見めよくて　寛一五二

173 藤わか殿と名を申す也
174 みめもよくかたちもよきかはなたれて
　藤わか殿と名をまうす也
みめもよくかたちもよきかはなたれて　大　四四
　藤王殿と名を申すなり
みめもよくかたちもよきか鼻たれて　袋一四八

ふち若殿と名を申なり
みめもよくかたちもよきかはなたれて　真二六四
藤若殿と名を申なり
みめもよく形もよきかはなたれて　穎二六五
ふちわか殿と名は申也
みめもよくかたちもよきかはなたれて　平二五三
藤わかとのとなをまふすなり
見めもよく形もよきかはなたれて　慶二一七
ふちわか殿と名を申すなり
見めもよく姿もよきがはなたれて　寛一五四

175 手枕にてやきゝわたるらん
176 よめ入のさよふけかたのほとゝきす

手枕にてやきゝ渡るらん
よめ入のさ夜更かけの郭公　袋一五〇
手枕にてやきゝわたるらん
よめ入のさ夜ふけかたのほとゝきす　真二六六
手枕にてや聞わたるらん
よめいりのさ夜ふけかたのほとゝきす　穎二六七
手枕にてやきゝわたるらむ
よめ入のさ夜ふけ方の時鳥　平二五五
たまくらにてやきゝわたる覧
よめ入のさ夜ふけかたのほとゝきす　慶二二一

177 こおなこをこそ舟にのせたれ
178 よめ入のさとハ川よりむかひにて

こをなこをこそ船にのせたき　袋一五二
(付句脱)
こをなこをこそ舟にのせたれ
よめいりの里は川よりむかひにて　平二五七
こをなこをこそ船にのせたれ
よめ入の里は河よりむかひにて　鷹　九一
ころめこせこそ舟にのりけれ
よめ入のさとは河よりむかゐにて　竹四〇八

179 あふなくもありめてたくもあり
180 聟入の夕にわたる一はし

めてたくもありあふなくもあり
むこ入の夕へに渡るひとつはし　袋一五三
めてたくもありあふなくも有
むこいりのゆふへに渡る一はし　平二五九
あふなくもありめてたくもあり
むこいりの夕へにわたるひとつはし　慶六三〇
あぶなくもありめでたくも有
むこ入のゆふべにわたるひとつばし　寛四九九
めてたくもありあやうくもあり
聟いりの夕にわたるひとつはし　竹四四四

181 人間万事いつはれる中
182 塞翁かむまからせてハとひもこす

人間万事いつはれる中
塞翁かむまからせてはとひもこす　大　四六
人間万事いつはれる中
塞翁かむまからせてはとひもこす　末一二五

人間万事いつはれる中
さい翁か馬からせてはとひもこす　袋一五五
人間万事いつはれる中
さいおうかむまからせてはとひもこす　真二六八
人間万事いつわれる中
さいおうかむまからせてはとひもこす　穎二七〇
人間万事いつはれる中
塞翁かむまからせてはとひもこす　平二六一
にんけんはんしいつはれるなか
さいおうか馬からせてはよひもこす　慶二二〇
人間ばんじいつはれる中
さいおうが馬からせてはとひもこず　寛一五六

183 なミたそ川のうへになかるゝ
184 およひなき人に心をかけ作り
涙そ河の上になかるゝ
及なき人に心をかけつくり　袋一五七
なみたそ川のうへになかるる
及なき人に心をかけつくり　真二七〇
なみたそ川のうへになかるゝ
およひなき人のこゝろをかけつくり　穎二七一
なみたそ川のうへになかるゝ
をよひなき人に心をかけつくり　平二六一
なみたそ河のうへになかるゝ
をよひなき人にこゝろをかけつくり　慶二二三
なみだそ川のうへにながるゝ
をよびなき人に心をかけづくり　寛一五八

185 うたてさをかそへハ指もおれつへし
186 つめくそほともおもはれぬ中
うたてさをかそへは指もおれつへし
つめくそほともおもはれぬ中　末一二七
うたてさをかそへは指もおれつへし
爪くそほともおもはれぬ中　袋一五九
うたてさをかそへはゆひもおれつへし
つめくそほともおもはれぬ中　真二七二
うたてさをかそへはゆひもおれつへし
つめくそほともおもはれぬ中　穎二七三
うたてさをかそへは指もおれつへし
爪くそほともおもはれぬ中　平二六五
つめくそほともおもはれぬなか
うたてさをかそへは指もおれつへし　慶二二五
つめくそほともおもはれぬ中
うたてさを数《かぞ》へはゆびもうちつべし　寛一六〇

187 そへハあくめのミゆるわか中
188 恋ハたゝはたか刀のことくにて
そへはあくめのみゆる我中
恋はたゞはたか刀のことくにて　袋一六三
そへはあくめのみゆるわか中
恋はたゝはたかかたなのことくにて　真二七六
そへはあくめのみゆる我中
恋はたゝはたか刀のことくにて　穎二七七

そへはあくめの見ゆるわかなか
恋はたゝはたか刀のことくにて　平二六九
　そへはあくめの見ゆるわか中
恋はたゝはたか刀のごとくにて　鷹　九二
　そへはあくめの見ゆるわか中
恋はたゝはたかかたなのことくにて　慶二二七
　そへはあくめの見ゆるわか中
こひはたゞはだかがたなのごとくにて　寛一六三

189 屏風こしなる恋ハとゝかす
190 きくやいかにつかひ〳〵のうらミこと
　屏風こしなる恋はとゝかす
きくやいかにつかひ〳〵のうらみこと　末一二九
　屏風ごしなる恋はかなはす
聞やいかにつかひ〳〵のうらみこと　袋一六一
　屏風こしなるこひはとゝかす
きくやいかにつかひ〳〵のうらみこと　真二七四
　屏風こしなる恋はとゝかす
きくやいかにつかひ〳〵のうらみ事　穎二七五
　屏風こしなる恋はとゝかす
きくやいかにつかひ〳〵のうらみこと　平二六七
　ひやうふこし(ママ)恋はとゝかす
聞やいかにつかひ〳〵のうらみこと　鷹二一六
　びやうぶごしなるこひはとゝかす
きくやいかにつかひ〳〵のうらみこと　吉　五八
　びやうふこしなる恋はとゝかす

きくやいかにつかひ〳〵のうらみ事　慶二四一
　ひやうぶこしなるこひはとゞかず
聞やいかにつがひ〳〵のうらみごと　寛一七六

191 命しらすとよしいはゝいへ
192 きミ故に腎虚せんこそ望なれ
　命しらすとよしいはゝいへ
君ゆへにしむきよせんこそ望なれ　大　三二
　命しらすとよしいはゝいへ
君故に腎虚せんこそ望なれ　袋一六五
　命しらすとよしいはゝいへ
君故にしんきよせんこそ望なれ　真二七八
　命しらすとよしいわゝいへ
君ゆへにしんきよせんこそ望なれ　穎二七九
　いのちしらすとよしいはゝいへ
君ゆへに腎虚せむこそ望なれ　平二七一
　命しらすとよしいはゝいへ
君ゆへに腎虚せんこそ望なれ　鷹　九五
　いのちしらすとよしいはゝいへ
君ゆへにしんきよせんこそ望みなれ　慶二四五
　いのちしらすとよしいはゞいへ
君ゆへにじんきよせんこそのぞみなれ　寛一八〇

193 およはぬこひをするそをかしき
194 我よりも大若俗にたきつきて
　およはぬ恋をするそおかしき
我よりも大若俗にたきつきて　大　三八

およはぬ恋をするぞおかしき
我よりも大若衆にたきつきて　末一三三
及はぬ恋をするそおかしき
我よりも大若衆にたき付て　袋一六七
およはぬ恋をするそおかしき
我よりも大若衆にたきつきて　頴二八一
をよはぬ恋をするそをかしき
我よりも大若俗にたきつきて　平二七三
をよはぬこひをするそおかしき
われよりもおほ若衆にたきつきて　慶二二九
をよばぬこひをするぞおかしき
我よりも大わかしゆうにだき付て　寛一六四
およはぬこひをするそおかしき
われよりも大わか俗のあとにねて　竹一四〇

195 くひをのへたる明ほのゝ空
196 きぬ〳〵《に》大若の○くちすひて《俗》
くひをのへたる明ほのゝ空
きぬ〳〵に大若衆の口すひて　袋一六九
くひをのへたるあけほのゝ空
きぬ〳〵に大若衆のくちすひて　真三〇〇
くひをのへたるあけほのゝ空
きぬ〳〵に大若衆の口すひて　頴三〇三
くひをの○へたる明ほのゝ空
きぬ〳〵に大若俗の口すひて　平二七五
くびをのへたる明ほのゝ空

衣々に大わかしうの口すひて　鷹　九七
くひをのへたるあけほのゝそら
きぬ〳〵におほ若衆のくちすいて　慶二三九
くびをのへたるあけほのゝそら
きぬ〳〵に大わかしゆうの口すいて　寛一七四

197 我よりもせいたか若衆恋わひて
198 大木にせミのねをのミそなく
我よりもせいか（ママ）若衆恋わひて
大木にせみの音をのみそなく　大　三六
我よりもせいたか若衆こひ佗て
大木にせみのねをのみそなく　真二八〇
我よりもせいたか若衆恋わひて
大木にせみの音をのみそなく　頴二八三

199 内ハあかくてそとハまつくろ
200 しらねとも女のもてる物に似て
あるたうとき聖の付給けるとそ
内はあかくてそとはまつくろ
しらねとも女のもてる物に似て　末一三三
あるたうとき人の付給けるとそ
内はあかくてそとはまつくろ
しらねとも女のもてる物ににて　袋一七一
あり《ル》たうとき聖の付給けるとぞ
うちはあかくてそとはまつくろ
しらねとも女のもてる物ににて　真二八二

うちはあかくてそとはまつくろ
しらねとも女のもてる物に似て　頴二八五
　あるたうとき聖の付給ふと也
内はあかくてそとはまつくろ
しらねとも女のもてる物にゝて　平二七七
　あるたうときひしりの御句也
うちはあかくてそとはまつくろ
しらねともをんなのもてる物に似て　慶二三一
　うちはあかくてそとはまつくろ
しらねども女のもてるものに似《に》て　寛一六六

201 まことにはまたうちとけぬ中なをり
202 めうとなからやよるをまつらん
　まことにはまたうちとけぬ中なをり
めうとなからやよるをまつらん　末一三五
　まことにはまた打とけぬ中なをり
めうとなからや夜るをまつらん　袋一七三
　まことにはまた打とけぬ中なをり
女をとなからやよるをまつらん　真二八六
　まことにはまた打とけぬ中なおり
めうとなからやよるを待らむ　頴二八七
　まことにはまた打とけぬ中なをり
めうとなからやよるをまつらむ　平二八一
　めうとなからやよるをまつらん
まことにはまたうちとけぬ中なをり　慶二四七
　めうとながらや夜るをまつらん
まことにはまだ打とけぬ中なをり　寛一八二

203 八幡そおもふといふにつれなくて
204 恋ハ弓おれ矢こそつきぬれ
　八幡そおもふといふにつれなくて
恋は弓おれ矢こそつきぬれ　袋一七五
　八幡そ思ふといふにつれなくて
こひは弓おれ矢こそつきぬれ　真二八八
　八幡そおもふといふに難面て
恋は弓おれ矢こそつきけれ　頴二八九
　八幡そおもふといふもつれなくて
恋は弓おれ矢こそつきぬれ　平二八三
　こひはゆみおれ矢こそつきぬれ
八幡そおもふといふにつれなくて　慶二三三
　こひはゆみおれやこそつきぬれ
八まんぞおもふといふにつれなくて　寛一六八

205 堂のはうすの恋をするころ
206 玉章やしきミの花につけぬらん
　堂の坊主の恋をするころ
玉章やしきみの花にさしつらん　頴二九一
　堂の坊主の恋をする比
玉章やしきみの花に付つらん　平二八五
　堂の坊主の恋をする也
玉つさやしきみの花につけぬらん　鷹　九九
　たうのはうすのこひをするころ
玉つさやしきみのはなにさしつらん　慶二三五

だらのばらずのこひをするころ
玉づさをしきみの花にむすびそへ　寛一七〇
207 人のなさけや穴にあるらん
208 玉章をこよひ鼠にひかれけり
人のなさけや穴にあるらん
玉章を今夜ねすみにひかれけり　袋一七九
人のなさけやあなにあるらん
玉つさをこよひねすみにひかれけり　真二九〇
人の情やあなにあるらん
たまつさをこよひねすみに引れけり　頴二九三
人のなさけやあなに有らん
玉章をこよひねすみにひかれけり　平二八九
人は《ママ》情はあなにこそあれ
たまつさを今夜鼠にひかれけり　鷹一〇八
人のなさけはあなにこそあれ
玉章をこよひねすみにぬすまれて　吉二二六
ひとのなさけやあなにあるらん
玉つさをこよひねすみにひかれけり　慶二三七
人のなさけやあなにあるらん
玉づさをこよひねずみにひかれけり　寛一七二
人のなさけハあなにこそあれ
たまつさをこよひねつミにひかれつゝ　新一七三
209 あなをのそけるおやをもちけり
210 ちきるよをおとなけなくもさまたけて
あなをのそけるおやをもちけり

契る夜をおとなけなくもさまたけて　袋一八一
あなをのそけるおやを持けり
契る夜をおとなけなくもさまたけて　真二九二
穴をのそけるおやを持けり
ちきる夜をおとなけなくもさまたけて　頴二九五
あなをのそける親をもちけり
ちきる夜をおとなけなくもさまたけて　平二九七
あなをのそける親を持けり
契る夜をおとなけなくもさまたけて　鷹一〇三
あなをのそけるおやをもちけり
契る夜をおとなけなくもさまたけて　慶二四九
あなをのそけるおやを持けり
契る夜をおとなげなくもさまたげて　寛一八四
211 ふりわけかミをしやりにけり
212 うなひことミしひめこせの新枕
ふり分かみをおしやりにけり
うなひ子と見し姫こせの新枕　袋一八三
ふり分かみををしやりにけり
うなひ子とみしひめこせの新枕　真二九四
ふりわけかみををしやりにけり
うなひ子とみし姫こせの新枕　頴二九七
ふり分かみをゝしやりにけり
うなひ子と見しひめこせの新枕　平二九九
213 寺よりもおさとの空ハこひしくて
214 花わかとのゝあねこ恋しも

寺よりもお里のかたはゆかしくて
はなわかとのゝあねこ恋しも　大　四八
　寺よりもおさとの空はわすれめや
花わか殿のあねこ恋しも　末一三七
　寺よりもお里の空は忘めや
花若殿のあねこ恋しも　袋一八五
　寺よりもおさとの空は忘めや
花若殿の姉ここひしも　真二九六
　寺よりもおさとの空は忘めや
花若殿のあねこ恋しも　頴二九九
　寺よりもお里の空はわすれめや
花わか殿のあねこゝひしも　平三〇一

215 東ちのたかむすめとかちきるらん
216 相さか山をこゆるはりかた
　東路のたかむすめとかちきるらん
相坂山をこゆるはりかた　末一三九
　東路のたかむすめとか契るらん
あふ坂山をこゆるはりかた　袋一八七
　東ちのたかむすめとかちきるらん
あふさか山をこゆるはりかた　真二九八
　東路のたかむすめとか契るらん
あふ坂山をこゆるはりかた　頴三〇一
　東路のたか女房とちきるらん
あふさか山を越るはりかた　平三一一
　あつま路のたかむすめとか契るらん
あふ坂山をこゆるはりかた　鷹一〇五
　東路のたかむすめとかちきるらん
あふさかやまをこゆるはりかた　慶二五一
　あふさか山をこゆるはりかた
東路のたかむすめとかちぎるらん　寛一八六

217 なしとこたへてかへす山寺
218 入逢のかねてハまつといひ〱《しか》《ヒ》て《と》《ヒ》
　なしとこたへてかへす山寺
入相のかねては待つといひしかど　種二〇三
　なしと答てかへす山寺
入会のかねては待といひしかと　袋一九三（諸本ナシ。前句脱、別句カ）
老らくのこむとしりせぬ身はつらし
　なしとこたへてかへすやま寺
いりあひのかねてはまつといひしかと　頴六〇九

雑

219 公家と武家とハ二かしら也
220 立ゑほし縁よりしもへ折ゑほし
　公家と武家とは二かしらなり
たてゑほしゑんよりしたへおりゑほし　大　五二
　公家と武家とは二かしらなり
たてゑほしゑんよりしもへおりゑほし　末一四一
　公家武家とは二かしらなり
たてゑほし縁よりしたへ折ゑほし　袋一九八
　公家と武家とは二かしらなり
たてゑほしえんより下へおり烏帽子　真三二〇

公家と武家とは二かしらなり
たてゑほしゑんより下へ折烏帽子　頴三〇五
　公家と武家とは二かしら也
たてゑほしゑむより下へおりゑほし　平三三五
　公家と武家とは二かしら也
たて烏帽子えんより下へおりゑぼし　鷹一〇七
　公家と武士とはふたかしらなり
たてゑほしえんより下へおりえほし　慶二五三
　公家と武家とはふたかしらなり
たてゑぼしゑんより下へおりゑぼし　寛一八八

221 山ふしのくる足をとやたかゝらん
222 釗（釘）はなれたるゑむのうはそく
　山臥のくる足をとやたかゝらん
くきはなれたるゑんのうはそく　大一六七
　山ふしのくる足をとやたかゝらん
釘はなれたる縁のうはそく　末一九一
　山ふしのくる足をとやたかゝらん
くきはなれたるえんのうはそく　真四三三
　山伏のくる足おとやたかゝらん
くきはなれたるゑんの優婆塞　頴四四八
　山伏のくる足音や高からん
釘はなれたるえんのうはそく　鷹一六五
　山ふしのくるあし音や高からん
くきはなれたるえんのうはそく　慶五六〇
　山ふしのくるあしをとやたかゝらん
きく《ママ》はなれたるえんのうばそく　寛四三九

223 四国ハうミの中にこそあれ
224 こきいたす舟にたわらを八つミて
　四国は海の中にこそあれ
漕出す舟にたはらを八積て　袋二〇一
　四国は海の中にこそあれ
漕出す舟にたはらを八つみて　頴三〇七
　四国はうみの中にこそあれ
漕出す舟に表を八つみて　平三三七
　四こくはうみのなかにこそあれ
こきいたす舟にたはらを八ツつみて　慶二五五
　四こくはうみのなかにこそあれ
こぎ出す舟にたはらをやつつみて　寛一九〇
なかさきの聖とて此ミちにたへなるおハしま
しけり

225 かた木のあしたはこそつよけれ
　といふ句に
226 さと〳〵をハしりまハれとつひもせす
　　かたきのあしたはこそつよけれ
　　と云句に長崎御聖
さと〳〵をはしりまはれとつひもせす　平三三九
　此ほとははしりまはれとつひもせす
かた木のあしたはこそつよけれ　吉一三二
　さと〳〵にはしりありけとつひもせす
かた木のあしたはこそつよけれ　竹四一八

227 おなし御聖
は|（さ）きへはへ跡へもとるなくすかつら
といふ発句をあそハして宗砌に判のことはを
所望有つるにくすかつらの御敗《成》詮なくやと有
けるとそ

さきへは〜跡へもとるなくすかつら　真一八七
　此ほつく宗砌の被申けるくすかつらの御せい
　はひいかゝ候や

さきへはへあとへもとるな葛かつら　穎二〇〇
　此句は宗砌の申されけるはくすかつらの御成
　敗はいかゝ候や

さきへは〜跡へもとるなくすかつら　平九五二
　此句は長崎聖の御句なり宗砌に判の詞を所望
　有けるにくすかつらの御成敗詮なくやとそ

さきへは〜跡へもとるな葛かつら　鷹一六
　宗砌判に葛かつら成敗如何候哉

228 ふかうの子をそま《う》けをきたる
229 子《シ》の弟子に顔路といへる人有て　諸本ナシ
230 さてもきとくとミゆる玉水
231 川なミにふくりのわれのなかれきて

さても奇特とミ（「み」を重ねる）いる玉水

川なみにふくりのわれの流れきて　大　六〇
　さても寄特とみゆる玉水

ぬししらぬふくりのわれのなかれきて　天一一三
　さてもきとくとみゆる玉水

引なみにふくりのわれかながれきて　袋二〇二
　さてもきとくとみゆる玉水

川浪にふくりのわれのなかれきて　真二二二
　さてもきとくとみゆる玉水

川なみにふくりのわれの流来て　穎三〇九
　さてもきとくとみゆる玉水

川なみにふくりのわれの流来て　平三四一
　さてもきとくと見ゆるたま水

河なみにふくりのわれのなかれきて　慶二五七

232 ふくり程よをへつらはぬ物ハなし　諸本ナシ
233 たかかくるにもおなしはかり目
234 ふくりのあたりよくそあらはん
235 むかしより玉ミかゝされハひかりなし

ふくりのあたりよくそあらはん　大　六二
むかしより玉みかゝされはひかりなし

ふくりのあたりよくそあらはん　末一四三
昔より玉みかかされはひかりなし

ふくりのあたりよくそあらはん　袋二〇八
昔より玉みかゝされは光なし

むかしより玉みかゝされは光なし　真三一四
ふくりのあたりよくそあらはむ

ふくりのあたりよくそあらはん　穎三一三
昔より玉みかゝされはひかりなし

ふくりのあたりよくそあらはむ　平三五三
昔より玉みかゝされは光なし

ふくりのあたりよくそあらはん
昔より玉みかゝされは光なし　鷹一〇九
ふくりのあたりよくそあらはん
むかしより玉みかゝされは光りなし　慶二六三
ふくりのあたりよくそあらはん
むかしより玉みかゝされはひかりなし　寛一九四

236 ふくりをしめてぎめかせにけり
237 松の木のこすゑにかくるはねつるへ
ふくりをしめてきめかせにけり
松の木のこすゑにかくるはねつるへ　大　六六
ふくりをしめてきめかせにけり
松の木のこすゑにかくるはねつるへ　末一四五
ふくりをしめてきめかせにけり
松の木のこすゑにかくるはねつるへ　袋二一四
ふくりをしめてきめかせにけり
松の木の木末にかくるはねつるへ　真三二八
ふくりをしめてきめかせにけり
松の木の梢にかくるはねつるへ　穎三一九
ふくりをしめてぎめかしにけり
松の木の木すゑにかくるはねつるへ　平三五五
ふくりをしめてきゝめかせけり
松の木の梢にかゝるはねつるへ　鷹一一一
ふくりをしめてきいめかせけり
松の木のこすゑにかゝるはねつるへ　慶二六五
ふくりをしめてぎいめかせけり

松の木のこすゑにかゝるはねつるべ　寛一九六

238 山に千年うミに千年
239 ふくりまてうしほにうつるミねの松
山に千年海に千年
ふくりまてうしほにうつるみねの松　袋二〇四
山に千年海に千年
ふくりまてうしほにうつる嶺の松　穎三一一
山に千年海にせんねむ
ふくりまてうしほにうつる嶺の松　平三四三
山に千年うみにせんねん
ふくりまてうしほにうつるみねの松　慶二五九

240 たつなもかゝぬたかさこのうら
241 塩かせにふらめきわたる松ふくり
たつなもかゝぬ高砂の浦
塩風にふらめき渡る松ふくり　袋二〇六
手つなもかゝぬたかさこのまつ
塩風にふらめきわたる松ふくり　真五〇一
手綱もかゝぬ高砂の浦
塩風にふらめきわたる松ふくり　穎五六七
手綱もかゝぬたかさこの松《浦》
しほ風にふらめき渡る松ふくり　平三四五
たつなもかゝぬたかさこのうら
しほ風にふらめきわたるまつふくり　慶五三六
たづなもかゝぬ高さごの浦
しほ風にぶらめきわたる松ふぐり　寛四一七

242 うちハしにしハしたゝすむ大ふくり
243 はせをのはにてまきの嶋人
　うち橋にしはしたゝすむ大ふくり
はせをのはにてまきの嶋人　大　六四
　うち橋にしはしたゝすむ大ふくり
はせを《う》の葉にてまきの島人　天　六五
　うち橋にしはしたゝすむ大ふくり
芭蕉の葉にてまきの嶋人　袋二一二
　宇治はしにしはしたゝすむ大へのこ
はせをの葉にてまきのしま人　真三二六
　宇治はしにしはしたゝすむ大ふくり
芭蕉の葉にて槇のしま人　穎三一七
　宇治はしにしはしたゝすむ大ふくり
はせをの葉にてまきの嶋人　平三四九
　宇治はしの中にたちたるおほへのこ
はせをのはにてまきのしま人　吉　七六

244 いかにへのこのかなしかるらん
245 ともにはやおやはうたるゝ舟いくさ
　いかにへの子のかなしかるらん
ともにはや親はうたるゝ船いくさ　真四七三
　いかにへのこのかなしかるらん
ともにはや親はうたるゝ舟いくさ　穎五一七
　いかにへのこのかなしかるらむ
友（右に「艫」あり）にはやおやはうたるゝ舟いくさ　平三五七
　いかにへのこのかなしかるらん

ともにはやおやはうたるゝ舟いくさ　慶四〇二
　いかにへのこのかなしかるらん
ともにはやおやはうたるゝ舟いくさ　寛三〇九
　いかにへのこのかなしかるらん
舟いくさともにておやのうたるゝに　竹三三二

246 松ふくりとや人ハミる《いふ》らん
247 住よしのうらによりたるたこをミて
　松ふくりとや人はいふらん
住よしのきしによりたるたこをみて　大　五八
　松ふくりとや人はいふらん
住吉の浦によりたるたこを見て　袋二一〇
　松ふくりとや人はいふ覧
住よしの岸によりたるたこをみて　穎三一五
　まつふくりとや人はいふらむ
住よしのきしによりたるたこをみて　平三五一
　まつふくりとや人はいふ覧
住よしのきしによりたるたこをみて　慶二六一
　松ふくりとや人はいふらん
すみ吉のきしに（ママ）たるたこを見て　寛一九二

248 此たひハふくりくらへの夕まくれ
249 松ととちとの夕暮《しけ山》のかけ
　けふのかちこそかひなかりけれ
此たひはふくりくらへの夕ま暮　平三四七

250 はくちうちこそつミふかけなれ
251 七つふのさいのかハらにりんゑして

はくちうちこそ罪はふかけれ
七つふのさいの河原に輪廻して　袋二一六
はくちうちこそつみはふかけれ
七つふのさいの河原に輪廻して　真三三〇
はくちうちこそつみはふかけれ
七つふのさいのかはらにりんゑして　頴三三一
はくちうちこそつみはふかけれ
七つぶのさいのかはらにりむゑして　慶二六七
ばくちうちこそつみはふかけれ　寛一九八

252 わらハへのよはゝるこゑにおとろきて
253 はぬるやさいのかハらけのこま
わらうへのよはゝる声に驚て
はぬるやさいのかはら毛の駒　大一三七
わらはへのよははるこゑにおとろきて
はぬるやさいのかはらけのこま　真三三二
わらわへのよはゝる声に驚て
はぬるやさひのかはらけの駒　頴三三三
わらむへのよはるる声におとろきて
はぬるやさひのかはらけの駒　平三五九
わらんへの呼はる声におとろきて
はぬるやさいのかはらけのこま　慶五四〇
わらんべのよばゝる声に驚きて
はぬるやさいのかはけ（マヽ）のこま　寛四三五
かたハらなる家に

---

254 いはら木まてハ百にてそつく
と申すハ吹田よりの駄賃のことにて有けるを
連哥にきゝなして
255 陣立をしものこほりの小ふげんしや
ある者まうして通るは
いばらきまでは百にてぞつく
と申は吹田よりの駄賃の事なるを連歌にとり
なして
陣立をしものこほりの小ぶげんじや　種一三一
いはらきまては百にてそつく
と申は吹田より茨木迄の駄賃の事成けるを
連哥にとりなして
陣立をしもの郡の小分《こふ》限者《けんしや》　平三六九
256 のこふへき紙をてにもちなくはかり
257 ちこの得度にあへるかミそり
又人の付ける
258 おやのゆつりの太刀そさひたる
のこふへき紙をてにもち鳴計
児の得度にあへるかみそり　又
おやのゆつりの太刀そさひたる　袋二一九
のこふへき紙をてにもち鳴なみた
おやのゆつりの太刀そさひたる
ちこのとくとにあへるかみそり　真三三五
のこふへきかみを手に持なく計
親のゆつりの太刀そさひたる　頴三二五

のこひかみ手にもちなからなく斗
おやのゆつりの太刀そさひたる
ちこのとくとにあへるかみそり　平三七一
拭紙手ニ持ナカラナク涙
ヲヤノ形見ノ太刀ハサビケリ　巴　平一〇〇六（別筆追加）
親のゆつりし太刀そさひたる
のこふへき紙を手に持なくはかり　鷹一一三
おやのゆつりのたちそさひたる
のこふへき紙を手にもちなくはかり
ちこのとくとにあへるかみそり　慶二六八
のごふべき紙《かみ》を手に持なくばかり
おやのゆづりのたちぞさびたる
ちこのとくとにあへるかみそり　寛二〇一

259 うけ太刀になることそかなしき
260 重代の物をも質にをき初て

うけ太刀になることそかなしき
重代の物をも質におきそめて　袋二二三
うけたちになる事そかなしき
重代の物をもしちにをきそめて　真三三七
うけ太刀になる事そかなしき
重代の物をも質にをきそめて　頴三二九
うけたちになることそかなしき
十代のものをもしちにをきそめて　平三八四
うけたちになることそかなしき
重代のものをもしちにをきそめて　慶二七四
うけだちになる事ぞかなしき
重代のものをもしちにをきそめて　寛二〇五

261 山法師こそごけ入をすれ
262 長刀を野太刀のさやにさしこミて

山法師こそ後家入をすれ
長刀を野太刀のさやにさしこみて　大一一七
山法師こそ後家入をすれ
長刀を野太刀のさやにさしこみて　袋二二一
山法師こそ後家いりをすれ
長刀を野たちのさやにさしこみて　頴三二七
山法師こそけいりをすれ
長刀を野太刀のさやにさしこめて　平三七八
山ほうしこそ後家いりをすれ
なきなたを野太刀のさやに指こみて　慶二七二
山ぼうしこそ後家入をすれ
長刀を野だちのさやにさしこめて　寛二〇三

263 ならの宮こも無力しにけり
264 しろかねの目貫の太刀も質にをき　諸本ナシ
265 ひらりとさかをにくるならちこ
266 般若寺の文珠四郎か太刀ぬきて

ひらりと坂をにくるならちこ
般若寺の文珠四郎か太刀ぬきて　大一一五
ひらりと坂をにくる奈良ちこ
はんにや寺の文しゆ四郎か太刀抜て　真三三九
ひらりと坂をにくるならちこ

般若寺の文珠四郎か太刀ぬきて 頴三三三
ひとりとさかをにくるならちこ
はんにやしの文珠四郎か太刀ぬきて 慶二七八
ひとりとさかをにくるならちご
はんにやじの文珠四郎か太刀ぬきて 寛二〇九
ひらりとさかをにくるなら児
はん若寺の文しゆ四郎か太刀ぬきて 竹二五〇

267 嶋かくれ行人をこそきれ
268 ほの／＼とあかしりさやの太刀ぬきて

嶋かくれゆく人をこそきれ
ほの／＼とあかしりさやの太刀ぬきて 末一六一
嶋かくれ行人をこそきれ
ほの／＼とあかしりさやの太刀ぬきて 袋二二九
嶋かくれ行ひとをこそきれ
ほの／＼とあかしりさやのたちぬきて 真三七一
しまかくれ行人をこそきれ
ほの／＼とあかしりさやの太刀ぬきて 頴三七一
嶋かくれ行人をきらはや
ほの／＼とあかしりさやの太刀ぬきて 平七四〇
嶋かくれ行人をこそきれ
ほの／＼とあかしりさやの太刀ぬきて 鷹一一五
しまかくれゆくひとをこそきれ
ほの／＼とあかしりさやの太刀抜て 慶三一〇
しまがくれゆくひとをこそきれ
ほの／＼とあかしりざやの太刀抜《ぬき》て 寛二三三

269 今ハ念仏の中間そかし
270 しやうこをも太刀もつやうに引さけて

今は念仏の中間そかし
しやうこをも太刀もつやうにひつさけて 大　九三
今は念仏の中間そかし
しやうこをも太刀もつやうにひつさけて 天　五七
今は念仏の中間そかし
しやうこをも太刀もつやうにひつさけて 末一八七
今は念仏の中間そかし
しやうこをは太刀もつやうに提て 袋二二七
今はねふつの中間そかし
しやうこをも太刀もつやうに引下て 真四二八
今は念仏の中間そかし
唱皷をも太刀持やうにひつさけて 頴四四二
今は二仏のちうけむそかし
しやうこをも太刀もつやうにひつさけて 平四五三
いまはねふつのちうけんそかし
みな人のしやうこをたちにひつさけて 吉一三四
いまはねふつのちうけんそかし
しやうごをも太刀もつやうにひつさけて 鷹一一七
いまは念仏のちうけんそかし
しやうこをはたち持様にひつさけて 慶三五六
いまはねぶつのちうけんぞかし
しやうごをは太刀もつやうにひつさげて 寛二六九

271 忠見かなりハさらに中間

272 恋すてふわか名ハまたき太刀もちて
たゝ身かなりは中間そかし
恋すてふわか名はまたきたち初て　真四三〇
中間なりのしたる忠岑
恋すてふ我か名はまたき太刀持て　穎四四四
中間なりのしたるたゝみね
恋すてふわか名はまたき太刀持て　平四五五
たゝ身かなりはさらにちうけん
恋すてふ我名はまたき太刀もちて　鷹一三九
中間なりのしたるたゝみね
恋すてふわか名はまたきたちもちて　慶五五八
ちうげんなりのしたるたゞみね
恋すてふわが名はまだき太刀持て　寛四二九
273 あつきたなしと太刀をこそぬけ
274 ものゝふのとうすのしりにけ入て
あつきたなしと太刀をこそぬけ
武士の東司のしりへ分いりて　穎三三一
あつきたなしと太刀をこそぬけ
武士のとうすのしりにけ入て　平三八六
275 たからをハ身にあまるまてもちにけり
276 金つくりの太刀の空さや
たからをは身にあまるまて持にけり　大一四〇
(付句脱)
宝をは身にあまるまて持にけり
こかねつくりの太刀のそらさや　袋二二五

たからをは身にあまるほと持にけり
こかねつくりのたちのそらさや　真三四五
宝をは身にあまる程持にけり
こかねつくりの太刀のそらさや　穎三三九
宝をは身にあまるまて持つらん
こかねつくりのたちのそらさや　平五七二
たからをは身にあまるほともちにけり
こかねつくりのたちのそらさや　吉二四〇
たからをは身に余まて持にけり
こかねつくりの太刀のそらさや　鷹一一九
宝をは身にあまるほと持にけり
こかねつくりの太刀のそらさや　慶二八二
たからをは身に余る程もちにけり
こかねつくりのたちのそらざや　寛二一三
277 これや末世の大師なるらん
278 うゐ穴をあくる人こそたうとけれ
是や末世の大師なるらむ
うゐあなをあくる人こそたうとけれ　真三四一
これや末世の大師なるらん
うゐあなをあくる人こそたうとけれ　穎三三五
是やまつせの大師なるらん
うゐあなをあくる人こそたうとけれ　平三八八
これやまつせの大師なる覧
うゐあなをあくる人こそたうとけれ　慶二七六
これやまつせの大じなるらん

うゐあなをあくる人こそたうとけれ　寛二〇七

279 つかの内よりよミかへるこゑ

280 物の気ハ太刀ぬ《を》つかふににけさりて

つかのうちよりよみかへるこゑ
物のけは太刀をつかふににけ去て　真三四三
つかのうちよりよみかへるこゑ
ものゝけは太刀をつかふににけさりて　穎三三七
つかのうちよりよみかへるこゑ
ものゝけは太刀をつかふににけさりて　平三九〇
つかのうちよりよみかへるこゑ
物のけは太刀をつかふににけさりて　慶二八〇
つかの内よりよみがへるこゑ
物の気はたちをつかふにゝげさりて　寛二一一

281 計会人をかたきにそもつ

282 由断すなさきこそとかれ竹かたな

斗会《ケイクワイ》人をかたきにぞもつ
油断すなさきこそがれ竹刀　種三一三
けいくわんしんをかたきにそもつ
由断すなさきこそとかれ竹刀　真五七八
けいくわひしんをかたきにそ持
ゆたんすなさきこそとかれ竹刀　穎六九五
由断すなさきこそとかれ竹刀
計会人《を》のかたきにそもつ　平四四八

283 已にわれハらをきらんとしたりけり

284 けふさめつかの刀をさす

すてにわれ腹をきらんとしたりけり
けふさめつかの刀をさす　大　七〇
すてにはれはらをきらんとしたりけり
けふさめつかの刀をさす　末二一五
すでに我レ腹をきらんとしたりけり
きよう鮫柄の刀をぞさす　種　七四
すてに我腹をきらんとしたりけり
けふさめつかのかたなをさす　真四六七
既に我はらをきらんとしたりけり
けふさめかひ《つか》の刀をさす　穎四九七
すてに我腹をきらんとしたりけり
けふさめつかのかたなをさす　慶三八六

285 にきられん物かハふとうたくましや

286 刀のつかにかくるさめ馬

287 後藤とのほりもほりたる目貫哉

にきられん物かはふとうたくましや
刀のつかにかくるさめ馬　大　六八
にきられん物かはふとふたくましく
刀のつかにかくるさめむま　末二一三
にきられん物かはふとうたくましや
刀のつかにかくるさめ馬　袋二三九
かたなのつかにかくるさめむま
にきられん物かはふとくたくましや　真四六五
刀のつかにかゝるさめむま　穎四九五

にきられむ物かはふとうたくましや
刀のつかにかくるさめむま
後藤殿ほりもほりたるめぬき哉　平四五一
にきられん物かは太くたくましや
かたなのつかにかくるさめむま　慶五七四
にきられん物かは只はをくましや
かたなのつかにかくるさめむま　寛四六四

288 たとひつくとも人なとかめそ
289 わかもつハおきなさひたるやりそかし

たとひつくとも人なとがめそ
わがもつは翁さひたるやりそかし　袋二三三
たとひつくとも人なとかめそ
わかもつはおきなさひたるやりそかし　真三四七
たとひつくとも人なとかめそ
我もつはおきなさひたる鑓そかし　頴三四一
たとひつくとも人なとかめそ
わかもつはおきなさひたる鑓そかし　平三九八
たとひつくとも人なとかめそ
わかもつは翁さひたる鑓ぞかし　鷹一二〇

290 おひつかん／＼とやおもふらん
291 かうや聖の跡のやりもち

をひつかん／＼とやおもふらん
かうや聖の跡のやりもち　大　七二
おひつかん／＼とやおもふらん
高野ひしりの跡のやりもち　末一四七

おひつかん／＼とやおもふらん
高野聖のあとのやりもち　袋二三二
おいつかん／＼とやおもふらむ
高野ひしりのあとのやりもち　真三四九
おひつかん／＼とやおもふらん
高野ひしりのあとの鑓もち　頴三四五
をひつかむ／＼とやおもふらん
かうやひしりの跡のやりもち　平四〇〇
をひつかん／＼とや思ふらん
高野ひしりの跡の鑓もち　鷹一二三
をひつかん／＼とやおもふらん
かうやひしりのあとのやりもち　慶三八四
をひつかん／＼とやおもふらん
かうやひじりのあとのやりもち　寛二一五
をいつかん／＼とやおもふらん
かうやひしりのあとのやりもち　新一六五

292 さいとりさほに似たるなかやり
293 すゝめなく軒はハ二間わたりにて

さいとり棹に似たるなかやり
すゝめなく軒はは二間わたりにて　大　七四
さとり竿に似たるなかやり
雀なく軒端は二間わたりにて　袋二三七
さいとりさほに似たるなか鑓
すゝめなく軒はは二間わたりにて　平四〇八
さいとりさほににたる長鑓

すゝめなくのきはハ二間わたりにて　竹二三四

294 足軽にこんにやくうりな行つれそ
295 やりのさきにてさしミせらるる

足軽にこんにやくうりの行つれて
鑓のさきにてさしみせらるる　頴三四七

あしかるにこむにやくうりな行つれそ
鑓のさきにてさしみせられん　平四〇六

中間とこんうり（ママ）とつれたちて
鑓のさきにてさしみせらるる　鷹二一四

足かるにこんにやくうりの行逢て
やりのさきにてさしみせらるゝ　慶二八六

あしかりとこんにやくうりといさかひて
やりのさきにそさしミせらるゝ　竹二一八

296 仏もけんくわするとこそきけ
297 釈迦ハやりミたハ利釼をぬきつれて

仏も喧嘩するとこそ見れ
尺迦はやりみだは利剣を提て　袋二四九

ほとけもけんくわするとこそきけ
釈迦はやり弥陀はりけんを抜つれて　真三五一

仏も喧咜するとこそきけ
釈迦はやり弥陀は利釼を抜持て　頴三四九

仏もけんくはするとこそきけ
しやかはやり弥陀は利剣をぬき持て　鷹一二五

ほとけもけんくわするとこそきけ
釈迦はやりみたは利けんを抜もちて　慶二九〇

298 人をつきたるとかハのかれし
299 あはれにもこゆるかやりのしての山

人をつきたるとかはかくれし
あはれにもこゆるかやりのしての山　天一〇七

人をつきたるとかはのかれし
あはれニもこゆるかやりのしての山　袋二三五

人をつきたるとかはのかれす
あはれにもこゆるかやりのしての山　頴三四三

人をつきたるとかはのかれし
哀にもこゆるか鑓のしてのやま　平四〇四

ひとをつきたるつみはのかれし
あはれにもこゆるかやりのしての山　慶二八八

人をつきたるとがはのがれじ
あはれにもこゆるかやりのしでの山　寛二一七

300 いかはかりこゝろにしますおもふらむ
301 そはへくすりをさせるたゝれ目

いかはかり心にしますおもふらん
そはへくすりをさせるたゝれ目　末一四九

いかはかり心にします思ふらん
そはへ薬をさせるたゝれ目　袋二四七

いかはかり心にしますおもふらん
そはへくすりをさせるたゝれ目　真三五六

いか計こゝろにしますおもふらん
そはへ薬をさせるたゝれ目　頴三五一

そはへくすりをさせるたゝれ目

いかはかりこゝろにしみておもふ覧　慶二九二
　そばへくすりをさせるたゞれ目
いかばかりこゝろにしみておもふらん　寛二一九

302 すきの衆束のたひにおもむきて
303 たつぬやすりちやつほの石文
304 こゆるやなたのさやの中山
305 ほりこをさんもいさやふしのね

　すきの衆あつまの旅に思立
たつぬやすり茶つほのいしふみ
こゆるやなたのさやの中山
堀こほさむもいまやふしのね　袋二四五
　すきのしう東のたひにおもむきて
たつぬやすりちやつほのいしふみ
ほりこほさむもいさやふしのね　真三五四
　すきの衆の東の旅におもむきて
たつぬやすりちやつほのいしふみ　平三九四
　すきの衆あつまの旅におもむきて
たつぬやすりちやつほのいしふみ　慶五五二

306 水のそこにも碁をやうつらん
307 さゝかにの岩のはさまにこうたてゝ

　水の底にも碁をやうつらん　袋二五〇
（付句脱）
　水ノ底ニモ碁ヲヤウツラン
サヽカニノ浪間ニクフヲタテ懸ケテ　袋二六二
　水のそこにもこをやうつらむ

さゝかにの岩のはさまにこうたてゝ　真三五八
　水の底にも碁をやうつらん
篠かにの岩のはさまにこうたてゝ　穎三五三
　水のそこにも碁をやうつらん
さゝかにのいはのはさまにこうたてゝ　平四一八
　水の底にも碁をやうつらん
さゝかにの岩のはさまにこうたてゝ　鷹一二七
　水のそこにも碁をやうつらん
さゝかにの岩のはさまにこうたてゝ　慶二九四
　水のそこにもごをやうつらん
さゝがにの岩のはざまにこうたてゝ　寛二二一
　水のそこてもごをそうちけり
さゝかにのいはのはさまにこうたてゝ　新一二一

308 一すちにあみたのひかりたのむ也
309 ちやわんのはたの墨染のそて

　一すちにあみたのひかりたのむらん
ちやはんのはたのすみそめのそて　末一五一
　一すちにあみたの光たのむ也
ちやわんのはたのすみそめのそて　真三六〇
　一すちに阿弥陀の光たのむ也
茶碗のはたの墨染のそて　穎三五五
　一すちにあみたの光たのむ也
ちやわむのはたのすみそめの袖　平四一二
　一筋に阿弥陀の光たのむなり
ちやわんのはたのすみそめの袖　慶二九七

310 あミたハ浪の底のにこそなれ
311 なむといふこゑの《ヒ》内より身をなけて
あみたはなみのしたにこそなれ
なむといふこゑのうちより身をなけて　大　八九
あみたは水のそこにこそあれ
南無といふ声の内より身をなけて　真三六二
阿弥陀は波の底にこそなれ
南無といふこゑの内より身をなけて　穎三五七
あみたは波のそこにこそあれ
南無といふこゑのうちより身をなけて　平四一四
阿弥陀はみつのそこにこそあれ
な無といふ声の内より身をなけて　慶二九八
あみだは水のそこにこそあれ
なむと云こゑのうちより身をなげて　寛二二三
あミたは波のそこにこそあれ
なむといふこゑのうちより身をなけて　竹三八六

312 往生人ハいつちゆきけん
313 来迎のあミたハ雲をふミはつし
往生人はいかになりけむ
来迎のあみたは雲をふみはつし　末一五三
往生人はいかゝなりけん
来迎のあみたは雲をふみはつし　真三六四
往生人はいかになりけん
来迎のあみたは雲をふみはつし　穎三五九
わうしやうにんはいかになりけん
らいかうのあみたは雲をふみはつし　慶三〇〇
わうじやう人《にん》はいかになるらん
らいかうのあみだは雲をふみはづし　寛二二五

314 にしのかせおもひの外に吹出て
315 弥陀の迎の舟そ損する
弥陀の迎の舟そ損する
西のかせ思ひのほかに吹いてゝ　穎三六一
にしのかせおもひの外にふきいてゝ
みたのむかへのふねそそむする　平四一六

316 あミた経をやはいあひぬらん
317 聖霊かなまとふらひのやとにきて　諸本ナシ

318 にか〳〵しくもたうとかりけり
319 ミな人のまいるやふきのたう供養
にか〳〵しくもたうとかりけり
みな人のまいるやふきのたうくやう　真三七六
にか〳〵敷もたうとかりけり
みな人のまいるはふきのたうくやう　穎三七五
にか〳〵しくもたうとかりけり
皆人のまいるやふきのたうくやう　鷹一三七
にか〳〵しくもたつとかりけり
皆人のまいるやふきのたうくやう　吉　七二
にか〳〵しくもたうとかりけり
みな人のまいるやふきのたうくやう　慶三一四
にが〳〵しくもたうとかりけり
みな人のまいるやふきのたうくやう　寛二三七

320 仏の弟子のこもる伽耶城
321 阿のくたら三百余騎を引くして
弓矢のミやうかあらせ給へや
322 是ハアケ句也
仏のてしのこもる伽耶城
阿耨多羅三百余騎を引くして　末三一四
仏の弟子のこもる伽耶城
阿のく多羅三百余騎を引ぐして
弓矢の冥加あらせたまへや　種一七九
仏の弟子のこもる伽耶城
あのくたら三百余騎を引具して　真五八四
仏の弟子のこもる伽耶城
阿耨多羅三百余騎を引供して
ゆみやのみやうかあらせたまへや　穎七〇二
ほとけの弟子のこもるかやちやう
あのくたら三百よきをひき具して　慶五一〇
ほとけのでしのこもるかやぢやう
あのくたら三百よきをひきぐして　寛四三九

誹諧連歌抄

春

正月一日に陳衆退出のこと有てよろこひあへる次に盃をとりて
323 陳衆ミないぬの日めてたけふの春
正月一日いぬの日にて山崎を陳取衆みな〳〵退出の義ありける時
陳衆みないぬの日めてたけふの春　真　六七
正月一日戌日にて山崎を陳衆みな〳〵退出の事ありける時
ちん衆みないぬの日めてたけふの春　穎　六七
正月一日に陳衆退出の事有て皆々よろこひあへる次に盃をとりて
陳衆みないぬの日めてた今日の春　平八九五
四十二にまかりなりけるとしことしハつゝしむへきとしなりと人の申侍けれハ祈禱に
324 ヒ松《春》もしれ松こそふくりおとしなれ
四十二にまかりなるとしことしはつゝしむへき年なりと人の申侍けれは
春もしれ松こそふくりおとしなれ　末　三七
四十二にまかりなるとし今年は祈禱せよなと人の申侍に
春もしれ松こそふくりおとしけれ　真　六八
四十二に罷成とし当年は祈禱せよと人の申侍れは
春もしれ松こそふくりおとしなれ　穎　六八
四十二にまかりなりけるとし正月に人〳〵まうてきてことしはつゝしむへき年なりと申けれは祈禱に
春もしれ松こそふくりおとしなれ　平八九六
正月六日に

325
なへて世にたゝくハあすのくゐな哉
正月七(右に「六」と傍書)日あすの若なを　真　六九
なへて世にたゝくはあすのくいな哉
正月六日あすの若菜に　穎　六九
なへて世にたゝくはあすのくゐな哉
正月六日　慶　六五
なへて世にたゝくはあすのくひな哉
正月六日　寛　三五
なへて世にたゝくはあすのくひな哉
正月六日　新一七七
なへて世にたゝくはあすのくいなかな

326
人日庚申にあたりけれハ
たゝけとてねぬよにあたるなぬか哉
正月七日かのえさるにあたりけれは　真　七〇
たゝけとてねぬ夜にあたる七日かな
正月七日庚申にあたりけれは　穎　七〇
たゝけとて寝ぬ夜にあたる七日哉
人日庚申にあたりけれは　平九〇〇
たゝけとてねぬ夜にあたる七日かな
正月七日かうしんに　慶　六六
たゝけとてねぬよにあたる七日かな
正月七日かうしんに　寛　三六
たゝけとてねぬよにあたる七日哉

327
比丘尼所にて
おなし日わかなといふけすの有ける祈禱とて
つまれてハ又たゝかるゝわかなかな
正月六日に御比丘尼所へまかりたりけるにわかなといふけすをしかられけれは　末　三八
つまれては又たゝかるゝわかな哉
正月七日比丘尼所へまかりけるに若なといふ下女をしかられけれは　真　七一
つまれてはまたたゝかるゝ若な哉
おなしき日ひくに所え罷けるに若菜といふけすをしかられけれは　穎　七一
つまれてはまたたゝかるゝわかな哉
人日にわかなといふけすのある比丘尼所にてかのものゝ祈禱にとて　平八九九
つまれては又たゝかるゝわかな哉
わかなといふ下女しかられけれは　慶　六七
つまれては又たゝかるゝわかなかな
わかなと云下女しかられけれは　寛　三七
つまれては又たゝかるゝわかなかな

328
おなし日いはひはてゝひと〳〵はなすとて
今たゝく口もくゐなの名残かな
今たゝくくちも若菜の名残かな　真　七三
いまたゝく口もわかなの名残かな　穎　七三
おなしき日いはひはてゝ物語なとして
今たゝく口もわかなのなこりかな　平九〇一

329
つむおなこ其名をとふもわかな哉
つむおなこ其名をとふもわか菜かな　真　七二

つむおなこその名をとふも若菜哉　穎　七二
つむをなこ其名をとふもわかな哉　平九〇二
つむをなこ其名をとふもわかな哉　鷹　三
つむおなこそのなをとふもわかな哉　慶　六八
つむおなこ其名をとふもわかな哉　寛　三八

衣川ちかきわたりにて

330 弁慶もたつやかすミの衣川

へんけひもたつやかすみのころも川
　衣川ちかき所にて　末　四四
弁慶もたつやかすみのころも川
　衣川ちかき所にて　真　七九
辨慶もたつや霞のころも川
　衣川ちかきあたりにて　穎　八〇
弁慶もたつやかすみの衣川
　ころも河ちかきところにて　平九〇七
へんけいもたつやかすみのころも河
　衣川《ころもかは》ちかき所にて　慶　六九
へんけいもたつやかすみの衣川　寛　三九
へんけいもたつやかすみのころも川　新一七八

331 天神そ梅にましたる花ハなし

天神そ梅にましたる花はなし　末　三九
天神そ梅にましたる花もなし　真　七四
天神そ梅にましたる花はなし　穎　七四
天神そ梅にましたる花はなし　鷹　四

332 梅つけハたゝうくひすの貝子かな

梅つけはたゝうくひすのかい子哉　末　四〇
梅漬はたゝうくひすのかいこかな　真　七六
むめ漬はたゝうくひすのかひ子哉　穎　七六
梅つけはたゝうくひすのかひこかな　平九〇四

333 梅つけハうくひすのミのさかなかな

梅つけはうくひすのみのさかなかな　真　七五
梅漬はうくひすのみのさかなかな　穎　七五
梅漬はうくひすのみのさかなかな　平九〇三
梅つけはうくひすのみのさかなかな　慶　七〇
梅つけはうくひすのみのさかなかな　寛　四〇

334 梅さくらにやうたかまの二木かな

むめさくらにやうたかまの二木哉　末　四二
梅さくら似あふたかまのふた木哉　穎　七八
梅さくら似やうと釜の二木かな　平九〇六

335 なけうくひす物かたりの春のやと

なけうくひす物かたりの春のやと　末　四一
なけうくひす物かたりの春のやと　真　七七
なけうくひす物かたりの春の宿　穎　七七
なけうくひす物かたりの春の宿　平九〇五

余寒のこゝろを

336 にか／＼しいつまてあらしふきのたう

にか／＼しいつまてあらしふきのたふ　末　四三
にか／＼しいつまて嵐ふきのたう　真　七八
にか／＼しいつまてあらしふきのたう
　余寒の心とて　穎　七九

にか〳〵しいつまてあらし吹の塔
春さむきとし　平九〇八
にか〳〵しいつまて嵐ふきのたう
春さむきとし　慶　七一
にが〳〵しいつまで嵐ふきのたう　寛　四一

337 きえにけり今そまことの雪仏
きえにけりいまそまことの雪仏　末　四五
消にけり今そまことのゆき仏　真　八〇
きえにけり今そまことの雪仏　穎　八一
消にけり今そまことの雪仏　平九〇九
きへにけりこれそまことの雪ほとけ　慶　七三
きえにけり是《これ》ぞまことのゆき仏《ほとけ》　寛　四三

338 をのれ消てつミをやしめす雪仏
をのれきえて罪をやしめす雪仏　平九一〇

339 はやりけり宮こにさくな犬さくら
はやりけりみやこにさくな犬さくら　末　四六
はやりけり都にさくな犬桜　穎　八三
はやりけり都にさくないぬさくら　平九一二

340 くゝりにていさみにゆかん犬さくら
くゝりにていさ見にゆかむいぬさくら　真　八一
くゝりにていさ見にゆかん犬桜　穎　八四
くゝりにていさ見にゆかん犬桜　鷹　二
くゝりにていさみにゆかん犬さくら　慶　七六
くゞりにていさ見にゆかんいぬ桜《ざくら》　寛　四六

341 をやすなよほんなうハ家の犬桜
おやすなよほんなふは家の犬さくら　末　四七
おやすなよ煩悩は家のいぬ桜　穎　八五
おやすなよほむなうは家のいぬ桜　平九一三

342 おる人のうでにかミつけ犬さくら
おる人のすねにかみつけ犬桜　末　四八
おる人のうてにかみつけ犬さくら　真　八三
折人のすねにかみつけいぬ桜　穎　八七
おる人のすねにかみつけ犬さくら　平九一一
折人のすねにかみつけ犬桜　鷹　一
おる人のすねにかみつくいぬ桜　慶　七七
おる人のすねにかみつけ狗《いぬ》ざくら　寛　四七
をる人のすねにくひつけいぬさくら　新一八〇
折人のてにくらひつけ犬さくら　竹　五

343 ゆく春の名こりをほえよ犬さくら
行人の名残をほえよいぬさくら　真　八九
ゆく春の名残にほえよ犬さくら　穎　八六
行春の名残をほえよ犬さくら　平九一四

はなミしける所の池にかへるこのうかふをミ
て
344 花ハねにかへるこうかふ池へかな
花みしける所の池のかへるこをみて
花は根にかへるこうかふ池辺かな　真　八四
花見しける所の池のかへる子を見て
花そねにかへる子うかふ池辺哉　穎　八八

花見し侍ける所の池にかへるのうかへるを見
て
花はねにかへる子うかふ池辺かな　平九一五

345 花のころおこるな松のふくりかせ
はな《（ママ）》ころおこるな松のふくり風　平九一七
花のころおこすな松のふくりかせ　竹　三
畳字連哥発句

346 花のころ御免あれかし松のかせ
花の比御免あれかし松のかせ　穎　八九
花のころこめむあれかし松のかせ　平九一六
花の比御免あれかし松のかせ　鷹　六
花さかり御めんあれかし松の風（前句）　竹　三五
さくらになせやあめのうきくも（付句）
二月十五日夜風はけしかりけれハ

347 春かせに釈迦むり〳〵の軒はかな
二月十五夜の風はけしけれは
春かせにしやかむり〳〵の軒は哉　末　四九
二月十五夜風はけしけれは
春風にしやかむり〳〵の軒はかな　真　八五
二月十五日夜風はけしけれは
春風に釈迦むり〳〵の軒端哉　穎　九〇
二月十五日夜風はけしかりけれは
春かせに釈迦むり〳〵の軒は哉　平九一八
二月十五夜嵐はけしけれは
はる風に釈迦むり〳〵の軒端かな　慶　七二

二月十五夜嵐はげしければ
春風《はるかぜ》にしやかむり〳〵のゝきば哉　寛　四二
おなし比人の追膳《ヒ》善の砌にまかりたりけるに
仏のかさりいつくしくしてあミたハなにかし
の僧都の御筆花ハ京より池坊弟子随分なりな
と申をきゝて

348 花ミれはけによいしんの浄土哉
又春のころ追善のことありて本尊にはゑしん
のあみた花には松のしん京のたてゝのさしけ
れは
花みれはけによひしんのしやうと哉　末　五五
又春の比ある所へ行けるに折ふし追善の事あ
りて本尊にはあみた花のしんに松をたてけり
花みれはけにゆいしんの浄土かな　真　九二
又春の比ある所へまかりけれは折節追善の事
有て本尊に阿弥陀花は京のたてゝにて真には
松なれは
花見れはけによひしんのしやうと哉　穎　九九
追善する人の家にまかりたりけるに供具なと
うつくしくし□阿弥陀の像はなにかしの僧都
の御筆花ハなにあみお仏のたてられてなと申
を聞て
花見れはけによひしんの浄土哉　平九二一

349 かへるなよ山ハとり〳〵もちつゝし
かへるなよ山はとり〳〵もちつゝし　真　八六

かへるなよ山はとり〳〵もちつゝし　穎　九一
帰るなよ山はとり〳〵もちつゝし　鷹　五
かへるなよ山はとり〳〵もちつゝし　慶　七九
帰るなよ山はとり〳〵もちつゝじ　寛　四九

350 花よりもたんごとたれか岩つゝし
花よりもたんことたれかいはつゝし　末　五一
花よりもたむことのみやいはつゝし　真　八八
花よりもたんこと誰かいわつゝし　穎　九三
花よりもたむこと誰かいはつゝし　平九二二
花よりもたんことたれか岩つゝし　慶　七八
花よりもだんごと誰《たれ》かいはつゝし　寛　四八
花よりもだんことたれもいはつゝじ　新一八二

351 春のなこりたれかしるこのもちつゝし
春のなこりたれかしるこのもちつゝし　末　五〇
春の名残誰かしるこのもちつゝし　真　八七
春の名残誰かしるこのもちつゝし　穎　九二
連哥はてゝいひすてに

352 麦ハなしたゝむしくらす春日哉
麵はなしたゝむしくらす春日哉　穎　九七
連歌はてゝ
麦はなしたゝむしくらす春日哉　平九二九
八幡にて

353 藤ハけにとりつき弓のやわたかな
八幡にて
藤はけにとり月ゆみの八幡かな　平九二六

---

354 藤こふハ花ミる人の茶子かな
藤こふは花みる人のちやのこかな　末　五三
藤こふは花みる人のちやのこかな　真　九〇
藤こふは花みる人のちやのこ哉　穎　九六
藤こふは花みる人のちやのこ哉　平九二八
藤こふははなみるひとのちやの子哉　慶　八〇
ふじこぶは花みる人のちやのこかな　寛　五〇
ふじこぶハ花見る人のちやのこ哉　新一八一

355 わか空とあかりまちなるひはりかな
わか空とあかりまちなる雲雀かな　真　六一
野はつく〳〵しはかまきるころ　同　六二
わかそらとあかりまちなる雲雀哉　穎　六一
野はつく〳〵しおえいつるころ　同　六二
空にのみあかりまちなる雲雀哉　平　五二
野はつくつくしはかまきにけり　同　五三

356 運ハ天にありとやあかるゆふひはり
ある山寺に守護方の衆花ミ侍けるか女とも引くして花のえたのおほひなるを折とりなとしてあまりに狼籍なりけれハ下僧をいたしてかくうたはせ侍けれともいらへもせす　諸本ナシ

357 よもおへしあたら桜のうちきられ
ある山寺へ守護かたの人女ともあまたくして花みけるか大なる枝ともこゝろのまゝにおりてかへりけれは寺よりそいはせけり
よもおえしあたらさくらのうちきられ　末　五四

有山寺に守護方の人達花見に女ともあまた具
して来けるか大なる枝とも心のまゝに折けれ
は
よもおへしあたら桜のうちきられ　真　九一
ある山寺に守護方の人達花見に女房とも余多
くして来りけるか大きなる枝とも心のまゝに
おりけれは
よもおえしあたら桜のうちきられ　穎　九八
ある山寺に守護方の衆女房ともおほく具して
花見侍りけるかおほきなる枝とも心にまかせ
て折とりなとしけれは下僧をいたしてかく申
けれといらへもせす
よもおへしあたら桜のうちきられ　平九二〇

358 雑木のうへなる花やふけんたう
さうほくのうへなる花や普賢堂　穎　八二
さうほくのうへなる花やふけんたう　慶　七五
さうほくのうへなる花やふげんたう　寛　四五

359 都へにこきますする柳さくらかな
又宮こわたりを花ミのおりからおかしき人あ
りてけかし侍けれはかくそ
花《ママ》みれはけによいしんしやうとかな
宮こへにこきますする柳さくら哉　末　五六
又春の花見にいさなひありきけるにおかしき
人有てけかをしけれ《ママ》ハ
みやこへにこきますする柳さくら哉　真　九三

都辺にこきますする柳さくら哉　穎一〇〇

夏

360 庭にひやつけしたる花のさかりかな
庭にひやつけしたる花のさかりかな　種　三五
庭にひやつけしたる花の盛かな　真一二二
庭に白芥子たる花のさかりかな　穎一三一
庭にひやつけしたる花の盛哉　平九三五

361 なかハこそたゝをし鳥よほとゝきす
なかはこそたゝをし鳥よ郭公　末　六七
郭公あまりにまちかねて
なかはこそたゝをし鳥よ郭公　真一二三
なかはこそたゝをし鳥よほとゝきす　穎一三二
なかはこそたゝをし鳥よほとゝきす　平九三八
なかはこそたゝをし鳥よ子規　鷹　一〇
なかはこそたゝをし鳥よほとゝきす　慶一一五
なかはこそたゝをし鳥よほとゝぎす　寛　七五

362 いやめなる子ともうミをけ時鳥
いやめなる子共うみをけ郭公　末　六八
いやめなる子ともうみをけ時鳥　種　三七
いやめなる子ともうみをけ時鳥　真一二五
いやめなる子ともうみおけ時鳥　穎一三四
いやめなることもうみをけ郭公　平九三九
いやめなる子ともうみをけ郭公　鷹　一一
春の程ハしは〳〵なきて夏に入て郭公なかす
侍りけるとし

363 時鳥ならしにかれてこゑもなし

春の程はしば〳〵鳴て夏に入てはかつて時鳥
のなかざる年
時鳥ならしにかれて声もなし　種　三六

春の程はしは〳〵鳴て夏に入てなかさりけれ
は
時鳥ならしに枯てこゑもなし　真一二五

春の程はしは〳〵鳴て夏に入て鳴さりけれは
ほとゝきすならしにかれてこゑもなし　頴一二三

春のほとしは〳〵鳴て夏にいりて郭公のきこ
えさりけれは
時鳥ならしにかれて声もなし　平九三七

四月初卯日住吉ニかしばでの神事とて社務は
うりなと手にかしのはを一枝つゝもちて無言
にて神輿の御ともを申すこととけるをおかミた
てまつりて

364 郭公なけかしハての神事かな

四月初の卯の日住吉にかしはての神事とて社
司はふりみこなどきて手に柏の葉を一枚もち
て無言にて神輿の御供まうしてさるたふとき
神わさにまゐりあひて
時鳥なけかしはての神事かな　種　三九
と申たりけれはあるかしこき人付様
日も卯の花のしろいはふりこ　同　四〇

四月初卯に住吉にかしはての神事とて社司は
ふりみこたちまて手にかしはの葉をもちて無
言にて神輿の御伴申さる其時しも参詣し侍れ
は
ほとゝきすなけかしはての神事かな　真一二六
と申けれはあるはふり
日も卯の花のしろいはふりこ　同一二七

彼御社にしろはふり黄はふりとて有也
四月初卯に住吉にかしはての神事とて社司祝
部みこ達迄手に柏の葉を持て無言にて神輿の
御供申さる其時しも参詣し侍れは
ほとゝきすなけかしはての神事哉　頴一三七
申けれはあるはうりの
日も卯の花のしろひはうりこ　同一三八

四月初卯日住吉に柏手の神事とて社用（「司」
の誤りか）はうりみこかんなきなと手にかし
はの葉を一枝つゝもちて神輿の御ともを申て
けるをおかみたてまつりて
時鳥なけかしはての神事哉　平九四三

人の腫物いたしける祈禱に

365 ねをいたせかたねうつきの郭公

腫物いたしたる人のかたへ
ねをいたせかたねうつきの郭公　末　六九

腫物いたしたる人の祈禱に
ねをいだすかたねうづきの時鳥　種　三八

腫物出したる人の祈禱に

ねをいたせかたねう月のほとゝきす　頴一三五
人の腫物いたしたる祈禱に
ねをいたせかきねうつ木の郭公　平九四二

366 くらかさにつつたちあかれ郭公
くらかさにつつたちあかれ時鳥　頴一五〇
くらかさにつゝたちあかれほとゝきす　平九四一

367 名乗せハ氏やたちハな郭公
名のりせば氏やたちばな郭公　種　四一
名乗せは氏やたちはな郭公　頴一三六
なのりせは氏やたちはな時鳥　平九四〇

368 さかふるハ大ミやう竹のこともかな
さかふるは大名竹の子ともかな　末　七四
さかふるは大みやう竹のことし(マヽ)哉　頴一四七
さかふるはたいめう竹の子とも哉　平九五〇
さかふるは大名竹子とも哉　鷹　一四
さかふるは大みやうたけの子とも哉　慶一一八
さかふるは大みやう竹の子どもかな　寛　七八

369 竹のこのふときもおやのめくミ哉
たのしき人の子まふけたるに
竹の子のふときもおやのめくみ哉　末　七三
竹の子のふときもおやのめくみかな　真一三六
竹の子のふときも親のめくみにて　頴一四八
竹の子のふときもおやのめくみかな　慶一一七
竹の子のふときもおやのめぐみ哉　寛　七七
竹の子のふときもをやのめくミかな　新一九二

---

370 卯花のかけにまひまへかたつふり
卯の花のかけに舞まへかたつふり　真一二九
卯の花の陰に舞まへかたつふり　頴一四〇
こゝちわつらひける比たきゝといふわたりよりこゝちハいかにそやかゝるうちにも発句なとハいてこすや申《と》をくりたりけれハ

371 なかすかとまつやさゝミたれ柳かけ
と申つかハしたりけれハ祈禱にやかて此発《句》にてとて

372 つゝミも脤もきるゝ夏川
とありしとそ
心ちわつらひける折ふし滝と云所より人を遣して心ちはいかにと申けれは
流るかとまつや五月雨柳陰　真一三三
と申つかはしけれは
堤もみやくもきるゝ夏川　同一三四
こゝちわつらいける折節たきといふ所より人をつかはして心ちいかゝと申けれは
なかすかとまつや五月雨柳かけ　頴一四四
と申つかはしけれは
つゝみも脤もきるゝなつ河　同一四五

373 月に柄をさしたらハよきうちは哉
十五夜の月にあつかりけれは
月に柄をさしたらはよきうちは哉　末　七一
月に柄をさしたらはよき団かな　真一三一

月にえをさしたらはよきうちわ哉　頴一四二
六月一日以外さむかりけれは
374 ひむろもりこゝへしぬへきことし哉
六月一日以外さむかりけれは
氷室守こゝへしぬへきことし哉　真一三五
六月一日以外さむかりけれは
氷室もりこゝえしぬへきことしかな　頴一四六
六月一日さむけれは
ひむろもりこゝへしぬへきことし哉　慶一二二
六月一日さむけれは
ひむろもりこゞへしぬへきことし哉　寛　八一

375 ゆふかほのはなハふくへの手向哉
夕白の花はふくへの手向かな　真一三〇
夕かほの花はふくへの手向哉　頴一四一
ゆふかほの花はふくへのたむけかな　慶一二一
夕かほの花はふくへの手向かな　竹　九

376 夕たちのさやハしりたる朝かな
夕たちのさやはしりぬる朝かな　平九四六
夕たちのさやはしりする朝哉　鷹二〇六

377 青柳のいとまきなれや夏こたち
さかひの柳の町にて太刀を人に出しけるに
青柳のいとまきなれや夏木立　末　七〇
青柳のいとまきなれや夏木立　真一二八
青柳のいとまきなれや夏こたち　頴一三九
青柳の糸まきなれや夏こたち　鷹　一三

八幡にて千句はてゝ
378 なてしこもかしらかたかれ岩坊
八幡の岩の坊にて
なてし子もかしらかたかれ岩の坊　末　七二
八幡の岩坊にて
なてしこもかしらかたかれ岩のはう　真一三二
八幡の岩房にて
撫子もかしらかたかれ岩のはう　頴一四三

秋

七夕に
379 七夕によもさハあらむすはりほし
七夕はよもさはあらしすはりほし　真一八六
七夕はよもさはあらしすはりほし　頴一九九
七夕に
七夕はよもさはあらむすはり星　平九五一
七夕はよもさはあらむすばり星　鷹　一五
七夕はよもさはあらんすはりほし　慶一六八
七夕はよもさはあらしすはりほし　寛一一三

つくしにひろといふ所に金おほくもたる人有
けり其金ミなうせたる事いてきにける秋金虫
といふ物草木につきて物を損しけるに
380 これや此ひろにてうせし金虫
ひろにて金いかめしくうせたりし秋のまん草
に金むしあまたつき侍れは

是やこのひろにてうせし金むし　末　九四
ひろと云所にこかねのおほくうせたるとしこ
かねむしといふ物草木におほく付ければ
これやこのひろにてうせしこかね虫　頴二〇三
つくしにひろといふ里ありけりさるうとくな
る人金おほくうしなへりける年の秋こかね虫
といふ物草木につきてつくり物なとそんする
事ありけれは
是やこのひろにてうせし金虫　平九五四

381 野へハ花世かいもらんの砌かな
世間のさわかしけるとし
野辺は花世間もらんのみきり哉　頴二〇四
世上みたりかはしける年
野辺は花世間はらむのみきり哉　平九五五

八幡にて
382 なけや鹿なかすハ皮をはきのはら
なけや鹿なかすはかはをはきのもと　真一八九
ある山寺にて
なけや鹿なかすはかはを萩のほう　頴二〇五
八幡にて
なけや鹿なかすは皮を萩の坊　平九五六

383 笠をきハ雨にもいてよ秋の月
雨気なる夜に月のかさめしけれは
笠をきは雨にもいてよ夜はの月　末　九六
笠をきは雨にも出よ夜はの月　真一九二
笠をきは雨にもいてよ夜半の月　頴二一〇
笠をきは雨にもいてよ夜半の月　平九五七
笠を着ば雨にも出よ夜はの月　鷹　一七
かさをきはあめにもいてよ夜半の月　慶一七二
かさをきば雨にもいでよ夜はの月　寛一一六
かさをきハ雨にもいでよ夜半の月　新二〇一

山城のたきゝといふハ松茸の道地なりかの所
より人きたりけるにことしは松たけハいかに
そやとたつねけれハ一円におひすと申程にふ
とく大につほミたるを一本つかハすとて
384 さかさまにはしく松茸のつほミ哉
山城のたきゝは松茸おほき所なれとも一向な
きよし申けれはこなたよりつかはしけるとて
さかさまにはしく松たけのつほみ哉　頴二〇七
山城の薪といふ里は松茸の道地なりかの所よ
り人きたりけるにことしは松茸いかにと尋け
るに一向に生すと申けれはふとうたくましく
つほみたる一本つかはすとて
さかさまにはしく松茸のつほみ哉　平九五九

九月十三夜
385 月こよひ阿難かはなつ光かな
九月十三夜に
月こよひあなんかはなつ光りかな　真一九〇
九月十三夜に
月こよひ阿難かはなつひかり哉　頴二〇八

九月十三夜に
月こよひ阿難かはなつ光哉　平九六一
月おもしろかりける夜くりうちなといふわさ
してあそひけるに

386 山のはに月ハいてくりむくよかな
九月十三夜に
山のはに月はいてくりむくよ哉　末　九五
月の夜すからくり打なといふ事してあそふとて
山の端に月はいてくりむく夜かな　真一九一
月の夜すかに栗うちなといふ事してあそふとて
山の端に月はいて栗むく夜かな　頴二〇九
月おもしろかりける夜栗うちなといふわさして
あそひけるに
山のはに月は出くりむくよかな　平九六七
月の夜栗うちなとしてあそひて
山の端に月はいてくりむく夜かな　慶一七一

387 一しほハうるしぬるてのもみちかな
一しほはうるしぬるてのもみちかな　末　九八
一入はうるしぬるての紅葉かな　真一九三
一入はうるしぬるての紅葉かな　頴二一一
一しほはうるしぬるてのもみち哉　平九六二
一しほはうるしぬる手のもみち哉　同九七三
ひとしほは漆ぬるての紅葉哉　鷹　一九
一しほはうるしぬるてのもみち哉　竹　一一

388 しふ色にそむるハかきのもミちかな
しふ色にそむるは柿のもみち哉　末　九七
しふ色に染るは柿のもみちかな　真一八八
しふ色にそむるは柿の紅葉かな　頴二〇一
しふ色にそむるは柿の紅葉哉　平九六三
渋色にそむるは柿の紅葉哉　鷹　一八
しふ色にそむるはかきのもみちかな　慶一六九
しぶ色にそむるはかきのもみぢ哉　寛一一四
しふいろにそむるハかきのもミちかな　新二〇〇

389 草も木も秋ハかハるの色はかな
草も木も秋はかはるの色葉哉　天　二
草も木も冬はかはるのいろは哉　末一〇一
草も木も冬はかはるの色葉哉　真一九六
草も木も冬はかはるのいろは哉　頴二一四
草も木も秋はかはるの色は哉　平九六一
草も木も秋はかはるのいろは哉　鷹　二一
草も木も秋はかはるのいろはかな　慶一七五
草《くさ》も木も秋はかはるのいろはかな　寛一一八
草も木も秋ハかハるのいろはかな　新二〇三

390 けこしやうこましるさしきや村紅葉
下戸上戸ましる座敷やむら紅葉　平九六四

391 姫松のしたはや露のそめふくり
ひめ松のした葉や露のそめふくり　末　九九
姫松の下葉や露の染ふくり　真一九四
姫松の下葉や露の染ふくり　頴二一二
ひめ松の下はや露のそめふくり　平九六五

ひめまつのしたはや露のそめふくり　慶一七三
ひめ松《まつ》のしたばや露のそめふぐり　寛一一七
手さるかく稽古する家の庭にきくのはなさきたるを

392 所ちよませにきくさく秋の庭

手さるかくけいこの所にて
所千代ませにきくさく秋の宿　末一〇二
てさるかく稽古する所にて
所千代ませに菊さく秋のやと　真一九七
手さるかくのけいこする所にて
所千代ませに菊さくあきの宿　穎二一五
手猿楽の稽古なとしける所にて
所千代ませに菊さけあきのには　平九六六
長崎御聖を尼かたへ請しまいらせて御湯ひかせ御ちやまうけなとして月御らんさせけりれんたいに手のこひかけなとしてうそくらきをいふせくおほして

393 尼こせよ脚布を〔「し」脱カ〕のけよ月いれむ

長崎の聖とて此道にすき給へるおはしけりさるに此御聖を尼かたへ請し申御湯ひかせ御茶まいらせなとしける夜折《ヲル》ふし月面白けれはれんたいに手のこひなとかけほしたるをいふせくおほして
尼こせも脚布をはのけよ月いれん　袋一一一

長崎御聖とて此みちにすき給へるおはしけりさるに尼かたへ請しまいらせて御湯ひかせなとしけり御茶まいらせて月御覧するにれむたいにゆかたひら手のこひなと懸てあるを御覧して
尼こせよ脚布をしのけよ月いれん　平九六九

394 かへるなよわかひんほうの神な月

冬
かへるなよ我ひんほうの神な月　天　四
かへるなよわかひんほうの神な月　末一一一
かへるなよわかひんほうの神無月　真二二六
帰るなよわかひんほうの神無月　穎二三六
かへるなよわか貧報の神無月　平九七四
帰るなよわがびんぼうの神無月　鷹　二二
かへるなよ我ひんほうの神無月　竹　一六

395 西城へゆかんとすれハかミな月

西浄へゆかんとすれは神な月　天　一〇
せいしやうへゆかんとすれは神な月　末一一二
西所へゆかむとすれはかみな月　真二二七
せいしやうへゆかんとすれは神無月　穎二三七
西浄へゆかむとすれはかみなつき　平九七五
西浄へゆかむとすれはかミなつき　竹　一七
連哥はてゝ

396 御さしきをミれは大略神な月

御座敷をみれは大りやく神な月　天　一一

連歌はてゝ
おさしきを見れはたいりやく神無月　平九七八
神な月のころ女あるしの留守なる所へまかり
て一折ありしに
397 いつもへの留守もれやとの福神
出雲への留守もれやとの福の神　天　五
神無月の比女あるしの留守なるやとにまかり
て
出雲への留守もれやとの福のかみ　真二二八
神無月の比女あるしの留守なる宿にまかりて
出雲への留守もれ宿の福の神　頴二三八
神無月の比女あるしの留守なる家にまかりて
ひと折興行し侍りけるに
出雲への留守もれ宿の福のかみ　平九七九
いつもへの留主もれ宿の福のかみ　慶二〇一
出雲へのるすもれ宿のふくのかみ　寛一四〇
398 霜風にふるひおとすや松ふくり
霜かせにふるひおとすや松ふくり　天　七
霜かせにふるひおとすや松ふくり　末一一三
霜風にふるひおとすや松ふくり　真二二九
霜かせにふるひおとすや松ふくり　頴二三九
霜かせにふるひおとすや松ふくり　平九八〇
しも風にふるひおとすやまつふくり　慶二〇二
しも風にふるひおとすや松ふくり　寛一四一
しも風にふるひ落すや松ふくり　竹　一八

---

399 ミえすくやかたひら雪の松ふくり
みえすくやかたひら雪の松金　天　八
みえすくやかたひら雪の松ふくり　末一一四
みえすくやかたひら雪の松ふくり　真二三〇
見えすくやかたひら雪の松ふくり　頴二四〇
見えすくやかたひら雪の松ふくり　平九八七
見えすくやかたひら雪の松ふくり　鷹　二三
みえすくや帷雪のまつふくり　竹　一九
宗砌《祇》十三回追善に
400 地獄へハ《ヒ》おちぬ木葉の夕かな
宗祇十三廻に
地こくへはおちぬ木葉の夕へかな　真二三一
宗祇の十三回に
地獄へは落ぬ木の葉のゆふへ哉　頴二四一
宗祇十三回追善とて
地獄へはおちぬこのはのゆふへ哉　平九八一
宗祇十三回忌に
地獄へはおちぬこのはのゆふへかな　慶二〇七
宗祇十三年ついぜんに
地ごくへはおちぬ木の葉のゆふべ哉　寛一四六
坂本より誹諧発句とて所望に
401 猿のしり木からしゝらぬもミちかな
もし少人なとの御さしきならハさるのかほ
坂本より誹諧の発句と所望し侍けれは
猿のしり木からししらぬもみち哉　末一〇〇

もしおさあひ人の御前にては猿のかほなる
へし
さか本ヨリほつく所望之由申けれは
猿のしり木からししらぬ紅葉哉　真一九五
おさあひなとの御座しきにましまさはさる
のかほと申へしや
坂本より発句所望のよし申つかはしけれは
猿のしり木からししらぬ紅葉哉　穎二一三
おさなき人なと座敷にましまさはさるのか
ほと申侍るへし
さかもとより誹諧の発句とこひけれは
猿のしり木からししらぬ紅葉哉　平九六六
もし少人なとの御座敷ならは猿のかほたる
へし
さるのしりこからししらぬもみち哉　慶一七四
坂本より発句所望に
猿の尻木からししらぬ紅葉哉　鷹　二〇

402 すくうなよ地こくの衆生雪仏
すくうなよ地獄の衆生ゆき仏　平九九三

403 しら山の神の本地や雪仏
しら山の神の本地や雪ほとけ　天　六
白山の神の本地や雪ほとけ　真二三二
しら山の神の山路や雪仏　穎二四二
白山のかみの本地やゆきほとけ　平九八八
しら山の神の本地や雪仏　鷹　二四
しらやまのかみの本地や雪ほとけ　慶一九四
しら山の神のほんちやゆきほとけ　寛一三三

404 枯木にも花《さ》かせけり雪仏
かれ木にも花さかせけり雪仏　穎二四七
かれ木にも花さかせけり雪仏　平九九二
枯木にも花さかせけり雪仏　鷹　二七

405 さむくとも火になあたりそ雪仏
さむくとも火になあたりそ雪仏　天　一二
さむくとも火になあたりそ雪仏　末一一五
さむくとも火になあたりそ雪仏　真二三三
寒くとも火になあたりそ雪仏　穎二四三
寒くとも火になあたりそ雪仏　平九八九
さむく共火になあたりそ雪仏　鷹　二五
寒くとも火になあたりそゆきほとけ　慶一九五
さむくとも火になあたりそ雪ぼとけ　寛一三四

406 まのあたり天よりふるや雪仏
まのあたり空よりふるや雪仏　真二三四
まのあたり天よりふるや雪ほとけ　穎二四五
まのあたり天よりふるや雪仏　平九九四

407 ふらぬこそ衆生のための雪仏
ふらぬこそ衆生のための雪仏　穎二四四
ふらぬこそ衆生のための雪仏　平九九一
ふらぬこそ衆生の為の雪仏　鷹　二六

408 かくふるにいつくとてか雪仏
かくふるにいつくへとてか雪仏　真二三五
かく降もいつくへとてかゆき仏　頴二四六
かくふるに何へとてかゆきほとけ　平九九〇
かくふるにいつくへとてか雪ほとけ　慶二〇三
かくふるにいつくへとてかゆき仏　寛一四二

409 まつほとやおもへハ弥勒雪仏　諸本ナシ

410 はやふるやそのあか月の雪仏　諸本ナシ

411 ゐのことハしろきをや後あつき餅
ゐのことはしろきおやのちあつきもち　頴二五三
ゐの子の夜
猪の子とは白きをや後小豆餅　平九八三

412 かいもちもえつかぬやとハへのこ哉
かいもちもえつかぬやとはえ（ママ）のこ哉　頴二五四
かいもちもえつかぬ宿はへのこ哉　平九八四

413 山寺のしんほちかいもちゐのこ哉
山寺のしんほちかいもちゐのこかな　真二四〇
山寺の新発かいもちいのこかな　頴二五五
山寺のしんほちかい餅ゐの子哉　平九八五
山寺のしんほちかいもちいのこかな　慶二〇六
山寺のしんぼちかいもちいのこかな　寛一四五

414 茶やのやねもるやくわんすの霰かな
ちや屋のやねもるやくはんすの霰哉　末一一七
ちや屋の閨もるや鈍子のあられかな　真二三九
茶屋のやねもるやくわんすのあられ哉　頴二五二
茶屋のやねもるは鑵子の霰哉　平九九六
ちや屋のやねもるやあられの灌子哉　慶二〇五
茶やの屋ねもるやあられのくはんす哉　寛一四四
ちや（ママ）の屋ねもるやあられのくハんす哉　新二一二

しハすわたりに吹田のつゝミをまかりけるに
415 風さむしちよく酒なりとも吹田哉
津のくに吹田の堤をまかるとて
風さむし濁酒なりともすいたかな　真二三六
摂津の国吹田のつゝみをまかるとて
かせさむし独酒なりとも吹田川　頴二四八
しはすはかりに吹田の堤をまかりけるに以外
さむかりけれは
風さむし濁酒なりとも吹田かな　平九九五
津の国すいたのつゝみを行とて
風さむし濁酒なりともすいたかな　慶一九六
津の国すいたのつゝみを行とて
風さむしぢよくしゆ成ともすいた哉　寛一三五

416 すゝ口をふるやほかミのさよ神楽
すゝ口をふるやほかみのさ夜かくら　末一一六
すゝ口をふるやほかみのさ夜神楽　真二三七
すゝ口をふるやほかみのさよ神楽　頴二四九
すゝくちをふるやほかみのさ夜神楽　平九九九
鈴口をふるやほがみの小夜神楽　鷹　二八
すゝ口をふるやほかみのさ夜かくら　慶二〇〇
すゞぐちをふるやほがみのさよ神楽　寛一三九

初句索引

一、配列は表音式五十音による。「むめ」「馬《むま》」は「う」の項に収めた。
一、平体漢数字が作品番号で、本文のアラビア数字に一致する。

竹馬狂吟集

あ

あをによし　六四
暁の　九九
秋風たたば　八三
秋風に　八八
秋くれば　八〇
秋にあはんと　七五
明らけき　三七三
朝倉を　三一〇
足軽と　三一七
朝夕に　二四三
足なくて　二七
新しく　三五六
あなおそろしや　一四一
あながちなりと　四〇三
あなの中より　三三三
油物　一三
あまころも　四三四
阿弥陀は波の　三八五
あやしや誰に　三六七
あやまつて　三六〇
荒いそに　三三四
あらうつつなや　三一
在原の　三五〇

い

いかにへのこの　三三一
いづくへゆくと　一七四
一二のざしき　二五一
一の谷　二九六
一寸二寸に　一一九
いつつあるもの　一〇一
いつまで恋に　三六三
稲荷まゐりに　四三九
ゐのししや　三九八
いのちにかへて　一九七
いびきの音ぞ　三六九
いまからだにも　一七一
いまぞ知りぬる　三五九
入逢の　四七
煎り海老の　四四八
いははしの　一五四
岩橋は　二三三
いんぎんならば　二〇八

う

上は濡れたり　二八一
魚の子の　二九四
浮島が　四五〇
うき世をば　一九六
牛の子の　三六六
宇治橋の　三三八
うしろを前に　一六六
薄紙に　三五三
歌をよみつつ　四一
歌も詩も　一五七
打ち掛け烏帽子　三三八
打太刀も　二五八
うちとけてこそ　二二一
うてる碁の　二四〇
優婆塞優婆夷　二六一
馬の上にて　一三五
生まるるも　四〇四
梅が香の　四三
むめ水とても　三八
うらおもてなき　二八三
瓜をも冷やす　六三

え

絵にかける　二七八
えびの子は　三三〇
縁までも　二八八

お

老の末こそ　四九
王のつまりを　四二五
王も位を　二八七
負ほせたる　三三二
大ふぐり　三〇四
翁面に　二一五
おきなひへとり　二九五
奥山に　九五
おそれながらも　九一
おそろしきにて　二七七
おそろしや　二八〇
おちるばかりに　五一
鬼ぞ三びき　二七九
鬼といふ字ぞ　一三三
思ひ草　一六四
おもふほどこそ　五九
思はずも　四〇〇
親子ながらぞ　五七
およばぬ恋を　一三九
をらせたる　四一〇
折をり人に　六一
折る人の　五
女も具足　七七

か

海賊の　三九二
帰るさの　二〇六
かへるなよ　一六
かかりける　二六八
垣のあなたを　一四五
垣のきはにて　二一一
隠れ家にさへ　三五五
かけつかへしつ　一六七
風けなかれと　四八
風おこる　四〇
堅木のあしだ　四一八
かたはらに　一八八
かつ散るも
—風に負けたる（発句）　一五
—風にまけたる　九三
上京にこそ　三〇一
かみしもまでも　二五九
かみふすま　一三六
かめにさす　二
かもうりに　六六
鴨川を　三七七
かゆかさを　三一六
かりばかまをば　三七八
革で縫ふ　二七〇
河ばたに　一四四
灌頂を
—打出の小づち　三二〇
—さいづちにてや　二九八
勧進ひじり　六七
巻第三の　四三〇
強盗を　一九八
神主どのや　九七

き

木をしばる　五四
祇園の会にも　二六七
北野どの　一
北野まゐりに　四一三
きつねばかりや　三一九
木にさがる　一二四
今日ことに　三五三
けふの日も
—はや入りがねの　二九〇
—はや暮がたに　一八一

く

くくりはかまは　二四三
具足をうりて　四二七
口を吸ひつつ　一四九
口たたく　七
雲の腹にも　三三五
暗き夜に　三一一
鞍のしほでや　五三
くろきものこそ　六九
食はぬ飯こそ　二〇三

け

計会すれば
—秋ぞ猶うき　八一
—年もこされず　一二九
傾城の　一五三
げす女房も　二二
けだ物の　三三〇

こ

恋しやしたや　一五五
恋の病ぞ
—おへものとなる（付句）　一六〇
—おへものとなる（前句）　一六三
かうやく売りも　一六一
高野六十　二四五
子をいだきてや　八九

こがねかたなを　二〇五
九日に　二九二
こころぼそくも　一九九
五菜を十二　三五四
乞食めに　二八四
越路より　二〇
腰にさす　六八
こぞかりし　一七八
ことわりもなく　三九九
小ねずみを　二一二
この庵の　二四八
この刀　三九六
この小袖　三六八
このてかしはの　一八二
籠の中に　四五二
これをぞ下の　三四六
ころめござこそ　四〇七
衣をば　四四
権現と　二四六

さ

さいづちがしら　四二〇
さいとり竿に　二三三
月代の
—あとよりびんの　二三六
—細きにだにも　三三二
さかやなる　三
桜戸ならば　四四七
さくらになせや　三六
提鞘と　三七九
さしかざす　三九〇
座敷のうちに　二七三
座禅の人の　三六一
さとざとに　四一七
さび刀　四三二
寒きに風を　三四七
寒きに猿の　一三三
寒き夜こそ　一二五
鞘巻きの　二八二

し

しほから声で　一五一
ぢごくの歌を　一一〇
獅子の丸をぞ　三九五
時衆と斎と　三八〇
賤の男が　三四八
しとやみの　一〇五
しも風に　一八
霜まよふ　一一八
じゆ六をうつ　二八九
出家ともなし　二三五
出家のそばに　二一七
修羅よりも　四二八
情を張りてや　三八三
しやうじを破る　四二三
じやうど口こそ　四三五
聖霊どもや　一〇六
聖霊や　一一一
尻なる傷は　三〇五
新発意が　三四二

す

ずいきの涙　三三五
すいすい風の　八五
すし桶を　二〇四
すずむしの　一三
すずめ鳴く　二二四
すべるなよ　三九四
相撲のとつて　三一八
すりこ木も　一九〇

せ

西浄へ　一七
せつぶんの　一二四

そ

僧正の　一八六
僧堂に　三六二
僧もいまはた　二四七
曾我兄弟は　七三
そこと教へば　三二二
袖ひぢて　一六八
空に降るかと　一七五

た

大黒も　三一八
大黒はただ　二一九
大師入定　一七七
大将の　一九二
大日堂の　二九
大日のあり　二九七
大般若　四二九
手折りゆく　三三
高木なる　五二
高き山をば　三四一
高く落つれば　一八五
竹串の　二二六
竹の子の　六二
竹やりにても　三九一
ただ一念に　二五五
立田川　一〇九
立て並べたる　二六五
頼母子を　五八
玉づさを　一六二

玉づさ（玉章）に
—あなかしこをも　一三八
—久びさ候と　四四六
たれか植ゑけん　四四一
だんびりと　二七六

ち

小さけれども　三三九
稚児喝食の
—恋のよがたり　一五八
—春の夕ぐれ　二五
稚児の射る　一八〇
千鳥足にも　三九三
ちはやふる　三四五
茶をも飲まじと　一六九
長者のむすめ　二七五
ちりけよりなほ（猶）
—あつき夏の日　五六
—あつき日のかげ　一〇三

つ

つひにかひをば　二〇九
つひには渡す　三三一
つかのあたりに　二六三
月入りてこそ　一〇〇
月にさす　一〇三
月星は　三三六
つくばひて　二〇七
つつと入る　三三七
つぶやき事は　四一五
つぶるるもあり　八七
罪の報いは　三一三
露霜の　八二

て

手をだにも　三三七
手をにぎる
—こぶしの花の　六
—こぶしの花や　四六
弟子檀那　三八四
手にあまる　二七二
照る日のもとの　三七四
天台の　二五二

と

ところどころに　四三一
とつて付けてぞ　二九一
となりには　三七〇
殿居のひきめ　三五八
とめ所なき　一三七
鳥をむしれば　四三
とりどりに　三一四
鳥も遁世　四五一

な

なかなかとなる　四四五
なかに子が　七〇
流れての名は　一四三
亡きあとに　二六六
鳴きたらで　八
泣きつ笑ひつ　三八七
鳴く虫も　八六
仲人もあり　四二一
なでしこを
—かたにのせたる（発句）　一〇
—かたにのせたる　五五
何をふまへて　二八
なに事も　一六五
なにとてか　三七
なままめにても　三一一
波にながるる　四三三
なむあみだ仏と　二五三
南無といふ　三八六
奈良と寺とぞ　三四九

に

握り細めて　三七一
逃げさまに　二〇二
西八条の　七一
入道つぶり　三三一
鶏が　二〇〇
庭中の　二一六
庭のまがきを　二一三

ぬ

盗人の　三〇〇

ね

念珠の緒を　四一六
寝て聞けば　三四
ねぶと持つ　一五〇
ねやふかき　九〇

の

軒端なる　二四
能登殿は　四〇六
法を聞く　二六三

は

羽黒山にて　四一一
化けてこそ　四四〇
はしたかの　三六四
肌脱げる　三七六
蓮葉に

―かはづの子ども　七四
―のぼるや池の　七三
蓮葉の　二五四
蜂の子の　四一二
葉茶壺の　三七三
花を折りをり　二三
花ざかり　三五
花ざかりとは　九四
はなちがしらの　三九
はなちれば　五〇
花のころ　三
花見んと　三〇
腹のたつとき　一八三
番匠の
―かねのごとくに　一二〇
―遁世したる　四一九
番匠は　三〇二
般若寺の　二五〇
番のひまには　二三九

ひ

引けば引く　三〇六
ひげはあかくて　一一三
ひたひのしわす　一二七
人かとすれば　三五一
一しほは　一一
一あるもの　三八一
人のもの　一三〇
姫百合の　七八
百びたを　二四一
ひらりと坂を　二四九
ひろうしてみぬ　一一五

ふ

吹くも吹かれず　三〇九
袋ぞふたつ　三一七
富士と浅間と　四四九
ふぢばかま　一四
伏すかとすれば　三九七
ふたりの連歌　二二四
不動の前を　二九九
舟いくさ　三三二
舟に乗る　二八六
七月に　一一三
ふらりとさがる　一九五
ふらりとするぞ　三〇三
ふらりふらりと　一八九
ふるきかごこそ　一八七
ふるき若衆に　一一七
風呂のうちにて　三〇七

へ

平家にや　二七四
平家の物ぞ　一九一
へへのはたこそ　三三三
へりを切らせる
―巫女の小つづみ　二六九
―山の新発意　二七一
弁慶が　一九四
遍昭に　二二八

ほ

宝剣を　四二六
発句はあれど　三三四
仏たち　四三六
仏の前に　四〇一

ま

前をうしろに　二〇一
まくらの上の　三三七
松原は　四一四
待てしばし　一一三

み

見えすくや　一九
水鳥の　二六〇
水なすびさへ　六五
みそはぎの　一〇七
みな人の　七六
みめのわろきを　一五三
みめわろき　三八八
みめわろく　一四八
みやかしの　四〇二
名号を　二五六

む

むきたてて　三二六
聟入りの　四四四
武蔵をさして　一九三
虫くらひばぞ　七九

め

目くらはあつゆ　三一五
めでたくもあり　四四三

も

もののふの　三三四
紅葉を折りて　一〇八

や

焼く塩の　三四〇
八島の軍の　三三九
八瀬の里にも　三七五
やどかかり　一一三

屋根ふきが　一七六
病ある子や　三三
山かぜや　一〇四
山住みに　一七〇
山寺の
—将棋の盤を　一三六
—坊主にすぬる　一八四
山でらや　二六
山と都を　三八九
山のあたまを　四五
山の大師ぞ　四三七
矢もなき弓は　四〇五
槍をにぎりて　一七九
槍にぞさをを　二八五
槍の先にぞ　二一八
遣り水に　二一四
八幡のはらに　二五七

ゆ

夕がほの　九
夕風に　三三〇
夕時雨　一一六
行くあきの　一一四
行く年を　一三八
行く水に　四三八
行くやさいふの　三三九

よ

宵の間に　四三二
世を去らんとは　一四七
横笛を　二六四
吉田より　九八
よしやふれ　四
夜中にものぞ　二九三
夜のながければ　二三五
嫁入りの　四〇八
よもすがら　六〇
四方の木の実や　九六
夜もふけぬ　三五七
夜のちぎりを　三二一
夜の月　八四
よろひ毛は
—振り分け髪の（前句）　一五九
—振り分け髪の（付句）　一七三

ら

羅漢の骨は　四〇九

り

料足を　三三

れ

連歌師と　三四三
連歌師の　一七三

わ

我が足や　九二
我が親の　三〇八
我がかどに　二四四
わが国の　四四三
若俗に　一四三
若俗の　四二四
我がつまの　一五六
わたもなき　三八二
我ひとり　一四六
割れ笛の　三一〇
割れも割れたり　三六五
われよりも　一四〇

新撰犬筑波集

あ

青丹よし　九三
青柳の　三七七
秋の夜は　一三六
朝霞　二九
足洗ふ　一四一
足軽に　二九四
東路の　二一五
あつきたなしと　二七三
暑さこじくる　八五
あつたら銭を　九〇
あつたらみかん　一六三
あつと言ひてや　二八
あなられしやな　三
穴をのぞける　二〇九
あのくたら　三三一
あぶなくもあり　一七九
尼ごぜよ　三九三
阿弥陀経をや　三一六
阿弥陀は浪の　三一〇
あらうつつなや　七
あらぬ所に　八八
あはれにも
—小猿は栗を　一三九
—越ゆるかやりの　二九九

い

言ひたきやうに　一三四
いかにして　八九
いかにへのこの　二四四
いかばかり　三〇〇
伊香保の沼の　八六

出雲への　三九七
一寸二寸に　一四八
いつよりも　一三三
猪の子とは　四一一
命知らずと　一九一
茨木までは　二五四
今たたく　三一八
今は念仏の　二六九
いやめなる　三六三
入逢の　二一八
いはほより　一五三

う

うゐ穴を　二七八
うぐひすの　一〇
鶯も　二六
うぐひすは　一五
受け太刀になる　三五九
宇治橋に　二四三
うす衾　一五一
うそを吹きふき　五
うたてさを　一八五
うちかすむ　三一
うちまはす　一〇二
内は赤くて　一九九
うなゐごと　二一二
卯の花の　三七〇
馬に乗りたる　一三〇
梅が香の　四
梅桜　三三四
梅づけは
—うぐひすのみの　三三三
—ただうぐひすの　三三二
梅やいつ　一三
瓜をもひやす　九二
運は天に　三五六

え

えぼしざくらぞ　四七

お

追ひつかん　二九〇
逢坂山を　二一六
往生人は　三一二
大きなる　一三九
大木に蟬の　一九八
大さかづきの　二四
大長刀に　四八
おけしからずや　五七
おこせけり　四〇
御座敷を　三九六
おそれながらも　一四〇
おのれ消えて　三三八
おもしろさうに　一〇〇
親子ながらぞ　七四
おやすなよ　三四一
親の譲りの　二五八
及ばぬ恋を　一九三
及びなき　一八四
折る人の　三四二
女も具足　九六
陰陽のかみの　一七一

か

回が瓢箪　八三
買ひつれど　九一
かいもちも　四一二
帰る雁　三七
帰るなよ
—山はとりどり　三四九
—わが貧乏の　三九四
かく降るに　四〇八
笠をきば　三八三
霞の衣　一
霞より　三八
風寒し　四一五
風わたる　五五
堅木の足駄　二二五
刀のつかに　二八六
蚊なりとは　八二
かぶりかぶりの　一〇三
鎌倉山に　一一七
枯木にも　四〇四
川波に　三三一
勧進聖　八〇

き

消えにけり　三三七
聞くやいかに　一九〇
きぬぎぬに　一九六
君故に　一九二
消ゆればなほる　一四
けふさめづかの　二八四

く

釘離れたる　三三
くくりにて　三四〇
公家と武家とは　二一九
草も木も　三八九
首を延べたる　一九五
雲霧は　一二七
雲の衣を　一三二
雲のはらにも　一二四
鞍笠に　三六六

け

計会人を　二八一
下戸上戸　三九〇
今朝のしたては　四一
源氏の君に　七八

こ

恋すてふ　二七三
恋はただ　一八八
恋は弓折れ　二〇四
高野聖の
　―跡の槍持ち　二九一
　―宿を借る声　一三八
こをなごをこそ　一七七
金造りの　二七六
漕ぎ出だす　三二四
心をつけて　一三六
心のうちの　四四
小桜の　四三
腰にさす　八一
五条あたりに　七六
去年の不熟を　二七
後藤どの　二八七
子どもや思ふ　一四四
この梅は　三
此のたびは　二四八
この春の　四六
碁盤の上に　九
こや継信が　四二
越ゆるやなたの　三〇四
暦にて　一四七
是もや役の　六二
これやこの　三八〇
これやまことの　六〇
これや末世の　二七七

さ

塞翁が　一八三
さいとりざをに　一九二
佐保姫の　二
栄ふるは　三六八
さかさまに　三八四
さきへはへ　三二七
桜がもとに　五八
ささがにの　三〇七
さしなる銭に　一〇九
さし向かふ　一六六
さてもきどくと　二三〇
さとさとを　三二六
里のおとなの　三四
寒き夜はこそ　一五〇
寒くとも　四〇五
寒さに猿は　一五三
皿のはたには　一〇七
猿の尻　四〇一
沢水に　一九

し

塩風に　二四一
しほばかりにて　一六五
地獄へは　四〇〇
四国は海の　二三三
地蔵がしらの　九四
子の弟子に　三一九
渋色に　三八八
島がくれ行く　二六七
霜風に　三九八
しやが父に似て　六八
釈迦はやり　二九七
十王堂に　一三〇
重代の　二六〇
しうとのための　一八
正月の　一六四
鉦鼓をも　二七〇
浄玻璃の　一三一
聖霊が　三一七
知らねども　二〇〇
しら山の　四〇三
尻の痛さに　一三八
しろがねの　二六四
陣衆みな　三三三
陣立を　二五五

す

すいすい風の　一〇五
すきの衆　三〇三
すくふなよ　四〇二
すず口を　四一六
すずめ鳴く　二九三
已にわれ　二八三
住吉の　二四七

せ

西城へ　三九五
節分の　一五五

そ

雑木の　三五八
添へばあくめの　一八七
袖もはうきも　一五八
そばへ薬を　三〇一

た

たがかくるにも　三三
たが遅参をか　一六
たかぬ日に　八四
宝をば　二七五
竹の子の　三六九
手綱もかかぬ　二四〇
たづぬやすり茶　三〇三
たたけとて　三三六
ただまゐれ　九五
忠見がなりは　二七一
たち出でて　六一
立えぼし　三三〇
たとひつくとも　二八八
七夕に　三七九
七夕の　一〇一
七夕も　九九
七夕や　一〇四
頼母子を　七五
手枕にてや　一七五
玉章を　二〇八
玉章や　二〇六

ち

契る夜を　二一〇
ちごの得度に　二五七
茶屋の屋根　四一四
茶碗のはたの　三〇九
散る花を　五六

つ

塚の内より　二七九
月こよひ　三八五
月に柄を　三七三
月日の下に　一四六
月星は　一二五
筑紫人こそ　一六七
堤も脈も　三七二
摘まれては　三一七
摘むをなご　三三九
爪くそほども　一八六
露寒き　一〇八
つんぬめり　一一三

て

豊島過ぐれど　七三
手ばかりは　一一三
寺よりも　二二三
天くらうして　一三七
天神ぞ　三三一

と

だう亀の　六九
堂の坊主の　二〇五
どこともいはず　一一
所千代　三九二
隣より　一一六
ともにはや　二四五
鳥の名の　一七〇

な

流すかと　三七一
鳴かばこそ　三六一
眺められつる　三〇
長刀を　二六二
なくひばり　二五
鳴く虫も　一〇六
鳴けうぐひ　三三五
鳴けや鹿　三八二
無しと答へて　二一七
夏の日は　八七
夏の夜の　七〇
撫子も　三七八
七つぶの
—さいの河原に　二五一
—さゐみかたびら　一六一
名乗りせば　三六七
なべて世に　三三五
生木にて　一四五
涙ぞ川の　一八三
南無と言ふ　三二一
奈良の都も　二六三

に

にがにがし　三三六
苦々しくも　三一八
にぎられん　二八五
二三十　一一〇
西の風　三一四
庭にひや　三六〇
人間万事　一八一

ね

ねをいだせ　三六五

の

軒端なる　六
のごふべき　二五六
野べは花　三八一

は

ばくちうちこそ
—寒げなりけれ　一六〇
—罪深げなれ　二五〇
筥崎の　一六八

芭蕉の葉にて　二四三
裸にて　八三
八幡ぞ　二〇三
はなちがしらの　五四
花の頃
　―起こるな松の　三四五
　―御免あれかし　三四六
花見れば　三四八
花よりも　三五〇
花若殿の　二一四
花は根に　三四四
はぬるやさいの　二五三
はやつくづくし　六七
はや降るや　四一〇
はやりけり　三三九
春風に　三四七
春の名残　三五一
春の野を　六六
春の野に
　―いんぎん講の　六四
　―万法の話や　二一〇
春の野や　二三
春の夜の　五九
春もしれ　三二四
番匠の　一四九
般若寺の　二六六

ひ

秘蔵する　一二
秘蔵の花の　五三
額のしはす　一五六
人を突きたる　二九八
一しほは　三八七
一筋に　三〇八
人のなさけや　二〇七
氷室もり　三七四
姫松の　三九一
姫ゆりの　九七
屏風越しなる　一八九
びらりしやらりの　三六
ひらりと坂を　二六五
ひろうして見ぬ　一四三
びろうに見ゆる　一二

ふ

ふぐりをしめて　二三六
ふぐりのあたり　三三四
ふぐり程　三三三
ふぐりまで　三三九
不孝の子をぞ　二二八
藤こぶは　三五四
藤若殿と　一七三
藤はげに　三五三
筆ゆひの　四五
降らぬこそ　四〇七
振り分け髪を　二一一

へ

へたの書く　五一
弁慶も　三三〇
弁慶や　四九

ほ

法師がへりと　一一
仏の弟子の　三三〇
仏も喧嘩　二九六
ほととぎす
　―鳴けかしはでの　三六四
　―ならしにかれて　三六三
ほのぼのと
　―あかしの浦は　一三一
　―あかしりざやの　二六八
掘りこぼさんも　三〇五

ま

まことには　二〇一
まづつくづくし　六五
松飾　一六三
松ととちとの　二四九
松の木の　二三七
松ふぐりとや　二四六
待つほどや　四〇九
まのあたり　四〇六

み

見え透くや　三九九
三か月を　一三五
水の底にも　三〇六
水ふぐり　七三
弥陀の迎への　三一五
道のほとりに　一五四
三星になる　九八
みな人の　三一九
みめもよく　一七四
都べに　三五九
めうとながらや　二〇三
見わたせば　一七

む

昔より　二三五
麦はなし　三五二
聟入りの　一八〇
むかうへや　一一九

も

持たせたる　八
もつともとこそ　五〇
物の気は　二八〇
もののふの　二七四

や

藪をくぐりて　一六九
山寺の　四一三
山に千年　三三八
山の端に　三六六
山伏の　三一一
山法師こそ　二六一
山ほととぎす　七一
槍の先にて　二九五

ゆ

夕顔の
―花の帽子を　七七
―花はふくべの　三七五
―宿の亭主の　七九
夕しぐれ　一四三
夕だちの　三七六
夕めしすれば　一一五
雪まになりぬ　三一
行く年を　一五七
ゆく春の　三四三
ゆがうだる　三三
由断すな　二八二
弓おし張りて　三
弓矢の冥加　三三

よ

よく煮すまして　一一四
呼び寄せて　五三
嫁入りの
―里は川より　一七八
―さ夜ふけがたの　一七六
よもおへじ　三五七
頼朝の　一一八

ら

来迎の　三一三
らんといふ字に　三九

り

六害の　一七二

わ

わが空と　三五五
若菜摘む者　二一
わが持つは　二八九
わが宿に　一五九
わらはべの　二五三
我ほどの　三五
われよりも
―大若俗に　一九四
―せいたか若衆　一九七

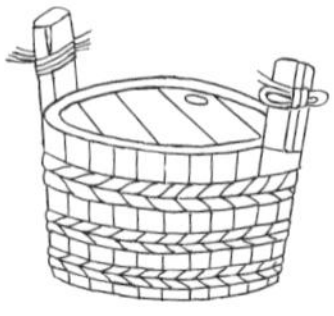

①柳　樽

②放ち頭（北野天神絵巻）

福禄寿（外法）

③七福神

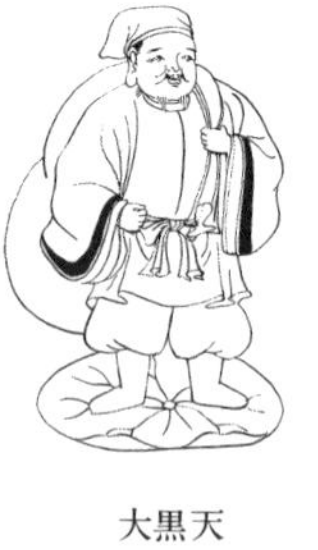

大黒天

布　袋

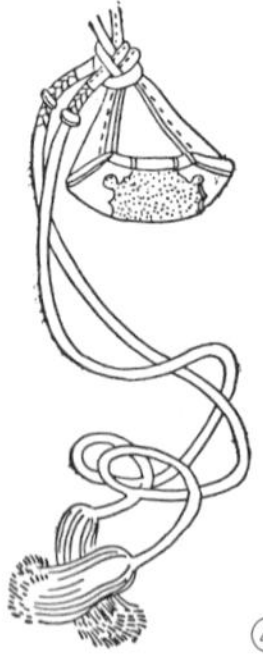

④しおで（武家名目抄）

(三十二番職人歌合)

⑤勧進聖　高野聖

(天理本三十二番職人絵尽)

⑥草摺・しころ

⑦図子君・立君（七十一番職人歌合）

⑧墓灯籠（餓鬼草紙）

⑨番匠・かね（七十一番職人歌合）

⑩比丘尼・花の帽子

⑪膏薬売り（今様職人尽歌合）

⑫連歌師（七十一番職人歌合）

⑬引　目（本朝軍器考）

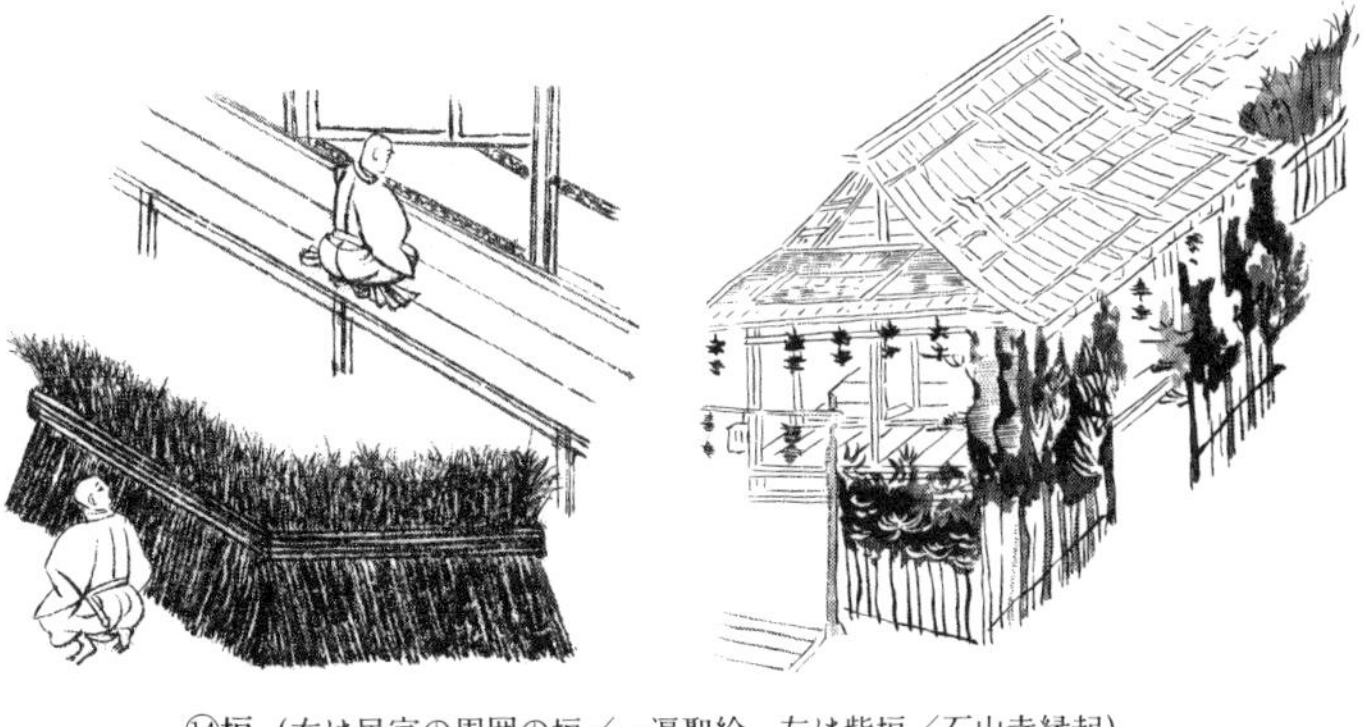

⑭垣（右は民家の周囲の垣／一遍聖絵、左は柴垣／石山寺縁起）

⑮足　軽（真如堂縁起絵巻）

⑯槍　鉋（春日権現験記）

⑰豆　腐（七十一番職人歌合）

⑱烏帽子（右=折烏帽子／信貴山縁起、左=立烏帽子／扇面古写経）

⑲蓮葉の上にのぼれば……（天保14年版「往生要集」より）

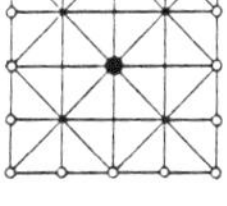

⑳十六武蔵

㉑鑵　子

㉒ささら（右=びんざさら／七十一番職人歌合、左=摺りささら／融通念仏縁起）

㉓狐　火（鳥獣戯画）

㉔猫頭巾（慕帰絵詞）

㉕燈心売り（七十一番職人歌合）

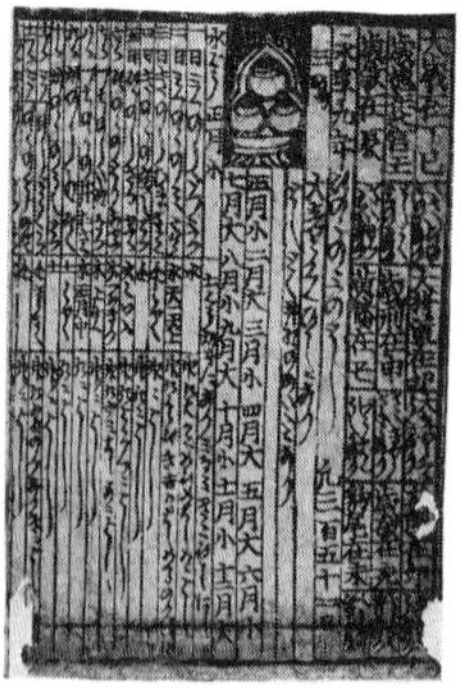

㉖三島暦（足利学校遺跡図書館蔵）

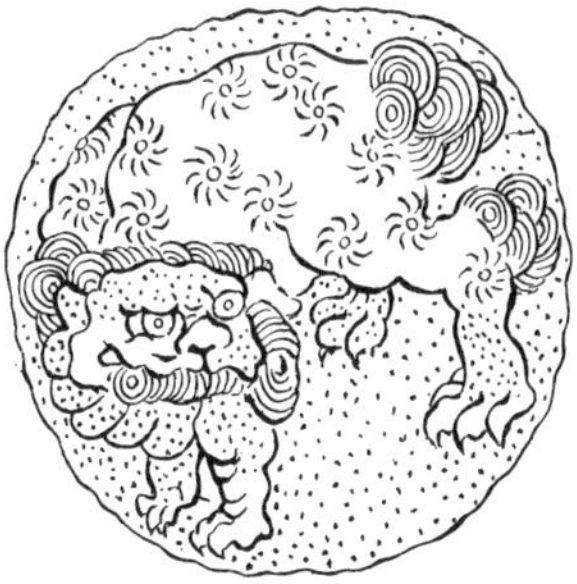
㉘獅子の丸（織紋図鑑）

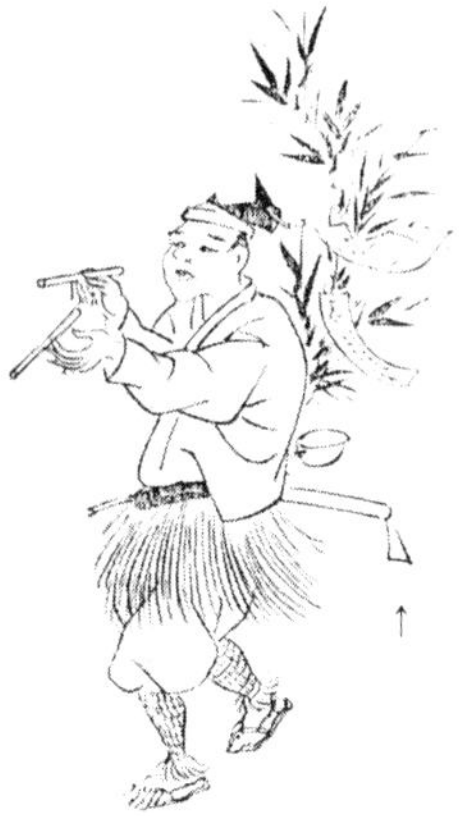
㉗さげ鞘（七十一番職人歌合）

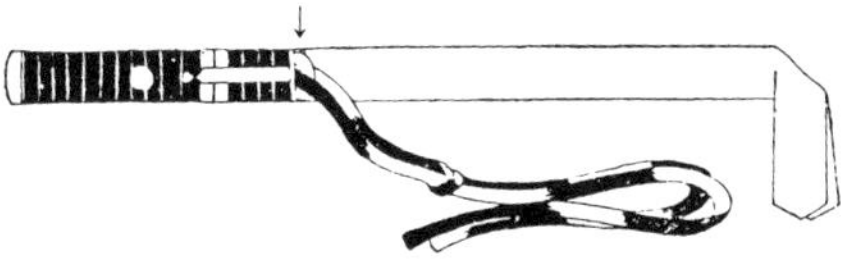
㉙栗　形（刀剣図考）

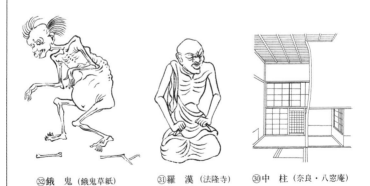

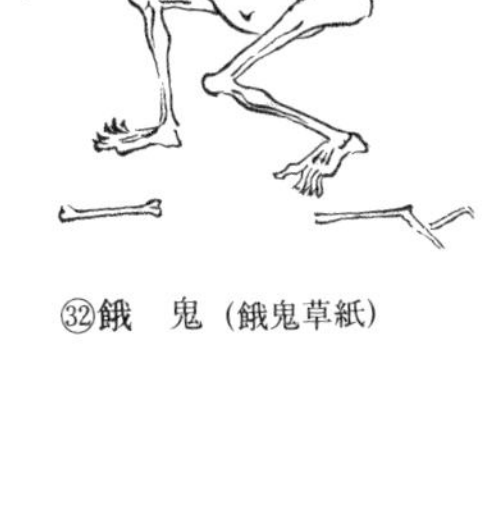
㉜餓　鬼（餓鬼草紙）

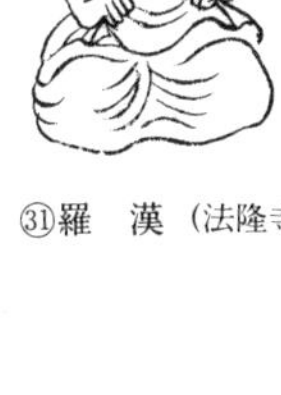
㉛羅　漢（法隆寺）

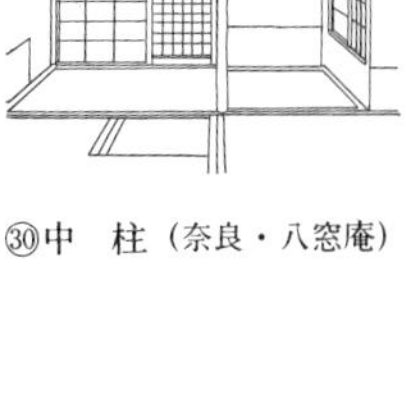
㉚中　柱（奈良・八窓庵）

㉝鞠のかかり（年中行事絵巻）

㉟役の行者像

㉞筆結い（七十一番職人歌合）

㊱地蔵がしらの飯（石山寺縁起）

㊲さしなる銭（一遍聖絵）

㊳浄玻璃の鏡（真如堂縁起絵巻）

㊴こたつやぐら（西鶴織留）

㊵ばくちうち（曼殊院本東北院職人歌合）

㊷山伏（七十一番職人歌合）

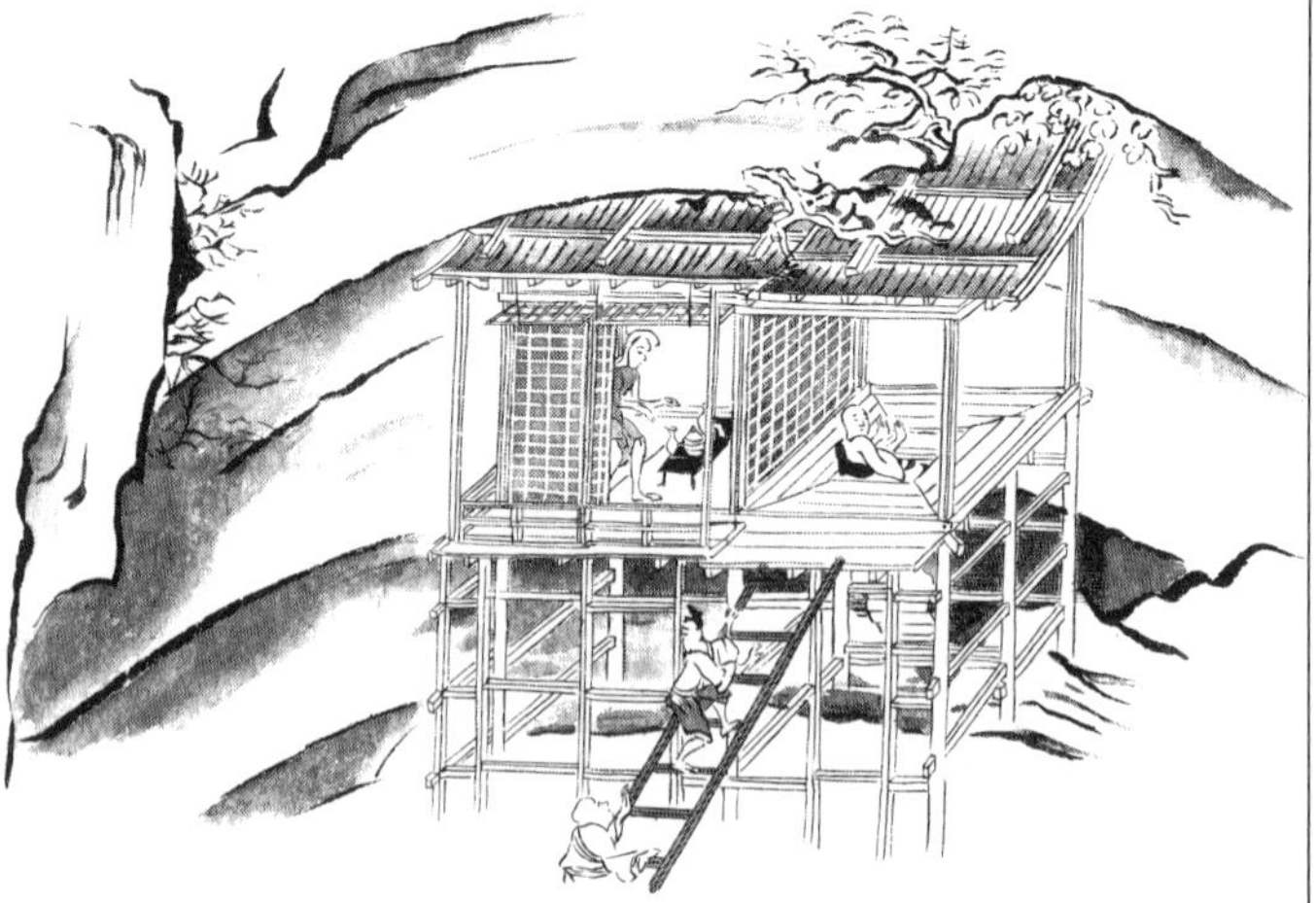

㊶かけ作り（一遍聖絵）

㊸はねつるべ（一遍聖絵）

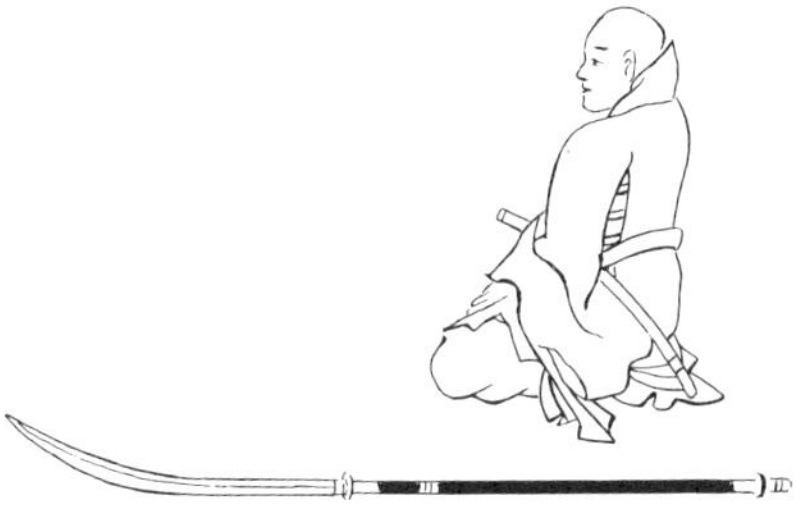

㊹山法師（七十一番職人歌合）

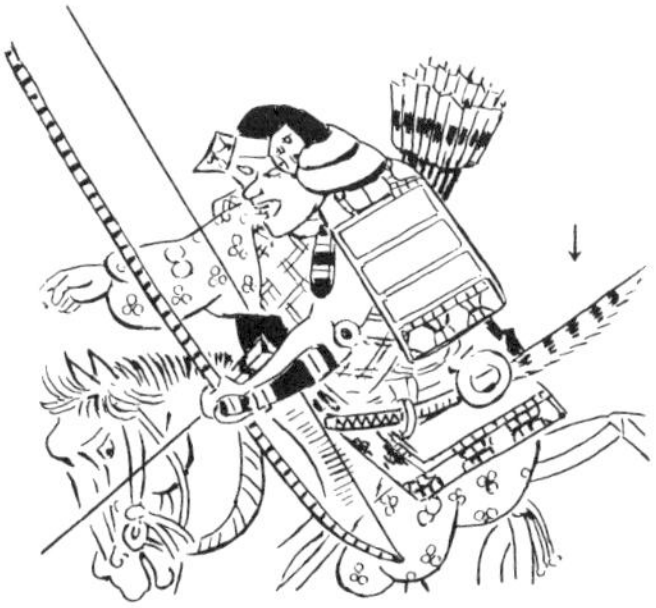

㊺尻　鞘（春日権現験記）

㊻鉦　鼓（三十二番職人歌合）

㊼阿弥陀くじ（○が茶碗、放射線がくじ
還魂紙料）

新潮日本古典集成〈新装版〉
竹馬狂吟集《ちくばきょうぎんしゅう》　新撰犬筑波集《しんせんいぬつくばしゅう》

令和二年九月二十五日　発行

校注者　木村三四吾《きむらみよご》
　　　　井口壽《いぐちひさし》
発行者　佐藤隆信
発行所　株式会社新潮社
〒一六二―八七一一　東京都新宿区矢来町七一
電話　〇三―三二六六―五四一一（編集部）
　　　〇三―三二六六―五一一一（読者係）
https://www.shinchosha.co.jp
印刷所　大日本印刷株式会社
製本所　加藤製本株式会社
装画　佐多芳郎／装幀　新潮社装幀室
組版　株式会社DNPメディア・アート

乱丁・落丁本は、ご面倒ですが小社読者係宛お送り下さい。
送料小社負担にてお取替えいたします。
価格はカバーに表示してあります。

©Miyogo Kimura, Shin'ichi Iguchi 1988, Printed in Japan
ISBN978-4-10-620863-8　C0391

連歌集　島津忠夫校注

心と心が通い合う愉しさ……五七五と七七の句による連鎖発展の妙を詳細な注釈が解明する。漂泊の詩人宗祇を中心とした「水無瀬三吟」「湯山三吟」など十巻を収録。

閑吟集　宗安小歌集　北川忠彦校注

恋の焦り、労働の喜び、死への嘆き――時代を問わぬ人の世の喜怒哀楽を歌いあげた室町時代の歌謡集。なめらかな口語訳を仲立ちに、民衆の息吹きを現代に再現。

芭蕉句集　今栄蔵校注

旅路の果てに辿りついた枯淡風雅の芸境。俳諧を通して人生を極めた芭蕉の発句の全容を、なめらかな口語訳を介して紹介。ファン必携の「俳書一覧」をも付す。

與謝蕪村集　清水孝之校注

美酒に宝玉をひたしたような、蕪村の詩の世界を味わい楽しむ――『蕪村句集』の全評釈、『春風馬堤ノ曲』『新花つみ』・洒脱な俳文等の、個性あふれる清新な解釈。

誹風柳多留　宮田正信校注

柳の枝に江戸の風、誹風狂句の校注は、酸いも甘いもかみわけた碩学ならではの斬新無類・機智縦横。全句に句移りを実証してみせた読書界学界への衝撃。

好色一代男　松田修校注

七歳、恋に目覚めた世之介は、六十歳にしてなお見果てぬ夢を追いつつ、女護ケ島へ船出する。愛欲一筋に生きて悔いなき一代記。めくるめく五十四編の万華鏡！

日本永代蔵

村田穆 校注

致富の道は始末と才覚、財を遣い果すもこれ人生。金銭をめぐって展開する人間悲喜劇のさまざまを、町人社会を舞台に描き、金儲けとは人間にとって何であるかを問う。

近松門左衛門集

信多純一 校注

義理人情の柵を、美しい詞章と巧妙な作劇で織り上げ、人間の愛憎をより深い処で捉えて感動を呼ぶ「曾根崎心中」「国性爺合戦」「心中天の網島」等、代表的傑作五編を収録。

雨月物語 癇癖談

浅野三平 校注

帝の亡霊、愛欲の蛇……四次元小説の先駆『雨月物語』。当るをさいわい世相人情に癇癪をたたきつけた風俗時評『癇癖談』は初の詳細注釈。孤高の人上田秋成の二大傑作！

春雨物語 書初機嫌海

美山靖 校注

薬子の血ぬれぬれと几帳を染める「血かたびら」大盗悪行のはてに悟りを開く「樊噲」——。死を目前に秋成が執念を結晶させた短編集。初校注『書初機嫌海』を併録。

浮世床 四十八癖

本田康雄 校注

九尺二間の裏長屋、壁をへだてた隣の話もつつ抜けの江戸下町の世態風俗。太平楽で、ちょっぴりペーソスただようその暮しを活写した、式亭三馬の滑稽本。

三人吉三廓初買

今尾哲也 校注

封建社会の間隙をぬって、颯爽と立ち廻る三人の盗賊。詩情あふれる名せりふ、緊密に絡み合う人と人の絆。江戸の世紀末を彩る河竹黙阿弥の代表作。

新潮日本古典集成

古事記	西宮一民
萬葉集　一〜五	青木生子　井手至　伊藤博　清水克彦　橋本四郎
日本霊異記	小泉道
竹取物語	野口元大
伊勢物語	渡辺実
古今和歌集	奥村恆哉
土佐日記　貫之集	木村正中
蜻蛉日記	犬養廉
落窪物語	稲賀敬二
枕草子　上・下	萩谷朴
和泉式部日記　和泉式部集	野村精一
紫式部日記　紫式部集	山本利達
源氏物語　一〜八	石田穣二　清水好子
和漢朗詠集	大曽根章介　堀内秀晃
更級日記	秋山虔
狭衣物語　上・下	鈴木一雄
堤中納言物語	塚原鉄雄
大鏡	石川徹
今昔物語集　本朝世俗部　一〜四	阪倉篤義　本田義憲　川端善明
梁塵秘抄	榎克朗
山家集	後藤重郎
無名草子	桑原博史
宇治拾遺物語	大島建彦
新古今和歌集　上・下	久保田淳
方丈記　発心集	三木紀人
平家物語　上・中・下	水原一
金槐和歌集	樋口芳麻呂
建礼門院右京大夫集	糸賀きみ江
古今著聞集　上・下	西尾光一　小林保治
歎異抄　三帖和讃	伊藤博之
とはずがたり	福田秀一
徒然草	木藤才蔵
太平記　一〜五	山下宏明
謡曲集　上・中・下	伊藤正義
世阿弥芸術論集	田中裕
連歌集	島津忠夫
竹馬狂吟集　新撰犬筑波集	木村三四吾　井口壽
閑吟集　宗安小歌集	北川忠彦
御伽草子集	松本隆信
説経集	室木弥太郎
好色一代男	松田修
好色一代女	村田穆
日本永代蔵	村田穆
世間胸算用	金井寅之助　松原秀江
芭蕉句集	今栄蔵
芭蕉文集	富山奏
近松門左衛門集	信多純一
浄瑠璃集	土田衞
雨月物語　癇癖談	浅野三平
春雨物語　書初機嫌海	美山靖
與謝蕪村集	清水孝之
本居宣長集	日野龍夫
誹風柳多留	宮田正信
浮世床　四十八癖	本田康雄
東海道四谷怪談	郡司正勝
三人吉三廓初買	今尾哲也